LA FERME AUX POUPÉES

Wojciech Chmielarz, né en 1984, est journaliste et rédacteur en chef de niwserwis.pl, un site internet dédié à l'étude du crime organisé, du terrorisme et de la sécurité internationale. Il est l'auteur de quatre romans mettant en scène l'inspecteur Mortka, pour lesquels il a été nominé trois fois au prestigieux prix du Gros Calibre, récompensant les meilleurs polars polonais. Il est également l'auteur de *Pyromane* (Agullo, 2017).

Paru au Livre de Poche :

PYROMANE

WOJCIECH CHMIELARZ

La Ferme aux poupées

TRADUIT DU POLONAIS PAR ERIK VEAUX

AGULLO

Titre original :
FARMA LALEK
Publié en langue française avec l'accord de la maison d'édition
Wydawnictwo Czarne, Pologne.

© Wojciech Chmielarz, 2013.
© Agullo Éditions, 2018, pour la traduction française.
www.agullo-editions.com
ISBN : 978-2-253-25834-6 – 1re publication LGF

Aucune firme n'est autosuffisante, aucune ne dispose de ressources inépuisables alors que des besoins illimités entrent le plus souvent en concurrence pour les rares moyens de l'entreprise. C'est pourquoi les travaux que d'autres firmes sont en mesure d'effectuer avec une meilleure efficience et à moindres coûts sont à externaliser en vue d'éliminer tout gaspillage.

Mark J. POWER, Kevin C. DESOUZA et Carlo BONIFAZI,
*The Outsourcing Handbook:
How To Implement a Successful Outsourcing Process
(Comment réussir son externalisation)*

Prologue

La veste en jean de marque allemande, idéale pour une virée printanière en montagne, était d'*outsourcing* chinois, arrivée en Pologne dans un conteneur de vêtements usagés. Elle était maintenant portée par une fillette de onze ans aux cheveux blonds partagés en deux tresses. Une fillette aux grands yeux bleus qui la faisaient ressembler à un personnage de manga. Et plus particulièrement à l'héroïne d'un de ces dessins animés polissons qu'aimait tant regarder ce monsieur en 4 × 4 BMW quand il se pensait seul, certain que personne n'irait le déranger.

Le monsieur bien prit une gorgée de Red Bull qu'il avala avant de sentir aussitôt sa bouche se dessécher d'excitation, son pénis durcir, poussant contre la braguette de son pantalon trop serré.

La fillette assise au bord de la route gribouillait le sol avec un bâton en s'essuyant le nez de la manche de sa veste. Elle semblait pleurnicher, ce qui ne rendait la scène que plus troublante.

S'était-elle perdue ? Quelqu'un viendrait-il la chercher ? Papa, maman, un grand frère ? Peut-être l'avait-on abandonnée parce qu'elle n'avait pas été sage et la surveillait-on maintenant discrètement, caché derrière les arbres ?

Le monsieur reposa la canette dans le porte-bouteilles dédié accroché à la portière de la voiture, veillant à ne pas en renverser une goutte sur le siège. Il se pencha légèrement en avant pour examiner les environs. Seul un couple de touristes était redescendu, une bonne dizaine de minutes auparavant. Il était encore tôt, et l'absence de passage paraissait naturelle, malgré le beau temps. La dernière maison du bourg se trouvait vingt mètres plus loin, ses fenêtres masquées par une haie vive.

Personne ne les voyait. Le monsieur était de plus en plus tendu. Il avait envie de sortir son pénis de son pantalon et de se masturber. Il eut de la peine à se retenir. Il reprit la Red Bull, avala une dernière gorgée avant d'écraser la boîte et de la jeter par la fenêtre ouverte. Il prit deux profondes inspirations et, le cœur battant, lança le moteur.

La fillette ne releva la tête qu'au moment où la BMW s'immobilisa à moins d'un mètre d'elle. Le monsieur ouvrit la portière du côté passager. Il avait un sourire amical.

— Salut ! lança-t-il gaiement.

Elle ne répondit pas. Il enleva ses lunettes de soleil.

— Tu t'es perdue ?

Elle resserra plus fort la main sur son bâton et donna de petits coups rapides dans le sol, dessinant des figures irrégulières faites de petits trous.

— Pourquoi tu ne dis rien ? Maman ne t'a pas dit qu'il fallait répondre quand les grandes personnes posaient des questions ?

Elle grogna quelque chose qu'il ne comprit pas.

— Pardon ? Tu peux répéter ?

Elle soupira doucement, et il sentit un frisson lui parcourir le dos. Elle était si petite et sexy.

— Maman m'a dit qu'on n'avait pas le droit de parler à des inconnus.

Il était préparé à cette remarque.

— Ta maman a complètement raison. Mais moi, je ne suis pas un inconnu.

Elle le regarda et fronça les sourcils.

— Alors, je m'appelle comment ? demanda-t-elle.

Il éclata de rire, amusé par son toupet et sa vivacité d'esprit.

— Toi, je ne sais pas, ma chérie, reconnut-il. Mais je connais ta maman. Et tu sais qui je connais le mieux ?

— Qui ?

Elle le regardait avec attention.

— La dame du magasin, risqua-t-il.

— Mme Mariola ?

— Bien sûr, Mme Mariola. C'est une bonne amie, tu sais. J'y vais souvent faire les courses, et on discute. Des fois, ta maman arrive, et on discute ensemble ; des fois, on parle même de toi. Et en fait… (Il suspendit sa voix pour accroître la curiosité de la gamine.) tu devrais te souvenir de moi dans le magasin.

— Je ne me souviens pas.

— Il n'y a pas longtemps, tu es venue, tu avais une barre choco. Tu te rappelles ?

— Peut-être… dit-elle d'un ton traînant.

— Mais si. Tu demanderas à ta maman en rentrant.

Elle hocha la tête. Le monsieur tendit la main vers un sac posé sur le siège avant et en sortit une autre Red Bull.

— Tu as soif ?

Elle le regarda d'un air soupçonneux, moins méfiante, toutefois, qu'au premier abord. Il savait qu'il devait faire vite. À tout moment, quelqu'un pouvait surgir, et le plan qu'il avait préparé dans sa tête tomberait à l'eau. Il en aurait le cœur brisé.

Il tenait la boîte nonchalamment, comme s'il lui était indifférent qu'elle la prenne. Il continuait à sourire, regardant davantage la route que la fillette. Il perçut du coin de l'œil qu'elle s'approchait de la voiture, qu'elle saisissait la canette avant de reculer aussitôt de deux pas, et il fut surpris de la facilité avec laquelle elle avait mené cette opération, comme du fait que lui-même n'avait pas essayé de l'empoigner. La barrière du soupçon s'était écartée devant elle.

Elle ouvrit la Red Bull.

— Vous connaissez vraiment Mme Mariola ? demanda-t-elle en buvant.

— Très bien. Je fais mes courses chez elle depuis des années.

Elle hocha la tête.

— Qu'est-ce que tu fais ici ?

Elle fit un geste vague désignant les montagnes proches.

— Tu es partie en balade ?

— Oui, reconnut-elle à contrecœur.

— Seule ? demanda-t-il, et il vit aussitôt une étincelle de colère dans ses yeux.

Il craignit d'avoir dit quelque chose qu'il n'aurait pas dû, donc de la voir partir. Il leva les mains pour signifier qu'il lui importait peu qu'elle soit sortie seule ou avec quelqu'un. Espérant qu'elle s'y laisserait prendre. Elle était comme un petit animal très facile à effaroucher.

— Tu es fatiguée ?
— Oui.
— Ça fait un bout de chemin. Tu n'es pas la plus flemmarde des touristes.
— Ah ?
— Tu vas vers le haut ?
— Oui.
— Justement, moi aussi. Je t'emmène ?

Elle se tut, incapable de se décider. Il voyait se dessiner un dilemme sur son visage : d'un côté, il avait une bonne tête, il connaissait Mme Mariola et sans doute maman, mais de l'autre, elle n'arrivait pas à lui faire confiance. Percevant cette hésitation, il fut tenté de sauter hors de la voiture, de la prendre par la taille et de la jeter dans le coffre. Ce serait le plus simple. Mais quelqu'un pourrait l'entendre crier. Non, il devait se contrôler. Il voyait toujours sous ses paupières des bribes de ce dessin animé japonais dont l'héroïne avait les mêmes yeux que cette fillette. Et qui gémissait si doucement. Qui d'abord s'était défendue, puis avait gémi. Cette petite aussi allait gémir. Quand elle cesserait de crier.

— Ça ne fait rien. Si tu veux, vas-y à pied, dit-il, décidant de jouer le tout pour le tout et tendant la main vers la portière.

Elle l'arrêta alors qu'il l'avait déjà presque tirée.

— Attendez.

Elle s'approcha en sautant à pieds joints, puis se glissa dans la voiture. Il sourit de nouveau et l'aida à boucler sa ceinture en lui massant la cuisse comme par inadvertance.

— Alors, en route, déclara-t-il en indiquant la boîte

de Red Bull dans sa main. Fais attention à ne pas renverser.

Il démarra. Il ne vit pas la jeune fille qui sortait du bois avec un chien, et dont le regard s'attarda sur la voiture qui s'éloignait.

Chapitre 1

— Mon Dieu, comme c'est beau par ici! s'exclama Ola.

Mortka se dit que son ex-épouse avait raison. Le chaud soleil de mai tombait sur le visage du policier à travers une épaisse toiture de feuillage vert qui embaumait le printemps. Ils s'étaient installés dans le jardin, face à l'ancien palais qui datait de l'époque allemande, tournant le dos au pittoresque paysage de Korkonoszy. Il trempa les lèvres dans la bière fraîche, et pendant un instant bref comme un clin d'œil, il se sentit heureux. C'est à ce moment qu'Adam, le nouveau compagnon d'Ola – assis devant eux, mais que Mortka avait par miracle écarté de son champ de vision –, se crut obligé de prendre la parole.

— Vous savez que pas très loin, derrière l'hôtel, il y a une fabrique de tapis? La célèbre fabrique de tapis!

Il pointait du doigt dans la direction de l'hôtel où il avait loué des chambres pour lui-même, Ola et les garçons.

— Jamais entendu parler, fit l'inspecteur d'un ton aigre en se demandant si Adam et Ola occupaient la même chambre ou s'ils dormaient à part.

— Jamais, vraiment? À l'époque du communisme, les tapis de ce patelin étaient une vraie rareté. Ma mère a failli perdre la vie rien qu'en essayant d'en acheter un.

— Ça s'est passé comment? s'enquit Ola en finissant son café.

Elle était belle à regarder, souriante, détendue, rayonnante de sex-appeal et de contentement.

— Maman avait appris la veille qu'on allait mettre en vente une livraison de tapis. Elle est allée faire la queue dès quatre heures du matin, mais la queue a grandi de minute en minute pour devenir une foule. Tout le monde se bousculait contre la porte du magasin, parce que chacun voulait avoir sa part. Et à un moment, à peu près à l'heure de l'ouverture – mais pour une raison inconnue, on n'avait pas ouvert –, les gens ont commencé à pousser. Maman était au premier rang. Ils l'ont littéralement écrasée contre la porte en verre qui s'est brisée avec fracas, et maman est tombée à l'intérieur. C'est tout juste si elle n'a pas été piétinée, puis elle a réalisé qu'elle avait frôlé un grand morceau de vitre coupante comme un rasoir. Si elle était tombée quelques centimètres plus à droite, le morceau de verre lui aurait sectionné la carotide.

Adam eut un léger sourire et tendit le cou pour jeter un œil sur les halls d'usine abandonnés qui se cachaient derrière le palais.

— Vous imaginez ça? Les gens pouvaient s'entretuer pour des tapis.

— Littéralement, ajouta précipitamment Ola en lui prenant la main.

Adam eut un petit gloussement de plaisir.

— Maman en a gardé des cicatrices à ce jour. Par chance, seulement sur les mains.

— Incroyable.

— Ces tapis étaient alors le rêve de toute maîtresse de maison. On en expédiait dans toutes les démocraties populaires.

— Et maintenant ? demanda Mortka, conscient de devoir dire quelque chose, ne serait-ce que par politesse.

— Tu ne sais pas ? Mais tu es pourtant ici depuis un bon moment.

— Je n'ai pas eu l'occasion de m'intéresser à ça, répondit le policier confus, fâché contre lui-même d'avoir eu l'idée d'ouvrir la bouche.

— L'entreprise a fait faillite après la chute du régime. Un personnel pléthorique, un parc de machines dépassées, la concurrence étrangère bon marché, une gestion conservatrice et une mentalité héritée de l'ordre ancien, énuméra Adam d'un seul souffle. C'est-à-dire la même chose que dans les milliers d'entreprises qui avaient roupillé au moment des réformes économiques de la transition.

Mortka hocha la tête comme s'il avait été d'accord, mais en fait il était de plus en plus mal à l'aise. Il regardait avec un pincement au cœur la porte du palais par où ses fils étaient entrés pour s'acheter des glaces. Il décida de les emmener en promenade dès qu'ils ressortiraient, de faire une visite, pourquoi pas au musée de la Mémoire de la Mine devant lequel il était passé en arrivant. N'importe où, pourvu qu'il se débarrasse de la présence de ce riche connard bien fagoté et si prétentieux qui se faisait son ex-épouse, et qu'il détestait de tout son cœur.

— Comment ça va pour toi, ici, le Kub ? demanda Ola.

Mortka haussa les épaules.

— Je m'ennuie. Il ne se passe rien.

— Aucun assassinat? s'étonna Adam.

— Meurtre, corrigea Ola en rougissant.

Un réflexe d'épouse de flic.

— Et où est la différence? J'ai un vague souvenir de l'époque de mes études, mais sincèrement je m'y retrouve mieux dans le droit fiscal de Chypre que dans le droit pénal polonais.

— Un assassinat est un meurtre commis avec préméditation. C'est une autre qualification, expliqua Mortka.

— C'est vrai! (Adam fit claquer ses doigts à son oreille.) Ça me rappelle quelque chose. Tu n'as pas eu d'assassinats par ici?

— Non.

— Et de meurtres?

— Une fois. Un type qui a tué son frère…

— Une bagarre d'ivrognes, au couteau de cuisine. Ils s'étaient disputés à propos d'argent, poursuivit Ola à la place de l'inspecteur. Si j'avais reçu un zloty chaque fois que le Kub est rentré à la maison avec une histoire de ce genre, je serais riche. Au fait, j'ai bien deviné?

— Presque. Un pied de tabouret, pas un couteau. Pour le reste, c'est bon.

Tous éclatèrent de rire. Adam et Ola de bon cœur, et l'inspecteur pour leur tenir compagnie. Il finit sa bière et se dit qu'il devrait en commander une autre, sans quoi il ne tiendrait pas le coup. Il regarda sa montre. Il était presque dix heures.

— Et sinon? continua Adam.

— Des vols, des cambriolages, quelques bagarres, des violences conjugales, du petit trafic de drogue. L'ennui.

Le juriste fiscal se gratta le nez.

— Mais au fond, qu'est-ce que tu fabriques ici ? Il me semble, pardonne-moi l'expression, que ta présence ici, c'est comme donner de la confiture aux cochons. Ola m'a dit que tu devais enseigner aux policiers locaux la manière de mener une enquête, les nouvelles méthodes, les échanges d'expériences...

— Théoriquement, c'est ce que ça devrait être.

— Et en pratique ?

— En pratique, je suis ici à titre de sanction. Et il me reste deux mois à tirer.

Adam eut un réflexe d'étonnement, puis il ouvrit la bouche pour poser une nouvelle question, mais Ola lui fit signe de se taire. Mortka lui en fut reconnaissant. Il ne voulait pas évoquer les raisons de son éloignement. Et certainement pas devant Adam.

À ce moment, le téléphone de l'inspecteur sonna. À point nommé pour les sauver du silence gênant qui menaçait de s'installer. Mortka se leva et sortit l'appareil de la poche de sa veste, il sourit et s'écarta de quelques pas avant de prendre la communication.

— Inspecteur Mortka ?

Il entendit la voix chevrotante de la collègue de garde au commissariat local. Il avait oublié son nom, c'était une petite grassouillette qui le faisait penser à un hamster.

— J'écoute.

— Je sais que vous n'êtes pas de service aujourd'hui, mais nous manquons de monde, certains ont pris un congé pour partir en famille... Vous comprenez, on est le premier mai et...

— De quoi s'agit-il ? coupa-t-il.

— On a un signalement. Peut-être une disparition.

Une gamine. Onze ans. Elle n'est pas rentrée chez elle de la nuit.

— Où ça ?

Il sortit son carnet et nota l'adresse qu'elle lui indiqua. Il prit congé de la collègue et revint vers la table en arborant une mine contrite qui, contrairement à l'effet escompté, provoqua la fureur d'Ola. Toujours la même chose... Elle pâlit, puis rougit, arrangea sa coiffure, et ses lèvres ne furent plus qu'une mince ligne à peine perceptible.

— Il faut que j'y aille, dit Mortka en s'efforçant d'éviter le regard de son ex-épouse. Une affaire à éclaircir. Je vais essayer de régler ça au plus vite.

— Quelle affaire ? demanda-t-elle froidement.

— Une gamine qui a disparu.

— Et c'est toi qu'on appelle ?

L'inspecteur écarta les bras comme pour montrer qu'il n'y avait aucun autre policier à proximité. Puis il sortit son porte-monnaie.

— Laisse tomber, protesta Adam. C'est pour moi.

Mortka se contenta de sourire et de tirer un billet de dix zlotys qu'il glissa sous son verre vide.

— Salut ! lança-t-il en tournant les talons.

Il quitta le bar à bière soulagé, laissant derrière lui l'ancien palais, Adam et Ola. Il se rendit d'un pas alerte à l'adresse reçue. Il lui fallut cinq minutes de marche intense pour réaliser qu'il n'avait pas dit au revoir à ses fils.

Mortka songea que toutes les barres d'immeubles de toute la Pologne se ressemblaient : des logements vieillots, étroits et qui sentaient le bouillon de poule. Celui-ci ne faisait pas exception. Il eut du mal à se faufiler dans l'entrée de l'appartement entre une armoire, des vélos et un empilement de vêtements.

Une femme d'environ la quarantaine, cheveux marron, gras, ramenés en arrière et noués en queue-de-cheval, l'invita à entrer. Elle portait un pantalon de sport et une chemise noire recouverte d'un tablier de cuisine taché. Plutôt que de lui dire « bonjour » ou quelque chose dans le genre, elle observa longuement Mortka en gardant un silence abattu.

— Je ne vous connais pas, fit-elle enfin. Vous êtes certainement policier?

— Je suis l'inspecteur Jakub Mortka. Je viens de la Criminelle et Antiterrorisme de Varsovie.

— Mais nous ne sommes pas à Varsovie, juste à Kretowice, remarqua la femme avec lucidité.

— C'est exact, répondit Mortka, avant de réciter la formule apprise pour ce type de circonstances: Je participe au programme « Pont » de la police. Il consiste en ceci que des agents effectuent des stages chez des collègues d'autres villes. Le programme sert à des échanges d'expériences, à connaître les problèmes de criminalité d'autres unités, à acquérir des connaissances et à nouer des contacts susceptibles d'être utiles à l'avenir. Et nous continuons à travailler normalement. Ce qui signifie que j'ai les mêmes prérogatives et obligations que mes collègues du commissariat de Kretowice.

La femme réfléchit un instant à ce qu'elle venait d'entendre, puis hocha la tête en signe de compréhension. Elle engagea d'un geste l'inspecteur à la suivre.

Mortka se fraya un chemin entre les vélos, un pour garçon, un pour fille et un pour adulte, et s'arrêta à la porte donnant sur la pièce principale. Là, il aperçut un homme très obèse, assis en short et tricot de corps sur un canapé. Il tenait dans une main une canette de bière, et dans l'autre une commande de téléviseur. L'air absent, il zappait d'une chaîne à l'autre. Il s'interrompit soudain et se tourna vers le policier.

— Elle va revenir toute seule, affirma-t-il d'une voix de basse profonde. La vieille fait des histoires pour rien.

— Si ça pouvait être vrai… dit l'inspecteur avant de passer dans la cuisine.

La femme l'y attendait à côté de la fenêtre, une cigarette allumée à la main. Et c'était bien un bouillon de poule qui mijotait, gargouillant doucement sur la cuisinière à gaz.

— Je peux m'asseoir ? demanda Mortka en indiquant une chaise fatiguée près d'une petite table.

— Je vous en prie, si vous devez.

L'inspecteur prit place, sortit un stylo-bille et son carnet. Il les posa près d'un cahier couvert de taches, d'où dépassaient des tickets de caisse blancs.

— Madame Joanna Gawrys ?

— Puisque vous le savez.

— Ce sont les formalités.

— Oui. Je m'appelle Joanna Gawrys.

— Vous avez signalé la disparition de votre fille ?

— Marta est sortie hier avant midi, et elle n'est pas revenue de la nuit.

— Pourquoi n'avez-vous signalé sa disparition que maintenant ?

La femme tira sur sa cigarette et souffla la fumée par la fenêtre.

— J'ai pensé qu'elle était allée dormir chez une

copine, expliqua-t-elle d'une voix fatiguée. Ça lui arrive, des fois. Il arrive aussi que quelqu'un vienne dormir chez nous. D'ordinaire, on s'en informe, vous voyez, entre mères, mais on est parfois tellement fatiguées qu'on oublie. Comme c'est déjà arrivé, je ne me suis pas trop énervée. Mais elle n'est pas rentrée ce matin. J'ai téléphoné aux mères de toutes ses amies. Elle n'était chez aucune d'entre elles.

— Vous en avez peut-être oublié une ?
— Je leur ai téléphoné à toutes.
— Elle en a peut-être une nouvelle ?
— Je connais ses amies. Sans exception, répartit Joanna Gawrys.

Cigarette à la main, elle s'approcha de la gazinière pour remuer la soupe.

— On n'est pas à Varsovie, monsieur l'inspecteur, ici, tout le monde se connaît.

Mortka hocha la tête.

— Votre fille a-t-elle dit où elle allait quand elle a quitté la maison ?
— Hier, j'étais au travail. Dans la première équipe du matin. Elle est sortie avant mon retour.
— Et votre mari ?
— Le vieux ! hurla-t-elle vers la grande pièce. Marta t'a dit où elle allait ?
— Non ! cria l'homme en réponse. Combien de fois je dois le répéter ?
— Et son frère ? demanda l'inspecteur.
— Comment savez-vous qu'elle a un frère ?
— Le vélo de garçon dans l'entrée.
— Ah, oui... (Dans ses yeux brilla quelque chose comme de la considération.) Janek ! Janek !

Personne ne répondit. Elle posa la cigarette dans le cendrier qu'elle gardait sur le rebord de la fenêtre, s'excusa et sortit de la cuisine d'un pas furibond.

— Janek ! Combien de fois je t'ai dit que tu dois venir quand je t'appelle ? Je vais te traîner par les oreilles ! cria-t-elle.

Mortka l'entendit claquer la porte, puis elle revint dans la cuisine. Les mains vides, en dépit de ses promesses.

— Il n'est pas à la maison, dit-elle.
— Et il est où ?
— Je ne sais pas. Il est grand. Il ne me dit pas où il sort.

Joanna Gawrys reprit la cigarette posée dans le cendrier, la planta entre ses lèvres, mais sans tirer dessus. Il sembla un moment que la cigarette se fumait toute seule.

— Quel âge a-t-il ?
— Janek ?
— Oui.
— Treize ans.
— Il est rentré cette nuit ?

La femme souffla d'indignation.

— Bien sûr qu'il est rentré ! Pour qui me prenez-vous, que je ne saurais même pas si mes enfants rentrent dormir à la maison ?
— Ce n'est pas ce que je voulais dire.
— Alors quoi ?

Mortka décida de changer au plus vite de sujet, avant d'entrer dans une dispute qui ne mènerait à rien.

— Quelles sont les relations entre Janek et Marta ?

Une grimace scandalisée passa sur le visage de la

femme quand elle entendit le mot « relation », et le policier se hâta de préciser ce qu'il avait en tête.

— Est-ce qu'ils s'aiment bien ? Est-ce qu'ils jouent ensemble ?

— Elle voudrait bien, mais lui non. C'est un garçon, et l'aîné. Parfois, il la bat, mais pas fort. Comme entre frère et sœur. De son côté, elle n'est pas en reste. Vous savez bien comment c'est, non ?

— Oui, je sais.

— Voilà.

La femme finit sa cigarette qu'elle écrasa derrière la fenêtre. Mortka l'observa, le temps d'évaluer ce qu'il venait de voir et d'entendre. Joanna Gawrys n'était certainement pas une bonne mère, sans pour autant faire partie des mauvaises. Elle avait idéalement sa place dans la catégorie des « n'importe qui ». Marta pouvait avoir passé la nuit chez une copine, ou peut-être chez un parent quelconque ; elle pouvait aussi avoir eu une idée folle, de celles qui ne naissent que dans la tête d'une fille de onze ans, puis rentrer à la maison une heure ou deux plus tard, l'affaire se concluant par une solide correction. Car, Mortka n'en doutait pas, la famille Gawrys ne devait pas nourrir un respect absolu pour l'interdiction légale des châtiments corporels sur les enfants. Sans pour autant jamais dépasser la mince frontière qui sépare la punition de la maltraitance. Néanmoins, Joanna Gawrys, contrairement à son mari, était réellement préoccupée par la disparition de sa fille. Une sorte de pressentiment, à moins qu'il ne se fût agi d'un désir d'échapper à l'ennui de Kretowice, souffla à l'inspecteur de traiter l'affaire avec sérieux.

Il vérifia sur une page vierge de son carnet que le

stylo-bille écrivait toujours, puis il en tira un autre de la poche de sa veste pour l'avoir en réserve en cas de besoin. Il adressa un sourire aimable à la femme.

— Aurez-vous l'amabilité de répondre à quelques questions ?

Il sortit de l'immeuble et trouva l'inspecteur Boguslaw Lupa qui l'attendait, appuyé contre la carrosserie de sa Toyota Rav4. Il portait une de ses célèbres chemises à carreaux, d'où dépassait un maillot de corps blanc qui détonnait. Lupa arborait aussi une veste de cuir marron, un jean et des bottines noires, genre cow-boy. Ne lui manquaient qu'un chapeau de western et un cure-dents aux lèvres pour compléter sa panoplie de rancher américain égaré dans les Carpates.

Lupa fit un signe à Mortka, qui se montrait surpris par la présence de son collègue.

— J'ai appris la déclaration de disparition d'une fillette de onze ans. Apparemment, tu t'es saisi de l'affaire.

Lupa allait droit au but.

— C'est ça.

Mortka s'approcha de l'inspecteur. Ils se saluèrent d'une poignée de mains.

— Un truc sérieux ? demanda Lupa.

— Peut-être.

Lupa claqua de la langue.

— C'est quoi, cette petite ?

— Marta Gawrys. Tu connais la famille ?

Le policier de Kretowice balança sa main de droite et de gauche.

— Comme-ci comme-ça. Ici, tout le monde connaît tout le monde. Plus ou moins. Les Gawrys n'ont rien de spécial. On a eu peut-être deux ou trois signalements de violences conjugales. Mais quand on envoyait une patrouille sur place, aussi bien elle que lui et les gamins jouaient les saintes-nitouches. Pas moyen de savoir qui avait pu battre qui. Lui, il a du volume, mais elle, elle a son caractère.

— J'ai remarqué.

— Quand la fillette a-t-elle disparu ?

— Elle est sortie hier matin. Elle n'est pas rentrée de la nuit.

— Il y a des pistes, une idée ?

— Pour le moment, rien.

— Ah.

Mortka regarda son collègue qui jouait nerveusement avec les clefs de sa voiture. Il ne l'avait jamais vu aussi préoccupé et malheureux. L'inspecteur Boguslaw Lupa était le seul policier du commissariat local pour qui Mortka avait un véritable respect, et dont l'avis comptait. Lupa avait auparavant travaillé à Wroclaw pour le Bureau des enquêtes où il s'était occupé de la lutte contre le crime organisé. Il avait œuvré un temps comme agent infiltré, pénétrant des structures de groupes criminels, conduisant à des arrestations spectaculaires à l'époque. Après quelques années dans ce service, Lupa avait rendu son insigne du Bureau des enquêtes et demandé une affectation plus tranquille. C'est ainsi qu'il avait atterri à Kretowice, ce dont il semblait satisfait.

— Qu'est-ce qu'il y a, Bog ? demanda Mortka.

Lupa frémit. Puis il désigna sa voiture.

— Grimpe. Je t'expliquerai tout ça en route.

Sans attendre de réponse, Lupa s'installa au volant. Mortka fit le tour de la voiture et prit place à côté. Ils démarrèrent avant qu'il eût le temps d'attacher sa ceinture.

— Alors, de quoi s'agit-il ? reprit Mortka.

Lupa eut un profond soupir.

— Si Marta a vraiment disparu, elle serait la deuxième fille de son âge à disparaître dans le coin, au cours des trois derniers mois.

Mortka fronça les sourcils.

— J'ai consulté vos archives, dit-il. Aucune déclaration de disparition d'enfant.

— Parce qu'il n'y en a pas eu. Personne n'est venu faire de déposition formelle.

— Je ne comprends pas.

— C'est simple. Une enfant disparaît, mais les parents considèrent qu'il n'y a rien à dire.

— C'est quoi, ces parents ?

— Des Tsiganes, répondit Lupa.

Mortka s'enfonça dans son siège. Il y avait deux ou trois cents Roms établis à Kretowice. Pour une ville de dix mille habitants, ce n'était pas beaucoup, mais les Roms donnaient l'impression d'être trois fois plus nombreux. Ils occupaient presque tous des immeubles communaux dans une rue que les locaux avaient rebaptisée Harlem.

Dès le début de son séjour, Mortka avait compris que la ville avait un problème avec ça. Quand était née une rumeur selon laquelle quelques dizaines de familles de Roms allaient venir s'installer, il s'en était fallu de peu qu'on assiste à des émeutes. Il y avait eu des préparatifs de manifestations devant l'hôtel de ville, et les conseillers municipaux avaient reçu des lettres de menaces anonymes dont les auteurs n'avaient pu être identifiés.

Les habitants jalousaient les programmes d'aide sociale aux Roms, affirmant d'abord que les Roms ne travaillaient pas, ensuite qu'ils ne voulaient pas travailler, enfin qu'ils étaient bruyants, qu'ils salissaient tout, qu'ils ne surveillaient ni leurs chiens ni leurs enfants et qu'ils étaient dangereux, en particulier lorsqu'ils avaient bu. En même temps, les Roms ne montraient aucune hâte pour s'intégrer à la société locale, et il était parfois difficile de ne pas avoir l'impression que la majorité d'entre eux passaient leurs journées à traîner dans le coin ou à tenir d'interminables conversations sur tout et sur rien. On reconnaissait les lieux de ces discussions aux innombrables coquilles de graines de tournesol et aux dizaines de mégots. Le résultat était que les deux communautés ne se convenaient pas.

— Parle-moi de cette fille tsigane, demanda Mortka.

— Adela Siwak, onze ans. Elle a disparu à peu près deux ou trois semaines avant ton arrivée. Les parents ont refusé de déposer.

— En se justifiant comment?

— En rien.

— C'est tout?

— C'est tout.

Mortka fronça les sourcils en essayant de se remémorer les articles du code de la famille.

— Et le procureur? La protection de l'enfance? N'importe qui d'autre? Vous ne pouviez pas faire pression?

— Bien sûr qu'on aurait pu, répondit Lupa d'un air sombre. Mais tu sais bien comment ça marche.

— Comment?

— Ce sont des foutus Tsiganes, le Kub! Personne

ne te le dira comme ça, mais la position, c'est qu'un Tsigane de moins, c'est un problème en moins. Qu'une fille de onze ans disparaisse, putain, mais qu'est-ce qu'on s'en balance ! (Le policier tapa du poing sur le volant.) Même si dans les dossiers, tout est en règle. Les papiers ont suivi un élégant circuit de bureau en bureau avant d'atterrir dans un tiroir. Terminé. Mais maintenant que c'est une des nôtres qui a disparu, on va au plus vite nous envoyer un putain d'hélico. On se demande bien pourquoi d'ailleurs, puisqu'il n'y a partout ici que de la forêt.

Lupa en tremblait presque de colère. L'affaire l'avait visiblement secoué, et Mortka s'étonnait qu'ils n'en aient jusque-là jamais parlé. Ils passaient dernièrement beaucoup de temps ensemble. Les deux policiers se retrouvaient souvent le soir avec un médecin de l'hôpital dans un bar au nom charmant d'USA où ils tuaient le temps en buvant des bières et en regardant des matchs de foot et de hand. Mortka n'était pas particulièrement attiré par les événements sportifs. Il n'avait pas réussi à ressusciter en lui l'esprit de supporter qu'avaient détruit, au début de sa carrière, ses incursions au stade Lazienkowski, où il avait été envoyé avec le reste de l'équipe de prévention, et où leur pleuvaient sur la tête, dans le meilleur des cas, des pétards ou des rouleaux de papier-toilette. Il appréciait néanmoins la compagnie de Lupa et de Nowak. Ils l'aidaient à mieux supporter l'exil dans les Carpates. De longues heures, assis, les yeux rivés sur le téléviseur, devant des chopes remplies avec régularité, ils discutaient du travail, de leurs familles, des enfants et de mille autres choses qui leur venaient à l'esprit. Mais jamais le nom de la petite Tsigane n'avait été prononcé.

— Je ne comprends pas pourquoi les parents...
— Pour eux, nous sommes des impurs, coupa Lupa. Ils ont ce qu'ils appellent le « romanipen ». Une sorte de code d'honneur. D'après eux, toute personne qui travaille à la police est marquée d'une grande souillure. Je ne sais pas comment ils le disent à leur manière. Même un Tsigane peut devenir impur. La honte retombe sur lui et sur sa famille, et il cesse d'être tsigane.
— Ça veut dire quoi?
— Le Kub, je ne comprends pas très bien moi-même, mais c'est comme ça. Si un Tsigane collabore avec la police, il cesse d'être tsigane. On ne peut plus manger avec lui, ni dormir ni lui parler. Il est exclu de la communauté. À vie. C'est la sanction la plus sévère.

Ils quittèrent la ville pour prendre la direction de l'hôpital par la voie express extérieure. L'hôpital avait été établi dans une immense bâtisse de l'époque allemande, accrochée au flanc de la montagne voisine. De la terrasse du premier étage, une belle vue s'étendait sur Sniezka, et de loin l'hôpital faisait penser à un hôtel de luxe. Le charme ne se rompait que quand on s'approchait, et le sanatorium modèle *Montagne magique* se transformait alors en établissement de soins souffrant de sous-investissement.

— Ils ne collaborent pas avec la police, dit Lupa à Mortka autant qu'à lui-même. Ils ont leur langue à eux, une couleur de peau différente. Putain, s'ils étaient un peu plus débrouillards, nous aurions un grand problème.
— Je sais de quoi tu parles. Nous, en Mazovie, on se demande quoi faire avec les Vietnamiens.
— Eux aussi restent bouche cousue?
— Nous, des fois, ou les gars du Bureau des enquêtes,

nous faisons une descente chez les « bananes », mais alors les « bananes » disparaissent du paysage, ou elles ne savent rien. Et en plus, tous ces « Pikachu » ne parlent en majorité même pas le polonais.

Lupa se mit à rire.

— De quoi tu parles, merde, le Kub ? C'est quoi tes « bananes », les « Pikachu » ?

— Les « Pikachu », c'est dans les Pokémons. Tu connais les dessins animés ?

— Oui, je connais.

— Pikachu, c'est le petit, tout jaune. C'est comme ça qu'on appelle les Vietnamiens.

— Et les « bananes » ?

— C'est les Vietnamiens polonisés. Jaunes à l'extérieur, blancs à l'intérieur. Comme des bananes. En majorité des petits entrepreneurs, des propriétaires de restaurants qui tout au plus maquillent des factures. C'est plus un travail pour le fisc que pour la police.

Toujours amusé, Lupa obliqua dans une étroite allée de tilleuls qui menait directement à l'hôpital.

— Pourquoi on va là ? demanda Mortka.

— Le moment est venu de te faire un cours, commença Lupa. La fille tsigane qui a disparu il y a un certain temps, c'est Adela Siwak. Sa mère, c'est Esmeralda Siwak. Une sacrée cinglée. Il paraît que quand elle était jeune, quand elle avait douze, treize ans, un garçon d'ici lui a fait du gringue. De la frime, comme à cet âge. Esmeralda l'a cogné, elle lui a cassé le nez et l'a presque démoli avec une brique, avant de lui conseiller d'aller se faire voir ailleurs.

— Joli.

— Le père d'Adela, c'est Lucas Siwak. Si Esmeralda

est une cinglée, je dirais qu'avec son mari, les deux font bien la paire. Le type a des bagarres et des agressions à son actif. On le soupçonne de trafic de vodka et de cigarettes avec l'Allemagne. Rien de terrible, juste ce qui rentre dans un coffre de voiture.

— Import, export, des petits vols ?

— Justement. Mais c'est un brutal, et très sensible quant à son honneur. Au point que même les visages pâles ont peur de témoigner contre lui. Même s'ils se sont fait cogner par lui, les loubards d'ici, après être venus se plaindre, ils changent d'avis, ils ne se souviennent plus, ils ne savent plus, ils n'ont pas bien vu, il s'agissait peut-être d'un autre Tsigane, et eux-mêmes ne les différencient pas bien les uns des autres.

— J'ai peut-être vu passer le nom dans vos dossiers.

— Très bien. Esmeralda a une sœur. Lucilla Kowal. Ou plutôt Katarzyna Kowal, parce qu'elle a changé son prénom à l'état civil. Une bonne femme pas ordinaire. On avait voulu la marier à treize ans. Tu sais, une de leurs coutumes stupides. Quand la famille ne veut pas donner la fille au garçon, celui-ci l'enlève dans la nuit. Il revient avec elle le lendemain. Et comme on se doute qu'elle a perdu son pucelage, les parents n'ont plus d'autre choix que de la donner au ravisseur. Chez les Tsiganes, c'est normal, mais Katarzyna a filé de chez elle.

— Oui, oui, je connais ces coutumes... Et qu'est-ce qui lui est arrivé, à cette Katarzyna ?

— Elle a été recueillie par une famille polonaise qui a accepté de la cacher, mais en la traitant comme une domestique gratuite. Pendant cinq ans, Katarzyna leur a fait le ménage, la cuisine, le repassage, elle lavait les fenêtres... En un mot, elle trimait en automate, la petite

Tsigane. Mais quand elle a eu ses dix-huit ans, elle leur a fait un doigt d'honneur, elle s'est fait faire des papiers, et elle est partie pour Cracovie. Elle a travaillé là-bas comme serveuse, elle a suivi des cours pour adultes, elle est entrée à la fac; après quoi, elle est revenue à Kretowice avec un diplôme de pédagogue. Elle travaille comme institutrice chez nous. C'est elle qui m'a tout appris sur les Tsiganes.

— Elle n'a pas eu peur de parler avec toi ? s'étonna Mortka. Vu leur code…

— Katarzyna dit qu'elle n'est déjà plus considérée complètement comme une Tsigane. Elle aide les gens à régler des affaires administratives, elle persuade les parents d'envoyer les enfants à l'école. Elle est un peu acceptée, mais elle est plus manouche que rom.

— Manouche ?

— C'est moins bien que Tsigane, mais mieux que Gadjo, comme ils appellent les Polonais de souche. Même si Katarzyna se demande parfois si elle n'est pas déjà gadjo. C'est une histoire compliquée et très fluctuante.

Mortka regretta de n'avoir pas sorti son carnet pour noter tout ça.

— Et comment tu as su pour cette disparition ?

— L'école a réagi quand Adela a cessé de venir en cours. Au début, on a pensé à… attends, comment c'était… à une « interruption du suivi de l'obligation de scolarisation ». Mais quand Katarzyna elle-même n'a pas pu savoir ce qui était arrivé à la gamine, on s'est inquiétés. On nous a informés. On voulait juste montrer qu'on se préoccupait.

— Je comprends.

— Lucas a une sœur, continua Lupa. Enfin, plus d'une, parce qu'ils se multiplient comme des lapins. Là, je parle de Sarah. Le mari de Sarah est en prison pour vol de voitures. Elle s'occupe de leurs trois enfants. Sauf que maintenant elle est à l'hôpital, parce que quelqu'un l'a battue. Sérieux. Elle a deux côtes cassées.

— Quelqu'un, c'est-à-dire ?

— Je miserais sur Lucas.

— Pourquoi ?

— Peut-être qu'elle a un peu trop regardé un autre homme ? L'honneur de la famille, c'est le plus important, donc Lucas a pu se dire qu'il fallait corriger sa sœur avant qu'elle ne cède à une idée stupide. Ou quelque chose comme ça. Il n'en faut pas beaucoup à ce fumier.

— C'est peut-être un autre Tsigane qui a fait le coup ?

— Si quelqu'un d'autre avait posé la main sur la sœur de Lucas, nous aurions déjà retrouvé son cadavre dans la rivière. Sérieux, le Kub, ce type est un cinglé. Il y a quelques années, il a battu à mort un gars qui avait déclaré qu'il se taperait bien sa bonne femme. Un autre aurait pris ça pour un compliment. Le mec n'a pas eu de chance : Lucas était en train de pisser derrière des buissons et il a tout entendu. C'est d'ailleurs la seule fois où nous avons réussi à coincer ce bronzé et à le mettre derrière les barreaux.

Ils se garèrent sur le parking devant l'hôpital.

— C'est Sarah que tu veux aller voir ? avança Mortka.

— Oui.

— Pour quoi faire, s'ils ne parlent pas aux policiers ?

— Elle est à l'hôpital. Elle est seule. Personne ne va la dénoncer. De plus, si je ne me trompe pas, elle a de la peine pour Lucas. Elle nous révélera peut-être des éléments sur la disparition d'Adela.

Mortka jeta un œil à sa montre.

— Je ne sais pas si on doit... Il faudrait peut-être organiser des recherches, préparer une action, appeler des renforts de Jelenia ou de Kamienna Gora...

— Tu ne sais même pas où chercher, l'interrompit Lupa. Et puis, les gars du commissariat s'en occupent déjà. Je leur ai donné un ordre.

Mortka regarda le bâtiment, et une crampe lui tordit l'estomac. Il détestait les hôpitaux et en avait peur, à la différence des morgues. Il serait volontiers resté dans la voiture. Mais comme Lupa entrait déjà, il se décida à le suivre, à contrecœur.

— Salut Bog, salut le Kub.

Le docteur Nowak les attendait à l'entrée. Petit, le teint pâle, les cheveux coupés court comme s'il sortait du service militaire. Calme et réservé, il avait l'air d'un homme qui ne se sent jamais à sa place.

— Salut Tomek. Merci d'être venu nous accueillir.

— Pas de problème. C'est quoi votre affaire ?

— Je voudrais parler à Sarah.

Nowak avait visiblement l'habitude de ce genre de visites parce qu'il ne posa pas d'autre question. Il les conduisit par les couloirs de l'hôpital jusqu'à la chambre.

Le bâtiment avait été construit dans un style néogothique, ce qui donnait à l'intérieur une allure de château hanté de roman d'épouvante. Une odeur acide de détergents prit Mortka aux narines.

— Je la préviens de votre visite ? demanda Nowak.

— Si c'est possible, plutôt non, dit Lupa.

— Comme tu voudras.

Ils arrivèrent bientôt à la porte de la chambre. Elle contenait quatre lits, dont deux seulement étaient occupés. Mortka devina tout de suite qui ils étaient venus voir : une femme aux yeux tuméfiés, des bleus sur les bras, avec des pansements et une mine pincée qui devait effaroucher les étrangers. Son regard furieux et plein de colère indiquait qu'elle était prête à tout pour défendre l'honneur de sa famille. Apercevant les policiers, elle reconnut Lupa et se tourna ostensiblement vers le mur. L'autre malade, une vieille femme avec des bandages sur le ventre, se contenta de lever les yeux de ses mots croisés.

Sarah ne répondit à aucune des questions qu'ils lui posèrent. Ils s'escrimèrent à l'interroger pendant près d'un quart d'heure. Et tout ce temps, la femme sur le lit voisin leur fit comprendre par des grognements de plus en plus sonores qu'ils la dérangeaient. Ils finirent par renoncer. Ils prirent congé du médecin et retournèrent en ville. Ils n'échangèrent pas un mot pendant le trajet. Mortka tentait de mettre de l'ordre dans tout ce qu'il avait appris de Lupa, tandis que Lupa, l'air martial, se concentrait sur la conduite.

Ils s'arrêtèrent dans le quartier où habitaient les Gawrys, mais devant une autre barre d'immeuble.

— Tu fais quoi maintenant ?

— Je vais parler avec Katarzyna Kowal, expliqua Lupa, réticent. Je voudrais que tu entendes aussi ce qu'elle a à dire à propos de sa nièce.

— Et si tu te trompes ? Si les deux affaires n'ont rien en commun ? Les Tsiganes marient leurs filles à treize ans. C'est peut-être ce qui est arrivé à Adela.

— Treize ans, le Kub, pas onze. Même eux ne sont pas monstres à ce point.

Lupa sortit de la voiture sans mot dire et s'éloigna. Après une brève hésitation, Mortka le suivit.

Ils croisèrent devant la cage d'escalier un petit vieux qui remontait de la cave avec un chat mort fourré dans un sac-poubelle. Les oreilles pointues dépassaient du plastique bleu et froissé, et à l'autre bout pendait une queue rousse qui faisait penser à un gros ver velu. Le petit vieux se mit au garde-à-vous devant Lupa et redressa fièrement la tête.

— Bonjour, monsieur l'inspecteur, dit-il d'une voix sèche.

— Bonjour.

— Encore un chat crevé que je suis obligé de sortir, expliqua le petit vieux. (Il avait sur le nez des lunettes à grosse monture d'écaille avec des verres rayés mais propres.) Ils se sont fait un mouroir de notre cave, merde, une sorte de cimetière des éléphants... Je n'arrête pas d'y trouver des trucs morts. Pour certains, c'est triste, parce qu'ils étaient encore tout jeunes.

— C'est peut-être à cause de la mort aux rats ? suggéra Mortka.

— Peut-être, dit le petit vieux qui devait être du genre à aimer se trouver d'accord avec les autres, parce qu'un léger sourire se dessina sur son visage. Vous savez, nous fermons les fenêtres, tous les trous sont bouchés, mais si ces foutues bestioles arrivent à passer, elles crèvent. Notre cave n'est qu'une puanteur de malheur à cause de ces saloperies de chats.

Ils quittèrent le petit vieux et montèrent au premier. Lupa sonna à la porte de gauche. Une femme d'une trentaine d'années à la beauté orientale leur ouvrit. Maquillée, sweater serré et jean, des boucles d'oreilles noires, elle avait l'air d'une star de film indien. Au second regard seulement apparaissaient les défauts de cette beauté : un double menton, des joues légèrement pendantes et, sous le sourcil gauche, un grain de beauté d'où sortaient trois longs poils noirs.

— Bog ! s'écria-t-elle à la vue de Lupa, et elle se jeta sur lui les bras grands ouverts.

Ils s'embrassèrent chaleureusement comme deux bons vieux amis.

— Entrez !

La femme accompagna son invitation d'un geste éloquent.

— Un collègue à moi, Jakub Mortka, un policier de Varsovie, présenta Lupa en entrant dans l'étroit vestibule.

La femme habitait un studio semblable à celui qui avait été attribué à Mortka. À ceci près que le logement occupé par la Rom était plus soigné et mieux équipé.

— J'ai entendu parler de vous.

— Par qui ? s'enquit Mortka.

La Rom sourit en montrant une rangée de dents légèrement jaunies.

— C'est une petite ville ici, il ne s'y passe pas grand-chose. Après votre arrivée, on a papoté presque toute une semaine à votre sujet dans la salle des profs. On dit que vous avez été muté pour avoir tué quelqu'un. C'est vrai ?

L'inspecteur fit une grimace.

— Pas tout à fait.

— C'est-à-dire ?

— Kaska ! Suffit ! intervint Lupa.

— *Sorry*, Bog, mais tu me connais. Moi, je vais toujours droit au but, sans fioritures. Alors, c'était quoi ?

Mortka soupira et adressa un regard de reproche à son

collègue. Lupa se contenta de hausser les épaules dans un geste d'excuse.

— J'ai tué un bonhomme, reconnut Mortka. En légitime défense. Il s'agissait d'un pyromane qui avait assassiné quatre personnes, dont deux enfants et sa propre mère. Mais ce n'est pas pour ça que je suis venu.

— C'est pourquoi?

Mortka n'avait pas l'intention de dévoiler à cette femme étrangère les secrets de sa dernière conversation avec son chef.

— On m'a proposé cette mutation temporaire pour me refaire les nerfs et me reposer. J'ai accepté, parce que j'avais besoin d'un peu de calme, comme Bog. Il ne s'agissait pas d'une sanction, conclut-il d'un pieux mensonge.

Ils passèrent dans le séjour. Les policiers s'assirent sur un canapé rouge placé devant un petit téléviseur et un bureau où un ordinateur allumé affichait un jeu à l'écran. Au-dessus, sur une étagère en bois, de petits pots de diverses couleurs étaient rangés soigneusement. Certains en verre, les autres en terre cuite ou en porcelaine.

— Je fais collection. Un hobby. Où que j'aille, il faut que j'achète un de ces petits pots, que ce soit une œuvre d'art ou de la camelote, expliqua la femme. Vous collectionnez bien quelque chose, monsieur l'inspecteur?

— Tu peux l'appeler le Kub, précisa Lupa.

— Alors, le Kub, tu fais collection?

Mortka eut le sentiment que tous deux s'étaient mis d'accord à l'avance pour l'interroger. Il ne savait pas encore qui était le bon flic et qui le mauvais.

— Non, je ne fais pas de collection, répondit-il.

— Kaska, intervint à nouveau Lupa, nous sommes

malheureusement ici en service. Nous voudrions parler d'Adela.

Le visage de la Rom se figea avant de laisser paraître de la douleur et de la colère. La femme serra les poings et se dirigea vers l'étagère aux petits pots. Elle prit un petit trésor de porcelaine à rebords dorés qu'elle caressa du bout d'un doigt. Mortka se dit que ce bibelot plairait à Ola.

Elle avait toujours eu un faible pour ce genre de babioles. Quand ils rendaient visite à ses parents à lui, elle pouvait passer des heures à admirer les services et les cristaux que le père de Mortka, directeur de l'hôpital, avait reçu de malades en témoignage de reconnaissance, ou comme pots-de-vin.

— Pourquoi? demanda-t-elle.
— Nous avons nos raisons.

Elle hocha la tête.

— Qu'est-ce que vous voulez savoir?
— Tout.

Elle reposa le petit pot sur l'étagère.

— Adela était, je pense que je peux déjà parler au passé, une fille très douée. Très réfléchie, intelligente. Ça ne se voyait pas dans ses notes, parce qu'elle était moins bonne à l'étude que ses camarades à visage pâle. Mais les Polonaises partent d'un niveau plus élevé que nous. En particulier ici, à Kretowice.

— Pourquoi ici en particulier? s'enquit Mortka.

— Il faut vraiment que je vous raconte l'histoire de la communauté tsigane à Kretowice? Comment les communistes ont commencé par nous prendre nos roulottes, avant de nous emmener de force travailler en usine, et comment, en 1989, quand ces usines ont fait faillite, les

Tsiganes ont été les premiers licenciés ? Il y a ici des familles où les hommes n'ont pas réussi à trouver un emploi fixe depuis vingt ans. Les plus débrouillards sont déjà partis depuis longtemps. Je vous laisse imaginer qui est resté...

— Revenons-en à Adela, demanda Lupa.

Elle approuva de la tête.

— Elle était intelligente, douée, et elle voulait apprendre. Je suis sûre que si on le lui avait permis, et avec un peu d'aide, elle serait entrée au lycée. Et plus tard, qui sait, à l'université. Elle avait la volonté. Mais ça ne plaisait pas à son père. À sa mère non plus. Bog, tu as parlé au Kub de Lucas et Esmeralda ?

— Oui.

— Alors, le Kub, tu sais à quoi on peut s'attendre de leur part. Les Tsiganes n'apprécient pas l'éducation, en particulier chez les filles. Pour Lucas, l'idéal aurait été qu'Adela se marie à son treizième anniversaire et mette un enfant au monde année après année, comme une chienne reproductrice. C'est pour le romanipen, précisa-t-elle, de la colère dans les yeux. Lucas voulait qu'Adela arrête d'étudier. Il avait prévu de lui interdire de se rendre à l'école. Elle savait lire, elle savait compter, c'est-à-dire qu'elle en savait plus que ne le doit une Tsigane. Du moins, selon Lucas. On en était au point où elle s'échappait de la maison pour venir à l'école. Elle recevait ensuite des corrections, et violentes. J'ai vu des bleus, et d'autres maîtresses aussi. Tu peux aller demander.

— Vous ne pouviez pas réagir ? Informer quelqu'un ?

Au lieu de répondre, elle émit un pouffement lourd de sens. Mortka se représenta ce que cela signifiait.

Personne n'était concerné par le sort d'une jeune Rom. Et même si une telle personne s'était trouvée, elle n'aurait jamais pu briser la loi du silence derrière laquelle s'abritait la communauté rom comme derrière un rempart.

— Un jour, Adela a tout bonnement cessé de venir à l'école. Et depuis lors, ni moi ni personne d'autre ne l'a vue, conclut Kaska.

— L'inspecteur Lupa m'a déjà expliqué pourquoi la police ne s'est pas saisie de l'affaire. Aucun Tsigane ne parlera aux policiers, et sans leurs déclarations, ou dans le pire des cas, la découverte du corps, on ne peut rien faire. (Mortka parlait lentement, choisissant prudemment ses mots.) Je voudrais quand même te demander si tu n'as pas appris quelque chose toi-même. Si j'ai bien compris, à toi, on aura pu dire quelque chose puisque tu es tsigane.

— Tu lui as expliqué que c'était un peu plus compliqué que ça? demanda la femme en se tournant vers Lupa, qui se contenta de hocher la tête. Je suis tsigane, mais seulement pour vous, les Polonais de souche. Pas pour eux. Être tsigane, ce n'est pas une affaire de couleur de peau.

— Oui, je sais...

— Puisque tu sais, le Kub, le coupa-t-elle, tu dois comprendre d'abord qu'on ne me dit pas tout. Et ensuite, que Lucas a dit que ce n'était pas mon affaire. Et il a clos la discussion.

Soudain, elle éclata de rire.

— D'ailleurs, le Kub, regarde-moi! (Elle désignait ses jambes.) Je suis en pantalon! Pour un Rom polonais, c'est suffisant pour être impure! Et en plus, je parle avec deux policiers!

Mortka fronça les sourcils et lança un regard interrogatif à Lupa.

— Tu sais que ce ne sont pas des Tsiganes polonais qui habitent ici, mais des Bergitka, des montagnards ? demanda-t-elle.

Il acquiesça, espérant que la Rom ne creuserait pas davantage le sujet. Il n'avait pas envie d'écouter un cours supplémentaire.

— Tu as des soupçons sur ce qui a pu arriver à Adela ?

— J'ai peur que Lucas lui ait fait quelque chose. Peut-être rien de spécial. Peut-être par hasard. Frappé un coup ou deux de trop quand il l'a corrigée. Il a toujours été impulsif. Il n'a jamais pu se contrôler. (Elle soupira profondément à plusieurs reprises.) Pourquoi vous me demandez tout ça ?

Lupa se leva du canapé et balaya sur sa manche une poussière invisible.

— On nous a déclaré la disparition d'une autre fillette. Du même âge. Marta Gawrys. Tu la connais ?

— Oui, bien sûr. Est-ce que les deux disparitions…

Lupa l'interrompit avant qu'elle ait eu le temps de finir sa question.

— Je n'en sais rien, Kasia, tout simplement je n'en sais rien.

— Et alors, qu'est-ce que tu en penses ? demanda Lupa tandis qu'ils entraient dans le commissariat.

Le commissariat de Kretowice était installé dans une villa de vacances à étage datant d'avant-guerre et qui avait appartenu à un riche industriel des environs de Berlin. En 1945, elle avait été affectée de manière improvisée à ses nouvelles fonctions. Il s'agissait d'une solution provisoire, car les autorités avaient annoncé la construction d'un siège spécialement conçu et équipé pour la milice de l'époque, mais comme à l'ordinaire, le provisoire s'était révélé des plus durables, et il durait maintenant depuis déjà plus de soixante ans. Le principal défaut n'était cependant pas que l'immeuble ait été trop petit ou mal entretenu, mais qu'en raison de dizaines de réparations de moindre ou plus grande importance qui n'avaient jamais été consignées, on ne savait pas exactement par où passaient les tuyaux, ni où couraient les fils électriques. La plus petite panne obligeait donc les policiers de Kretowice à effectuer des travaux archéologiques pour découvrir ce qui s'était déglingué, et où se trouvait tout le bazar.

Lupa et Mortka montèrent à la section criminelle qui se trouvait au premier. On y arrivait par un étroit escalier en bois. Il grinçait tellement qu'il donnait l'impression d'être sur le point de s'effondrer avec fracas, alors qu'il avait été réparé à peine deux ans plus tôt. Le genre de commissariat qui, malgré son apparence solide et indestructible, semblait pouvoir se disloquer et s'écrouler sur la tête des agents.

— Et alors, qu'est-ce que tu en penses ? répéta Lupa.
— Et toi ?

Mortka lui renvoya la question tout en s'asseyant au bureau provisoire qui lui avait été attribué. C'était un petit meuble ancien que l'on avait remonté de la cave et placé dans un coin de la pièce à l'occasion de son arrivée.

— Le Kub, moi je suis là pour le crime organisé. Les meurtres et autres, c'est ton domaine.

Mortka sourit légèrement et croisa les mains derrière sa tête.

— Deux gamines du même âge qui disparaissent toutes les deux dans des circonstances mystérieuses… Une grande similitude. Un grand danger. Mais tu sais, il se pourrait que sa mère nous appelle d'ici une heure et nous annonce que Marta vient de rentrer à la maison.

— Tu dois avoir raison. Tout simplement… Et merde, je m'ennuie ici, tu comprends ? Un ennui de première, je regrette le temps où j'étais au Bureau des enquêtes, et ça me revient, parfois… Cette affaire avec Adela… Tu sais que certains flics font une obsession des affaires non résolues ?

— Je sais, répondit-il en songeant que lui-même se trouvait à Kretowice en raison d'une obsession identique.

— C'est un peu mon cas avec cette fille tsigane. Je veux tout simplement savoir ce qu'il lui est arrivé. Tu comprends ?

Lupa haussa les épaules et, sans attendre de réponse, il entreprit d'examiner les dossiers qui l'attendaient sur le bureau. Mortka se taisait, surpris par cet accès de sincérité. Il observait son collègue. Lupa avait l'air de vouloir cogner quelqu'un.

On frappa à la porte.

— Entrez ! cria Lupa.

La porte s'ouvrit, et ils aperçurent la tête d'un jeune policier, puis un corps entier apparut. Mortka, qui n'essayait même pas de retenir les noms et prénoms des collègues qui travaillaient avec lui, se souvint seulement d'un soir au café où ils avaient joué aux dés. Mortka avait perdu.

— Excusez-moi, inspecteur, c'est à propos de cette fille qu'on doit rechercher.

— Et alors ? s'enquit Mortka.

— Ça… Je la connais, nous n'habitons pas loin, donc

j'ai fait le rapprochement avec le nom. Et j'ai une copine que j'ai vue hier. On a pris une bière avec son copain à elle… Je viens de lui téléphoner pour parler, comme ça, de ce qu'on va faire aujourd'hui, et…

— Putain, Marcin, tu peux en venir au fait ? aboya Lupa, irrité.

— Bon, alors, cette copine à moi, hier, elle a vu Marta. Le matin, elle promenait son chien, et elle a vu la gamine monter dans une BMW noire, genre 4 × 4.

— Et après ?

— Rien. Elle est partie. Vers Struga Zdrowia, vous voyez ? (Le jeune policier se tourna vers Mortka.) Le spa qu'on a construit il y a quelques années.

— Une BMW… Quel modèle ?

— Inspecteur, ma copine, c'est qu'une nana. C'est déjà bien qu'elle ait vu que c'était une BMW, expliqua-t-il en ricanant.

— Et le numéro d'immatriculation ?

— Elle n'a pas regardé, je lui ai posé la question.

— Elle ne sait même pas si c'est d'ici ou d'ailleurs ?

Le jeune fit non de la tête.

— Dommage… soupira Mortka.

— Je peux vérifier au service des immatriculations combien on a de 4 × 4 BMW noirs enregistrés dans le coin, proposa le policier.

Mortka lança un regard interrogatif à Lupa qui le lui rendit. L'inspecteur comprit que c'était à lui et non au collègue local de mener l'enquête. Il poussa un nouveau soupir.

— Bien, alors écoute, petit. (Il s'adressa au jeune toujours à la porte.) Prépare-nous un extrait des immatriculations, mais passe d'abord voir ta copine, ou plutôt dis-lui de venir ici faire une déposition. Essaye d'en savoir le plus possible sur cette voiture et l'incident lui-même, où se tenait la fille, d'où elle l'a vue… (Il s'interrompit.) Tu ne notes pas ?

— Dans ma tête, inspecteur.

— Prends plutôt des notes.

Le policier lui fit comprendre d'un geste qu'il n'avait pas de crayon. Mortka en ramassa un sur son bureau et le lança à l'agent. Puis il lui dit de prendre une feuille blanche de l'imprimante.

— Donc…

Il marqua une nouvelle pause pour laisser le temps au jeune de vérifier que le stylo-bille écrivait bien sur la feuille appuyée contre le mur.

— Tout ce qu'elle sait de la voiture. Couleur, plaque, modèle, type de moteur. Je sais bien que tu m'as dit que c'était une nana, mais demande-lui ce qu'elle se rappelle. Ensuite, le conducteur. Est-ce qu'elle l'a vu, et si oui, à quoi il ressemble, comment il se comportait, est-ce qu'elle le connaît… Vers où ils sont partis. Tu as dit qu'ils avaient pris la direction du spa, mais tu dois lui poser la question, compris ?

— Oui, inspecteur.

— C'est bien. Demande-lui où elle était, d'où elle arrivait, et pourquoi elle a remarqué la voiture. Tu sauras faire ?

— Bien sûr que oui.

— Alors, rends-moi le stylo et file.

Le policier se précipita vers le bureau de Mortka pour y poser le stylo-bille avant de sortir de la pièce.

— Je te parie dix zlotys qu'il va se ramasser, lança Lupa avec un sourire.

Ils entendirent le jeune dévaler l'escalier quatre à quatre mais, ne percevant aucun bruit de chute, ils estimèrent qu'il était arrivé en bas sain et sauf.

— Et nous, on fait quoi? demanda Lupa.

— On va au spa de Struga Zdrowia jeter un œil aux voitures. Nous n'avons pas de meilleure piste.

Par une route sinueuse dont l'asphalte s'écaillait avec les kilomètres, creusant des trous dans la chaussée, ils quittèrent la ville avant de s'enfoncer dans une sombre forêt de montagne. Mortka appuya la tête contre la vitre et regarda paupières mi-closes les troncs défiler, les arbres lancer leurs cimes dans le bleu du ciel et vers les rochers qui semblaient attendre une occasion de s'effondrer en avalanche pour tout écraser sur leur chemin. Le centre de spa apparut soudain derrière un virage, un hôtel à deux étages dans un style de refuge montagnard, avec un grand parking et un restaurant en terrasse. Il était décoré de parasols au nom d'une marque de bière populaire, et de la fumée s'élevait verticalement d'un grill allumé.

Lupa arrêta la voiture, et ils descendirent. Ils furent aussitôt saisis par une odeur de saucisses et de travers de porc grillés. Mortka se mit à saliver et réalisa qu'il n'avait pas mangé depuis le matin. Il regarda sa montre qui confirma qu'il était temps d'avaler quelque chose.

— On cherche cette voiture? demanda Lupa.

— Oui, oui… répondit Mortka en jetant un coup d'œil envieux à la terrasse où un gros type en chemisette jaune récupérait des mains du cuisinier deux assiettes pleines de viandes en attente de sauces et des petits pains ventrus.

Au lieu de manger, ils longèrent à pas lents le parking en examinant soigneusement chaque véhicule. Les

Volkswagen, les Passat et les Skoda Octavia argentées étaient en majorité. Ils trouvèrent un 4 × 4 BMW à peu près au milieu. Mortka sortit son carnet et nota le numéro de la plaque. Les lettres indiquaient que l'auto était enregistrée à Wroclaw.

— Tu peux vérifier ça ? demanda Lupa.

Le collègue acquiesça d'un signe de tête et prit son portable. Mortka s'assura qu'aucun autre 4 × 4 de même marque ne se trouvait garé sur le parking. Aucun. Il se dirigea vers l'hôtel.

Il s'attendait à ce que l'intérieur soit décoré en style montagnard, avec quantité d'alpenstocks et de trophées de chasse aux murs, mais il fut agréablement surpris. La réception était lumineuse, vaste et peinte en jaune doux, avec au sol des carreaux marron foncé qui reluisaient. Les murs étaient ornés de diplômes et de photos de célébrités qui avaient séjourné à Struga Zdrowia où elles s'étaient plu, à en croire les inscriptions de remerciements rapidement tracées au marqueur noir.

Mortka s'appuya au comptoir de la réception et agita la petite clochette. Peu après émergea un jeune homme à lunettes posées sur un nez que soulignait un sourire professionnel de bel artifice.

— Bonjour, en quoi puis-je vous aider ?

— Inspecteur Jakub Mortka, de la police.

L'inspecteur se présenta et brandit sa carte de service devant le visage du réceptionniste. L'homme se rétracta instinctivement comme s'il se demandait fébrilement pourquoi il pouvait être recherché.

— Bonjour, répéta le garçon apeuré. En quoi puis-je servir les autorités ? Qu'est-ce qu'il est arrivé ?

Les autorités, se répéta Mortka, amusé. Il y avait

longtemps qu'il n'avait pas entendu l'expression. En tout cas, pas sur ce ton d'un sérieux absolu, sans la moindre trace de raillerie.

— Nous recherchons le propriétaire de cette voiture.

L'inspecteur sortit son carnet et lut à voix haute le numéro de la plaque d'immatriculation.

— Qu'est-ce qu'il est arrivé? redemanda le réceptionniste qui retrouvait peu à peu ses esprits.

— Pour le moment, ce n'est pas important. Pouvez-vous me mettre en contact avec le propriétaire de ce véhicule?

— Hélas, plutôt non. Nous n'avons pas ce genre de possibilités…

— Excusez-moi, de quoi s'agit-il? demanda une voix sur le côté.

Mortka se retourna d'un coup. Un homme, dans les trente ans, se tenait devant lui, le teint bien hâlé, de longs cheveux clairs qui lui retombaient en vagues sur les épaules. Il affichait un large sourire, comme pour se vanter de ses rangées de dents d'une blancheur impeccable. Un petit ventre ressortait toutefois de la ceinture de son pantalon. Eût-il été plus jeune et plus mince, on eût pu le prendre pour un mannequin de mode.

— Et vous êtes?

— Grzegorz Bratkowski. Il me semble que vous venez de lire le numéro de la plaque de ma voiture. Je peux regarder?

Mortka lui montra le numéro inscrit dans son carnet. Bratkowski ôta ses lunettes de soleil, sur la monture desquelles on pouvait distinguer qu'il s'agissait de Ray-Ban, et les accrocha au col de son T-shirt.

— Oui, c'est ma voiture. Je me suis mal garé?

— Non, mais j'aurais quelques questions. Vous habitez ici?

— On me soupçonne de quelque chose?

— Répondez à ma question.

L'homme haussa les épaules.

— Greg, reviens par ici! s'écria une blonde assise sur un canapé pas loin.

Elle était avec une autre fille et deux hommes. Tous trois observaient Mortka en se chuchotant des choses. Bratkowski leur fit signe qu'il les rejoindrait tout de suite.

— Je suis venu voir des amis de Varsovie qui sont là pour profiter du spa.

— Donc, vous n'habitez pas ici? vérifia le policier.

— Je viens de vous dire que non! Vous pouvez m'expliquer de quoi il s'agit?

— Que faisiez-vous hier matin? Disons, avant midi.

Bratkowski eut un large sourire. Il se retourna, envoya un regard significatif à ses amis, puis lâcha dédaigneusement:

— Qu'est-ce que j'en sais? Je me suis levé, je me suis habillé, et puis je suis venu prendre le petit déjeuner avec mes amis.

— Vous êtes venu ici de chez vous?

— Bien sûr, de chez moi.

C'est à ce moment que Lupa entra dans l'hôtel. Il chercha Mortka du regard et s'approcha de lui. Il lui souffla quelques mots à l'oreille. L'inspecteur écouta attentivement, puis il hocha imperceptiblement la tête et rangea dans sa poche de pantalon le carnet qu'il tenait toujours en main.

— S'il vous plaît, dit-il, je crois qu'il vaut mieux que vous nous suiviez au commissariat.

Chapitre 2

Mon Dieu, que c'est beau par ici, songea-t-elle en rangeant ses achats dans un sac qu'elle accrocha à son épaule. Elle contemplait au sol les dalles régulières, le panonceau rouge de la supérette, La Coccinelle, et le chalet des toilettes publiques de la ville ; il n'y en avait qu'un, mais il ne servait de toute façon à rien, car tout le monde allait dans les buissons où il n'y avait pas à payer un zloty cinquante. De là où elle venait, tout était arrangé pareil. Sauf qu'ici on trouvait dans chaque toilette un siège en porcelaine et non un trou dans la terre cerclé de tôle au-dessus duquel il fallait s'accroupir pour faire ses besoins dans une posture de sauteur à ski.

Assis sur un muret, deux jeunes la reluquaient d'un air salace. L'un d'eux pouvait avoir dans les dix-sept ans, l'autre certainement davantage vu son visage tanné par le soleil et l'alcool. L'aîné lança une remarque. Elle n'entendit pas distinctement, en raison de la distance. Le plus jeune émit un rire servile. Elle leur lança un regard de mépris et continua son chemin en remuant les fesses avec coquetterie.

Comme elle s'y attendait, ils sautèrent à bas du muret et la suivirent. L'aîné lança de nouvelles remarques d'une voix rocailleuse. Elle crut distinguer les mots « chatte, « bite », « mettre ». Un frisson lui parcourut le dos. Non qu'elle s'inquiétât, elle connaissait ça bien. Ça l'avait accompagnée toute sa vie, même à la maison avant que tout se déclenche, avant qu'elle se décide à conquérir son propre avenir. Néanmoins, elle accéléra. Ils étaient tout proches. Elle entendait maintenant nettement chacun de leurs pas.

Elle avait toujours plu aux hommes, elle était, comme disait sa mère, délicieuse. Délicieuse, pas belle ou jolie. Un petit nez retroussé qui lui donnait un air fripon, des taches de rousseur à peine visibles, de grands yeux verts et des cheveux d'une blondeur d'icône. C'était sa malédiction. Une fille aussi belle doit être protégée par un papa ou par un frère, avoir quelqu'un pour la défendre contre le monde mauvais. Si jolie, cela se protège, cela se serre entre des bras, se cajole, se niche sur des genoux et se cramponne. Et surtout, grand Dieu, ça ne se laisse pas en liberté. Sa place était entre des bras d'hommes tutélaires. On le lui avait si souvent dit qu'elle y avait presque cru.

Elle était maintenant plus âgée et plus réfléchie, et elle dissimulait sa joliesse sous un maquillage agressif et un bronzage de cabine. Elle avait même voulu se teindre les cheveux en noir, mais au dernier moment la coiffeuse lui avait de nouveau demandé : « C'est vraiment ce que vous voulez faire ? » De si beaux cheveux… Elle y avait renoncé. Elle demanda qu'ils soient taillés court, à la garçonne. La coiffeuse tenta encore de protester, disant qu'ils étaient si beaux et longs, des cheveux que chaque femme voudrait avoir ; mais Olga se contenta de la fixer d'un regard tel qu'elle se tut pour prendre, effrayée, les ciseaux posés à côté. Quand elle donna le premier coup, elle ferma les yeux comme pour ne pas voir l'acte de barbarie capillaire qu'elle perpétrait. Olga se dit qu'à son retour à la maison, sa mère baisserait tristement la tête, persuadée d'avoir essuyé une défaite dans son rôle de parent. Puis elle lancerait le reproche selon quoi d'aussi belles petites ne devraient pas se permettre une telle allure.

Elle l'appelait encore la petite. Alors qu'Olga avait fêté ses dix-huit ans.

Mais elle ne rentrerait pas à la maison, à quoi bon ? Sa mère était déjà rongée par ce cancer dont Olga avait essayé de la sauver.

Les deux jeunes, l'aîné et le cadet, continuaient à la suivre. De son côté, elle continuait à remuer à tout hasard son petit derrière, qu'ils ne se découragent pas ; et comme en réponse à ses vœux, la voix pleine d'excitation de l'aîné lui parvint. Elle tourna vers la voie piétonne devant l'hôtel de ville. On était l'après-midi, un jour de week-end, il y avait donc beaucoup de monde. Des tables avaient été sorties devant le café tout proche. Deux vieux messieurs, coiffés de casquettes pour se protéger du soleil, prenaient le thé en silence et jouaient aux échecs. Des mères poussaient devant elles des landaus ou bien tentaient de maîtriser des enfants qui voulaient les tirer vers le marchand de glaces, les maris marchant à leurs côtés, souriant et cherchant de l'argent dans leur porte-monnaie. Ils attrapaient des bébés turbulents pour les lancer en l'air ou les menacer d'une tape pour rire. Les poivrots du coin, installés sur des bancs, se servaient des gorgées de bières dissimulées dans des sacs en plastique, puis exposaient leur visage au soleil en grommelant des paroles incompréhensibles avec des voluptés de chaton. Il y avait aussi des Roms. Ils veillaient à ne pas franchir la frontière invisible qui les séparait des Polonais et permettait aux deux communautés de ne jamais se trouver ensemble, mais côte à côte. Une frontière que seuls ne voyaient pas leurs enfants, sales, bruyants et dissipés.

Elle accéléra de nouveau le pas, les garçons firent de même à sa suite. Elle serra les dents, et des gouttes de sueur froide perlèrent dans son dos. Comme toujours dans une telle situation, elle se souvint de ce qu'elle avait vécu et se persuada pour la dixième ou la centième fois que le pire était derrière elle. Et comme toujours, lorsque cela lui revenait, elle eut soudain envie de s'asseoir par terre et de pleurer.

Mais elle arrivait devant un porche ouvert. Il en émanait du froid et une odeur aigre d'urine. Elle entra, se dissimula à l'intérieur et attendit paisiblement, certaine de ce qui allait se produire et de comment elle agirait.

Enfin, elle les vit. Ils se tenaient tout près, baignés dans le soleil. Ils lui semblèrent si proches qu'elle aurait pu les toucher. Le plus jeune regardait fébrilement autour de lui tandis que l'aîné finissait une cigarette. Il la jeta à ses pieds et écrasa le mégot du bout de sa chaussure tout en crachant de côté. Il fronça les sourcils dans un effort de réflexion intense.

Elle retenait sa respiration dans l'attente de ce qu'ils allaient faire.

— On entre ? demanda le plus jeune.

L'aîné se mordit la lèvre, puis fit non de la tête.

— Non, qu'est-ce que tu cherches, débile ? répondit-il en feignant l'amusement. Joli petit cul, mais putain ! j'ai des trucs plus intéressants à faire qu'à courir derrière celle-là comme un chien derrière une chienne en chaleur, non ?

— Bien sûr, fit le plus jeune, indécis. Un chien derrière une chienne, répéta le garçon en riant gaiement comme si son copain lui en avait sorti une bien bonne.

Visiblement, cela rendit sa bonne humeur à l'aîné qui n'avait cessé d'observer l'intérieur du porche en se demandant s'il avait pris la bonne décision. Il fit un large sourire et envoya une tape chaleureuse sur l'épaule de l'autre.

— On y va. On va trouver des plus belles putes à la station-service.

— Sûr, merde, à la station-service.

Ils s'éloignèrent.

Elle poussa un soupir de soulagement. Elle attendit encore une minute, presque certaine que les deux jeunes allaient revenir, mais non. Elle rangea donc sa bombe au poivre dans son sac, sans toutefois pouvoir se rappeler comment et quand celle-ci s'était retrouvée dans sa main. Elle regretta de n'avoir pu faire goûter son genou aux couilles de l'aîné. Un grand dommage. Elle aurait voulu montrer à ces deux connards où était leur place. Elle rajusta le sac à son épaule et sortit de dessous le porche.

La bouilloire électrique s'éteignit avec un petit déclic en envoyant un filet de vapeur brûlante. L'eau gargouilla encore quelques instants, puis s'apaisa. Mortka remplit sa tasse où il avait mis du café, puis ajouta deux cuillerées de sucre. Passé un temps de réflexion, il en rajouta deux, et remua.

— Qui t'a appris à sucrer comme ça? demanda Lupa.

— À Varsovie, on avait dans le temps un distributeur… commença Mortka avant de s'interrompre, se rendant compte que ce n'était vraiment pas grand-chose à raconter.

Il se contenta de montrer sur le bureau les papiers sortis de l'imprimante.

— Dis-moi…

— Je continue?

Mortka acquiesça. Lupa tendit la main en soupirant vers les feuilles sur lesquelles il posa ses yeux fatigués. Ils venaient de passer la dernière heure assis devant les écrans de leurs ordinateurs à vérifier les bases de données de la police, ou à téléphoner à des collègues, ou à des collègues de collègues qui pouvaient savoir quelque chose de la personne qui les intéressait.

— Grzegorz Bratkowski, vingt-huit ans, fils de Michal et Cecylia, domicilié à Wroclaw. Aucune information sur sa profession, mais il n'est pas inscrit au chômage. Ce qui, comme on le sait, ne veut rien dire. Casier vierge. Arrêté il y a trois ans pour soupçon d'agression sexuelle sur une fillette de dix ans. Le procureur a décidé de classer l'affaire.

— Pourquoi? demanda Mortka.

— En raison de la faiblesse des éléments de preuve. Un copain qui connaît l'affaire me dit que c'était du genre «peut-être bien que oui, peut-être bien que non». La mère de la fille était, paraît-il, une horrible cinglée. Elle a aussi accusé le père et l'un de ses amants d'agression sexuelle. Les deux accusations n'ont pu être confirmées. En plus, après avoir parlé avec la fille, le psychologue avait des doutes quant à la réalité des faits.

Mais, en même temps… voilà : il avait des doutes. Tu comprends, le Kub ? La petite avait fini par lui montrer quelque chose sur la poupée.

Ils savaient que les affaires de ce genre ne se déroulaient jamais simplement. Parfois, on avait le type à portée de main, on pouvait pratiquement l'attraper par son cou de salopard et le jeter en cellule. Sauf que c'était ce foutu « pratiquement » qui faisait la différence. Dans une affaire « pratiquement » bouclée, le « pratiquement » condamné pouvait ressortir libre comme l'air. Le plus souvent, lors du méfait suivant, il commettait l'erreur de trop qui l'envoyait là où il aurait dû se trouver la fois précédente si quelqu'un s'était donné davantage de peine dans son travail et n'avait rien laissé passer ou si, tout simplement, la police avait eu une chance de cocu.

— Et après ?

— Un an plus tard, il a été attrapé lors d'une descente sur un réseau de pédophilie sur Internet et arrêté pour possession d'images pédopornographiques. De nouveau, le procureur n'a rien retenu contre lui.

— Que disent tes collègues ?

— Que le disque dur saisi chez Bratkowski a été détruit dans les réserves de la police dans des circonstances mystérieuses, et qu'on n'a réussi à lire aucun fichier. Le procureur qui suivait l'affaire joue au bridge dans le même club que le père de Bratkowski. Ah, j'oubliais ! Le vieux Bratkowski est le principal mécène du club.

— Alors tout s'éclaire…

Mortka but une gorgée de son café qui lui parut amer en dépit des quatre cuillerées de sucre.

— Tu penses qu'il a quelque chose à voir avec la disparition de Marta ? demanda Lupa.

L'inspecteur ne répondit pas. Il s'approcha de la fenêtre et regarda vers l'extérieur. Sur le parking du commissariat, un technicien de la Crim', visage rougeaud et mains tremblantes, examinait justement la voiture de Bratkowski.

— Comment tu veux la jouer ? Bon flic, méchant flic ?

Mortka jeta un coup d'œil sur la pendule au mur. Ils gardaient le suspect dans la salle d'interrogatoire depuis plus d'une heure et demie. Ça ne pouvait se prolonger. Le père Bratkowski avait des relations au parquet de Wroclaw, et certainement en d'autres lieux encore.

— Le bon et le méchant ? Tout le monde connaît ça, au moins par le cinéma, n'est-ce pas ? répondit-il enfin.

— Tu ne sais pas à quel point ça fonctionne. Vous ne faites pas ça à Vavar ?

— Des fois. Mais pour être sincère, j'ai le plus souvent affaire à des gugusses qui ont passé plus d'heures en interrogatoire que moi. Ils ne se laissent pas prendre à la première connerie venue.

Lupa haussa les épaules. Il s'approche de Mortka et regarda aussi par la fenêtre. Les deux policiers observèrent en silence le technicien qui, en contrebas, relevait les empreintes sur la portière du côté passager.

— Il faudrait téléphoner à Jelenia, grommela Lupa. Leurs techniciens ne salopent pas le travail comme le nôtre.

— Il faudrait… répéta Mortka comme en écho.

— Je parie qu'il ne va rien trouver, grogna Lupa.

— Sûrement rien.

— Tel que je le connais, il aura effacé tout ce qui pouvait l'être.

— C'est sûr, renchérit Mortka en se couvrant intérieurement de reproches.

C'est lui qui avait insisté pour qu'on aille vite, sans attendre les techniciens de Jelenia Gora. Maintenant, il le regrettait.

Il se détourna de la fenêtre. Il ramassa les papiers qui se trouvaient sur le bureau et les fourra dans un classeur blanc qui se fermait avec une ficelle. Il ajouta la photo de la fillette disparue que leur avaient fournie les parents de Marta.

— Qu'on en finisse, dit-il.

Lupa lui indiqua la direction de la salle d'interrogatoire.

Lorsqu'ils entrèrent, Bratkowski jouait avec un verre vide où on lui avait servi de l'eau minérale. Il le faisait tourner sur la table, le poussant vers une extrémité puis le rattrapant à l'autre avant qu'il tombe. Entendant les policiers, il releva la tête. Son visage n'exprimait qu'un pur et sincère ennui.

— Je peux y aller? demanda-t-il. J'ai fait ce que vous demandiez. Je suis venu avec vous, je vous ai permis de fouiller ma voiture, et me voici... Mon Dieu... Ça fait combien de temps?

Ils ne répondirent pas. La salle d'interrogatoire du commissariat de Kretowice ne méritait pas un nom si pompeux. Ce n'était qu'un local servant de remise pour les objets du quotidien ou de lieu de travail pour ceux des policiers qui ne trouvaient pas de place ailleurs. C'est pourquoi, avant d'y installer Bratkowski, il avait fallu attendre quinze minutes pendant lesquelles l'homme avait pu observer les agents emporter de vieilles chaises, des tas de papiers, des balais et des brosses dans un seau, un écran couvert de poussière et un petit bureau. Tout était maintenant empilé dans le couloir où on était obligé de se serrer de côté pour avancer.

Mortka prit place à la table tandis que Lupa se postait dans le coin où était posée une caméra.

— Je vais enregistrer, annonça-t-il, et il brancha l'appareil.

Bratkowski lui adressa un regard étonné, puis il se recula un peu sur sa chaise et croisa les mains sur son ventre. Il souriait. Mortka eut le sentiment que Bratkowski imaginait déjà comment il raconterait tout ça à ses amis restés à Struga Zdrowia pour produire le meilleur effet dans la conversation.

— Comment vous appelez-vous ? commença l'inspecteur.

— Grzegorz Bratkowski.

— Adresse ?

— Wroclaw.

— La rue ?

— Mais vous avez tout ça sur la carte d'identité que m'avez prise, répondit Bratkowski, rigolard.

— Où êtes-vous descendu ?

— Je loue un chalet d'été dans le coin. Depuis longtemps.

— Mais vous êtes toujours domicilié à Wroclaw ?

— Oui. Je suppose que c'est légal ?

— Tout à fait. Mais ce n'est pas ce qui nous intéresse. De quoi vous vous occupez ?

— M'occuper ?

— Professionnellement.

— Je vis de mes rentes, déclara fièrement Bratkowski en se balançant sur sa chaise.

Mortka eut envie d'envoyer un coup de pied pour faire tomber le bonhomme.

— Rentes ? C'est-à-dire ?

— C'est-à-dire que j'ai gagné assez d'argent pour vivre de mes placements. Ce que je fais.

— Vous, vous avez gagné de l'argent ? Étrange...

Mortka s'interrompit, le temps d'ouvrir le dossier. Il parcourut quelques feuilles en recherchant des annotations. Il n'en avait en fait pas besoin. Il se souvenait de tout, mais il voulait, par cette petite mise en scène, démolir l'assurance de Bratkowski. Il y parvint, car l'autre se figea, penché en arrière, jetant de temps à autre des regards à Lupa, toujours debout à côté de la caméra.

— De ce que nous avons appris, il ressort que vous n'avez jamais exercé d'activité à caractère lucratif, jamais été employé, ni n'avez siégé dans aucun conseil d'administration ou de surveillance d'une quelconque société. Par contre, votre père...

Mortka suspendit sa voix. Bratkowski eut un rictus de colère, car il venait de se rendre compte qu'il s'était laissé prendre en flagrant délit de mensonge.

— Mon père mourra un jour, et j'hériterai alors de tout. Cet argent est en fait déjà à moi.

— Bien sûr, vous avez raison, mais pour le moment vous ne vivez pas de vos rentes, vous n'êtes qu'un pique-assiette vivant de l'aumône paternelle. Même la voiture dans laquelle vous roulez est au nom de votre père !

Bratkowski ramena la chaise en position verticale et se pencha vers Mortka. Ses narines frémissaient.

— Et merde ! siffla-t-il. De toute façon, j'ai plus de pognon que toi, flicaille.

L'inspecteur revint au dossier. Il reprit ses recherches. Il savait exactement ce qu'il cherchait, mais il voulait attiser l'inquiétude de Bratkowski. Il avait réussi à lui faire perdre son sang-froid. Il fallait en profiter.

— Tu reconnais cette fille ? demanda-t-il en posant sur la table une photo de Marta Gawrys.

Bratkowski se contenta d'y jeter un œil et de faire un signe de dénégation de la tête. Il avait réagi un tout petit peu trop vite. Du moins, au goût de Mortka.

— Non, je ne la connais pas, dit l'homme.
— Dommage.
— Pourquoi ?
— Comme ça. Elle est belle.

Bratkowski jeta de nouveau un œil sur la photo et haussa les épaules.

— Je ne sais pas. Peut-être.
— Moi, elle me plaît, poursuivit Mortka. Une très jolie gamine. Et qui aimait flirter. Et pas qu'un peu. Avec les garçons, et des fois avec des filles...
— Pourquoi vous me racontez ça ? demanda Bratkowski.
— Comme ça.

Mortka se tut, considérant l'individu qu'il interrogeait. Il perçut dans ses yeux comme une curiosité, une invitation à en dire davantage.

— Elle mettait la langue, comme une vraie femme. Aujourd'hui, il y en a, des gamines comme ça. Qui veulent vraiment, mais vraiment, passer pour des grandes.

Quand un garçon lui plaisait, elle lui prenait la main et la posait sur ses seins. Qu'est-ce que je dis, ses seins! Elle avait de tout petits tétons, à peine des boutons, poursuivit l'inspecteur.

Bratkowski cligna des paupières, et sa main, comme séparée du reste de son corps, avança vers la photo, ne s'arrêtant qu'à quelques centimètres...

— Mais qu'est-ce qu'elle aimait ça, quand on les lui tripotait, ses petits boutons! Elle adorait. Mais ce qu'elle préférait, tu sais ce que c'est? ajouta Mortka.

— Quoi? râla Bratkowski.

— C'est quand on lui tripotait sa petite chatte. D'abord du bout du doigt, et puis... enfin, tu sais bien. Ce qu'elle aimait ça! Et se faire mettre, la petite salope.

Bratkowski se mit à trembler violemment, il se redressa et ouvrit grands les yeux.

— Ça veut dire quoi?

— Qu'elle se faisait mettre. Par des garçons de son âge, et des plus grands avec des poils de moustache sous le nez. Elle écartait les jambes si on lui demandait, et quand elle se faisait baiser, elle piaillait drôlement, mais pas de douleur: parce que ça lui faisait du bien. Elle piaillait de bonheur comme une gamine à qui on donne une barbe à papa.

— Ça me ferait mal!

— Pardon?

— Ça me ferait mal! Ce n'était pas son genre. Jamais avec personne elle n'a...

Bratkowski s'interrompit comme pour reprendre son souffle mais, en vérité, les mots avaient du mal à franchir ses lèvres.

— Elle était vierge, acheva-t-il.

— C'est clair, c'est clair… Mais ce n'est pas ce que disent les garçons qui l'ont niquée. Et par tous les trous, encore que ce qu'elle préférait, c'était la position du missionnaire.

— Ils mentent! Elle était vierge!

L'inspecteur s'exclama de façon théâtrale:

— Et d'où tu peux bien savoir ça?

— Puisque c'est moi qui l'ai dépucelée!

Mortka avala sa salive. Il se tourna vers Lupa qui observait la scène en silence, pâle et plein de fureur.

— Tu as enregistré ça? demanda-t-il.

— Évidemment.

— Dans ce cas, on fait une pause.

Bratkowski s'effondra, et on vit à son expression qu'il réalisait enfin ce qu'il venait de dire. Sur son visage se succédèrent l'incrédulité, l'étonnement, la peur et la colère. Il se prit la tête entre les mains, enfonça les doigts dans ses cheveux peignés en arrière et gémit comme si on lui avait enfoncé des clous dans les pieds.

— Vous m'avez menti! cracha-t-il d'une voix pleine de rancœur en pointant un doigt accusateur vers Mortka.

L'inspecteur se leva de derrière la table et sortit de la pièce sans un mot. Il referma soigneusement la porte derrière lui, avança de quelques pas et s'appuya contre le mur. Il respirait lourdement. Il avait l'impression d'avoir pataugé dans du sperme.

Mortka savait que tout pédophile se fabrique dans la tête une image idéalisée de l'enfant qu'il violente. Une vision où la victime est le plus souvent innocente, un ange aimé, pur et sans tache. Il avait décidé de briser cette image, de frapper avec force et précision, de secouer Bratkowski en espérant que celui-ci s'emporterait pour défendre son rêve de malade, et se dévoilerait ainsi. Il avait réussi. Mais il n'était pas heureux pour autant.

— Tout va bien ? demanda Lupa qui s'extirpait de la pièce.

Par la porte entrebâillée, Mortka aperçut Bratkowski. L'homme était assis à la table, tête baissée. Il bredouillait.

— Oui. Tout va bien.

— Tu es tout vert.

— Ça me passera. On retourne au travail.

Lupa s'effaça pour le laisser entrer. Mortka s'assit et rangea les documents. Il n'avait plus rien à y chercher. Il ne voulait que retarder de quelques secondes le moment de commencer la deuxième partie de l'interrogatoire.

— Vous voulez boire quelque chose ?

Bratkowski ne comprit pas tout de suite que l'inspecteur s'adressait à lui. Puis il fit non de la tête.

— Racontez-moi comment ça s'est passé.

— Je vous l'ai déjà dit, répliqua-t-il après un long silence.

— Quand avez-vous rencontré Marta ?

— Je n'ai pas à répondre à ces questions !

— C'est vrai, mais ce serait mieux pour vous si vous y répondiez quand même.

Bratkowski souffla doucement un peu d'air par la bouche. Il sembla qu'il allait dire quelque chose, mais au lieu de cela il se renferma de nouveau.

— Ça s'est passé hier, commença Mortka. Vous rouliez pour aller retrouver vos amis à Struga Zdrowia. À un moment, vous avez remarqué une petite fille seule qui marchait le long de la route. Vous vous êtes arrêté, et...

— Ce n'est pas comme ça, chuchota, ou plutôt gémit Bratkowski.

— Comment, alors ?

— Elle n'allait nulle part. Elle était tout simplement assise au bord de la route. Je me suis garé pas loin. Je l'ai longuement observée. Je pensais que ses parents étaient à proximité. Ou un oncle, ou un frère. Mais personne ne s'est montré, personne ne la surveillait. Elle était complètement seule, et c'était le début d'une si belle journée.

— Vous vous êtes approché ?

— Oui. Nous avons commencé à parler. Elle a dit qu'elle suivait la route vers le haut. Elle avait un peu peur de moi, et j'ai dû manœuvrer pour qu'elle accepte de monter dans la voiture. Et ça a marché. Elle est montée toute seule ! Je ne l'ai obligée à rien ! souligna-t-il fébrilement.

— Je comprends. Elle est montée toute seule dans la voiture. Qu'est-ce qu'il est arrivé ensuite ?

— Nous sommes entrés dans la forêt, en direction de Struga. J'ai obliqué dans un chemin de traverse, un genre de sentier forestier criblé de vraies fondrières. J'ai roulé quelques centaines de mètres et je me suis arrêté.

— Elle n'a pas protesté ?

— Elle a protesté, mais je lui ai expliqué que c'était un raccourci.

— Que s'est-il passé quand vous vous êtes arrêté ?

— Je l'ai tirée hors de la voiture. Je ne voulais pas qu'elle y laisse des traces. Je l'ai jetée par terre et là, je lui… je me suis amusé. Je l'ai baisée. Et elle était vierge !

— Elle s'est défendue ?

— Oui, comme un petit chat. Qui griffe, mais qui ne fait pas de mal.

— Et où est Marta maintenant ?

Bratkowski eut un gémissement. Il détourna la tête vers le mur et se passa les mains dans les cheveux.

— J'ai pu... j'ai pu peut-être la serrer un peu trop fort. Elle a peut-être pu se dégager trop violemment. J'ai pu lui faire du mal.

— Où est-elle maintenant ?

— Je l'ai laissée dans la forêt.

— Dans la forêt ? Entre la ville et le spa ?

— Oui.

— Où exactement ?

Bratkowski secoua la tête.

— Je ne vous le dirai pas.

— Il vaudrait mieux que vous le disiez.

— Mais je ne le dirai pas.

— Marta est vivante ?

Le silence se prolongea indéfiniment. Bratkowski réfléchissait intensément.

— Non. Plutôt non. Je l'ai vraiment serrée fort.

— Le nom d'Adela Siwak vous dit quelque chose ? intervint Lupa.

Il quitta son poste près de la caméra et s'avança vers le bonhomme. Il se plaça dans son dos et fixa son cou avec insistance. Bratkowski s'agita nerveusement.

— Adela Siwak ?

— Onze ans. Comme Marta. Une Tsigane. Elle a disparu il y a trois mois.

Bratkowski fronça les sourcils.

— Ah ! La Tsigane ! s'écria-t-il d'un ton de soulagement. Elle au moins, elle avait le feu au cul. Comme un petit animal qui redemande des caresses. Elle me regardait avec une telle flamme qu'il n'y avait pas moyen d'y échapper. Superbe ! Une vraie sorcière.

Lupa fit un pas en avant, ferma un poing qu'il leva. Mortka se précipita.

— Inspecteur... fit-il d'une voix dure.

Lupa recula jusqu'au mur. Il était rouge de colère.

— Qu'est-il arrivé à Adela? demanda Mortka en se rasseyant.

— Je lui ai peut-être aussi fait du mal, reconnut Bratkowski d'une voix douce mais décidée.

— Du mal? Comme à Marta?

— Oui. Comme à Marta.

— Et où est son corps?

Bratkowski émit un grognement, puis un large sourire dévoila ses dents blanches.

— C'est vous, messieurs, qui êtes les policiers. À vous de chercher. Si vous faites des efforts, vous les trouverez. Toutes les deux.

J'aurais dû attendre les autres, se dit Mortka en appuyant sur la pédale de gaz, tandis qu'il négociait habilement la sortie d'un virage escarpé. Les phares de la voiture faisaient surgir l'asphalte de l'obscurité de la nuit qui, ici en montagne, était véritablement noire et non orangée comme à Varsovie, toujours noyée sous des lampadaires de rues.

Après l'interrogatoire et la mise en état d'arrestation de Bratowski, Lupa s'était attelé à l'organisation d'un groupe de recherche. On avait téléphoné à tous les agents en leur demandant de se présenter au plus vite au commissariat, on avait ressorti des cartes poussiéreuses, et une patrouille canine devait arriver de Jelenia Gora. Mortka avait emprunté la voiture de Lupa. Il voulait repasser chez lui, prendre une douche rapide, avaler quelque chose avant de revenir.

Mais à peine avait-il parcouru quelques centaines de mètres que, sans savoir vraiment pourquoi, au lieu de prendre la direction de son logement, il avait pris vers le spa de Struga Zdrowia. Quelque chose clochait dans l'histoire de Bratkowski, quelque chose qui tour à tour apparaissait et disparaissait dans les circonvolutions de son cerveau comme pour jouer au chat et à la souris avec lui. Il scrutait la route avec attention. Il n'avait remarqué aucune transversale quand il était passé par là le matin avec Lupa. Or Bratkowski avait bien dû quitter la route principale pour se cacher, avec son grand 4 × 4 et la petite qu'il voulait violer. Mais comment était-ce possible ? Personne, vraiment, ne l'aurait repéré ? Le commissaire ne pouvait y croire. C'était bien sûr une route de montagne, mais de nombreuses voitures y passaient, allant vers ou venant de Struga Zdrowia, et les habitants y faisaient souvent des allers-retours à pied.

— C'est là ! s'écria-t-il en freinant brusquement.

Dans cette obscurité, il avait presque manqué le croisement, pour autant que l'on pût appeler ainsi l'intersection de la bande d'asphalte et d'un chemin de terre inégal et embroussaillé. Il engagea la marche arrière et recula de quelques mètres pour prendre l'embranchement. Le chemin était à peine assez large pour la Toyota tout-terrain, obligée d'avancer légèrement de guingois. La voiture de Bratkowski était plus large. S'il était vraiment passé par là, les roues de droite avaient dû rouler sur le bas-côté raboteux, sensiblement plus bas que les roues de gauche. Donc le châssis avait dû frotter en creusant un large sillon. Mortka ne releva pas ce genre de traces, mais vit bien des empreintes de pneus. Donc quelqu'un avait suivi ce chemin. L'inspecteur continua, remontant la piste de ces empreintes.

Il s'arrêta après deux minutes de roulage dans des ornières qui le firent tressauter sur son siège. Il coupa le moteur et descendit de voiture. Il ouvrit le coffre où se trouvaient un câble de remorquage, une boîte à pharmacie, un pneu de rechange, et enfin une lampe torche qu'il prit avec lui.

Il avança, éclairant tantôt devant ses pieds, tantôt sur les côtés. Il se demandait où Bratkowski avait pu emmener Marta pour la violer, la tuer et ensuite dissimuler le cadavre. Il s'accroupit et ramassa une motte de terre. Comme il s'y attendait, le sol était dur et pierreux. Pour creuser un trou pour le corps, il aurait fallu une pelle solide et un pic. Il n'avait pas trouvé ce genre d'outils dans la voiture de Bratkowski. Cela ne signifiait nullement qu'il n'en ait pas disposé le jour du crime. Mais comme il l'avait lui-même reconnu, il était tombé par hasard sur la fillette, il n'avait donc pas préparé le viol et l'assassinat. Alors pourquoi aurait-il transporté des outils de terrassement? Mortka doutait de plus en plus du récit de l'homme. Tout ce qu'il leur avait raconté continuait d'être théoriquement possible, mais de menus détails faisaient que le tout n'avait pas grand sens. Peut-être n'avait-il pas creusé de tombe? Mais où aurait-il alors caché le corps?

Soudain, Mortka se figea, sentant ses cheveux se dresser sur sa tête. Il venait de comprendre ce qu'avait fait Bratkowski. Devant lui, un encadrement de béton était planté dans la roche, et des planches sombres bloquaient l'entrée d'une ancienne mine.

Quelques jours après son arrivée à Kretowice, par

un morne après-midi nuageux, alors qu'il ne se passait absolument rien, Mortka était sorti en promenade dans les rues de la ville et, par désœuvrement, il était entré dans un immeuble décoré d'une inscription : « Maison de l'Histoire de Kretowice ». Passé le seuil, il avait trouvé un vieux monsieur grisonnant : un bénévole qui guidait la visite et racontait avec une véritable passion qui surprit Mortka les splendides traditions de la ville minière. Le policier avait timidement avancé qu'il n'y avait aucune mine dans la région.

— Aujourd'hui, non, reconnut le guide. Mais par ici, on a creusé depuis le Moyen Âge. Regardez cette gravure, une reproduction évidemment, on y voit d'anciens mineurs au travail. On a extrait du minerai à Kretowice jusqu'au XVIIe siècle. C'est la guerre de Trente Ans qui a mis fin à tout ça. On a alors liquidé la majorité des habitants, et la ville s'est effondrée économiquement. On est revenu à l'exploitation minière après la Seconde Guerre mondiale, lorsque, sur l'ordre des Soviets, on a extrait de l'uranium.

— De l'uranium ?

— Oui. (L'homme hocha énergiquement la tête.) Vous ne savez pas qu'il y a un niveau élevé de radiations dans tout Kretowice ? C'est à cause justement de cet uranium. Qui partait ensuite de chez nous vers l'URSS où les Russkofs en faisaient des bombes.

— Incroyable !

— C'est vrai. Comme vous voyez, nous avons une belle tradition minière. Et même si maintenant on ne creuse plus rien, toutes les montagnes des environs sont truffées d'anciennes descentes et de galeries, ajouta le petit vieux, excité.

Et voici que Mortka se trouvait devant l'entrée d'une mine. Des inscriptions de mise en garde contre les radiations étaient peintes sur des piliers en béton. Les planches qui obstruaient l'entrée étaient vieilles, noires et couvertes de plaques de mousse, mais les clous qui les fixaient arboraient des têtes métalliques propres. Ils avaient l'air neufs.

Il posa la lampe torche à terre. Il saisit une des planches, la secoua fortement, l'arracha, ouvrant ainsi un trou par lequel il pouvait regarder à l'intérieur. Un souffle froid et humide l'enveloppa. Il ne voyait devant lui que du noir. Sans réfléchir davantage, il arracha une deuxième planche. Il ramassa la lampe, la débarrassa de graviers et, se faufilant entre les planches, il se glissa à l'intérieur de la mine.

Il avança dans un couloir voûté aux parois bétonnées. Quelques mètres plus loin, il pataugea dans une flaque, et une eau glacée lui entra dans les chaussures. Il fit un petit bond en jurant. Il recula vivement et trouva une poutre en pierre sur laquelle il monta pour continuer.

Il lui semblait que le couloir courait en pente douce vers le cœur de la montagne. Les parois de béton furent bientôt remplacées par de gros poteaux de mine, souvent détériorés, de sorte que l'on apercevait en leur centre des tiges rouillées. Il marcha jusqu'à l'extrémité de la poutre, puis réussit à trouver un passage au sec, même si par endroits celui-ci s'étrécissait au point qu'il devait progresser en équilibre comme un danseur de corde. Plus loin, il dut sauter de pierre en pierre pour ne pas patauger dans l'eau. Quelques mètres plus loin encore, les poteaux disparurent eux aussi, laissant la place à la roche nue.

Mortka s'arrêta. Il jeta un coup d'œil derrière lui. Il

faisait si sombre qu'il ne distinguait même pas l'entrée de la mine. Dans l'autre sens, le conduit se prolongeait dans l'obscurité, indéfiniment. Il hésita à faire demi-tour. Au commissariat, on devait se demander où il était passé. Il sortit son portable de sa poche. Évidemment, il n'y avait pas de réseau. La lampe éclairait puissamment. Les batteries devaient tenir, mais si elles s'épuisaient au cours de cette balade souterraine, il aurait des soucis. Non qu'il pourrait se perdre, puisque le conduit était tout droit. Mais comme le sol était inégal et plein de trous, il risquait de se tordre une cheville. Il décida néanmoins d'avancer encore d'une bonne dizaine de mètres.

Il dut franchir un nouveau passage inondé en sautillant sur des pierres. Cette fois, il atterrit sur quelque chose de glissant. Il perdit l'équilibre et agita vigoureusement les bras, ce qui ne fit qu'empirer la situation. Il tomba le derrière dans l'eau, mouillant complètement ses chaussures et son pantalon. Par chance, il évita de casser la lampe.

Il jura furieusement avant, à bout de souffle, de ricaner. Il devait avoir un air comique, assis comme ça dans cette flaque d'eau sale de la mine.

Soudain, il entendit quelque chose. Une voix lointaine, peut-être un chuchotement. Il bondit sur ses jambes et balaya le conduit avec la lumière de la lampe. Son cœur se mit à battre fortement.

— Hello ! cria-t-il.

Seul l'écho lui répondit. Il avait pourtant bien entendu un son ! Il en était de plus en plus certain. Il continua à avancer, sans plus se préoccuper de rester au sec. L'eau lui montait aux genoux.

Il regretta de ne pas avoir pris son pistolet.

Après quelques minutes à patauger, il commença à

se demander s'il avait bien entendu quelque chose, et s'il avait raison de s'enfoncer seul dans la mine. À ce moment, le couloir s'élargit. Il ouvrait sur une salle au centre de laquelle se trouvait un wagonnet ; plus loin, une porte peinte en bleu, avec l'inscription WC. Mortka s'approcha et trouva un lavabo et une cuvette fendue renversée sur le côté.

Il entendit de nouveau quelque chose. Une voix.

— Hello ! Il y a quelqu'un ? hurla-t-il.

Écho. Toujours l'écho.

Il décida d'aller encore de l'avant, se disant qu'il ferait demi-tour avant de se geler. Le couloir obliquait et menait à une nouvelle salle. Mortka s'arrêta pour souffler, étonné. Des rangées de chaises pliantes en métal cassées et déjà bien rouillées s'alignaient devant les murs. Comme si on avait voulu aménager une sorte de plage dans la mine.

— Mais où suis-je ? se chuchota-t-il à lui-même.

Il découvrit des inscriptions mais, la peinture blanche étant partie par plaques, elles étaient devenues illisibles.

Il continua, désormais moins pour chercher le corps de la fillette que par pure curiosité. Il se sentait tel un petit garçon qui entre pour la première fois dans la cave de grand-mère et fouille dans les trésors qui y sont cachés.

Il arriva à un endroit où le couloir s'ouvrait en deux. Une voie vers la droite, et une plus bas, vers le fond de la mine. Pour y accéder il fallait descendre une échelle métallique. L'inspecteur s'en saisit, la secoua plusieurs fois, puis, assuré qu'elle était stable, il descendit.

Il trouva encore de l'eau. La surface et les parois étaient recouvertes d'une substance marron, semblable à un tapis de champignons. Surmontant son dégoût, il continua.

Il parvint à une nouvelle salle. Il y trouva encore

d'étranges chaises pliantes métalliques, non pas alignées mais jetées les unes sur les autres en un tas de ferrailles emmêlées.

Et c'est là qu'il la découvrit. Elle était assise sur une couche – petite fille de onze ans, couverte d'une veste en jean. Elle avait ramené les genoux sous son menton, blême et immobile. Elle était vivante. Elle respirait faiblement, et de petites bouffées de vapeur sortaient de sa bouche. Elle avait le regard fixé sur un point, même si dans l'obscurité elle ne pouvait rien voir. Mortka dirigea la lumière de sa lampe là où se portait le regard de l'enfant, et sentit sa gorge se serrer.

Il était là, nu, tordu de manière macabre, jeté sur les chaises rouillées.

— Petite, c'est le cadavre de qui ?

Chapitre 3

Il prit le téléphone quand la sonnerie devint irritante au point qu'il ne pouvait plus l'ignorer.
— Nous venons d'arriver à Varsovie.
— Pardon ?
— Je t'ai dit, le Kub, que nous rentrions aujourd'hui, parce que demain Michal et Andrzej partent chez mes parents. Nous sommes juste devant la maison. J'ai pensé que tu aimerais le savoir, même si tu n'as pas dit au revoir aux enfants.
— Excuse-moi, Ola. Je suis sur une sacrée affaire.
— Tu as toujours de sacrées affaires, le Kub, fit-elle sèchement.

Ils gardèrent tous deux le silence, le temps de quelques battements de cœur.
— Ils étaient venus pour te voir, le Kub.
— Je sais.
— Je ne suis que ton ex-femme. Tu peux me traiter comme tu l'entends. Mais eux sont tes fils. Tu n'en auras pas d'autres.

Il mit plusieurs secondes à comprendre qu'Ola avait coupé la communication, et qu'il n'écoutait plus qu'un vide dans l'appareil. Il remit le portable dans sa poche et prit la tasse de thé brûlant que venait de lui apporter un des agents.

Dans la voiture de Lupa, emmitouflé dans des couvertures, il tenait son regard perdu sur la pente montagneuse qui s'éloignait dans l'obscurité devant lui. Il avait la tête vide comme si on lui avait enlevé toutes ses pensées et toutes ses émotions.

La fillette qu'il avait retrouvée dans la mine n'avait pas voulu ressortir avec lui. Ou elle n'avait tout simplement pas été en état de bouger, après plus de vingt-quatre heures passées dans le noir et le froid avec des restes humains pour seule compagnie. Mortka avait dû la porter. Il avait tendu ses muscles quand il avait remonté l'échelle, retenant d'une main Marta qui lui avait passé un bras faible autour du cou et agrippant de l'autre les barreaux successifs. Son épaule gauche continuait à le brûler. Le reste du chemin n'avait pas non plus été facile. Il avait semblé au policier qu'il avait marché deux ou trois fois plus longtemps qu'à l'aller. Il avait pris soudain terriblement froid et s'était mis à claquer des dents sans pouvoir se maîtriser.

De retour à la surface, il avait assis la fillette dans la voiture et branché le chauffage. Il voulait se rendre à l'hôpital, mais n'avait pas réussi à faire demi-tour sur le chemin défoncé, et il avait renoncé à faire marche arrière après avoir failli se renverser sur la pente abrupte. Il avait freiné au dernier moment. Puis il avait téléphoné à Lupa pour demander des secours. L'inspecteur arriva un quart d'heure plus tard, et l'ambulance cinq minutes après lui. Les infirmiers se chargèrent de Marta et repartirent en actionnant leur sirène qui retentit longtemps dans la montagne alentour.

La fillette n'avait, de tout ce temps, pas prononcé un mot.

Cela faisait maintenant bien une heure. Lupa se tenait près de Mortka avec deux autres agents. Les locaux se regardaient, indécis.

— Nous avons informé le parquet à Jelenia, dit Lupa. Ils envoient quelqu'un.

— C'est bien, répondit le Kub en prenant une nouvelle gorgée de thé.

Les autres le considéraient d'un air interrogatif, mais aucun n'ouvrit la bouche.

— De quoi s'agit-il? demanda-t-il.

Lupa avait de toute évidence été choisi pour prendre la parole, car il fit un pas dans la direction de l'inspecteur.

— Nous n'avons jamais eu une chose pareille par ici.

— Et donc, vous voudriez…

— Si tu pouvais…

— Oui, mais je ne suis pas de chez vous.

— Nous n'avons jamais rien eu de pareil, répéta Lupa.

Mortka étudia le visage des autres agents et comprit qu'ils n'avaient pas la moindre idée de ce qu'ils devaient faire ou de comment se comporter. Il fallait quelqu'un pour les diriger. Théoriquement, ce devrait être le rôle d'un procureur, mais ceux-ci ne se montraient que rarement sur le lieu de découverte d'un cadavre, et quand ils venaient enfin, ils n'avaient plus grand-chose de valable à dire. Ça retombait donc sur lui. Il jura en son for intérieur et se dit que s'il devait s'occuper de cette affaire, il lui faudrait apprendre les noms des autres agents du commissariat de Kretowice.

— Très bien, dit-il. Tout d'abord, trouvez-moi le plus jeune et dernier arrivé au commissariat.

— Ce sera Kamil.
— Il est ici ?
— Oui.
— Parfait.

Mortka prit les clefs de son logement dans une de ses poches, et les lança au policier le plus proche de lui.

— Tu les lui donnes, tu lui dis où j'habite, et qu'il file me chercher un pantalon sec. Compris ?

— Oui.

— Il me faudrait aussi des bottes. Trouvez-m'en une paire. Je ne veux pas me tremper de nouveau dans cette merde.

— À vos ordres.

— Passons maintenant aux choses sérieuses. Lupa, tu choisis un ou deux dégourdis et tu leur donnes un ou deux appareils photo, selon le nombre dont vous disposez.

— On n'a pas grand-chose.

— On a besoin du plus de photos possible. S'il le faut, qu'un des hommes rentre chez lui chercher son appareil. Ça ira même avec des photos de portables s'il n'y a pas d'autre possibilité.

— Bien.

— Les deux gars doivent faire tout le coin et photographier les traces de pneus. Si c'est possible, qu'ils prennent des empreintes en plâtre. On risque de voir que toutes appartiennent à nos véhicules, mais qui sait, on aura peut-être de la chance. Qu'ils cherchent aussi tout ce qui traîne. Des bouts de tissus, de vêtements, des empreintes de chaussures... Tout ce qu'ils trouvent, ils photographient d'abord, et ensuite ils ramassent. (Il s'interrompit, le temps de reprendre une gorgée de thé.)

Moi, toi et vous, messieurs, sans oublier le technicien de la Crim', on va faire la même chose, mais sous terre, poursuivit-il. Le problème, ceci étant, est qu'il y fait noir comme dans un trou du cul. Vous n'avez sûrement pas de générateur dans vos réserves, et même si vous en aviez un, je n'imagine pas qu'on puisse le descendre au fond de la mine. C'est pourquoi il faudrait dégotter le plus grand nombre possible de lampes torches puissantes.

— Rosecki, ordonna Lupa à un policier ventru qui se dandinait nerveusement d'un pied sur l'autre, tu t'en occupes.

— Oui, chef.

— Et ensuite, le Kub ?

— Voici le plan. On entre dans la mine. On répartit les lampes. Le plus loin possible des cadavres. Puis on divise le terrain et on photographie tout, j'ai dit tout, mètre après mètre. Veillez bien à ce que les photos soient nettes. Et faites attention à ne pas vous aveugler mutuellement avec les flashs.

Il se tut et fit tourner la tasse entre ses mains. Il se remémorait le coup de téléphone d'Ola. Ils étaient donc à Varsovie, et il se sentit mal à l'aise d'avoir oublié de dire au revoir à ses fils. Il pourrait les appeler et leur parler. Mais non, pas dans un tel moment. Sa main s'immobilisa avant d'atteindre la poche où se trouvait son téléphone.

— Au travail, dit-il aux policiers.

Il avait la voix curieusement sourde.

Une demi-heure plus tard, il pataugeait, de l'eau jusqu'aux chevilles. Il portait maintenant des bottes de pêcheur et un pantalon sec. En une dizaine de minutes, il avait réussi à disposer les lampes de façon à éclairer de manière régulière la salle aux cadavres. La lumière avait drastiquement rétréci les lieux. Un instant plus tôt, ils étaient noyés dans une obscurité infinie, et maintenant ils se retrouvaient coincés dans une cage pour claustrophobes. Il restait néanmoins dans cet espace trop d'ombre, une ombre qui pouvait dissimuler des traces, des indices et des preuves.

— Qu'est-ce que c'est au juste, cet endroit ? demanda Mortka.

— Un ancien centre de traitement aux eaux de radon, expliqua Rosecki. On a fait venir ici des malades après qu'on a cessé d'extraire de l'uranium. Il paraît que l'inhalation de l'air ambiant aidait contre des affections de la circulation et d'autres trucs. Mais à un moment, on a aussi fermé le centre de soins. Je ne sais même pas pourquoi.

Il chuchotait, détournant le regard de l'endroit où étaient les corps. Mortka le remercia d'un signe de tête et se dirigea vers les cadavres. Il examina longuement l'enchevêtrement de membres, les peaux blanches et nues recouvertes de ce même champignon qui tapissait la surface de l'eau.

— Mon Dieu... souffla Lupa en s'approchant de l'inspecteur. Combien y en a-t-il au juste ?

— Je n'arrive même pas à compter, répondit Mortka. Quatre ? Cinq ? On le saura quand on les aura rapportés en haut.

— Que des femmes ?

— On dirait.

Il se pencha sur les restes qui avaient été abandonnés de façon désordonnée les uns sur les autres. Tous complètement nus. À la lumière des lampes, l'inspecteur distinguait maintenant clairement ce qu'il lui avait semblé entrevoir lorsqu'il avait trouvé Marta : de profondes blessures sur les cuisses, le ventre, les seins. Comme si quelqu'un avait voulu faire de la sculpture sur chair.

— Mais c'est quoi, ça, putain ? se chuchota-t-il à lui-même.

Il n'avait jamais rien vu de tel au cours de toutes ses années dans la police.

— Bon, maintenant, à ton tour ! lança-t-il au technicien un peu en retrait.

L'homme fit non de la tête.

— Je ne veux pas.

— Comment ça ?

— Je ne veux pas y aller.

— Ça veut dire quoi ?

— Que, merde, je ne veux pas.

— Mais c'est ton boulot.

— Non. Je ne me suis pas engagé pour ça. Des casses de voitures, des cambriolages, des meurtres en famille réglos, oui. Mais pas des trucs comme ça.

— Mais c'est une blague ! Tu vas t'y mettre, connard !

Le technicien refit non de la tête et recula d'un pas.

— Le Kub, laisse-le, intervint Lupa. Tu vois bien de quoi ça a l'air.

— De quoi ? On va laisser ça là ? Rentrer chez soi en faisant semblant de n'avoir rien trouvé ?

Personne ne lui répondit. Mortka avala sa salive et s'approcha du technicien. Il lui posa sur l'épaule une main qu'il voulait apaisante.

— Il faut le faire. Tu le sais bien.

— Oui, souffla le technicien.

Sur quoi il afficha un sourire morne. Il passa devant

Mortka et alla poser sur une des chaises métalliques son sac d'équipement. Il l'ouvrit et se mit au travail.

— Je serais étonné de trouver quelque chose ici, dit-il en se penchant sur les corps.

Il avait revêtu un masque de chirurgien qui déformait légèrement sa voix.

— Au premier coup d'œil, ces corps sont restés dans l'eau aussi longtemps que ces saloperies. (Il désignait les champignons.) Même si le coupable a laissé des traces, je ne sais pas si elles donneront quelque chose.

— Tu te contentes de tout vérifier et de noter, demanda Mortka. Que personne ne puisse nous reprocher d'avoir salopé le boulot.

— Il s'agit donc de protéger ses arrières ?
— Oui.
— OK, se réjouit le technicien. Ça, je sais faire.

Mortka passa encore deux heures sous terre. Il surveilla le travail du technicien et des autres agents. Ils fouillèrent ensuite le fond de la salle. Ils formèrent une haie pour avancer, plongeant à chaque pas les mains dans l'eau froide, tâtant prudemment le fond rocheux inégal. Ils ne trouvèrent rien, si ce n'est des fragments de métal rouillé qui se disloquaient sous leurs doigts.

Il décida enfin, après avoir failli tomber, de rentrer. Il laissa sur place Lupa qui promit de tout surveiller. Le procureur de Jelenia Gora devait arriver d'un moment à l'autre. Mortka n'avait même plus la force de se demander ce qui l'avait retenu si longtemps.

Un des agents le ramena chez lui.

— C'est sûrement un coup des romanichels, lâcha-t-il au moment de se séparer.

— Des romanichels ? demanda Mortka.

— Des Tsiganes, précisa le policier. Il n'y a qu'eux pour faire des trucs aussi dégueulasses.

Mortka était trop fatigué pour discuter de ce sujet. Il se contenta d'un signe de la main. L'agent s'éloigna, et l'inspecteur se traîna jusque chez lui. L'instant d'après, toujours habillé, il ronflait bruyamment sur son lit.

Il fut réveillé par la sonnette de la porte d'entrée. Il ouvrit les yeux et se redressa sur ses coudes. Il tendit la main vers la table de nuit pour chercher sa montre, avant de se rendre compte qu'il l'avait toujours au poignet. Il était bientôt huit heures. Il avait dormi trois heures.

La sonnerie se faisait insistante.

Il se traîna hors de son lit et alla à la porte. Il s'y appuya fermement et se racla puissamment la gorge.

— C'est qui ? demanda-t-il.
— C'est moi, répondit une voix féminine.

Il se redressa brusquement. Il regarda son reflet dans le miroir de la petite entrée de son studio. Il avait un air minable. Des yeux caves, des joues mal rasées et un costume fripé. Trop fatigué pour se déshabiller avant de se coucher.

De mauvais gré, il ouvrit la porte. Il vit Alicja. Elle tenait un plateau sur lequel se trouvait une assiette avec des sandwiches et quelques rondelles de concombre, à côté d'une tasse de café fumant. Elle était en jean et chemisier turquoise. Elle n'avait pas boutonné les deux boutons du haut, ce qui laissait voir la ligne verticale entre ses seins qui enserraient un petit pendentif. Il se demanda si c'était un effet qu'elle avait recherché. Il l'espérait, car elle lui plaisait beaucoup.

— Je t'ai apporté le petit déjeuner, dit-elle.

— Merci.

Il lui prit maladroitement le plateau des mains.

— Alors, c'est vrai ? demanda-t-elle.

— Quoi ?

— Que vous avez trouvé des cadavres dans une ancienne mine près du spa ?

Il fronça les sourcils.

— Les racontars vont vite par ici ?

— Si tu savais, tu n'en reviendrais pas, répondit-elle avec un sourire.

— Il est à peine huit heures du matin !

— Les SMS, expliqua-t-elle. Un paquet de gens de Kretowice ont été réveillés par des notifications de nouveaux messages reçus.

Elle avait raison. Des SMS stupides à rapidité de diffusion au carré.

— Qu'est-ce que tu sais ?

— Pas beaucoup plus que ce que je t'ai dit. Il paraît que la police a retrouvé des corps. Plus d'un. Il paraît qu'on a téléphoné en pleine nuit à presque tous les agents en ville pour leur demander de se présenter au service. Une situation exceptionnelle. C'est tout.

— Mais je ne peux rien te dire de plus.

— Dans l'intérêt de l'enquête ? supposa-t-elle.

— On peut dire ça…

Elle lui sourit, et il lui sourit.

— Bon appétit ! lui souhaita-t-elle enfin. J'ai pensé que tu aurais besoin d'aide aujourd'hui.

— En effet. Merci.

— Tu me rapporteras le plateau ?

— Oui. Bien sûr.

Elle lui envoya un baiser puis secoua la tête. Elle fit

demi-tour et disparut bientôt derrière la porte de son propre logement. Mortka eut le temps d'apercevoir Marcin, son fils de douze ans. Il lui adressa un signe auquel le petit répondit avec un sérieux mortel.

L'inspecteur posa le plateau sur la table du coin cuisine et mangea le petit déjeuner qu'elle lui avait apporté.

Il avait fait la connaissance d'Alicja quand il avait emménagé dans le studio qu'on lui avait affecté. Ils étaient du même âge. Ils avaient chacun deux enfants, elle un fils, Marcin, de douze ans, et une petite Justyna de sept. Lui était divorcé, et son mari à elle était mort dans un accident de voiture quatre ans plus tôt. Elle ne lui avait jamais raconté les détails, et il n'avait pas posé de questions. Elle travaillait comme infirmière et laborantine à l'hôpital local.

Ils n'avaient pas couché ensemble. Mortka pressentait qu'ils en avaient bien envie tous les deux, mais l'occasion ne s'était pas présentée. Une fois, un soir où Alicja l'avait invité à dîner avant de regarder un film à la télé, ils en avaient été vraiment tout près. Mais avant qu'il se passe quoi que ce soit, Marcin avait fait irruption dans la pièce. Le garçon s'était réveillé, et il avait faim. Du moins, c'est ce qu'il avait prétendu. Il avait demandé à sa maman de lui préparer un sandwich. Mortka avait eu l'impression que le garçon n'avait cessé de les observer et qu'il avait décidé d'intervenir avant que quelque chose arrive. Quoi qu'il en soit, ils n'étaient pas allés au lit. Ce soir-là, ils s'étaient séparés sur une embrassade gênée avant que l'inspecteur retourne chez lui.

Après le petit déjeuner, Mortka prit une douche rapide, se rasa, et enfila des vêtements propres. Il n'était pas neuf heures quand il partit au commissariat.

De son côté, Olga apprit l'histoire de la découverte des corps dans la supérette où elle achetait le pain. Les vendeuses bavardaient entre elles sur le sujet.

Elle ne laissa pas paraître son excitation croissante. Elle termina ses emplettes, remercia et sortit. Elle se dirigea vers le banc le plus proche où elle essuya des crottes d'oiseau avec une lingette avant de s'asseoir. Et là, elle se permit… un sourire ? Oui, elle sourit. Elle fut surprise par sa propre réaction, un sourire radieux comme si elle avait reçu le plus beau cadeau de Noël.

Elle se prit pourtant la tête entre les mains, éprouvant une honte brûlante. Elle se réjouissait. Pour de bon. Comment était-ce possible ? Elle avait envie de se gifler elle-même, de s'arracher la peau du visage, qu'il n'en reste que des lambeaux.

Mais, par tous les diables, c'était une sacrée bonne nouvelle ! Elle avait dépensé tout son argent et craignait de devoir à tout moment remballer ses affaires pour partir, sans savoir où, parce qu'elle doutait que sa chambre à Varsovie l'attende encore. Elle avait ici au moins un point d'ancrage, quelque chose à quoi pouvoir se raccrocher. Elle avait décidé de se cramponner en dépit de l'amincissement rapide, de jour en jour, de son portefeuille. Elle s'était dit que, dans le pire des cas, elle irait travailler.

Le soir précédent, elle s'était couchée tôt. Elle avait passé une piteuse soirée. Elle s'était sentie faible et fatiguée, comme si son corps avait refusé toute obéissance. Mais elle n'avait pu s'endormir. Couchée entre des draps blancs qui sentaient la lessive bon marché, elle avait étudié le plafond fissuré. Et à force d'ennui, à compter les fissures, mais elle s'était perdue quelque part entre quatorze et vingt. Elle sortit du lit pour prendre dans son sac une bouteille de vin doux, un rouge de la marque Sophia. Elle lutta contre le bouchon, ce qui l'énerva et ne fit que renforcer sa détermination. Elle finit par vaincre et put prendre une première gorgée. Suivie d'une deuxième, puis d'une troisième.

À l'époque où elle avait entrepris ses recherches, elle ne buvait presque pas. La colère lui suffisait. Bientôt, un monstre intérieur s'était déchaîné, et il avait fallu lui donner à boire un petit verre de vin, histoire qu'il se calme. Mais au fil de ses visites d'endroits successifs, le petit verre grandit, de godet devenant pichet, et maintenant, près de son radiateur, c'étaient des bouteilles vertes qui s'alignaient en une rangée bien droite. Une pour chaque jour passé.

Cette fois-ci, même le Sophia ne lui apporta pas de paix. L'alcool qui restait rêche ne fit que lui irriter la gorge, la privant de la sensation que lui procurait la mastication lente du pain rassis chapardé dans la salle à manger du centre.

Elle éprouva soudain une forte envie d'appeler Aneta. Sans réfléchir, elle prit son portable dans son sac. Mais, en faisant défiler les contacts, elle se souvint d'avoir quelques semaines plus tôt effacé le numéro de son amie, et de n'avoir gardé que celui de la Fondation, déserte à cette heure. Elles s'étaient fâchées. En fait, c'était Olga qui s'était fâchée, car cette foutue sainte Aneta ne s'était, comme toujours, pas laissé démonter.

« Tu dois oublier. Continuer », avait-elle dit de sa voix calme et maîtrisée qu'Olga avait si souvent entendue qu'elle en avait la nausée.

Elle ne pouvait pas oublier. Elle n'y parvenait pas. D'autres, peut-être, s'il pouvait s'en trouver d'autres, mais elle, non. C'était comme ça, c'est comme ça, et ça restera comme ça. Mais, seule dans sa chambre d'hôtel, une bouteille de vin coincée entre les genoux, elle se demandait si son amie n'avait quand même pas raison. Et si après avoir quitté sa mère qui essayait de la sauver, elle ne faisait pas la deuxième grande erreur de sa vie. Elle craignait d'avoir gaspillé des jours et des semaines, des mois à la poursuite de fantômes de son passé, dans la conviction erronée que cela pourrait changer quelque chose.

Et maintenant, alors qu'elle commençait à perdre espoir, elle venait de tomber sur une piste. Si tout ça était vrai, si on avait vraiment trouvé des corps, c'était enfin la bonne nouvelle.

Assise sur le banc, elle se dit qu'il lui faudrait du vin. Elle lèverait son verre à l'événement qui venait de se produire. Elle hésita même à retourner à la supérette mais renonça. Elle s'achèterait une bouteille plus tard, pour le soir.

Elle agrippa par son pantalon un homme qui passait à côté. Celui-ci s'arrêta, stupéfait.

— Oui? fit-il, d'un ton où se mêlaient protestation et question.

— Excusez-moi, vous savez où se trouve le commissariat de police?

Il lui indiqua une direction. Elle le remercia. Elle ramassa ses affaires et partit vers le poste. Elle se dit qu'il y aurait aussi par là-bas un banc où elle pourrait s'asseoir pour manger son petit déjeuner. Et profiter de l'occasion pour observer les policiers et réfléchir à un plan d'action.

Elle venait de trouver une piste. Elle ne la lâcherait pas. À aucun prix.

À peine Mortka avait-il franchi le seuil du commissariat que l'agent de garde l'informa de ce qu'il devait immédiatement se présenter au commissaire Zajda. L'inspecteur se rendit au bureau du chef et frappa à la porte.

— Entrez!

Zajda, assis derrière son bureau sous un ventilateur qui tournait lentement au plafond, feuilletait fébrilement les pages d'un gros carnet. Il relevait des numéros de téléphone qu'il recopiait sur une feuille blanche, ajoutant à chacun deux, trois mots de remarques. Apercevant Mortka, il ôta ses lunettes, qu'il replia avant de les glisser dans la pochette de sa chemise d'uniforme. Puis il désigna à l'inspecteur la chaise en face lui. Le policier s'installa à la place indiquée.

Le commissaire sortit d'un tiroir de son bureau un cendrier. Il le posa sur la table rayée, prit son paquet de cigarettes, s'en alluma une, puis poussa ses LM bleues vers l'inspecteur.

— Tu en grilles une?

— Non, merci.

Zajda hocha la tête en signe de compréhension. Il était de corpulence moyenne. Il avait des cheveux noirs parsemés de fils blancs, des moustaches soignées et un visage légèrement hâlé. Il avait dû être sportif dans sa jeunesse, voire bel homme. Mais avachi était le mot qui le caractérisait le mieux maintenant.

— Du bon boulot, ce que tu as fait hier, Mortka, dit-il en jouant avec la cigarette entre ses doigts.

— Merci.

— Même si je me sens aujourd'hui comme si on nous avait lancé de la merde dans le ventilateur. Tu vois ce que je veux dire ?

— Oui.

— Bien. L'affaire sera confiée à l'inspecteur Lupa. C'est décidé avec le procureur. J'espère que tu n'as rien contre ? Finalement, c'est toi qui as trouvé les cadavres.

— Absolument rien contre.

C'était la solution logique. Mortka n'était ici que de passage. Il devait bientôt retourner à Varsovie, et Lupa était le plus expérimenté des policiers du cru.

— Ton aide nous est très précieuse, poursuivit Zajda. Comme tu as certainement pu le constater, c'est un genre de découverte qui ne nous tombe dessus que rarement. C'est pourquoi je voudrais que tu restes comme consultant pour le groupe de Lupa, aussi longtemps que ce sera possible.

— Bien sûr. Autre chose ?

Le commissaire écrasa dans le cendrier sa cigarette à moitié fumée et se recula sur sa chaise. Il observait Mortka, tel un renard rusé s'approchant de sa proie, et un petit sourire mystérieux vint errer sous sa moustache.

— Tu sais que je connais bien ton patron, Andrzejewski ?

— Non, je ne le savais pas, répondit Mortka avec sincérité, mais sans être surpris.

Cela expliquait de nombreuses choses. Son transfert au commissariat de Kretowice s'était effectué en douceur et tout ce qu'il y avait de plus rapidement.

— Nous étions tous les deux dans la même équipe de basket à Szczytno, puis nos chemins se sont un peu séparés, mais nous gardons toujours le contact. Tu as débarqué ici parce que Andrzejewski m'a appelé pour me demander un service. Il m'a dit qu'un de ses gars avait un peu perdu les pédales. Il m'a dit qu'il te fallait un endroit où tu pourrais reprendre de la distance par rapport aux choses. J'ai accepté, pourquoi pas? Quand tu es arrivé, j'ai remarqué que tu me faisais beaucoup penser à Andrzejewski. Tu vois ce que je veux dire?

— Pas trop.

— Tout simplement, vous à Varsovie, et ceux de Wroclaw aussi, mais un peu moins, vous avez toujours des airs de grincheux, des têtes de choux marinés. Je me suis longtemps demandé d'où ça venait. Et puis j'ai compris. À Varsovie, le premier merdeux qui sort d'une école de commerce ou d'un truc comme ça se fait plus d'oseille que vous. Ça doit vous pomper l'air, non?

Mortka haussa les épaules, essayant de cacher que Zajda était tombé juste. Le commissaire tapota son bureau d'un doigt.

— Chez nous, c'est différent. Ici, je dirige le lieu de boulot le plus attractif de toute la région. Je pense qu'Andrzejewski le sait, et que c'est pour ça qu'il a voulu que tu viennes chez nous. Que tu voies à quoi ressemble la vie loin de la capitale.

— Pourquoi me dites-vous ça?

— Parce que je veux que tu comprennes le genre de bagarre qui nous attend. Tu vois, inspecteur, cette affaire, c'est du gâteau. Il y a une éternité que nous n'avions pas eu quelque chose d'aussi intéressant. Et juste au moment où les alertes pleuvent de la direction régionale, comme quoi on va nous supprimer des postes. Kretowice est en tête de liste. La population diminue, les jeunes quittent la ville, la structure démographique change. En un mot, la criminalité ne peut que baisser, ce ne sont pas les petits vieux qui ont la force de faire les voyous. Mais même si c'est vrai, je vais défendre ce commissariat avec tous mes gens, et défendre leur travail. Et comme je sais que les agents de Jelenia voudraient bien nous reprendre le dossier, je vais tout faire pour les en empêcher. C'est nous qui devons nous mettre en avant, c'est à nous de prouver que nous sommes nécessaires, c'est à nous de sauver nos postes !

Le commissaire acheva son discours et jeta un regard significatif à Mortka.

— Quel que soit le responsable, celui qui a tué ces pauvres femmes, on va le trouver, ce fils de pute. Lupa et toi, vous avez carte blanche. Et putain, vous allez le trouver ! Parce que si vous n'y arrivez pas, qui sait, dans un an, ce commissariat aura disparu.

Zajda fit signe de la tête que l'entretien pouvait être considéré comme terminé. Il prit une autre cigarette. La main dans laquelle il tenait son briquet tremblait légèrement.

Mortka sortit du bureau et tomba sur Lupa. L'inspecteur l'attendait, appuyé tête baissée contre le mur. Il somnolait. Mortka lui posa une main sur l'épaule et le secoua délicatement. Le policier s'ébroua vivement.

— Qu'est-ce qu'il te voulait, « le petit prince » ? grommela-t-il comme pour prouver qu'il ne s'était pas assoupi.

« Le petit prince », c'était le surnom du commissaire. Mortka ne savait pas pourquoi.

— Je te raconterai plus tard. L'essentiel est que je dois te servir de consultant.

— Parfait.

— Apparemment, c'est toi qui mènes l'enquête?

— Ouais.

— Et la rencontre avec le procureur?

— C'est un subordonné d'un pote à Zajda. Le vieux a persuadé son pote de ne rien confier à Jelenia et de tout nous laisser. C'est la nouvelle du jour.

Ils se turent un instant. Lupa avait l'air épuisé. Mortka avait dormi quelques heures, et eu le temps de prendre un vrai petit déjeuner. Mais son collègue était resté debout toute la nuit. Avec peut-être la coupure d'un petit somme de vingt minutes dans la voiture.

— Et Marta? demanda Mortka. On a des nouvelles?

— Oui. En fait, on sait tout. Elle est en hypothermie, épuisée, mais sans séquelles. Aucune blessure externe. Et le principal, c'est qu'il n'y a pas de traces de viol.

L'inspecteur eut un gémissement de surprise.

— C'est-à-dire que…

— L'examen médical montre qu'il ne l'a même pas touchée avec son petit doigt, précisa Lupa.

— Mais alors, qu'est-ce qu'il s'est passé?

— J'ai envoyé un de nos gars apporter la bonne nouvelle aux Gawrys. Quand il la leur a annoncée, le fils a craqué, le grand frère de Marta. Notre gars l'a un peu pressuré, et il s'avère que tout ce foutoir vient de lui.

— Raconte.

— Il résulte des dires du gamin qu'il est allé s'amuser avec deux copains, du côté de l'ancienne mine. Ils sont tombés dessus il n'y a pas longtemps. Personne ne se risque là-bas, ils étaient donc tranquilles. Ils pouvaient lancer des pétards ou s'astiquer le manche devant des pornos volés aux parents. Sauf qu'il y avait Marta pour les déranger. Elle n'arrêtait pas de les pister. Ce jour-là, elle ne les a retrouvés qu'en début d'après-midi. Devant la mine, bien sûr. Ils ont voulu la chasser, mais elle les a menacés d'aller les dénoncer aux parents, de rapporter qu'ils fumaient.

— Et ils fumaient?

— L'un d'eux avait piqué des tiges à son vieux. Rien de terrible, mais ils ont pris peur. Ils ont alors imaginé un truc idiot. Ils lui ont dit qu'elle pouvait faire partie de la bande, à condition de passer une épreuve.

— Ils l'ont amenée sous terre? supposa Mortka.

Lupa acquiesça.

— L'entrée n'est pas suffisamment sécurisée. Il y a assez d'espace entre les planches pour que ces petits merdeux puissent s'y glisser. Auparavant, ils avaient un peu exploré l'intérieur, mais cette fois, ils ont poussé plus profond. Dans des coins où ils n'avaient jamais osé s'aventurer. Puis ils ont pris la lampe de la fille et ils se sont barrés. Ils l'ont laissée seule, dans le noir complet. Ils étaient persuadés qu'elle finirait par sortir toute seule et qu'elle leur ficherait la paix. Mais visiblement, elle a perdu le sens de l'orientation. Au lieu de revenir vers la sortie, elle s'est enfoncée.

— Et elle est tombée par hasard sur les cadavres.

— Exactement. Et ces petits cons n'ont rien osé dire à personne. Même quand Marta n'est pas rentrée de la nuit, acheva Lupa.

Mortka hochait la tête, méfiant. Quel âge avait le fils Gawrys? S'il se souvenait bien, treize ans. Treize ans, et pratiquement tuer sa propre sœur...

— Dans ces conditions, ce Bratkowski... commença-t-il prudemment.

— Tout indique qu'il l'a gentiment conduite deux kilomètres plus haut et l'a fait descendre. Nous n'avons pas le moindre élément permettant de croire qu'il lui aurait fait du mal, dit Lupa d'un ton lugubre.

— Mais il y a encore l'histoire d'Adela ?

— Oui.

Mortka se gratta le front pour accompagner ses pensées. Ils n'avaient pas le temps dans cette situation de courir la forêt pour chercher le corps de la petite Tsigane en se basant sur le récit d'un pédophile mythomane – alors même que Bratkowski avait avoué deux viols et deux assassinats. Une première affaire venait d'être résolue, mais ils ne pouvaient laisser l'autre de côté.

— Bratkowski sait-il que nous avons trouvé Marta ? demanda l'inspecteur.

Lupa fit non de la tête.

— Mieux vaut le maintenir dans l'ignorance, affirma Mortka. On va le voir et on règle l'affaire au plus vite. Mais je voudrais visionner l'enregistrement de l'interrogatoire d'hier. Et donne-moi, s'il te plaît, le numéro de Kaska. Je voudrais lui parler.

Elle tira de son sac une poignée d'herbes, et d'entre ses doigts s'éleva un parfum douceâtre de plantes aromatiques, bien différent de ces odeurs de graillon et d'alcool bon marché qui avaient régné sur sa maison natale, ou de ces émanations chlorées de désinfectant qui restaient liées pour elle à son séjour « au service » des Szausner.

Chaque fois qu'elle se remémorait cet épisode, il lui semblait qu'elle avait passé cinq ans à genoux à laver des planchers. Le plus curieux est que Mme Szausner ne lui avait jamais permis de laver les assiettes. Elle affirmait qu'une Tsigane ne pouvait avoir que des mains de brute et qu'elle casserait la vaisselle. Ces souvenirs ne pouvaient être exacts. Elle avait bien conscience d'avoir beaucoup lu à l'époque, et de ce que sa maîtresse, la «Madame» comme elle demandait à être appelée, lui avait donné des cours de maths ou d'anglais dans ses moments de liberté. Elle lui avait même permis de sortir en ville avec quelques zlotys en poche. Kaska traînait alors dans Wroclaw sans savoir quoi faire. Les passants lui jetaient des regards hostiles, tout en s'étonnant de ne pas la voir mendier avec une bande de gnards accrochés à sa jupe. Elle atterrissait généralement dans une librairie où elle feuilletait des livres, accroupie sur le sol, sous l'œil vigilant d'un membre du personnel attendant qu'elle essaye de voler quelque chose pour pouvoir enfin appeler la sécurité.

Elle avait cru au début que Mme Szausner était un ange sur terre. Que penser d'autre d'une femme qui, sans poser de questions, décide de recueillir sous son toit une gamine tsigane de treize ans frigorifiée? Mais la reconnaissance se changea vite en haine lorsque la «Madame» lui imposa l'une après l'autre toutes les tâches domestiques («Il faut bien que tu travailles pour payer ton entretien», disait-elle). Puis lorsqu'elle trouva en Kaska le point idéal de décharge de toutes ses frustrations («Tu appelles ça nettoyé, espèce de sale Rom puante?»). Lorsqu'elle l'accusa de larcins imaginaires («Où est mon collier? C'est toi qui l'as volé. J'ai toujours su que tu étais une voleuse!»). Avant de la menacer de la jeter à la rue («Tu te débrouilleras comment? En faisant le trottoir, ou les poches à quelqu'un, c'est ça ? ») ou d'informer ses parents de l'endroit où elle se cachait (« Tu vas voir. Ils vont débarquer et te rendre à ton Roméo, celui que tu as fui. Mais pas pour te marier. Ça, c'est du passé. Il va juste t'exploiter, avant de te plaquer, ce salopard ! »). L'ange au détergent s'était changé en diable.

Le mari était complètement soumis à sa femme et se contentait de jeter sur la jeune Tsigane des regards libidineux. Sans que rien ne se passe jamais. Il craignait trop son épouse pour risquer de s'approcher de la servante. Pourtant, il y eut un temps où elle l'aurait volontiers accueilli entre ses cuisses juste pour se venger de la « Madame ».

La sonnerie du téléphone l'arracha à ses souvenirs. Elle posa les herbes aromatiques dans une soucoupe et prit l'appareil.

— Oui ?

— Inspecteur Jakub Mortka. Je ne sais pas si vous vous souvenez de moi. Nous nous sommes rencontrés hier.

Son cœur battit soudain plus fort.

— Oui. Le Kub. Je me rappelle. Il s'agit d'Adela ?

— D'une certaine manière. Mais ne vous désolez pas. Nous ne l'avons pas retrouvée…

Elle entendit l'hésitation dans sa voix. Il n'avait pas voulu prononcer le mot « cadavre ». Ils n'avaient pas trouvé son « cadavre ».

— De quoi s'agit-il alors ?

— Je voudrais vous poser une question.

— Laquelle ?

Quand il la lui dit, elle fronça les sourcils.

— Je ne comprends pas pourquoi.

— Je ne peux pas vous expliquer maintenant. Mais ça peut être important. Vous m'aiderez ?

— Oui, bien sûr.

Elle avait répondu de son mieux. Il remercia et raccrocha. Katarzyna Kowal resta un long moment dans son logement le téléphone à la main, se mordant les lèvres. *Il se passe quelque chose*, se dit-elle, et elle fut assaillie par des flèches d'inquiétude croissante. *Il se passe quelque chose.*

Mortka ouvrit la porte de la cellule où Grzegorz Bratkowski, une couverture pliée sous la tête, s'était allongé sur un vieux bat-flanc. En raison des événements inattendus, personne n'avait pensé à le transférer en détention à Jelenia Gora, l'homme avait donc passé la nuit au commissariat. À la vue du policier, il s'assit et se gratta le menton.

— Vous les avez trouvées ? demanda-t-il.

— Non. Pas encore. Mais nous cherchons.

L'inspecteur avait apporté une chaise dans la cellule, et il s'installa devant Bratkowski. Il avait pris des mains de Lupa deux gobelets de café. Il en donna un au détenu et se garda l'autre.

— J'aurai aussi un petit déjeuner ? J'ai faim.

— Un petit moment. Vous allez d'abord répondre à quelques questions.

— Et si je n'ai pas envie ?

— Vous ne recevrez peut-être pas de petit déjeuner.

— Vous n'avez pas le droit de faire ça ! C'est de la torture, mauvais traitement de prisonnier !

Mortka eut un sourire railleur et pincé.

— Je comprends que, grâce à la protection de papa,

vos contacts avec la police ont jusqu'ici présenté un caractère plus qu'amical. Mais la situation a changé. Vous avez reconnu le viol et l'assassinat de deux fillettes. Papa ne peut plus grand-chose. Personne ne va venir vous aider. Il faut vous faire à cette idée.

L'inspecteur but une gorgée de café et posa le gobelet sur le plancher. Il se pencha vers Bratkowski.

— Dans ce genre de situation, les policiers se permettent des choses qu'ils ne devraient théoriquement pas faire. L'absence de petit déjeuner est maintenant le moindre de vos problèmes. Je m'inquiéterais plutôt de savoir dans quelle cellule vous allez atterrir quand on va vous transférer d'ici. Qui seront vos codétenus, et... ce qu'ils connaîtront de vous. Parce que vous savez, un seul mot, et votre vie devient un enfer.

Il pointa un doigt tendu sur le milieu de la poitrine de Bratkowski, et l'autre se plia comme s'il avait reçu un coup de poing.

— C'est pourquoi vous allez répondre à quelques questions. Et quand vous l'aurez fait, en récompense, il y aura un petit frichti. Compris ?

— Oui.

— Adela Siwak. Votre première victime. La Tsigane. Vous vous souvenez ?

— Oui, bien sûr que je m'en souviens.

— Alors dites-moi ce que vous avez fait d'elle.

— Je l'ai violée. Ensuite, je l'ai tuée et j'ai enterré le corps.

— Ça, je sais. Donnez-moi les détails.

— Pourquoi ?

— Parce que j'aime qu'on me raconte des histoires. Et c'est pas tes oignons, connard. Réponds.

— Donc... Je l'ai rencontrée alors qu'elle se baladait toute seule en ville. Je l'ai longtemps observée pour m'assurer que...

— Tu es chiant, coupa Mortka. Parle-moi plutôt de sa cicatrice.

— Sa cicatrice ?

— Celle de l'opération de l'appendicite. Tiens, là...

Il pointa un doigt vers le bas à droite de son propre ventre. Bratkowski eut un léger sourire, et ses yeux se voilèrent d'un rêve.

— Oui. Je me souviens. Sa cicatrice. Comme une fleur blanche sur sa peau foncée. Une merveilleuse excroissance blanche.

— Tu l'as touchée ?

— Bien sûr que oui ! C'était comme si elle avait eu un bijou incrusté dans son petit corps magique et fragile. J'aime ce genre de formes abstraites, alors quand j'ai vu cette cicatrice, je me suis mis à bander.

— Je comprends.

Mortka reprit son gobelet. Il but une nouvelle gorgée et regarda Lupa, immobile, debout à la porte.

— Tu as entendu tout ça ?

— Oui.

— Très bien.

L'inspecteur se retourna vers Bratkowski avec un gros soupir. Ce qu'il s'apprêtait à dire ne lui plaisait pas. Il aurait préféré se lever, fermer la porte de la cellule et oublier que quelqu'un s'y trouvait.

— Hier, nous avons trouvé Marta, annonça-t-il, et l'individu devant lui se mit à trembler. Elle n'a rien. Elle est vivante et elle n'a pas été violée, ni par vous ni par personne d'autre.

Bratkowski courba la tête comme si un bloc de fonte lui était tombé dessus.

— Comment ça ? gémit-il.

— Nous l'avons trouvée, répéta l'inspecteur. Personne ne lui a fait de mal. Vous êtes libre.

— Mais Adela… souffla Bratkowski.

— Justement, Adela… (Mortka fit une courte pause.) J'ai visionné l'enregistrement de notre entretien d'hier. Vous n'avez rien dit de cette Tsigane que vous n'auriez pu apprendre de nous. Reconnaissez que vous n'aviez jamais entendu parler d'elle avant que mon collègue la mentionne, pas vrai ?

— Mais je… et la cicatrice ?

— J'ai vérifié. Cette cicatrice dont vous nous avez parlé avec tant de ferveur… Adela n'a jamais été opérée de l'appendicite.

Mortka se leva et repoussa sa chaise contre le mur. Il recula de deux pas pour laisser le passage à Bratkowski.

— On ne va pas vous apporter de petit déjeuner. Vous n'avez pas commis les crimes dont vous vous êtes accusé, donc vous êtes libre. Allez vous acheter un petit pain et un yaourt. Mais restez dans le coin. On aura peut-être besoin de vous reparler, et peut-être quelqu'un essaiera-t-il de vous accuser d'entrave à la justice. Pour ma part, je n'ai pas envie de m'amuser à ça, mais qui sait, quelqu'un de plus scrupuleux pourrait être d'un autre avis.

Bratkowski restait immobile. Il se contenta de lever la tête et de regarder Mortka. Il était pâle comme un linge. Sa lèvre inférieure tremblait comme s'il allait se mettre à pleurer.

— Vous ne comprenez pas, dit-il très lentement. J'ai un problème très sérieux.

— Ça, je vois. Si vous le souhaitez, on pourra se rencontrer plus tard. Je vous donnerai les coordonnées de quelques psychologues qui prennent en thérapie des gens ayant des… tendances comme les vôtres.

— Non. Ça ne suffira pas ! Ça ne suffira pas ! Je finirai par faire du mal à quelqu'un ! Vous m'entendez ? Vous m'entendez ? Il faut me garder, m'enfermer quelque part ! Avec cette petite, j'étais si près de… Je l'avais pour moi, j'aurais pu tout faire avec elle. Elle est descendue de la voiture. Putain, elle est descendue à la fin, mais elle était restée si longtemps avec moi ! Vous ne comprenez pas ça ? Cette fois, elle s'en est sortie, mais je vais finir par faire du mal à quelqu'un !

— Dans ce cas, nous nous retrouverons, répondit Mortka. Et maintenant, je vais vous raccompagner jusqu'à la sortie.

Chapitre 4

— Ah, le fils de pute ! beugla Lupa en frappant du poing sur la table, manquant de renverser le gobelet de thé.

Alors même que la réunion approchait, Mortka ne tenta pas de calmer son collègue. Il savait qu'il n'aurait aucune chance d'y parvenir maintenant. Lupa était furieux que le type les ait trompés et qu'ils aient dû le relâcher. Il ne décolérait pas face à cette situation inédite et bizarre.

Mortka le comprenait parfaitement. Il éprouvait lui-même un certain désenchantement fait de colère brûlante. Bratkowski n'aurait pas dû sortir libre du commissariat, mais comme il ne s'était rien produit, il n'y avait rien à faire. Tout policier doit souvent avaler au cours de sa carrière ce genre de pilule amère. Mais cette fois, son impuissance était douloureuse. Ils venaient de relâcher un pédophile. Un homme qui, de toute évidence, voulait finir en prison, à l'abri de la tentation.

Lupa, agité comme un lion en cage, s'immobilisa brusquement, comme s'il venait de se cogner contre un mur invisible.

— Tu sais ce qu'il risque de faire ? demanda-t-il à Mortka.

— Je sais, répondit l'inspecteur. Ça ne change rien au fait que la prochaine fois, on pourra lui tomber dessus.

— Et les fausses déclarations à la police ? Entrave à l'enquête ?

— Tu voudrais le garder en cellule pour ça ? Combien de temps tu crois qu'il va falloir à son avocat pour se mettre à nos fesses ? Et aux copains de papa chez le procureur ?

— Nous avons les enregistrements.

— Tu les as bien regardés ? demanda-t-il en s'efforçant de garder la voix la plus froide possible. Tu sais de quoi ça a l'air ? Le premier baveux pourra démontrer que nous lui avons extorqué des aveux. Et entre nous, il ne se tromperait pas de beaucoup. Rajoute quelques calomnies : on lui aurait fait peur, on l'aurait menacé de mort – et nous savons qu'il est capable de mentir joliment –, et regarde comment il nous l'a mis profond. Ça se présenterait différemment s'il avait commis ce qu'il a reconnu. Mais il n'a rien commis. Tu veux te bagarrer autour de cette histoire de merde maintenant que nous avons trouvé quatre cadavres de femmes assassinées ?

Lupa le considérait d'un air de reproche.

— Toi, tu n'habites pas ici, lâcha-t-il entre ses dents.

— Ce qui veut dire ?

— Que lorsque cet enfoiré se fera une gamine, ça ne sera pas ta fille, ni celle de personne que tu connais.

Mortka se figea. Ces paroles étaient comme une gifle bien appliquée. Lupa avait raison.

— Vous pouvez le mettre sous surveillance. Espérer le coincer, le moment venu, répondit-il après un instant de réflexion. Le mieux serait néanmoins d'en parler avec le procureur. Demande un mandat de perquisition pour la maison de Bratkowski. Il a déjà été pris pour possession de pornographie pédophile. Ce genre de personne aime répéter la même erreur. Tu récupères de son fournisseur Internet des données sur les sites qu'il consulte. Tu y trouveras peut-être des adresses intéressantes grâce auxquelles tu pourras établir de vrais chefs d'accusation. Parce que si nous lui sautons dessus maintenant, ce sera comme de nous mettre la tête sur le billot. Moi, j'ai déjà eu un blâme, et ça me suffit.

— Oui, oui, grogna Lupa, déjà presque rasséréné. Peut-être est-ce ce qu'il faudra faire.

La porte de la pièce s'ouvrit et Zajda fit son apparition. Il adressa un signe de tête à Lupa et Mortka puis siffla. Le reste des agents en service à Kretowice entrèrent. Ils s'assirent sur les chaises qui avaient été apportées plus tôt. Ils étaient à peine une vingtaine, mais le local était trop petit, et trois durent rester debout.

Zajda attendit que tout le monde ait pris place et que le brouhaha se soit apaisé. Puis il se racla la gorge pour attirer l'attention. Précaution superflue, d'ailleurs, parce que tous avaient déjà le regard fixé sur lui comme sur une image pieuse.

— Vous savez déjà tous certainement ce qu'il s'est passé hier, je ne vais donc pas entrer dans des détails inutiles, commença-t-il. Nous avons trouvé les corps de quatre femmes. Toutes assassinées et sauvagement mutilées, leurs cadavres jetés dans une mine désaffectée. Dieu seul sait depuis combien de temps elles étaient là.

Il se tut et parcourut du regard les visages de ses hommes.

— C'est la plus lourde et la plus importante affaire que nous ayons jamais eue à Kretowice, déclara-t-il avec gravité. Les rapports remontent la chaîne de commandement. Ça tombe un long week-end de mai, mais dès qu'il sera passé, tous les yeux de la police de Silésie seront tournés vers nous. Et je n'exagère rien. C'est pourquoi je vous demande de tout donner pour identifier les coupables. C'est notre priorité absolue. Compris ?

Un hochement de tête, collectif et muet, lui répondit.

— L'inspecteur Lupa dirige l'enquête. Vous le connaissez tous et vous êtes désormais sous ses ordres. Notre collègue de Varsovie, l'inspecteur Mortka, sera consultant pour l'enquête. Des questions ?

Personne ne pipa mot.

— Parfait, dit le commissaire, l'air un peu déçu. Lupa, tu reprends le bâton de commandement.

Zajda s'assit sur la chaise qu'on lui avança, et l'inspecteur de Kretowice vint à contrecœur le remplacer au centre. Il tira de sa poche arrière une feuille de papier froissée qu'il ouvrit avant de la lisser avec des gestes énergiques.

— Bien, les gars. Je n'ai pas l'intention de vous bassiner longtemps. Le commissaire et moi avons établi quelques principes que vous devrez respecter. Tout d'abord, bouche cousue. Je sais que l'envie de raconter à sa nana, sa femme ou sa mère ce qui se passe ici est plus forte que tout. Mais interdiction absolue. Et vous, mesdames (Il se tourna vers les deux seules femmes de la police de Kretowice.), ça vous concerne aussi. Pas de racontars aux copines autour d'une tasse de thé.

— Les gens sont curieux. Qu'est-ce que nous devons répondre quand on nous demande ? interrogea quelqu'un dans le fond.

— Rien, renvoya Lupa. Tout au plus qu'il y a le secret de l'enquête, et que nous progressons.

Il toussa, une main sur la bouche. Il garda la pose, le temps de consulter ses notes.

— Je continue, reprit-il. Deuxième chose, ouvrez vos yeux et vos oreilles. Toutes les infos que vous recueillerez doivent remonter à moi. Pas au commissaire, pas à un collègue, pas à Mortka ni à votre tante Zouzou, mais à moi. Si possible, par écrit et en deux exemplaires. Enfin, troisième et dernière chose. Une équipe spéciale suit l'affaire. Composée de moi, de l'aspirant Rosecki en tant qu'adjoint, du sergent Wajtola et du brigadier Borkowski. Des questions ?

Mortka observa l'assemblée. Personne ne bougeait. Tous avaient le regard fixé sur Zajda ou Lupa, comme si les visages fatigués des deux policiers cachaient on ne sait quel secret. L'inspecteur leva la main.

— Oui, le Kub ?

— Qui s'occupe des contacts avec la presse ?

— Tu penses que ça va les intéresser ?

— Et comment ! Je m'étonne que vous n'ayez pas encore été attaqués. Si rien ne se passe, et vite, un truc sensationnel, il faudra vous préparer à une critique en règle.

— Je m'en charge, dit Zajda. Je connais bien les journalistes d'ici, et je n'aurai pas de mal à les maîtriser. Et si quelqu'un de la télé débarque, je saurai faire.

— Bon, alors c'est réglé, confirma Lupa. D'autres questions ?

Il n'y en avait pas. Zajda déclara la réunion terminée. Les agents sortirent, et ne demeurèrent dans la salle que ceux dont Lupa avait cité les noms. Mortka les avait tous vus la nuit dernière. Rosecki et Wajtola étaient descendus avec lui pendant l'inspection de la mine. Borkowski, un grand gars bien baraqué, au regard sombre, avait pour sa part raccompagné Mortka chez lui au petit matin. Leur désignation pour l'équipe d'enquête paraissait être un bon choix. Il n'y aurait pas besoin de leur faire d'exposé, ils connaissaient exactement le déroulé des événements.

Zajda tapa sur l'épaule de Lupa.

— Il faut que j'aille passer quelques coups de téléphone. Vous vous débrouillerez tout seuls ?

L'inspecteur acquiesça d'un hochement de tête et referma la porte derrière le commissaire. Il attendit quelques secondes comme pour s'assurer que le chef était bien parti, puis il se retourna vers les autres.

— Bien, nous voilà débarrassés du « petit prince », déclara-t-il. Écoutez, je sais que nous sommes tous sur les rotules, mais nous allons essayer de travailler encore un peu.

Il prit place derrière le bureau. Il posa devant lui la feuille qu'il tenait toujours à la main, et un stylo-bille qu'il tira de sa poche.

— Qui se porte volontaire pour rédiger une bonne description de l'endroit où nous avons découvert les corps ?

Les regards de Wajtola et de Rosecki se portèrent sur Borkowski. La rédaction de rapports était la tâche la plus ennuyeuse. Rien d'étonnant à ce qu'ils souhaitent la fourguer au plus jeune. Mais Lupa fit non de la tête.

— Jeune, ça veut bien dire jeune, dit-il, confirmant l'évidence. Il manque d'expérience et ne va pas rédiger ça comme il faut. Wajtola, tu t'en occupes.

Le sergent eut un geste de protestation, mais il n'ouvrit

la bouche que pour la fermer aussitôt. Résigné, il haussa ses larges épaules et se laissa tomber sur l'accoudoir du fauteuil, exprimant ainsi sa désapprobation.

Une des policières entra dans la pièce en portant devant elle un plateau décoré d'un motif à fleurs. Il supportait un thermos rouge avec du café, des gobelets emboîtés les uns dans les autres ainsi qu'une soucoupe avec des gaufrettes au chocolat. Elle le posa au milieu de la table, sourit à Lupa et disparut derrière la porte.

— Maintenant que la question du rapport est réglée, dit Lupa en articulant chaque syllabe, le moment est venu pour des suggestions quant aux actions suivantes. J'écoute.

Sans attendre de réponse, il prit une gaufrette et la fourra tout entière dans sa bouche. Il la croqua d'un coup, avala et en prit une deuxième. Des miettes lui glissèrent sur le menton. Les autres agents le regardèrent d'un air lugubre, comme s'il venait de leur voler un deuxième petit déjeuner. Rosecki se gratta les joues avec tant d'énergie qu'il y fit des raies rouges, traces de ses ongles.

Mortka se pencha vers l'avant. Il lui fallait être prudent. Lorsqu'il s'était montré pour la première fois à Kretowice, les policiers l'avaient accueilli avec réserve et une certaine distance, naturelle compte tenu de la situation. Il n'avait réussi à la surmonter qu'en se tenant en retrait et en envoyant dès le début des signaux montrant qu'il n'avait aucune intention de se mêler de leurs affaires, ni de leur faire la leçon. Il se contenterait d'être là. Ils avaient donc accepté sa présence, comme on accepte la présence d'un meuble moche dans un coin de la chambre à coucher. Mais maintenant, il fallait agir, les diriger avec délicatesse, pour qu'ils ne se sentent pas blessés. En fin de compte, personne n'aime le visiteur qui se conduit comme s'il était chez lui. En particulier, un visiteur arrivant de Varsovie.

— Quand aura-t-on le rapport d'autopsie ? s'enquit-il.

Lupa s'essuya les doigts avec son mouchoir.

— Ce soir, on devrait avoir les premiers résultats. Pourquoi ? Tu as une suggestion ?

— Oui.

— Vas-y.

Mortka eut du mal à ne pas se lever. S'il se mettait à leur parler de haut, d'une position de chef, ce serait mal perçu. Il préféra tourner un peu la tête comme s'il parlait au mur. Il voulait avoir l'air le plus humble possible.

— Il faudrait essayer de caractériser les coupables.

— C'est-à-dire ? demanda Rosecki.

Il avait la voix rauque et fatiguée.

— Nous devrions chercher dans nos bases de données s'il n'y a pas dans le coin quelqu'un ayant à son actif une condamnation pour un acte similaire. Soit (Il tendit une main et compta sur ses doigts.) : meurtre, viol, violence aggravée, tentative de meurtre, violence avec arme. Surtout si la victime est une femme, mais pas nécessairement.

— Et ensuite ?

— Faire une liste, et vérifier si un de nos clients a quelque chose à voir avec l'affaire. Mais pour ça, j'attendrais d'avoir les résultats d'autopsie.

— Rosecki ? demanda Lupa.

Le policier ventru ne cacha pas sa satisfaction. Ce travail qu'on lui confiait lui plaisait. Mortka se dit que l'aspirant profiterait de l'occasion pour, dès qu'il serait seul, se faire une petite sieste d'une heure ou deux, la tête posée sur le bureau.

— Ensuite, le Kub? demanda Lupa.

— Ensuite?

— Doux Jésus! s'écria l'inspecteur en lançant les bras en l'air. Fais pas ta coquette qui donne la première fois son cul sans vouloir passer pour une traînée. Je vois bien que tu as un plan. Soulage-toi, et nous avec, et dis-nous ce qu'il faut faire.

Borkowski ricana dans son coin avant d'être fusillé du regard par Lupa, et des rougeurs de honte lui montèrent au visage. Il se concentra sur la pointe de ses chaussures où il découvrit soudain quelque chose d'exceptionnellement intéressant.

— D'accord, Lupa. Commençons par la caractérisation. Vous avez déjà eu quelque chose dans le genre?

— Comme ça, jamais, murmura Wajtola. Mais pour les crimes que tu as énumérés, il me semble que tous les coupables sont bouclés. À part peut-être pour violence avec arme. Il arrive régulièrement les vendredis soir que des types se tombent dessus avec des couteaux.

— Faites la liste. Et les affaires non résolues? Meurtres, assassinats, viols?

Les policiers s'interrogèrent mutuellement du regard.

— On a eu un viol cet automne. En novembre, je crois, se souvint Rosecki. La fille rentrait d'une fête, la nuit. Elle avait pris un raccourci à travers champs, et elle s'est fait agresser, puis violer. Mais pour être franc, je me demande s'il ne s'agissait pas d'une blague.

Mortka secoua la tête sans comprendre.

— Une blague? Elle a déclaré un viol pour faire une

blague, ou c'est le type qui l'a violée pour lui faire une blague?

— Mais non! protesta Rosecki en se cramponnant à la table si fort que les jointures de ses doigts blanchirent. La fille est d'un milieu... On ne sait jamais vraiment ce qu'il peut arriver avec eux. En plus, elle était blindée comme un char soviétique. Peut-être qu'elle avait un rancart dans ce champ... Il faut que tu saches que ce n'était pas le meilleur raccourci pour rentrer chez elle. Ou alors elle est tombée sur quelqu'un, et un mot amenant l'autre... Tu comprends. Et comme elle était bourrée, quand elle s'est réveillée le cul dans la gadoue, sans sa culotte et sans rien se rappeler, elle a crié au viol. Viol, pas viol? On a enregistré la plainte, on a fait des vérifs...

— On n'a pas trouvé de coupable, conclut Mortka avec un sourire acide. Reprenez le dossier, reparlez à la fille. Peut-être qu'un souvenir lui reviendra.

— Rosecki, c'est pour toi, trancha rapidement Lupa.

L'aspirant leva les yeux au ciel mais fit signe qu'il acceptait. Il considérait que ça n'avait pas grand sens, mais puisqu'il le devait, il ferait ce qu'il avait à faire. Mortka n'aimait pas ce genre de policier. Il préférait les gars qui regimbaient, protestaient, et au moins prouvaient ainsi qu'ils se sentaient concernés. Les béni-oui-oui se contentaient le plus souvent d'expédier leurs tâches au plus vite sans donner à leurs actes ou à leurs réflexions plus de temps que strictement nécessaire.

— Bien, dit Rosecki. Juste une précision: ce n'est pas qu'on n'a pas trouvé le coupable. C'est la fille qui a retiré sa plainte.

— Quand ça?

— Juste après l'avoir déposée. Je ne sais plus exactement, mais à peine un quart d'heure après.

— Et vous avez accepté?

— Qu'est-ce qu'on aurait dû faire?

— La convaincre de ne pas la retirer.

— Comment?

Mortka allait ouvrir la bouche quand il se rendit compte que la conversation n'avait pas de sens. Rosecki ne voyait tout simplement pas le problème. Il y avait eu déclaration, puis plus de déclaration. Même pas le temps de gonfler les statistiques.

— D'autres cas?

— On va vérifier. Je dirais que non. En tout cas, pas à notre connaissance.

— À moins que chez les romanichels… grommela Borkowski.

Le jeune policier se redressa vivement quand il perçut le regard des autres sur lui.

— Je n'ai pas raison? Ils ne nous parlent pas. Nous ne savons pas si chez eux, à Harlem, il n'y a pas viol vingt-quatre heures sur vingt-quatre! En fait, du champ où la fille a été violée, il n'y a pas loin jusqu'à Harlem. Il n'y a que la rue à traverser, et…

— Ici, rien n'est jamais bien loin, coupa sévèrement Lupa. Mais tu as raison. On va retenir l'hypothèse.

Borkowski prit ces mots pour des félicitations, et il s'avachit sur sa chaise, croisant les mains sur son ventre. Personne n'ajoutant de commentaire, Mortka décida, lui aussi, de s'abstenir. Il préféra enchaîner:

— Chose suivante: identification des victimes. On ne pourra sérieusement s'y mettre qu'après avoir reçu le rapport du légiste. Mais on peut déjà faire une première sélection. Est-ce qu'on a signalé, mettons, dans l'année écoulée, la disparition de femmes de moins de quarante ans ? On vérifie d'abord pour Kretowice, puis pour les villes et villages de la région, toute la voïvodie, et enfin le reste de la Pologne.

— Un paquet de travail fastidieux et inutile, commenta Lupa. Borkowski, tu t'en charges.

— Non... gémit le policier.

— Si, répondit Lupa. Tu pensais t'occuper de quoi, ici ? Sois heureux que je ne te demande pas de faire le café.

— Puisque c'est Marysia qui l'a déjà fait, ajouta Rosecki.

Tous ricanèrent, tous sauf Mortka et le jeune qui reprit son expression lugubre et renfrognée habituelle.

— Autre chose, le Kub ?

— Non. Plutôt non. Si quelque chose me vient à l'esprit...

— Tu me dis. (Lupa tapa dans ses mains et se leva.) Voilà messieurs, vous savez quoi faire. Si vous avez du nouveau, vous avez mon numéro. On se revoit ici demain (Il s'interrompit pour regarder sa montre.), disons à huit heures. J'espère que chacun de vous aura alors de quoi se vanter.

Avant de sortir, Rosecki et Wajtola se resservirent un café, et Borkowski grapilla une poignée de gaufrettes. Mortka et Lupa restèrent seuls dans la pièce. Le policier local s'affala sur sa chaise en soufflant bruyamment. Il était complètement épuisé. Il ferma les yeux et se massa les tempes.

— J'ai la tête en compote, se plaignit-il.

— J'ai de l'Ibuprom quelque part.

— Merci. Non. J'ai besoin de quelques heures de sommeil. Incroyable, tu ne trouves pas ?

— Quoi ?

— Ce que j'ai vieilli. Quand j'étais au Bureau des recherches et que je travaillais sous couverture, il y avait des nuits où je n'arrêtais pas de picoler, de bouffer, de cloper... après quoi je rentrais au local où m'attendait une espèce de crapaud de notre bureau qui surveillait que je rédige bien mon rapport. Minute par minute, qui fait quoi, qui dit quoi, qui a niqué qui. Alors, j'écrivais. Pendant des heures. Puis une douche rapide, un peu de bouffe, et en route, retour au boulot en ville. Et je restais vivant. Maintenant ? Une nuit blanche et j'ai l'impression d'être passé sous un rouleau compresseur.

Mortka s'approcha du thermos. Il prit un gobelet et se versa un café. Puis il goûta une gaufrette. Trop sucrée et pas assez de cacao, mais pas vraiment mauvaise.

— Tu devrais virer Borkowski du groupe, lança-t-il.

— Pourquoi donc ?

— Parce qu'il sait déjà qui a fait le coup.

— Qui ça ?

— Les Tsiganes.

— Mon Dieu... Ne t'acharne pas sur ce garçon. Pour une fois, il a eu raison. Bien sûr, il s'est exprimé de façon maladroite, mais il avait raison.

— Il ne s'agit pas que de ça. Lorsqu'il m'a amené ce matin, il a affirmé que c'étaient forcément les romanichels, cette histoire. Il a ses préjugés. Il se cramponne à son idée de Tsiganes, et il ne remarquera plus rien qui ne colle pas à sa théorie.

Lupa haussa les épaules.

— Peut-être, mais j'ai besoin d'un jeune costaud avec

la tête sur les épaules. Comme tu as déjà pu t'en rendre compte, je n'ai pas grand choix. Il est le meilleur. Autre chose ? Des remarques ?

— Non.

— J'ai rendez-vous avec un pathologiste à six heures à l'hôpital chez Nowak, tu peux venir si tu veux. Mais maintenant, excuse-moi, je n'en peux plus, je rentre chez moi.

Il pencha sur sa chaise comme s'il allait tomber, mais il se rattrapa au dernier moment et retrouva son équilibre. Il salua Mortka d'un mouvement de la tête, et bientôt l'inspecteur se retrouva seul dans la petite salle avec le thermos à moitié vidé et des gaufrettes émiettées sur l'assiette blanche.

Il repensa aux membres du groupe. Rosecki et Wajtola présentaient toutes les caractéristiques des mauvais flics : parcimonie du geste et de la pensée, indifférence blasée, il leur manquait jusqu'à toute capacité à s'emporter, tout esprit d'engagement. Mais ils n'avaient pas que des défauts. Mortka savait qu'il ne fallait pas s'attendre de leur part à une quelconque initiative mais qu'ils effectueraient consciencieusement les tâches confiées, fût-ce sans enthousiasme. À condition de les surveiller. Par expérience, il savait que ce genre d'agent était comme ce chien gentil, le chéri de toute la famille, qui ne mordait jamais personne, mais qu'à force de battre on pourrait voir sauter à la gorge de celui qui maniait le bâton. Mortka se demanda s'il disposait d'un bâton assez long. Par contre, Borkowski le tracassait, et pas seulement à cause de ses préjugés sur les Tsiganes. Le gars était un simple agent. Depuis combien de temps ? Deux, trois ans ? Les jeunes comme lui croient toujours qu'ils sont dans la police pour lutter contre le Mal. Et ils se prennent au jeu jusqu'à écouter à fond, la nuit, en patrouille, la chanson « Qui es-tu pour nous traiter de chiens/Vous sales putes êtes que des zéros/Du sel sur les plaies de la ville/Nous semons l'ordre et calmons les malades. » L'inspecteur décelait pourtant dans son regard l'apathie de l'homme qui s'est déjà ramassé contre un mur.

Il sortit du commissariat, droit dans la cour inondée de soleil printanier. Il dépassa les voitures de service, le portail d'entrée, tourna à droite pour s'arrêter après quelques pas. Il observa avec abattement des hommes vêtus de costumes trop chauds pour le temps qu'il faisait, et des femmes qui chacune avaient mis leur plus beau corsage et une jupe descendant aux genoux. Il lui fallut un moment pour réaliser qu'on était dimanche, et que ces gens rentraient de la messe dans l'église voisine.

De l'autre côté de la rue, plusieurs personnes formaient un cercle. Elles gesticulaient nerveusement avec animation en montrant le commissariat. Sur un banc à proximité se tenait une jeune femme d'au plus vingt-cinq ans, une blonde aux cheveux coupés court, jean usé et veste de cuir négligemment jetée sur les épaules. Plutôt belle, mais un peu vulgaire, remarqua Mortka. La fille sembla deviner ses pensées, car elle arrêta son attention sur l'inspecteur en lui lançant un regard provocateur. Du moins, c'est ce qu'il crut percevoir, parce qu'il n'eut pas le temps de s'attarder. Il se détourna et repartit d'un pas rapide. Il avait décidé de marcher, de se rafraîchir la tête et les idées.

Cent mètres plus loin, il était essoufflé, et pas seulement parce qu'il remontait la rue en pente. Tout simplement, comme Lupa, il se sentait vieilli et fatigué. Encore que pour de tout autres raisons.

Il avait été affecté au programme « Pont » une fois réglées les formalités liées à l'affaire du pyromane d'Ursynow. Une des victimes, un jeune étudiant du nom de Piotrek, avait un temps été colocataire de Mortka. L'inspecteur avait tué le pyromane au cours d'une action que ses supérieurs avaient jugée arbitraire et totalement infondée. Le résultat était qu'il avait atterri sur le banc de la commission disciplinaire. S'il n'avait pas été sanctionné, c'est parce que son chef, le directeur-adjoint Andrzejewski, ne tenait pas à salir le dossier d'un de ses meilleurs enquêteurs. La page aurait été tournée, n'eût été la mort de Klaudia Kameron, autre personne impliquée dans l'affaire du pyromane. Elle était décédée, renversée par une voiture. Le responsable de l'accident fut rapidement arrêté et reconnut les faits. Néanmoins, Andrzejewski soupçonnait que Mortka avait quelque chose à voir avec ce décès. Il ne réussit pas à le prouver, donc il ne fit jamais part publiquement de ses soupçons. Mais on les devinait à ses mimiques, à ses gestes, et on les entendit dans le ton glacial de sa voix le jour où il convoqua l'inspecteur dans son bureau pour lui lancer au visage :

— Programme « Pont », Kretowice, quatre mois. Que tu aies le temps de reconsidérer ton approche du service.

Sur quoi il lui enjoignit de dégager.

L'inspecteur comprenait que ces quatre mois étaient surtout nécessaires à Andrzejewski pour qu'il puisse réfléchir au calme à ce qu'il devait faire de lui. Mais

Mortka voulait lui aussi tirer le meilleur parti de ce temps. En arrivant ici, il s'était promis de s'occuper de lui-même. D'adopter un régime léger, de faire de l'exercice à l'air pur des montagnes, de lire, de se reposer et de s'interroger sur ce qu'il devrait faire de sa vie. Une chose était claire et certaine pour lui : à son retour, il quitterait le service.

Mais après deux mois à Kretowice, il n'était plus sûr de rien. Un jour, il était allé courir, en dépit de la neige encore présente dans les rues. Le lendemain, il fut pris de terribles aigreurs d'estomac, et d'un rhume avec de la fièvre qui, par chance, passèrent vite. En revanche, les glaires lui tinrent compagnie dans la gorge pendant trois semaines. Pour ce qui est de maigrir, il avait l'impression de peser davantage qu'à son arrivée de Varsovie. Sans doute parce que la base de sa nourriture achetée en supérette, à La Coccinelle, consistait en pizzas caoutchouteuses à réchauffer au micro-ondes ; alors que dans la capitale où il était privé de micro-ondes, il se nourrissait un peu plus sainement grâce à ses achats au kebab du coin. Mais il avait subi sa plus grande défaite dans le domaine de ses réflexions existentielles. Il ne savait toujours pas ce qu'il ferait après son retour. Qui plus est, il n'avait pas la moindre idée de ce à quoi il devrait réfléchir. Aucune vision de son avenir, aucun rêve de ce qu'il voudrait devenir. Il avait tout de même lu deux livres, *American Gods* de Neil Gaiman, et un polar d'un de ces auteurs suédois dernièrement devenus si populaires. Ils lui avaient même plu. Sauf que ça ne l'aidait en rien. Il restait ce triste trentenaire à qui la vie avait échappé, et qui ne savait pas quoi faire pour en reprendre le contrôle.

Il marchait droit devant lui, longeant des blocs

d'immeubles gris à deux étages, couverts de toits rouges. On voyait à certains balcons des couvertures sur lesquelles de vieilles femmes appuyaient leurs coudes en se chauffant au soleil comme des chats. Les cours étaient noyées dans la verdure renaissante après le long hiver, et entre les arbres séchaient des vêtements et des draps accrochés à des fils.

Un ballon atterrit entre les jambes de Mortka. Il le stoppa du pied avant qu'il dévale la rue et le ramassa. Un groupe de gamins lui fit signe qu'il était à eux. Il le leur lança et eut un petit sourire lorsqu'il atteignit son but. Un des garçons lui cria « merci », et ils se remirent à jouer.

Il tira de sa poche son téléphone. Le soupesant dans sa main, il se demanda qui il pourrait appeler. Il avait envie de composer le numéro d'Ola et de lui expliquer ce qu'il s'était passé, pourquoi il n'avait pas pu dire au revoir aux garçons, parler des corps retrouvés dans la mine. Mais elle ne voudrait certainement pas l'écouter. Elle répondrait de manière désagréable et commencerait une dispute, criant dans l'écouteur à quatre cents kilomètres de là. Non, cela n'avait pas de sens. Il appela Kochan.

— Salut, le Kub.

L'inspecteur-adjoint, son collègue du commissariat central, avait décroché après deux sonneries.

— Il se passe quoi, dans l'exil ?

Mortka allait ouvrir la bouche, mais prit conscience qu'il ne voulait pas raconter les événements de la dernière nuit. Il ne se sentait pas la force de tout relater en détail. En plus, l'inspecteur-adjoint n'aurait pas été spécialement intéressé.

— On est sur une affaire, mais ce n'est pas ça qui compte. Quoi de neuf à Varsovie ?

— On va voir débarquer les pédés.

— Je ne comprends pas.

— Notre fière capitale doit accueillir la parade de l'Égalité. Pour l'occasion, tous les pédés d'Europe vont se retrouver chez nous. Et on a des ordres pour les protéger. Comme la prévention ne suffira pas pour sécuriser le cortège sur tout le trajet et que les chefs s'attendent à des problèmes, on nous a tous réquisitionnés pour ce boulot.

— Toi compris ?

— Oui. J'ai déjà la trouille. Je me demande si je dois me mettre un bouchon dans le cul. Juste histoire que personne ne me coince subrepticement dès que je me tourne. Avec le risque que s'il y en a un qui essaye, il m'enfonce le bouchon plus profond. Et là, il y aura problème. (Kochan ricana dans l'écouteur.) Donc tu as de la chance de ne pas être ici, le Kub, poursuivit l'inspecteur-adjoint quand il eut fini de rire.

— Et Andrzejewski ? Il dit quelque chose de moi ?

— Non. Pas un mot.

— Évidemment... Écoute, vieux, j'ai quelque chose à te demander. Tu es peut-être au boulot ?

— Malheureusement, oui. Je suis de service aujourd'hui.

— Tu peux me trouver le numéro de cette Brodka ? La psy qui collabore avec le commissariat. Quelqu'un doit bien l'avoir.

— Bien sûr que je m'en souviens. Et alors, tu as décidé de lui mettre ton doigt dans le pot de confiture ?

Mortka ne répondit pas.

— Je voulais dire que...

Kochan tenta de s'expliquer.

— Je sais ce que tu as voulu dire. Non, je n'ai envie de mettre mon doigt nulle part. Tout simplement, tu peux me trouver le numéro, OK?

— OK, OK, je te l'envoie tout de suite pas SMS.

— Merci.

— Écoute encore. Un truc que je viens de penser... Si tu ne veux pas mettre ton doigt dans la confiture d'une aussi chouette nana, tu peux toujours venir à Varsovie pour la parade. Tu vois, histoire de marcher avec des collègues. Qui sait, tu trouveras peut-être ton chéri? Qu'est-ce que tu en dis, mon Kukub?

— Ha! Ha! Très drôle. Le Kub, le Gay.

— Eh! C'est toi qui l'as dit! Salut.

Kochan coupa la conversation. L'inspecteur garda le téléphone un instant devant sa bouche. Puis il reprit son chemin. Quelques dizaines de mètres plus loin, il atteignit une clôture derrière laquelle on apercevait le centre de loisirs d'une agence gouvernementale. Dans l'espace fermé, mais vaste, on trouvait un terrain de jeux, un terrain de basket et un petit parc avec une pièce d'eau recouverte de plantes. Visiblement, le centre n'était plus de toute première fraîcheur. En témoignaient aussi des filets de jeu tristement agités par le vent et les rouillures de balançoires qui grinçaient au moindre mouvement.

Le portable vibra dans la main du policier. Il lut le message de Kochan et inscrivit le numéro de Brodka dans la mémoire de l'appareil. Puis il le composa. Il dut attendre un peu plus longtemps avant d'obtenir la communication.

— Oui. J'écoute. Qui est à l'appareil?

Elle avait une voix essoufflée. Comme si elle venait de courir, de faire de l'exercice ou, comme son imagination le lui suggéra à partir des insinuations de Kochan, de se livrer à une activité sexuelle.

— L'inspecteur Jakub Mortka.

— Aaah! Monsieur l'inspecteur. Il y a une éternité que je ne vous ai pas vu au commissariat central. On dit que vous êtes parti quelque part, c'est ça?

— Exact.

— Comment allez-vous? Vous deviez rencontrer un psychologue suite à la mort de ce pyromane, Grocki, c'est ça?

— En effet.

— Je regrette un peu que vous n'ayez pas profité de ma proposition d'assistance.

— Vous savez... Je me serais senti gêné en vous parlant de ces histoires.

— Parce que je suis une femme?

— Non, protesta-t-il aussitôt. Tout simplement... Je ne sais pas moi-même. Parfois, je préfère que les choses se déroulent d'elles-mêmes. Vous me comprenez?

— Pas vraiment. Sur qui êtes-vous tombé?

Il lui était reconnaissant d'avoir changé de sujet.

— Sur un vieux schnock qui n'a pas arrêté de me demander comment je me sentais, avant de me faire passer des tests débiles.

— Ah... (Il entendit dans l'écouteur qu'elle buvait.) Pourquoi appelez-vous?

— Une idée comme ça. Je suis maintenant à Kretowice, une petite ville dans les Tatras. Je suis affecté pour quelques mois à la police locale dans le cadre du programme «Pont».

— J'en ai entendu parler. C'est bien, si vous pouvez en profiter.

— Parce que ? (Il fronçait les sourcils.)

— Après l'affaire Grocki, c'est bien que vous vous détachiez des problèmes de Varsovie.

— Si vous le dites.

Mortka soupçonna un instant que l'idée de l'envoyer à Kretowice avait été soufflée à Andrzejewski par le psy qu'il avait dû consulter. Ou par Brodka elle-même.

— En tout cas, commença-t-il en secouant la tête, nous avons une affaire sur les bras. Je me demande si vous pourriez m'aider un peu. En raison de la distance et des circonstances, il s'agirait d'une aide informelle.

— Que se passe-t-il ?

Il prit une profonde inspiration et lui raconta tout ce qu'il s'était passé jusque-là. Elle écouta attentivement, sans l'interrompre. Quand il eut terminé, elle resta un long moment silencieuse.

— Cela signifie-t-il que vous avez changé d'avis quant aux « chamans » ? demanda-t-elle.

Il perçut dans sa voix que sa réponse était importante.

— Non.

— Je comprends. (Elle ne semblait pas déçue.) *But a man's gotta do what a man's gotta do*[1], c'est ça ?

— Oui, sans doute.

— Vous vous rendez compte, bien sûr, que si je vous aide, comme vous le formulez, de manière informelle, je ne pourrai pas ensuite intervenir comme expert ?

— Oui.

Elle réfléchit quelques secondes à sa réponse, après quoi elle éclata de rire.

— J'ai bien envie de refuser et de vous envoyer paître,

---

1. En anglais dans le texte original

dit-elle, mais l'affaire est trop intéressante. Envoyez-moi tous les documents, les photos, la description des corps, la description de la découverte des cadavres. Tout ce que vous pourrez. Je regarderai et j'essayerai de vous aider. Peut-être remarquerai-je quelque chose qui vous aura échappé. Dites-moi, avez-vous accès à un ordinateur avec caméra intégrée ?

— Je ne sais pas. Il faudrait que je cherche.

— Si c'est le cas, on pourrait s'appeler par Skype et se faire des vidéoconférences. À ceci près, inspecteur, qu'il faudrait que vous soyez dans un endroit tranquille où personne ne pourrait nous écouter.

— Je trouverai.

— Bien. Je vous envoie mon adresse mail et le login Skype.

— Merci. (Il marqua une pause.) Vraiment, merci.

Elle s'esclaffa de nouveau.

— Arrêtez, je crois être encore en mesure de changer votre opinion sur mon travail. À bientôt, inspecteur.

Mortka remit son téléphone dans sa poche. Il se retourna vers la montagne, considérant longuement les sommets enneigés. Puis il repartit vers le centre-ville. Il voulait relire les documents qu'ils avaient rassemblés. Se préparer à la rencontre du soir avec le pathologiste.

Chapitre 5

Mortka se gara à côté de la voiture de Lupa. Il coupa le moteur, détacha le bloc radio qu'il rangea dans la boîte à gants. Descendu de la voiture, il chercha son collègue.

Des malades en pyjama rayé se tenaient devant l'entrée principale de l'hôpital. Ils allaient et venaient dans les allées du parc en menant des conversations paresseuses ou en fumant des cigarettes, fuyant le regard des infirmières et des médecins. Mortka aperçut Lupa en compagnie de deux autres hommes dans l'aile la plus éloignée de l'hôpital, là où devaient se trouver les laboratoires et les réserves.

Il s'approcha d'eux et salua Lupa d'une poignée de main.

— L'inspecteur Mortka, de la Criminelle de Varsovie, notre consultant pour l'affaire, le présenta le policier. Voici le docteur Jerzy Olszewski, expert en médecine légale. Il a pratiqué l'autopsie et va nous présenter ses conclusions.

Olszewski était un homme de grande taille qui faisait sa cinquantaine bien tassée. Il se tenait droit, il avait de larges épaules et de grandes mains que l'on imaginait plutôt manier la hache de bûcheron que le scalpel de chirurgien. Il coiffait ses cheveux gris brillantinés en arrière, ce qui découvrait un grand front lisse décoré de deux lignes égales de sourcils soignés. Il souriait, le coin des lèvres toutefois enlaidi par des rougeurs d'herpès.

Le deuxième inconnu était plus ou moins du même âge que Mortka. En dépit de l'agréable tiédeur de ce soir de mai, il portait un épais costume de laine. Il avait déboutonné la veste et on pouvait distinguer de sombres filets de sueur lui descendre sur le ventre. Il tenait entre les doigts de sa main gauche une cigarette fine. Il avait l'air d'un type qui a marché le cul serré toute sa vie.

— Procureur Adam Zagajewski, se présenta-t-il. (Il toussa en remontant d'un doigt ses lunettes à fines montures métalliques.) Nous n'avons pas encore eu l'occasion de nous rencontrer, inspecteur. Lorsque je suis arrivé sur le lieu de la découverte des corps, vous n'étiez déjà plus là.

— J'étais rentré chez moi. Il fallait bien que je dorme un peu.

— Bien sûr, bien sûr. N'allez pas penser que je vous ferais un reproche. Bien au contraire. Vous avez magnifiquement dirigé tout ça. Il y a longtemps que je n'avais pas lu un compte-rendu d'investigation aussi bien fait.

Mortka ne savait pas trop comment réagir à ces louanges, il se contenta donc de hausser les épaules.

— Vous avez fini, monsieur le procureur ? demanda le pathologiste.

Le procureur regarda la cigarette entre ses doigts comme s'il en voyait une pour la première fois de sa vie. Il la jeta dans une corbeille un peu plus loin.

— J'ai fini.

— J'espère qu'il vous en reste dans le paquet.

— Pourquoi? Vous voulez en fumer une?

— Non. Mais vous, vous en aurez besoin, et de plus d'une, quand nous aurons terminé.

Une ride se dessina sur le front du procureur.

— Ne me prenez pas pour un perdreau de l'année. J'ai vu plus d'une chose dans ma vie.

— Mais pas des comme ça, répondit Olszewski. Pas des comme ça.

Le pathologiste leur fit signe de le suivre. Ils contournèrent l'hôpital pour entrer dans le bâtiment par l'arrière. Le médecin parlait avec Lupa, et Mortka comprit à des bribes de phrases qu'ils commentaient un match de l'équipe locale de foot. Le procureur et l'inspecteur les suivaient à quelques pas.

— Qu'en pensez-vous? demanda Zagajewski à voix basse.

— De l'affaire?

— Aussi. Mais ce qui m'intéresse le plus, c'est votre opinion sur la capacité de la police d'ici à y faire face.

D'un côté, Mortka savait que l'enquête serait complexe, sans doute avec de nombreuses ramifications, et il doutait que les seules forces du commissariat de Kretowice suffiraient à la traiter. De l'autre, un sentiment de solidarité professionnelle lui interdisait de mettre en doute les compétences des collègues.

— On verra, dit-il, espérant que cette réponse suffirait.

— On verra, on verra, grommela le procureur en se mordant les lèvres. Zajda a remué ciel et terre pour garder l'affaire chez lui. Ce démerdard a des relations, et il est beau parleur. Bien sûr, je le comprends. J'ai entendu parler de réorganisation, de coupes de personnel, et je ne suis pas étonné qu'il fasse tout pour défendre son commissariat. Mais j'ai peur que ses embrouilles lui attirent des ennuis.

— Vous ne pouvez pas confier le dossier à Jelenia, ou demander de l'aide à Wroclaw ? demanda Mortka.

Écouter Zagajewski s'épancher le mettait mal à l'aise, mais il ne savait pas comment terminer cette conversation avec élégance.

— Aussi longtemps que c'est possible, laissons l'enquête à Kretowice. J'ai reçu une indication claire de… (Il montra du doigt le ciel d'un air entendu.) Et soit dit en passant, vous savez que c'est grâce à vous qu'il a réussi son numéro ?

— Grâce à moi ?

— Ah, que oui ! Zajda a fait savoir à droite et à gauche qu'il n'avait pas besoin d'aide parce qu'il avait sur place un agent chevronné de la Crim' et de l'Antiterrorisme de Varsovie. Il a produit son effet, ce démerdard.

Cela aurait dû flatter Mortka, mais il ne ressentit que de l'inquiétude. Il se demanda ce que Zajda avait pu raconter à son sujet, sous quel angle il l'avait présenté, et si ça ne lui vaudrait pas des ennuis par la suite.

Ils entrèrent dans l'hôpital et se dirigèrent vers la cage de l'escalier qui menait au sous-sol. Mortka remarqua avec soulagement qu'ils évitaient ainsi les chambres des malades.

Olszewski leur donna des masques et des gants en latex. Il attendit qu'ils les aient enfilés puis conduisit le groupe jusqu'à la salle de dissection.

Le local était d'une luminosité désagréable. L'effet était produit par des tubes fluorescents fixés au plafond et par des carreaux blancs qui recouvraient les murs et le sol. On pouvait avoir l'impression d'être entré dans un nuage lacté.

Recouvert d'un drap, un corps était allongé sur une table de dissection métallique. Olszewski s'en approcha et prit la fiche de renseignements. Il lut quelques secondes.

— Les autres corps sont dans la chambre froide, dit-il en désignant une porte derrière lui. Nous ne les avons pas sortis, parce que pour vous montrer ce que j'ai à vous dire, un seul suffit. Vous êtes prêts ?

Il attendit qu'ils aient fait signe que « oui » et souleva le drap. Apparut un corps de femme nu, d'une teinte jaune bronze. D'une texture comme parsemée de plâtre. De nombreuses entailles laissaient voir des organes noirs et déformés. Mortka remarqua que le procureur pâlissait et que des gouttes de sueur venaient perler à son front.

Zagajewski porta la main à son masque. Le médecin lui lança un regard impératif.

— Pour vomir, c'est dehors, dit Olszewski.

— Non, non... Je ne vais pas vomir, protesta le procureur, mais le ton de sa voix indiquait qu'il n'en était pas si sûr.

Mortka pouvait le comprendre, même si pour sa part il n'éprouvait ni peur ni répulsion. Même à ses débuts dans la police, les cadavres n'avaient jamais provoqué en lui d'émotion, si ce n'est, à l'occasion, du dégoût. Il considérait les victimes de bagarres d'ivrogne comme de vieilles connaissances, parce qu'en voir une était comme de les avoir toutes vues. Les malades, les blessés, les mourants, c'était autre chose. Ils l'effrayaient. Les cadavres, en revanche, étaient pour lui des objets, des indices, des éléments de preuves. Il était rarement secoué.

Encore que ce ne fût pas exclu. Les enfants Borzestowski allongés dans la neige devant leur maison finissant de se consumer lui revenaient de temps à autre en rêve.

— Laissez-vous aller, proposa le médecin au procureur. Et si ça peut vous aider, moi non plus je ne me suis pas senti au mieux en voyant ça, et pourtant je suis dans ce métier depuis plus de vingt ans.

Les paroles d'Olszewski agirent comme un exorcisme, et Zagajewski courut vers la sortie en arrachant son masque. On l'entendit vomir dans le couloir. Il revint bientôt, plus pâle que précédemment, mais le regard déterminé.

— Commençons, dit-il en s'essuyant la bouche avec un mouchoir.

Le médecin approuva de la tête.

— Comme dans les autres cas, la victime est une femme d'entre vingt et trente ans. La mort est intervenue il y a entre trois mois et peut-être un an. La cause de la mort est en fait impossible à déterminer. Le corps est saponifié.

— Ce qui signifie? demanda Lupa.

— Une transformation des graisses. Un processus qui se produit en milieu humide et en absence d'aération. Il consiste en une transformation des tissus gras en savon. Cela prend de quelques semaines à un an. Cela conserve joliment le cadavre, comme on peut le voir sur cet exemple. Si le corps avait subi un processus normal de putréfaction, le résultat serait bien moins agréable à voir.

— Difficile à imaginer, grogna le procureur.

— Ah… L'aspect misérable de ce cadavre ne résulte pas de processus naturels mais de ce que l'on en a fait.

Le médecin prit un scalpel et pointa différentes parties du corps.

— Commençons par la tête. Chez cette défunte, nous avons des joues coupées de la bouche jusqu'aux os de la nuque. C'est une exception, les autres cadavres sont dépourvus de ce type de blessure. Passant plus bas, nous voyons des blessures à la poitrine. Données de bas en haut avec un outil tranchant. Des entailles très précises. Les victimes ont été amputées de parties du corps : tétons, biceps, et surtout… (Il dirigea son scalpel vers le bas-ventre où s'ouvrait une blessure brunâtre.) les organes sexuels, y compris le vagin, l'utérus et les ovaires, ajouta Olszewski.

Zagajewski eut un hoquet, à croire qu'il allait se remettre à vomir, et il regarda le plafond. Ses lèvres bougeaient, muettes sous le masque.

— Des questions, messieurs ? acheva Olszewski.

— Les blessures ont-elles été infligées avant ou après la mort ? réagit Mortka.

Le médecin hocha la tête.

— Impossible à déterminer. Il s'est écoulé trop de temps depuis la mort. De plus, le lieu de la décharge des corps rend très difficile de tirer des conclusions de la dissection. Il s'agit de conditions très spécifiques. Le corps est resté sous terre, en partie en milieu aqueux. La saponification rend tout très malaisé à analyser. On dispose bien d'une littérature sur le sujet, mais les cas décrits parlent de noyés. Une chose tout à fait différente de ce à quoi nous avons affaire dans le cas présent.

— Vous avez pratiqué des examens toxicologiques ?

— J'ai essayé, mais cela n'avait aucun sens. D'abord, encore une fois, en raison du délai entre le décès et la découverte des cadavres. Ce qui devait se décomposer s'est décomposé. Deuxièmement, le niveau de radiations dans la mine, toujours supérieur à la normale. Pas beaucoup, des doses inoffensives pour un bref passage, mais les cadavres ont été soumis à leur effet pendant un temps long. Ce qui altère le résultat de n'importe quel test que je pourrais pratiquer.

Mortka étouffa le juron qui lui venait aux lèvres. Il se rapprocha de la table d'autopsie. Il examina longuement la femme anonyme dont le visage s'était figé en un masque brun. Il descendit le regard et fronça les sourcils. Il se pencha sur les mains de la défunte. Il releva au niveau des poignets quelque chose qui ressemblait à une marque large, plus sombre que la peau.

— Qu'est-ce que c'est ?

Il montrait du doigt les traces.

— Je ne sais pas.

— Y a-t-il quelque chose de similaire sur les autres corps ?

Le médecin parcourut les comptes-rendus d'autopsie. On n'entendit durant plusieurs secondes que le bruissement des feuilles de papier.

— Oui, sur tous.

— Pourrait-il s'agir de traces de cordes ou de menottes ?

— Oui, admit le médecin après réflexion. Cela pourrait signifier que les victimes ont été entravées. Les traces sont profondes.

— Auraient-elles été attachées plutôt longtemps ?

— C'est possible.

— Y a-t-il du point de vue médical des éléments qui indiqueraient qu'elles ont été attachées pendant une longue durée ?

— C'est-à-dire ? questionna Olszewski.

— Par exemple, un rétrécissement des organes suite à une longue privation de nourriture.

— Je vais vérifier, mais je crains que la réponse ne soit ici la même que les précédentes. Le corps est dans un tel état qu'il est difficile de tirer des conclusions sur les circonstances de l'assassinat.

Mortka se redressa et recula d'un pas pour faire de la place à Lupa et à Zagajewski qui voulaient voir les traces.

— Les autres cadavres… commença-t-il prudemment. Quand est intervenue la mort ?

— Dans le cas du cadavre numéro un, entre un et trois ans ; dans le cas du cadavre numéro deux, même période. Le numéro trois est devant vous. Le cadavre numéro quatre, à mon avis, jusqu'à six mois. Mais il faut observer une grande prudence et intégrer une marge d'erreur importante.

— Et on ne peut rien dire sur la cause de la mort ?

— Comment voulez-vous ? Dans une telle situation, on ne peut même pas exclure une noyade. Les os sont intacts. Les organes, ne serait-ce qu'en raison de la saponification, ne permettent pas de révéler l'usage d'objets contondants. Des coups, un choc avec une voiture, ou une chute de grande hauteur comme causes de la mort sont peu vraisemblables. Par contre, il me semble qu'elles n'ont pas été étouffées, ce qui aurait laissé des traces, par exemple une déformation du larynx.

— Et ces blessures… ?

— Elles auraient été bien sûr mortelles.

Mortka approuva de la tête et lança un regard à Lupa. Le policier se tenait de côté, mains croisées, l'air lugubre.

— As-tu trouvé quoi que ce soit qui pourrait nous

aider à établir l'identité de ces femmes ? demanda Lupa au pathologiste.

— Rien. J'ai noté tous les signes particuliers dans les comptes-rendus.

— Les examens dactyloscopiques ? intervint Mortka.

— Vous avez raison de poser la question. On ne peut rien en faire. La peau est trop endommagée.

Le médecin s'interrompit pour soulever une main de la femme, regardant le procureur d'un air significatif.

— Alors ? lança-t-il en s'efforçant de paraître joyeux. On les coupe ?

Le procureur hésita un instant avant d'approuver. Le médecin se proposait de sectionner les doigts de la femme, de les conserver et de les envoyer à l'Institut médico-légal de Wroclaw. Les experts en dactyloscopie y tenteraient d'en relever les empreintes.

— Nous avons autre chose à voir ? demanda Lupa.

— Non.

— Monsieur le procureur ?

— Non. Merci.

— Dans ce cas, nous avons terminé, trancha Lupa.

— Comme tu voudras. Vous trouverez la sortie. N'oubliez pas de jeter les gants et les masques médicaux dans la corbeille près de la porte. Je range et je vous rejoins.

Quelques minutes plus tard, les policiers rejoignirent le procureur qui s'était assis sur un banc sous un grand châtaignier pour fumer goulûment une cigarette. Lupa sortit son paquet de la poche de son pantalon et le mit sous le nez de Mortka. L'inspecteur remercia d'un geste de la main. Lupa prit une cigarette pour lui et se la ficha entre les lèvres. Il chercha son briquet en tapotant ses poches, mais le procureur lui proposa le sien. Ils fumaient tous les deux tandis que Mortka offrait son visage au soleil couchant, profitant de la chaleur des derniers rayons.

— Qu'en pensez-vous, Messieurs ? s'enquit Zagajewski entre deux bouffées.

— Nous devons établir leur identité, fit Mortka à voix basse.

— Oui, mais comment ?

L'inspecteur se sentit soudain très fatigué. Il se dit qu'il en avait assez, qu'il ferait mieux d'aller se coucher, de s'enrouler dans sa couverture et de dormir le plus longtemps possible.

— On va peut-être se fatiguer avec ça demain ? proposa Lupa. Aujourd'hui, on ne trouvera plus rien de sensé.

— Oui, bien sûr, approuva Zagajewski.

Le docteur Olszewski avançait dans leur direction dans l'allée du parking. Le médecin s'arrêta près de Lupa et mit les mains dans ses poches.

— Un beau week-end que nous avons. Même si un peu raccourci, déclara-t-il pour rompre le silence qui se prolongeait. Tu es allé voir ta campagne, Bog ?

— Ouais. Samedi dernier. J'ai taillé les buissons. Les plantes avaient poussé terrible.

— Chez moi, j'ai dû abattre un prunier. J'espérais pouvoir le sauver, mais rien à faire. Dommage. L'an dernier, j'en avais tiré une superbe slivovitz, et j'escomptais bien réitérer.

Le médecin clapa de la langue comme en se remémorant le goût de sa liqueur.

— Tu as essayé le sulfate de cuivre ?

— J'ai essayé. Aucun résultat.

Le procureur finit sa cigarette et se leva du banc. Il salua chacun d'une poignée de main et prit la direction du parking de l'hôpital. Il s'arrêta quelques pas plus loin et se retourna. Son regard passa sur les visages des policiers et du médecin.

— Je vais vous dire une chose, fit-il d'une voix d'outretombe. Jamais de ma vie je n'ai eu un premier mai aussi foutraque.

Le chien, si l'on pouvait appeler ainsi cette espèce de petite boule de poils, courait entre les jambes de Wajtola en aboyant, réclamant de l'attention. Wajtola enleva ses chaussures puis, un temps indécis, se pencha pour caresser le dos et le museau du york.

— Salut, petit, salut, marmonna-t-il.

Quand le chien le laissa tranquille, il passa dans la pièce principale où sa femme, assise au bureau, compulsait des factures en essayant de s'y retrouver dans les comptes du magasin qui leur appartenait. Il l'embrassa dans le cou. Elle se pencha sur sa chaise et le regarda.

— Tu rentres tard, dit-elle, sans reproche, mais constatant un fait brut.

— Et ça va continuer comme ça les prochains jours.

— À cause de la mine?

— Eh… reconnut-il. Je n'arriverai pas à aller chez le grossiste.

— Non? Mais il n'y a jamais eu de problème…

— Parce qu'on n'a jamais eu un tel bordel sur les bras, Jola. En ce moment, si je m'éclipsais du service pour deux heures sans rien dire à personne, je pourrais dire adieu au boulot.

— Tu avais dit que tu irais.

— Parce que je pensais que ce serait possible. Mais ce n'est plus le cas. Excuse-moi. Tu envoies Dorota ? proposa-t-il.

Il pensait à l'employée de Jola. La femme de Wajtola soupira.

— Dorota est dévouée comme tout, mais c'est une andouille. Tu le sais bien. Ils vont encore l'embobiner.

Il ouvrit grands les bras, pour signifier qu'il n'avait pas d'autre idée. Jola se tapota le menton avec son stylo-bille et retourna à ses factures.

— Le dîner est dans la poêle. Tu n'as qu'à le réchauffer, dit-elle. Pour le grossiste, j'irai moi-même.

— D'accord.

Il passa à la cuisine. Il alluma le gaz sous la poêle où se trouvaient une côtelette de porc et quelques pommes de terre. Il ouvrit le réfrigérateur, prit du jus de pomme et le versa dans un verre. Remettant le carton de jus, il chercha sur les étagères.

— Il n'y a pas de salade ? cria-t-il vers la grande pièce.

— Non ! Coupe-toi une tomate !

Il n'aimait pas les tomates. Elles lui provoquaient toujours une petite rougeur suintante au coin de la bouche. Jola le savait, mais pour une raison inconnue elle n'arrivait jamais à s'en souvenir. Quand il le lui répétait, elle répondait avec un signe de la main : « Mange, mange, c'est plein de potassium. »

Il prit un cornichon et ferma le frigo. Il coupa le cornichon en quatre morceaux qu'il posa sur l'assiette. Il ajouta la côtelette et les pommes de terre, puis revint au salon. Il s'assit à table et alluma la télé, changeant de chaîne jusqu'à tomber sur Eurosport.

Sa femme se retourna sur sa chaise et l'observa sans un mot. Il reprit la commande et baissa le son.

— Merci, fit-elle, avant de jeter un œil à son assiette. Tu devais prendre une tomate.

— Je n'avais pas envie.

— Ah bon.

Elle se replongea dans son travail.

— Le petit est à la maison ? demanda-t-il.

— Non. Il est sorti.

— Où ça ?

Elle reposa violemment son stylo et se retourna encore vers lui. Irritée pour de bon.

— J'essaye de calculer des milliers de trucs. Tu peux me laisser tranquille ?

— Je demandais juste où Daniel était sorti.

— Je n'en sais rien. Il ne m'a rien dit, comme toujours.

C'est de son âge. Maintenant, excuse-moi. Je suis occupée.

Elle se remit à ses comptes. Wajtola prit son portable et composa le numéro de son fils. Il tenait l'appareil contre son oreille tout en mâchant un morceau de côtelette, attendant la communication. Bien sûr, Daniel ne répondit pas. Il avait appris le truc quelques mois plus tôt. Chaque fois qu'il pressentait que ses parents appelaient pour lui donner l'ordre de rentrer ou de faire autre chose d'aussi désagréable, il ne décrochait pas. Il expliquait ensuite qu'il n'avait pas entendu la sonnerie, ou que sa batterie était vide.

Wajtola rumina ses pensées un long moment. Il était fatigué et aurait volontiers passé le reste de la soirée sur le canapé, mais les sentiments paternels l'emportèrent finalement. Il rapporta l'assiette à la cuisine et remit sa veste.

— Où vas-tu ? demanda Jola.

— Chercher Daniel.

— Tu ne trouves pas que tu exagères ?

Il y avait dans sa voix un délicat reproche et comme de la crainte.

— Non, répondit-il. Et referme bien la porte derrière moi.

Il se rendit d'abord au terrain de sport de l'école. Son fils y passait souvent du temps avec des copains pour jouer au foot et fumer en douce. Cette fois, Daniel n'y était pas. Il rencontra quelques-uns de ses camarades, mais ils ignoraient où il pouvait se trouver, ou ne voulaient pas le dire. Il se demanda s'il ne devrait pas leur mettre un peu la pression, les menacer du commissariat, mais s'avoua qu'il ne ferait que passer pour un crétin.

Il continua jusqu'au terre-plein devant l'hôtel de ville et la supérette où son fils aurait pu aller s'acheter une bière bas de gamme. Là encore, chou blanc.

Il ne retrouva Daniel qu'au parc. Il était avec une copine dans un endroit écarté. Ils buvaient quelque chose. Elle fumait. Wajtola sourit intérieurement, éprouvant une certaine fierté paternelle. Il avait, en son temps, amené plus d'une fille ici. Pas juste pour parler, mais pour faire des choses beaucoup plus intéressantes. Ça marchait d'ailleurs plutôt bien pour lui. Il avait dans sa jeunesse toujours eu cet éclat dans le regard et le discours approprié pour se trouver quelqu'une pour la soirée. Il n'y a qu'avec Jola que ça n'avait pas été si facile. Il en avait fait une question de fierté. En revanche, lorsqu'il l'avait amenée ici, ça avait marché du premier coup. Et elle était tombée enceinte. Wajtola avait alors fait ce qu'il devait, posé un genou à terre en lui tendant une bague. Elle avait accepté. Que faire d'autre ? Ils s'étaient mis ensemble, et le mariage avait eu lieu, même si deux mois plus tôt elle avait fait une fausse couche.

Puis vint Daniel.

Wajtola ne se plaignait pratiquement jamais. Sa vie s'était bien arrangée. Il ne travaillait pas plus qu'il ne devait, et souvent moins, même s'il était consciencieux et savait s'appliquer. Et comme les parents de Jola avaient un sens des affaires dont leur fille avait hérité, ils ne manquaient de rien.

Wajtola obliqua et prit intentionnellement un long chemin pour que son fils puisse le voir venir. Il y réussit, et le policier observa avec amusement, faisant semblant de ne rien remarquer, son fils cacher sa bouteille de vin bon marché et la fille écraser sa cigarette.

— Bonsoir, dit-il en s'approchant d'eux.

Ils inclinèrent la tête, toujours apeurés. Wajtola regarda la fille. Elle était belle. Assez forte, mais pas grosse. Juste ce qu'il fallait pour qu'on ait envie de se serrer contre elle, conclut-il.

— Karolina, c'est ça ? demanda-t-il en reconnaissant une camarade de classe de Daniel.

— Oui.

— Heureux de faire ta connaissance.

— C'est réciproque, monsieur.

Il sourit.

— C'est bien, gamin. Il est temps de rentrer.

— Papa...

— Me fais pas le coup de papa... Tu sais bien que c'est l'heure.

Daniel ouvrit des yeux étonnés.

— L'heure du match, précisa Wajtola, en mentant.

Il ne voulait pas humilier son fils devant la fille, ce qui aurait été le cas s'il avait laissé entendre qu'il le ramenait à la maison juste après neuf heures. La mention d'un match inventé changeait la situation. Le policier perçut une curiosité dans les yeux de Karolina. Daniel pigea et s'arracha du banc.

— Viens, Karolina, je te raccompagne aussi chez toi, dit Wajtola.

La fille accepta.

Sur le chemin du retour, Daniel affichait un air vexé. Assis à l'avant, il restait silencieux, la tête contre la vitre. Il voulut descendre dès que la voiture fut garée, mais Wajtola lui ordonna d'attendre.

— Pourquoi? protesta le garçon.

— Je t'ai déjà demandé de ne pas traîner dehors la nuit.

— Mais il ne fait pas nuit, rétorqua-t-il.

— Gamin, ne fais pas semblant, compris? Tu devais être rentré à huit heures. C'est tout.

— Je ne suis pas un enfant!

Wajtola soupira. Les conversations avec les ados de cet âge n'étaient pas des plus faciles. Il en avait parfois par-dessus la tête et regrettait le temps où l'on pouvait allonger un petit merdeux sur ses genoux et le corriger à coups de ceinture.

— Tu as entendu parler de la mine, fiston? De ce qu'on y a trouvé?

— Oui.

— Justement. Tant qu'on n'a pas éclairci l'affaire, tu resteras le soir à la maison. Terminé.

Daniel grogna, dépité, et saisit la poignée.
— Attends ! dit Wajtola.
— Quoi ?
— Tu peux faire venir Karolina à la maison.
Le garçon faillit pouffer de rire.
— Beeh… Génial. Merci, papa. Ça va être super.
— Attends… (Wajtola le stoppa une deuxième fois.) Et si c'est un jour où il n'y a personne à la maison ?

Daniel se retourna vers lui. Il mordit à l'hameçon, et tous deux entrèrent sur le terrain glissant des négociations intergénérationnelles.

— Ça fait un moment que maman essaye de me faire sortir ciné ou au théâtre. Je vais lui dire d'accord. On va choisir un jour.
— Ah… Et…
— Ne fais pas semblant.
— Je fais pas semblant, papa. Mais tu sais… Qu'est-ce qu'on peut faire à la maison ?
— Vous vous passerez un film.
— Un film, mais tout le monde a ça chez soi, papa. Ça a quoi de spécial ?

Wajtola regarda son fils avec considération. Il avait la tchatche, le gamin. Ça lui venait de sa mère.

— Je laisserai le bar ouvert.
— Sérieux ?
— Sérieux ? Sérieux ? (Il imitait son fils.) Mais si maman te chope, moi, je ne sais rien. Compris ? Tu te débrouilleras avec elle.
— Pas de problème. Je trouverai.
— Alors ? D'accord ?
— D'accord.

Ils se serrèrent la main, mais Wajtola se dit qu'il

exagérait peut-être. Que son fils était déjà devenu un homme. Un homme de quinze ans qui donne des rancards à des filles et oblige son père à le laisser boire son alcool à la maison. Il lui ébouriffa la tête et lui donna une tape sur la nuque.

— On rentre. Et tu te souviens, pas un mot à ta mère.

Daniel croisa les doigts comme pour un serment, et ils descendirent ensemble de la voiture.

Mortka pensait rentrer chez lui, mais Lupa le convainquit de l'accompagner à l'USA. Il n'eut pas besoin d'argumenter longtemps. La fatigue était une chose, mais l'idée de rentrer dans un logement vide lui parut peu attirante. Ils se rendirent donc, chacun avec sa voiture, au pub pour vider une chope ou deux.

— Tu avais raison, dit Lupa quand ils entrèrent.

— À quel sujet ?

— Bratkowski. Son baveux nous l'aurait mis avant qu'on réalise ce qu'il se passait.

Le pub était plein. Les clients occupaient toutes les places au bar, ce qui était plutôt rare. D'ordinaire, il n'y avait là que deux ou trois habitués penchés sur leur alcool, mais aujourd'hui, un groupe de jeunes discutaient d'un sujet précis. Les murs du local étaient décorés de plaques d'immatriculation de différents États, et les jeunes les contemplaient l'une après l'autre. Peut-être rêvaient-ils de s'arracher à leur coin perdu dans les Tatras pour commencer une vie heureuse de l'autre côté des océans, en Californie, au Minnesota ou au Kentucky.

Un tel brouhaha régnait dans le bar que l'on avait du mal à entendre ses propres pensées. Chacun voulait profiter de l'occasion, car on était dimanche soir et le lendemain serait le trois mai, fête nationale qui tombait un lundi, également férié. Soit un « vendredi soir » de plus.

Mortka se demanda si cette virée au pub USA avait un sens. Il n'avait pas l'intention de passer les heures suivantes debout en se frottant aux clients qui circulaient avec leurs chopes pleines à ras bord. Il aperçut soudain le docteur Nowak qui lui faisait des signes désespérés. Il occupait leur table habituelle dans un coin de la salle d'où il avait une bonne vue sur la télé accrochée au mur, et il la défendait héroïquement contre les personnes successives qui demandaient à s'asseoir. Mortka envoya une bourrade à Lupa et lui indiqua le collègue.

— Va t'asseoir, je vais chercher des verres, dit-il en prenant la direction du bar.

Il dut jouer des coudes, il reçut même un coup de poing dans le dos. Il se retourna, mais ne put déterminer si on l'avait spécialement visé. Il se fraya un chemin jusqu'à la *lady* du bar qui le reconnut et le servit en priorité. Elle rajouta les bières sur son ardoise.

Il dut à nouveau jouer des coudes, cette fois avec les chopes à la main. Heureusement, les clients, peut-être par respect pour la bière, lui ouvraient le passage. Il rejoignit sans encombre la table, posa les verres et se laissa tomber sur la banquette.

— Salut ! lança-t-il à Nowak.
— Salut, le Kub.
— C'est la foule, aujourd'hui.
— Forcément, on a l'invasion des Germains.

L'inspecteur regarda autour de lui. Il n'entendait personne qui parlât allemand.

— Les Germains ?

— Les gens d'ici qui bossent en Allemagne. Ils rentrent à Kretowice pour les fêtes ou pendant les longs week-ends pour dépenser chez nous les euros durement gagnés, expliqua Nowak.

Mortka se figea, tenant son verre à mi-chemin de sa bouche. Il y avait de l'autre côté du bar une blonde à cheveux très courts. Il lui fallut un moment avant de réaliser qu'il l'avait déjà aperçue le matin même en sortant du commissariat, après la réunion. Il pouvait maintenant mieux l'observer. Elle était belle et jeune. Un jean bleu enserrait son joli petit cul, et ses hautes bottes noires montant jusqu'aux genoux lui donnaient un air provocant. Mortka la fantasma assise sur lui, nue avec seulement ses bottes, le chevauchant violemment en se mordant légèrement la lèvre.

Il fut gêné d'avoir un début d'érection. Il se poussa en avant pour la cacher sous la table. Mon Dieu, se dit-il, peut-être Kochan avait-il raison, peut-être devrait-il se décider à « mettre le doigt dans la confiture » ? Il ne l'avait pas fait depuis... son divorce ? Oui, depuis le divorce. D'abord, parce qu'il avait perdu tout intérêt pour les femmes et le sexe. Ensuite, parce qu'il avait manqué de temps pour draguer, ne serait-ce que pour une nuit. Il sentait qu'il n'aurait pas su quoi dire, ni comment se comporter.

Minable.

— C'était comment, l'autopsie ? demanda Nowak.

— Comme dans une morgue, grommela Mortka. Et Marta ?

— Elle reprend ses esprits. On pourra sans doute lui parler demain.

— Et Sarah ?

— Elle est sortie de l'hôpital. Elle reviendra chercher des ordonnances. Mais je pense que Lucas va bientôt la renvoyer à l'hosto, chez nous.

— Le fils de pute.

Lupa s'appuya sur l'accoudoir et plissa les yeux en grimaçant de dégoût. Il ferma les poings, plia et déplia les doigts.

— Et l'enquête ? Vous savez à quoi je pense. (Nowak baissa la voix.) Toute la ville ne parle que de ça. Il paraît que…

— Tout suit son cours, répondit Lupa, irrité sans savoir pourquoi. Je contrôle la situation.

— Ah, parce que les gens parlent…

— Je m'en tape. Qu'ils disent ce qu'ils veulent.

— Compris.

Nowak se gratta le nez et, l'air renfrogné, prit sa bière.

— *Sorry*, Tomek, intervint Mortka qui se sentait obligé de justifier le comportement cavalier de Lupa. Mais ç'a été une journée interminable et vraiment chargée. On ne tient plus debout.

— Oui. Je comprends.

Ils terminèrent leurs bières en silence. Trois bonshommes sinistres, tête penchée sur la table avec des mines qui auraient effrayé jusqu'au plus acharné quémandeur. Puis Lupa alla commander une deuxième tournée, et Mortka sortit pour prendre un appel, son portable venait de sonner dans sa poche.

— J'avais cru que tu appellerais les garçons aujourd'hui, fit une voix de femme en colère.

— Salut, Ola. Pour autant que je me souvienne, ils devaient se trouver au lac avec tes parents.

— Ce n'est pas une raison pour ne pas leur téléphoner.

Elle avait raison, mais il ne voulait pas le reconnaître.

Il entendit dans l'écouteur des bruits de pas et une toux. Quelqu'un devait être avec elle. Adam ? Ce serait logique. Les garçons étaient partis pour deux jours, elle avait toute la nuit pour elle. Où était-elle ? Chez elle ou chez lui ? Baiseraient-ils dans l'ancien lit conjugal des époux Mortka, ou dans un plumard de luxe de son appartement de luxe au bord de la Vistule, ou à Mokotow ?

— Nous avons une urgence de crise. J'ai été occupé, répliqua-t-il en s'efforçant de ne pas laisser transparaître la colère qui montait en lui.

— Cinq minutes auraient suffi. Tout le monde peut trouver cinq minutes pour ses enfants.

Il ne répondit pas, elle coupa donc sans dire au revoir. Il resta encore quelques minutes dehors. Pour se rafraîchir, il fit quelques allers-retours le long du bâtiment.

De retour près de Nowak et Lupa, il jeta un coup d'œil à la blonde. Il lui vint à l'esprit qu'il pourrait aussi bien l'aborder, tenter de bavarder, lui offrir un *drink* (pour autant qu'il y eût à l'USA autre chose que de la bière et de la vodka, les seules boissons qu'il eût vues dans les mains des clients) puis, qui sait, de fil en aiguille, aller jusqu'à quelque chose de plus plaisant. Jamais pourtant il ne l'avait vue nulle part.

Ils burent encore une bière, sans trop parler. Les pensées des uns et des autres tournaient autour de sujets différents. À la tournée suivante, apportée par Nowak, leurs langues se délièrent. Sans qu'on sache pourquoi, la construction de l'hôtel Golebiewski et les controverses qu'elle suscitait devinrent un sujet d'importance, et chacun y alla d'anecdotes sur l'absurdité du droit de la construction et de commentaires sur les méandres de la politique locale. Ils en profitèrent pour s'offrir une tournée supplémentaire avant de se séparer.

Sortant de l'USA, Mortka se demanda comment rentrer chez lui. Il était ivre. À Varsovie, il aurait appelé un taxi. Mais Kretowice était une ville suffisamment ramassée pour qu'il puisse tranquillement rentrer à pied. Sauf qu'il n'en avait pas envie. Après quelques minutes de lutte intérieure, il monta dans la Corolla, mit le moteur en route et démarra.

Il avait décidé de rouler très lentement et prudemment.

Il fit un arrêt à La Coccinelle pour prendre un pack de bière et un paquet de chips pour le dîner.

Chapitre 6

Il ouvrit les yeux et ressentit aussitôt un violent mal de tête. Comme si on l'avait frappé d'un coup de matraque en caoutchouc. Il avait la bouche sèche, avec un goût d'alcool et de conservateur alimentaire saveur paprika. Il se hissa hors du lit et réalisa qu'il avait de nouveau dormi tout habillé.

La sonnerie à la porte se faisait insistante et stridente. Quelqu'un se manifestait devant chez lui depuis un certain temps. Il se traîna jusqu'à l'entrée et ouvrit.

Avant qu'il ait eu le temps de dire un mot, Alicja faisait irruption dans le studio. Elle posa sur la table une assiette avec des tartines et un bol de café. Elle balaya du regard les canettes sur le plancher et le paquet de chips vide.

Mortka se remémora soudain qu'en rentrant chez lui il avait voulu frapper à la porte d'Alicja pour lui proposer de reprendre ce que son fils avait récemment interrompu. Mais il fut incapable de se rappeler s'il l'avait fait ou non. Il espérait que non. Il ne put déceler aucun élément de réponse sur son visage.

— C'est le nouveau rituel laïque? demanda-t-il en montrant le petit déjeuner.

Il avait la voix désagréablement rauque. Elle sourit.

— Non. Mais je me suis dit que tu aurais faim et que tu ne serais certainement pas en état de te préparer quoi que ce soit.

— Comment ? Pourquoi ?

— Hier, tu es venu cogner à ma porte, expliqua-t-elle, faisant pâlir Mortka. Tu étais complètement saoul. J'ai ouvert, et tu m'as agité sous le nez un pack de bières, tu as bredouillé des choses auxquelles je n'ai rien compris. Peut-être parce que je m'étais couchée tôt avec des bouchons dans les oreilles. Avant que je puisse les enlever et te demander de répéter, tu m'as dit, vexé, que c'était pour toi la fin des haricots, et tu es parti dans ta chambre.

Le policier retomba sur le lit et se prit la tête dans les mains.

— Mon Dieu... Je te demande pardon.

Elle partit d'un rire bruyant.

— Pas de quoi, le Kub. C'était même drôle.

— Non, je... Je ne voulais vraiment pas...

Il avait l'impression d'être le dernier des imbéciles.

— Pas de mal. Ne t'en fais pas. Maintenant, tu t'assois et tu bois ton café. Tu prends ton petit déjeuner et tu te remets les idées en place.

Il regarda les tartines sur l'assiette avec répulsion.

— Tu dois manger quelque chose, insista Alicja quand elle remarqua sa réaction de dégoût.

— Mais pourquoi ?

— Parce que. (Elle prit dans la poche de sa blouse deux cachets d'Aspro qu'elle posa à côté du pain.) On ne doit pas prendre de cachets le ventre vide.

Il obéit à contrecœur. Il grignota une bouchée de tartine au fromage cuit, ce qui lui paraissait le plus facile à ingérer. Il doutait de pouvoir avaler une quelconque charcuterie.

— Je t'aurais apporté de l'eau minérale, mais je n'en ai qu'une bouteille et j'en ai besoin pour les enfants. Mais chez nous, l'eau du robinet est potable, tu ne risques rien.

Il remarqua alors qu'Alicja marchait dans le studio et ramassait les vêtements sur le sol pour en faire un tas.

— Qu'est-ce que tu fais ?
— Tu n'as pas de machine à laver ?
— Non, fit-il, surpris. Je vais à l'occasion à Jelenia donner mes fringues à nettoyer.
— Pas la peine. Je vais te le faire ici.
— Ce n'est pas nécessaire.
— Aucun problème, le Kub. Quand on a deux enfants, la machine à laver fonctionne non-stop. Une fournée de plus ou de moins, aucune différence.
— Merci, dit-il.

Il n'avait plus la force de protester. Il mordit dans la tartine et, surmontant son manque d'appétit et la sécheresse dans sa bouche, il commença à mâcher lentement.

— Et qu'est-ce que tu voulais de moi au juste ?
— Je ne comprends pas.
— Hier soir, précisa-t-elle.

Il lui fit de la main un geste qui signifiait qu'il ne pouvait pas parler avant d'avaler, même si en fait il ne souhaitait que gagner quelques secondes pour réfléchir.

— Je ne me souviens pas, répondit-il finalement.

Le meilleur et plus simple mensonge qui lui vint à l'esprit.

Elle acheva de ramasser les vêtements, puis les posa sur un sweater étalé qu'elle noua en élégant baluchon.

— Que se passe-t-il avec ces femmes dont vous avez

retrouvé les cadavres? On sait déjà quelque chose? demanda-t-elle comme en passant.

Ah, se dit-il, c'est pour ça qu'elle m'a apporté lepetit déjeuner. Elle voulait lui tirer les vers du nez, histoire de pouvoir cancaner. Il lui restait cependant reconnaissant pour son aide. Sans ce petit déjeuner, sans le café et surtout l'Aspro, il aurait eu du mal à sortir de chez lui.

— Rien. Pas pour le moment. Nous avançons à tâtons. Peut-être que quelque chose va s'éclaircir aujourd'hui.

— J'espère que vous attraperez celui qui a fait ça. Parce que, tu sais, les gens racontent de ces trucs...

— Lesquels? s'enquit-il.

D'ordinaire, il n'y avait rien d'intéressant dans les racontars des « gens », mais parfois il arrivait qu'on trouve une information utile dans les rumeurs. Particulièrement si un quidam décidé à la boucler laissait soudain échapper un mot de trop.

— Qu'un vampire rôde en ville. Pas un vrai, mais comme le hooligan du club de foot de Zaglebie. Qui viole, et après qui tue.

— Qui tue comment?

Elle frémit, surprise par cette question, et le scruta comme pour s'assurer qu'il ne délirait pas. Quand elle comprit qu'il posait la question sérieusement, elle se décida à répondre.

— Les gens disent des choses et d'autres. Qu'il étouffe ses victimes, ou qu'il leur tape dessus avec un marteau sur la tête. Les gens ont peur de sortir de chez eux. Sans parler de sortir le soir!

— On va l'attraper, affirma-t-il.

Elle lui sourit et prit le baluchon de linge sale.

— Je vais au travail aujourd'hui, donc tu me ramèneras la vaisselle ce soir, d'accord ?

— Tu travailles un jour de fête nationale ?

— L'hôpital, c'est comme la police, c'est vingt-quatre heures sur vingt-quatre.

— Ah oui, bien sûr.

Elle lui adressa un geste d'adieu.

— Ah ! (Il l'arrêta au moment où elle franchissait la porte. Une idée lui venait à l'esprit.) Tu as un ordinateur ? Avec une caméra intégrée et Skype ?

Il arriva bon dernier à la réunion. Wajtola s'était assis contre le mur. Il feuilletait un magazine illustré dont la couverture brillait des reflets d'une voiture de sport rouge, ornée d'une jeune femme en maillot de bain et aux seins aguicheurs. Rosecki s'ennuyait en tripotant son briquet, finissant son café, tandis que Borkowski jouait sur son portable qui vibrait dans sa main en émettant un son énervant et criard. Lupa se tenait derrière le bureau, l'air furibard, un crayon à la main, le regard vide fixé sur la table. Lorsque Mortka entra, il leva la tête et, sans un mot, lui indiqua une chaise.

— Messieurs, on commence, grogna-t-il.

Il se leva, ôta sa veste à carreaux qu'il lança sur le dossier de sa chaise. Il attendit que Wajtola ait reposé son magazine et que Borkowski ait éteint son téléphone. Il fit le tour de la table et posa devant chacun un dossier.

— Ce sont les protocoles d'autopsie des cadavres. Vous les consulterez plus tard. Bien sûr, ils ne doivent pas quitter le commissariat. Maintenant, pour ne pas prolonger inutilement la réunion, je résume ce que vous allez y trouver. (Il se tut pour reprendre son souffle.) Il n'y a là rien que nous ne sachions déjà depuis hier. Les victimes sont des femmes entre vingt et trente ans dont on ignore la cause et la date de la mort, dont on ne sait pas comment elles sont arrivées là. J'ai oublié quelque chose, le Kub ?

Mortka se redressa quand il entendit son nom. Sa tête ne lui faisait plus mal, en tout cas moins qu'au réveil. Il ne souffrait plus que de tension au niveau des tempes, qui lui donnaient une furieuse envie de vomir.

— Non. Sans doute, non.

— Dans ce cas, on continue. Rosecki, as-tu cherché de possibles coupables ?

— Oui, mais à part ce viol, nous n'avons rien.

— Tu as parlé avec la fille ?

— Non, pas encore.

— Borko ?

Borkowski se tourna vers l'inspecteur et fronça les sourcils d'un air interrogateur.

— Tu as vérifié la liste des femmes disparues ?

— Oui.

Le jeune policier ramassa un dossier sur le plancher. Il l'ouvrit et en tira quelques feuilles.

— Personne qui corresponde aux cadavres trouvés. J'ai trouvé deux femmes à Jelenia, mais l'une avait plus de soixante-dix ans, et l'autre cinquante-six. De Karpacz, une vieille. À Szklarska, j'ai une jeune de vingt-trois ans.

Il fit passer autour de la table une affiche de la fondation Ithaque. Quand elle arriva devant Mortka, celui-ci vit sur une photo en noir et blanc une femme souriante au visage arrondi, au petit nez légèrement retroussé couvert de taches de rousseur.

— Qu'est-ce qu'il lui est arrivé ? demanda-t-il.

— Elle est sortie de chez elle il y a six mois et n'est jamais revenue.

— Qu'avait-elle pris avec elle ? Des vêtements, un portefeuille, un téléphone ? Une valise peut-être ?

— Il est écrit ici seulement un portefeuille et un téléphone.

— Elle devait voir quelqu'un ? Elle a dit pourquoi elle sortait ?

— Je ne sais pas.

— Alors, cherche, Borko ! ordonna Lupa en interrompant cet échange. Depuis hier, de nouvelles pistes sont-elles apparues ? Ou l'un d'entre vous a-t-il eu une idée de génie ?

Personne ne réagit. Mortka finit par lever la main.

— Je m'en doutais, grommela Borkowski avec acidité, avant de se recroqueviller sous le regard de réprimande que lui décocha Lupa.

— Vas-y, le Kub.

— J'ai entendu dire que tout Kretowice ne parlait que de ces assassinats. Il faudrait envoyer quelqu'un sur le terrain, pas forcément l'un d'entre nous, pour qu'il recueille ces rumeurs. Peut-être l'assassin, heureux de se faire valoir, laissera-t-il échapper une info que nous devrions être les seuls à connaître.

— Bonne idée.

— Nous devrions aussi préparer et faire circuler une version « de contrôle » avec quelques détails modifiés.

— C'est-à-dire ?

— Par exemple, que nous avons trouvé cinq corps et non quatre. Que toutes ces femmes ont été poignardées au cœur. Sans évoquer le découpage des organes, ou d'autres détails de l'affaire.

— Et pourquoi tout ça ? s'enquit Wajtola.

— Pour deux raisons. D'abord, si nous lançons notre version et que néanmoins nous reviennent des rumeurs, disons… plus proches de la vérité, cela vaudra la peine de suivre ces pistes. Deuxièmement, le moment viendra où se présentera un nouveau Bratkowski qui avouera ces crimes, même s'il n'a rien à voir avec. Nous devrons être en mesure de procéder à une rapide vérification, savoir s'il s'agit d'un véritable meurtrier ou d'un fou de plus.

Lupa tapotait d'un doigt la table, fronçant les sourcils, perdu dans ses pensées.

— On va faire comme ça, décida-t-il. Wajtola, j'aime bien ton rapport. Tu rédiges comme il faut. Tu vas donc préparer la version « de contrôle ». Tu me la donnes, tu la passes à Zajda, et tu pourras la transmettre à telle ou telle connaissance. De préférence à un journaliste. Mais fais en sorte que ça ait l'air d'être en toute confidence, et que, si ça sortait, tu pourrais perdre ta place. Tu sauras t'y prendre ?

— Oui, répondit le policier sans enthousiasme.

— Le plus vite sera le mieux. Zajda se plaint de ce que la nouvelle de notre petite découverte s'est déjà répandue et que les journalistes commencent à s'y intéresser. Par chance, ils se contentent encore de harceler le porte-parole de Jelenia, mais tôt ou tard ils vont débarquer ici. « Le petit prince » a évoqué la possibilité d'une arrivée de TVN, et j'ai le sentiment qu'il aimerait bien parader un peu devant les caméras. Il vaudrait mieux qu'il sache ce qu'il doit leur dire.

— Je m'en occupe.

— D'autres remarques ?

Borkowski leva timidement la main.

— Oui, Borko ?
— Les Tsiganes.

Lupa plissa les yeux.

— On redevient monothématique, brigadier-chef ?

— Eh ! Je n'ai pas raison ? protesta le policier. Chez nous, à Kretowice, personne n'a l'étoffe d'un assassin. Mais chez les autres, à Harlem ? On n'a aucune idée de ce qu'il s'y passe. Un vrai trou noir, merde.

Il regarda autour de lui, cherchant des soutiens chez les collègues.

— Il y a de ça, risqua Rosecki. C'est vrai qu'on ne sait pas grand-chose d'eux.

— Et tu veux faire quoi ? Envoyer une patrouille, vingt-quatre heures sur vingt-quatre ? Ou convoquer tous les Roms à la queue leu leu pour interrogatoire ?

— Mais non. (L'aspirant reculait déjà.) Je disais juste ça comme ça.

Considérant cette brève passe d'armes, Mortka releva que Lupa dominait le trio. Y compris Borkowski, qui affichait une tête de chien battu. Il se dit qu'ils feraient ce que leur chef leur demanderait, veillant même à ne pas trop s'en écarter. Il ignorait seulement si cela avait toujours été le cas au commissariat, ou si la responsabilité liée à cette affaire concrète n'était pas d'une importance telle qu'ils préféraient la laisser à un autre. Lui-même était un corps étranger, un type qui serait pris au sérieux aussi longtemps qu'il bénéficierait du respect de Lupa.

— Cet après-midi, on pourra auditionner Marta Gawrys. Je mènerai l'interrogatoire avec l'inspecteur Mortka. D'ici là… Borkowski, tu vérifies ces disparitions. Lis les documents, parle aux gars qui s'en sont occupés.

Lupa tira de sa poche son portable et consulta le carnet d'adresses. Puis, énervé après quelques secondes, il jeta le téléphone sur la table.

— Reviens me voir plus tard, je te donnerai le numéro du type de leur commissariat, là-bas, celui que tu devras rencontrer. Il te racontera tout.

Borkowski s'inclina et rangea ses papiers dans le dossier.

— Rosecki. Ta vieille a la langue bien pendue. Tu vas pouvoir t'en servir. Elle connaît déjà toutes les rumeurs et les cancans : tu vas tout noter. Wajtola, tu sais ce que tu as à faire. Mais j'ai un truc en plus à te demander.

— Si tu es obligé…

— Borko nous a bien balayé le secteur. Tu vas maintenant chercher les filles disparues dans l'ensemble de la voïvodie de Silésie. D'accord ?

Le policier acquiesça sans enthousiasme.

— Et il nous reste l'inspecteur Mortka.

— Donnez-moi les coordonnées de cette fille violée. J'irai lui parler, proposa l'inspecteur.

Ils le regardèrent, surpris, se demandant sûrement s'ils devaient protester. Il était ici en visiteur, un visiteur que personne n'avait invité, et un étranger comme ça ne devrait pas mettre son nez dans des affaires déjà réglées, pour chercher des oublis ou des erreurs commises. Mais Lupa en décida autrement.

— Ce n'est pas une mauvaise idée, affirma-t-il. Tu pourrais en tirer quelque chose qu'elle n'aurait pas voulu nous dire.

Ils mirent fin à la réunion. Mortka resta dans la salle pour boire tranquillement le deuxième café de la journée. Il espérait ainsi faire disparaître définitivement sa gueule de bois. Il s'approcha de la fenêtre, contempla les montagnes et éprouva l'envie, sans rien en dire à personne, de prendre un sac à dos, d'y mettre une bouteille d'eau et des sandwiches et de partir en randonnée. Il plissa le front, essayant de se souvenir quand il était parti en montagne pour la dernière fois. Il comptait dans sa tête. Cela devait avoir eu lieu quelques années avant son mariage avec Ola. Douze ans ? Quinze ans ? Il n'arrivait pas à calculer. En fait, il était de ceux qui préféraient passer les vacances sur les plages fraîches et encombrées de la Baltique.

Mais cela pourrait être agréable. Prendre un sac à dos et tout simplement filer. Laisser derrière soi tous les soucis, les ennuis, les années perdues.

Il se demanda s'il aurait le courage d'agir ainsi.

Il n'en savait rien.

L'immeuble à étage était tellement collé à la rue, ou peut-être la rue avait-elle été tracée si près qu'en sortant de la cage d'escalier on posait le pied directement sur la chaussée. Le trottoir était si étroit qu'un adulte seul y trouvait tout juste place. Il était préférable de passer de l'autre côté, le long d'une petite rivière.

Mortka gara sa voiture quelques dizaines de mètres plus loin, là où la rue s'élargissait. Il dépassa avec précaution un chien affalé sur l'asphalte chaud, un gros bâtard à la langue rose pâle pendante, qui ne bougeait même pas lorsque les voitures lui frôlaient le nez.

Il monta à l'étage par un escalier de bois et frappa à la porte où était fixée une plaque de métal. Il entendit des pas nerveux puis un cliquetis de serrures et de verrous. La porte s'entrouvrit. Le visage fripé d'une vieille femme aux yeux cernés de noir et aux lèvres maquillées d'un rouge intense apparut.

— Oui?

— Inspecteur Jakub Mortka. J'aurais voulu parler à Renata.

La femme vérifia sa carte de police. Elle ôta la chaîne et ouvrit grande la porte.

— Renata! cria-t-elle. C'est la police, pour toi. Qu'est-ce que tu as encore bien pu fabriquer?

Mortka pénétra dans le logement et se retrouva dans une petite entrée. L'odeur d'antimites qui émanait des habits était plus intense qu'il ne pouvait le supporter. Il avança jusqu'à une cuisine qui empestait le graillon. En face de lui surgit une fille à cheveux courts, au maquillage agressif et puissant. Celui-ci devait servir à détourner l'attention d'un nez trop gros et de lèvres si fines qu'on aurait pu se demander s'il s'agissait bien de lèvres. Elle portait aux oreilles des anneaux de dimension monstrueuse qui tintaient à chaque mouvement de sa tête.

— C'est pour quoi?

— Vous êtes Renata?

— Il faut que je sorte ma carte d'identité?

— Non, ce n'est pas la peine.

— Qu'est-ce qu'elle a encore déconné? intervint la femme qui avait ouvert la porte.

Elle passait la tête par-dessus l'épaule de sa fille.

— Non, rien. Je voulais juste parler un peu. Poser quelques questions.

— Mais pourquoi? Je ne sais rien!

— Je voulais savoir... Ce serait peut-être mieux de discuter en privé.

Renata haussa les épaules.

— Maman, dégage! lança-t-elle.

La femme essaya de protester, mais la fille leva les bras au ciel en criant:

— C'est la police qui l'a dit, non?

La mère de Renata fit grise mine un instant puis regagna la pièce principale. Elle s'assit dans un fauteuil et monta ostensiblement le son de la télé. La fille ferma la porte de la cuisine et s'appuya contre le rebord de la fenêtre. Elle croisa les bras sur sa poitrine.

— Et alors, c'est pour quoi? répéta-t-elle. Je ne sais rien. Aujourd'hui, j'habite à Leeds. Je n'ai plus aucune idée de ce qu'il se passe dans ce trou perdu.

— À Leeds?

— C'est en Angleterre.

— Ça, je sais.

— Je suis venue pour les fêtes du premier mai. Voir maman. Je me barre demain. J'ai mon billet d'avion pour Liverpool.

Il sourit légèrement, espérant se donner l'air d'un type agréable et sympa.

— Je voulais vous parler de ce qu'il s'est passé en novembre.

— En novembre...

— Du viol.

— Je sais bien! s'écria-t-elle. Il ne s'est rien passé. Je l'ai déjà dit. Je m'étais trompée. J'ai tout retiré. Qu'est-ce que vous avez, là, à vous accrocher?

Mortka connaissait ce genre de filles. Elles cachaient leur peur mêlée de colère sous un masque d'arrogance. Une mixture explosive. Et encore pire quand ces sentiments contraires venaient à se renforcer. Les victimes craignaient leur bourreau, mais se montraient hargneuses envers les personnes qui tentaient de les aider.

— Vous êtes venue déclarer un viol au commissariat. Puis vous avez changé d'avis. Je ne sais pas pourquoi, mais je voudrais savoir ce qu'il s'est vraiment passé.

— Mais je l'ai déjà dit. Rien.

— Je n'étais pas à Kretowice à l'époque. Je viens d'ailleurs, voyez-vous.

Ce point l'intrigua. Elle baissa les bras, adoptant une pose moins défensive.

— Et d'où vous venez ?

— De Varsovie. Je suis dans un programme d'échange d'expériences de la police, qui prévoit des séjours dans tout le pays.

— Et c'est un interrogatoire dans les règles ?

— Ce n'est pas un interrogatoire. Je voulais seulement discuter. Sinon, je suis en effet habilité à effectuer toute action de police à Kretowice pendant mon service au commissariat.

— Ah.

— Alors, qu'est-ce qu'il s'est passé ?

Elle haussa les épaules.

— J'étais venue pour la Toussaint. J'ai retrouvé des amis. J'ai un peu bu.

Sa main remonta vers son visage, et Renata porta inconsciemment à sa bouche le bout de ses doigts aux ongles peints en vert.

— Quand je suis rentrée chez moi à travers champs, quelqu'un m'a appelée. Je me suis arrêtée pour voir qui. Il y avait un type qui courait. Avant que j'aie pu demander qui c'était, il m'a frappée et jetée par terre. Un instant plus tard, j'avais la jupe sur la tête et… Vous voyez ce que je veux dire. L'autre, le pantalon sur les chevilles. (Elle essaya de rire.) Pourquoi ça vous intéresse ?

Il pressentit que la question était importante. Elle trahissait une douleur. S'il voulait qu'elle en dise plus, il devait lui donner une information d'importance égale.

— Vous avez entendu parler des cadavres de femmes trouvés dans la mine ?

— Oui.

— Plusieurs femmes ont été sauvagement assassinées. Je suis l'enquête. Je me demande si ces assassinats et ce qui vous est arrivé ont quelque chose en commun.

Elle se pétrifia, les ongles coincés entre ses dents blanches.

— Non, déclara-t-elle fermement.

— Comment en êtes-vous sûre ?

— Parce que ça n'a rien à voir.

Il fronça les sourcils. Il eut soudain une idée.

— Vous savez, affirma-t-il.

Il s'efforçait autant que possible d'adopter un ton doux et amical.

— Je sais quoi ?

— Vous savez qui vous a violée.

Elle tourna la tête vers la pile de vaisselle accumulée dans l'évier. Elle garda le silence. Lui aussi. Il voulait lui donner quelques secondes pour lui permettre de tout lui raconter d'elle-même. S'il la pressait, cela ne pourrait que l'effrayer. Alors, Renata se précipita sur la porte et commença à taper du poing de toutes ses forces.

— Barre-toi ! Tu m'entends ! Barre-toi !

Mortka aperçut au travers du vitrage mat de la porte une silhouette qui s'enfonçait vers l'autre bout du logement. La mère. Elle était venue écouter à la porte.

Renata leva une dernière fois le bras, mais au lieu de cogner, elle le laissa retomber. Elle regarda Mortka droit dans les yeux, en même temps dure, agressive et implorante.

— Vous avez commis une erreur en retirant votre plainte, dit l'inspecteur. Mais on peut la corriger. Si vous avez peur, je peux vous aider. Vous trouver une aide juridique, une protection, surveiller ce qu'il faut, ajouta-t-il sans conviction.

Il savait déjà qu'il parlait dans le vide. Il n'apprendrait plus rien. Mais il devait au moins essayer.

— Tu n'es pas du coin, cracha-t-elle. Tu ne sais rien.

— Quelqu'un vous a causé un grand tort. Et pour une raison inconnue, la police d'ici a foiré. C'est affreux, et je ne suis même pas en mesure de vous… (Il se tut, prenant conscience que les mots lui manquaient.) Je veux et je peux vous aider, finit-il maladroitement.

— Non.

Et ce serait tout? Il fut submergé par une vague de colère inattendue. Il avait envie de sauter sur cette fille, de l'attraper par les épaules et de la secouer jusqu'à lui faire sortir ces idées stupides de la tête. Il transpirait d'énervement, il tentait de l'atteindre par tous les moyens, et elle ne lui répondait que par un «non».

— On a assassiné quatre femmes. Il arrive souvent que les violeurs, plus tard…

— L'un et l'autre n'ont rien à voir, siffla-t-elle.

Il s'avoua vaincu. Il se trouvait devant un mur et savait qu'il pouvait le pilonner autant qu'il le voudrait, il ne parviendrait pas à le percer. Trop de temps avait passé, et elle s'était convaincue d'avoir raison et d'avoir été maligne. Elle n'allait pas changer d'avis d'un coup. Il espérait tout de même avoir semé en elle une graine de doute qui donnerait plus tard des fruits. Il ne lui restait plus qu'à se retirer pour lui laisser le temps de réfléchir.

— Dans ce cas, je vous souhaite un bon vol de retour. Si toutefois vous deviez changer d'avis, voici ma carte de visite. Vous pouvez appeler à n'importe quelle heure.

Il lui tendit un carton blanc. Elle l'accepta sans chaleur et le posa sur le rebord de la fenêtre.

— Vous pouvez me donner vos coordonnées, là-bas, en Angleterre ? À tout hasard... Des fois que j'en aie besoin.

— Maman a tout ce qu'il faut.

Il acquiesça, la salua rapidement et sortit. Le chien qui se réchauffait sur l'asphalte était toujours là. À la vue de Mortka, il leva sa lourde tête et remua trois fois la queue.

Le portier du centre public de loisirs Les Érables venait de fêter son soixante-sixième anniversaire, une date pour lui symbolique. C'était en effet l'âge auquel était mort son père, sur un lit d'hôpital, en 1978, frappé d'une leucémie. La maladie était apparue aussi soudainement que le diable que le portier avait vu sortir de sa boîte, un jour, lors d'une kermesse religieuse. Son papa était de ces hommes qui avec de la dynamite, un pic et un marteau avaient creusé la montagne alentour, gagnant dans les années quarante plus qu'il n'en fallait pour un logement, une radio et des meubles, et recevant des tickets de rationnement généreux. Il gagnait tellement qu'il ne savait même pas quoi faire de son argent. Puis les Ruskoffs étaient arrivés, et la production avait commencé à décliner. Les choses avaient continué quelques années par la force de l'inertie, mais finalement la mine avait été fermée.

Pour mon père, se disait le portier, *soixante-six, ç'aura été la durée de sa vie.* La majorité de ses collègues étaient morts dans les dix ans, ou un peu plus, après leur remontée à la surface. On écrivit dans leurs certificats de décès «silicose», ou une autre foutaise, alors qu'ils avaient bel et bien été tués par cette saloperie radioactive qu'ils avaient trimballée tant d'années à mains nues dans des wagonnets, avant de la retrouver dans les fusées russes. Les gens racontaient des choses extraordinaires sur ces mines. Que les Russkoffs ne disaient jamais ce qu'on en extrayait, et que celui qui en parlait à un étranger ou à un provocateur recevait sans procès une balle dans la tête. Mais c'étaient des balivernes. Son père et ses collègues savaient parfaitement qu'ils extrayaient de l'uranium. Qu'on ne leur ait jamais expliqué en quoi consistait cet uranium, c'était une autre chose. Les Soviets stipulaient bien de ne pas prendre de repas sous terre, sous aucun prétexte, mais qui aurait perdu du temps à remonter à la surface après être tombé sur un bon filon ? Car ils recevaient, en fonction de la production, des primes dont même les mineurs de Walbrzych n'auraient jamais rêvé. Un âge d'or pour Kretowice. Aujourd'hui, il ne restait plus que cette saloperie, et le chômage en plus des déchets ; cette seule idée donnait au portier bien envie de cracher, mais il ne savait pas où. Le cendrier était trop loin, et il ne voulait pas salir la toile cirée qu'il venait de nettoyer.

Il avait donc l'âge qu'avait son père à sa mort, et dans un an il serait plus âgé que lui. Il ne savait pas s'il devait s'en réjouir ou le déplorer. Son père était mort jeune, peut-être, mais il avait eu la belle vie. De tout en abondance. Et lui? Il était coincé dans ce centre de loisirs, n'avait pas été augmenté depuis des années, et ne cessait d'entendre des rumeurs de fermeture ou de licenciements, ou de recrutement par externalisation. Des gens qui ne sont pas employés sur des postes fixes, donc moins coûteux. Le portier le comprenait, car il voyait bien que le centre était sous-utilisé. En pleine saison, à peine la moitié des places étaient occupées. Et ce, depuis plusieurs années. Il arrivait parfois en automne que quelqu'un du gouvernement vienne organiser une conférence. Il y avait foule, alors, pour se saouler à mort la nuit durant, avant qu'un godelureau ne vienne parler des heures le matin devant une salle déserte, tandis que des femmes de ménage ramassaient les cendriers pleins et les bouteilles vides, et nettoyaient le vomi. L'hiver était désert, car même si Kretowice était au cœur des Carpates, il n'y avait pas une seule piste de ski, et les sportifs se rendaient à Karpacz ou Szklarska. Il y avait bien dans l'année quelque mariage, baptême ou banquet funèbre, ou fête d'entreprise, l'occasion de fourguer à ses retraités tel paquet-santé ou telle literie en poil de chameau antirhumatismale. Mais ça faisait peu. *Prenons maintenant, par exemple*, se dit le portier. *Un long week-end qui s'achève, et cinq places occupées seulement sur quatre-vingts.* Quatre prises par des touristes qui en avaient fait leur base de randonnée en montagne, et la cinquième…

— Salut, Zbyszek!

Il sursauta de peur. Olga se trouvait tout près de lui, souriante, maquillée et embaumant comme une fleur. Elle savait toujours comment l'aborder.

— Bonjour, Olga.

Elle vint se placer à son côté et s'accouda au comptoir en pointant son petit derrière aguicheur. Il se dit que s'il avait été un peu plus jeune, il n'aurait pas hésité longtemps : il y aurait vite mis la main et fait ce qu'il fallait. Qu'elle le veuille ou non.

— Quoi de neuf, Zbyszek ? demanda-t-elle.

Elle parlait en traînant sur les mots.

— Comme toujours, Olga. Il ne se passe rien.

Elle fronça drôlement les sourcils et avança les lèvres.

— Rien. Et ces assassinats ?

Ah, les assassinats... Toute la ville en parlait, mais le portier n'aimait pas les cancans. Il se disait seulement que des journalistes sautant sur l'occasion viendraient peut-être louer des chambres au centre. Ce qui serait une bonne chose.

— Ah oui. Il y en a eu.

— Vous connaissez peut-être des gens dans la police qui sauraient des choses. Hein ? Zbyszek ?

Il fit non de la tête.

— Ou quelqu'un d'autre qui connaîtrait quelqu'un ? Gosia, peut-être ?

— Allez lui parler. Moi, ça ne m'intéresse pas. Et pourquoi vous êtes si curieuse ?

— Et qu'y a-t-il d'autre à faire ? répondit-elle du tac au tac.

Justement. Il n'y avait rien d'autre à faire. Et pourtant, elle était ici depuis un long moment. Il lui arrivait même de se demander ce qui la retenait ici.

Elle changea vite de sujet.

— Et la petite chienne ?

— Esquille ? (Il fut touché qu'elle s'en soit souvenue.)

Elle ne veut toujours pas manger. Par contre, elle aboie sur le premier venu. Et elle a une façon tellement bizarre d'aboyer, Olga. Plus du tout comme avant. Avec les dents, comme si elle voulait mordre ou si elle avait la rage.

— Que dit le vétérinaire ?

— Le véto l'a examinée et il a dit qu'il ne voyait rien de spécial, qu'il fallait attendre. Si ça ne suffit pas d'attendre, il l'ouvrira pour regarder ce qu'il y a dans ses boyaux de chien. Mais là, je ne sais pas quoi dire. C'est une vieille chienne. Est-ce que ça vaut la peine de la torturer sur une table d'opération ? demanda-t-il de manière rhétorique, espérant que la fille ne relèverait pas la fausseté de ses paroles.

La vérité était qu'il n'avait pas assez d'argent pour payer une opération à sa chienne. Et plus Esquille se faisait agressive, plus le portier se doutait que le jour viendrait où il devrait l'amener dans la ferme d'un copain, lui poser la tête sur le billot, et mettre, d'un coup de hache, un terme à sa vie de chienne. Dès qu'il y pensait, des larmes lui venaient aux yeux.

— Ça va s'arranger, dit la fille, et il lui fut reconnaissant de ces paroles de consolation.

Un instant plus tard, les mains d'Olga exécutèrent la danse qu'elles répétaient jour après jour depuis deux semaines. Elles glissèrent sur l'épaule et le torse du portier jusqu'à saisir le paquet de cigarettes dans sa poche de chemise et se servir.

— Vous avez un briquet ?

Il le lui tendit, et elle le rangea dans sa poche. Sans dire un mot, mais avec un sourire rayonnant. Elle reposa le paquet de cigarettes sur le comptoir.

— Merci, Zbyszek.

Il la regarda sortir du centre. Elle balançait les hanches au rythme de ses pas, comme pour un défilé de mode. Elle ouvrit la porte du bout du pied et disparut bientôt.

Il y aura des histoires avec cette fille, se dit Zbyszek. Il avait cette impression chaque fois qu'il la voyait, mais les jours passaient, et il ne s'était jamais rien produit. Pourtant, il était sûr de ne pas se tromper. Il y aurait des histoires avec cette fille, ça, c'était sûr comme deux et deux font quatre.

Mortka retournait entre ses mains le nounours en peluche avec une oreille arrachée. Le posant contre son visage, il sentit une odeur nette de renfermé et de vieux vêtements. Les autres jouets n'avaient pas meilleure allure.

— Vous pourriez faire quelques efforts, constata l'inspecteur.

Borkowski haussa les épaules avec dédain, signifiant qu'à l'évidence l'opinion de l'inspecteur lui était indifférente.

— C'est ce genre qu'a ma petite sœur.

— Et quel âge a-t-elle?

— Quatorze, dit Borkowski en éclatant de rire. Elle ne joue plus avec, mais quand je le lui ai pris, elle s'est mise à crier comme si je lui avais arraché les dents. Elle disait que c'était pour elle des souvenirs importants. Elle ne s'est calmée que quand je lui ai promis de le lui rendre.

Mortka reposa la peluche à côté d'une poupée à grosses nattes dotée d'un sourire inquiétant cousu de fil rouge. Pour interroger Marta Gawrys, ils avaient réaménagé une pièce pour que la fille se sente en sécurité. Ils avaient enlevé la majorité des meubles en ne laissant que trois chaises. Ils avaient disposé des jouets sur le plancher, et dans un coin une caméra était prête à enregistrer.

— Vous savez que les gens viennent déposer des fleurs à la mine ? fit Borkowski.

L'inspecteur le regarda d'un air interrogatif.

— J'y suis allé aujourd'hui, parce que ma *sister* m'a dit ce qu'il s'y passait, ajouta le brigadier. Les gens y apportent des fleurs et des cierges. Il y en a même qui viennent prier.

— Mon Dieu, il ne manque plus que des rosaires... J'espère que les traces ont été sécurisées, gémit Mortka.

— On les a sécurisées, confirma sombrement Lupa.

— Et l'entrée de la mine ?

— Nous avons installé un grillage fermé avec un cadenas.

Mortka ne savait pas si cela suffirait. Mais que faire de plus ? Poster une garde d'honneur ? Il se redressa et parcourut la pièce du regard. Elle n'avait rien d'une salle modèle d'interrogatoire d'enfants, mais le résultat était correct.

— Ils arrivent, prévint Lupa.

Ils sortirent devant le commissariat. Lupa tira une Marlboro de son paquet qu'il présenta ensuite à Mortka, puis à Borkowski. Tous deux refusèrent. L'inspecteur tripota sa cigarette en la considérant à travers ses paupières mi-closes.

— Putain... J'avais presque réussi à arrêter. Trois mois que je ne fumais plus, dit-il.

— Ce n'est pas si mal.

— C'est mon meilleur résultat. Et tout ça pour des prunes.

Il se mit la cigarette à la bouche, mais n'eut pas le temps de l'allumer, car l'ambulance apparaissait au coin de la rue. Lupa claqua des doigts en direction de Borkowski, et le jeune policier courut ouvrir le portail.

Le véhicule pénétra sur le terrain du commissariat et s'immobilisa près des policiers. Le docteur Nowak en descendit avec un infirmier. Ils ouvrirent la porte arrière et aidèrent Joanna Gawrys à sortir. Elle tenait Marta dans ses bras, enveloppée dans une couverture.

— C'est vraiment nécessaire ? demanda d'emblée la femme lorsque les policiers s'approchèrent d'elle.

— Oui. Comme je vous l'ai dit, nous devons l'enregistrer, confirma Lupa en la conduisant vers le bâtiment.

Le père de Marta n'était pas dans l'ambulance. Mortka en conclut qu'il était resté à la maison pour surveiller son fils. Il était curieux de savoir ce que devenait ce morveux. Quelqu'un devrait se soucier de vérifier si les Gawrys ne l'avaient pas trop secoué. Il n'approuvait pas les châtiments corporels, mais il ne parvenait pas à plaindre le gamin.

Joanna Gawrys entra dans la pièce avec sa fille. Elle prit place sur une chaise et installa la petite sur ses genoux. Mortka posa une question muette à Lupa, qui se contenta de faire grise mine. Les parents ne devaient pas participer à l'interrogatoire, mais l'inspecteur se dit qu'il aurait du mal à convaincre Joanna Gawrys de sortir. Elle avait décidé de ne pas perdre sa fille de vue. Ils pouvaient bien essayer de lui faire quitter la pièce, voire de l'y obliger, mais cela ne ferait que rendre le contact avec la fillette plus difficile.

Lupa lança la caméra.

— Bonjour, Marta, commença-t-il. On se connaît, pas vrai ? Je m'appelle Boguslaw Lupa, et lui, c'est mon copain le Kub. Nous sommes tous les deux policiers. Je voudrais parler avec toi de ce qu'il s'est passé dans la mine. Tu te souviens ?

La fillette resta immobile un long moment avant de lever de grands yeux terrifiés et de faire oui de la tête.

— Il s'est passé des choses extraordinaires dans la mine ?

Elle approuva de la tête. Lupa lui sourit légèrement pour l'engager à parler.

— J'ai trouvé les dames, chuchota Marta d'une voix tremblante.

— Je comprends.

— Je leur ai demandé de m'aider.

— Oui.

— Mais elles étaient mortes.

— Et tu as eu peur ?

Nouveau hochement de tête.

— Ce n'est pas grave, ma chérie. Tout le monde aurait eu peur. Tu as été très courageuse. Et dis-moi encore, il s'est passé autre chose ?

Il y eut un long silence, suivi d'un seul mot prononcé à voix basse.

— Oui.

— C'est-à-dire ?

— Quelqu'un est venu.

— Où ça, ma chérie ?

— Dans la mine.

— À l'endroit où étaient les dames ?

— Oui.

— C'était qui ?

— Un monsieur.

Lupa jeta un regard rapide à Mortka puis à la caméra pour vérifier que l'interrogatoire était bien enregistré.

— Il a fait quoi ?

— Il a regardé les dames, chuchota Marta. Il les a regardées pendant longtemps.

— Et toi, qu'est-ce que tu as fait ?

— Je me suis cachée.

— Pourquoi, ma chérie ? Tu ne voulais pas qu'il t'aide ?

— Si.

— Tu lui as demandé ?

— Non.

Elle se mit à trembler et sa mère la serra plus fort contre elle.

— Marta, tu as bien fait. Personne ici ne te donne tort. Tu comprends ?

Lupa parlait d'une voix calme et douce.

— Oui.

— On voulait juste savoir pourquoi tu n'avais pas demandé au monsieur de t'aider.

— Parce que j'ai eu peur.

— De quoi ?

— Du monsieur.

— Et pourquoi ?

— Parce que maman m'a dit de toujours faire attention. De ne pas leur parler.

— De ne pas parler à qui ?

Marta ravala sa salive.

— Aux Tsiganes.

Chapitre 7

Mortka remercia d'un signe de tête quand Alicja posa devant lui une assiette avec un œuf à la coque et des tranches beurrées de pain de seigle. Un dernier clic, et Skype le félicita d'avoir ouvert un nouveau profil. Il prit son téléphone portable et chercha le SMS de Brodka. Il inscrivit son nom d'utilisatrice dans la fenêtre correspondante. Le programme la retrouva en moins de deux secondes. Elle n'était pas encore accessible.

Alors seulement il prit conscience de ce qui venait d'arriver sur sa table. Il regarda le dîner d'un œil stupide. Il se leva et sortit de sa chambre.

Alicja était à table avec ses deux fils. Ils dînaient en regardant un film à la télé.

— Merci, dit-il en toussant.

Elle se retourna vers lui avec un sourire interrogateur.

— Pour le repas. Et aussi pour l'ordi, mais d'abord pour le dîner, précisa-t-il en se raclant la gorge pour se débarrasser de son enrouement. Je te dois sûrement quelque chose pour toute cette nourriture.

— Ne fais pas l'idiot, dit-elle avec une pointe de reproche dans la voix.

Elle caressa la tête de son fils près d'elle, mais

celui-ci se dégagea. Elle envoya à Mortka un regard qui voulait dire « Ah, les garçons ! ». Il en savait quelque chose. Il se remémora ce goût doux-amer du refus de ses fils quand ils l'informèrent qu'ils étaient trop grands pour des cajoleries du soir. Il n'avait pas eu trop d'occasions de leur montrer sa tendresse. C'était Ola qui les couchait. Soit il était au travail, soit il consultait les documents rapportés à la maison. Après quoi ils se disputaient. Elle lui reprochait de ne pratiquement pas s'occuper de ses enfants, et il lui reprochait à l'inverse de ne rien comprendre à son travail. Elle en venait à lui dire que ses fils ne le connaissaient pas vraiment, et lui, il lui demandait quand elle était tombée sur un cadavre pour la dernière fois. Parce que lui, c'était le jour même.

Raisonnements imparables et définitifs.

Il secoua la tête pour se défaire de ses souvenirs et se rendit aux toilettes. Il pissa puis se lava les mains. Cherchant une serviette, il heurta du bras la tablette au-dessus du lavabo, faisant tomber un flacon. Il le rattrapa au dernier moment, avant qu'il se brise sur le plancher. Il avait dans la main un flacon de parfum Escentric Molecules 01. Il le porta à son nez et huma l'odeur d'Alicja, une odeur de vieux bois, de citron et de fleurs, mêlée à quelque chose de synthétique, difficile à définir, mais qui lui rappelait les cours de chimie au lycée. Il reposa le flacon sur la tablette.

Il retourna vers la chambre de Marcin et Justyna. Une moitié en était décorée d'affiches de footballeurs et de voitures, et l'autre d'images de poupées Barbie, de chanteuses et de My Little Pony. Il aperçut sur un mur les traces d'un combat entre frère et sœur, suite à une tentative de coller une affiche de l'un sur la propriété de l'autre.

Il mangea ses tartines et remarqua que l'icône à côté du nom de Brodka avait changé d'aspect. Il cliqua dessus et la communication s'établit.

Le visage de la psychologue apparut à l'écran. Il se vit en dessous dans un cadre plus petit. La caméra lui coupait la moitié du visage. Il corrigea le cadrage.

— Bonsoir, inspecteur, le salua Brodka.

Mortka eut l'impression que ses yeux avaient pris une coloration grise à la place du bleu intense dont il se souvenait lors de leur dernière rencontre à Varsovie. Elle devait alors sans doute porter des lentilles.

— Bonsoir. Vous m'entendez?

— Haut et clair, déclara-t-elle avec un petit rire.

— Vous avez lu les papiers que je vous ai envoyés?

Mortka avait violé l'interdiction de Lupa. Il avait d'abord scanné une partie des documents concernant l'enquête puis les avait transférés sur un DVD pour les envoyer à la profileuse en se servant de l'ordinateur d'Alicja.

— Oui.

— Et qu'en pensez-vous?

Elle dégagea de son front une mèche importune.

— Vous savez que je ne ferai pas de profil criminel « validable ».

— Évidemment.

— Alors, je commence dans ce cas par vous poser quelques questions. Est-ce qu'un autre profileur sera associé à l'enquête? Peut-être quelqu'un de Wroclaw ou de Jelenia?

Il fit non de la tête.

— Pourquoi non ?
— Ce serait long à expliquer.
— J'ai le temps.
— Moi pas. Mais si ça peut vous aider, je peux vous dire que la décision ne relève pas de moi. Je ne travaille ici que comme consultant.

Elle fronça les sourcils, réfléchissant à ce qu'elle venait d'entendre. Puis elle poussa un soupir de résignation avant de saisir des lunettes à épaisse monture noire, dans un genre jusque-là adopté seulement par des étudiants complètement polarisés sur leurs études, mais devenu récemment la mode dernier cri. Elle les posa sur son nez et commença à feuilleter les papiers. Un stylo-bille à la main, elle souligna rapidement des phrases et des mots.

— Je vous dirais… commença-t-elle. Il s'agit de meurtres très violents. Pour le milieu polonais, c'est exceptionnel. En tout cas, je ne peux les associer à rien de connu. En plus, l'état des cadavres complique toute suggestion d'hypothèses ou de conclusions. Par exemple, nous n'avons aucune possibilité de répondre à une question de base.

— Laquelle ?

— Savoir si elles ont été violées, soit avant, soit après la mort. Ou pas.

— Et qu'en pensez-vous ?

— Je pense que oui. Vous avez remarqué que les victimes ont été attachées avant de mourir. C'est très souvent corrélé à un crime sexuel. Mais ça pose une question : pourquoi, dans ce cas, les assassiner aussi brutalement et traiter leurs corps de manière aussi inhumaine ?

— Qu'est-ce qui vous étonne ? Un type qui attache une femme, la viole et la tue est capable de tout.

— Un long enfermement conduit à l'établissement d'une relation entre le gardien et la victime. D'un côté, nous avons le fameux syndrome de Stockholm, et de l'autre le tortionnaire se lie à la personne enfermée. Il s'agit d'un lien difficile à décrire et à comprendre, mais qui est l'expression... comment dire, d'une sorte de sympathie maladive. J'en tire même l'impression que les blessures infligées par le tortionnaire et la brutalité de l'agression montrent une puissante et profonde haine pour les victimes.

— Elle est dirigée contre des personnes concrètes, ou bien...

— Je dirais, pardonnez-moi cette formulation rebattue, qu'il s'agit d'un homme qui hait les femmes. Notez les blessures : ablation des organes sexuels et des seins. Des attributs de la féminité.

— Il y a aussi des blessures sur les cuisses.

— Tout aussi liées à la féminité.

— Et les biceps.

— Symboles de force ? Il craint les femmes fortes, il les hait ?

Au tour de Mortka d'avoir besoin d'un instant de réflexion. Il sortit son carnet et nota brièvement les hypothèses auxquelles ils étaient parvenus.

— Qu'est-ce qui peut provoquer une haine pareille ?

— Je parierais sur des échecs sexuels. Renouvelés, et rendant impossible l'établissement d'une relation normale avec une femme. Plus, peut-être, un traumatisme. Ou encore une mère ou une épouse dominante.

— Il s'agit donc d'un homme ?

— Presque certainement, oui.
— Ou d'une femme haïssant les autres femmes ?
Elle sourit et secoua la tête.
— Hypothèse intéressante, inspecteur. On ne peut pas absolument l'exclure, mais c'est le genre de chose qui ne se produit quasiment jamais. Il faudrait en plus que la coupable ait assez de force pour maîtriser et attacher une autre femme. Une femme Hercule.
— Elle pourrait agir par ruse. Attirer ses victimes et leur administrer un somnifère avec un repas, ou quelque chose dans le genre.
— Une femme qui détesterait sa propre féminité ? S'en débarrassant symboliquement en mutilant les autres ? C'est très beau à entendre, inspecteur, mais je verrais plutôt quelque chose de plus ordinaire et traditionnel.
— De patriarcal ?
— Pouah ! Quel vilain mot, inspecteur ! Je ne l'ai pas utilisé. Je ne suis pas féministe, contrairement à ce que vous pouvez penser. Il s'agit tout simplement de choses qui n'arrivent pas, ou alors extrêmement rarement.

Il hocha la tête. Elle avait raison. Toute son expérience de policier le lui confirmait.

— Qui chercheriez-vous dans ce cas ?
— Un homme. Probablement seul, mais ce n'est pas certain. Un type qui moisit dans un mariage malheureux ou une liaison clandestine. Au comportement étrange, mais pas forcément très anormal. En tout cas, pas assez pour attirer l'attention sur lui. Il dispose d'un endroit sûr où il peut attacher ses victimes : la cave d'une maison individuelle, une cabane de rangement dans un jardin, quelque chose dans ce goût. Physiquement alerte et assez

fort pour porter des corps au fond d'une mine. Familier des lieux.

Il finit de noter ce qu'elle venait de dire. Il rangea son carnet dans sa poche.

— Autre chose? demanda-t-il.

Elle hésita.

— Oui, ajouta-t-elle. Il y a autre chose.

— Quoi?

— Vous vous souvenez de cette fille aux joues entaillées?

— Bien sûr.

— C'est le genre de blessure qu'infligeait le Joker.

— Le Joker?

— Un assassin de bandes dessinées. L'ennemi juré de Batman dans le film *The Dark Knight: Le Chevalier noir*. Vous l'avez vu?

— Non.

— Dans une scène, le Joker raconte que son beau-père complètement saoul lui avait ouvert les joues à coups de rasoir. D'où son sourire tout grand ouvert. Puis il menace les autres et demande: «*Why so serious?*». Pourquoi tu es si sérieux?

— Le coupable serait donc un fan des films de Batman?

— Oui. Non. Je ne sais pas. Ça ne concerne qu'un seul cadavre, ce qui introduit une dissonance. Vous me comprenez, inspecteur?

— Pas tout à fait.

— Les criminels en série sont très attachés à leur *modus operandi*. Pour y renoncer ou introduire des variantes, il leur faut une raison forte. Le nôtre semble avoir voulu essayer quelque chose de nouveau, ou copier ce qu'il aurait vu au cinéma, mais oublié par la suite.

— Ça vous étonne tant que ça ?

— Vous, pour pisser, vous faites comment, inspecteur ?

Il fut interloqué par la question. Brodka affichait un sourire sarcastique.

— Vous ne vous le demandez jamais, mais quand vous allez aux toilettes, vous répétez les mêmes gestes. Vous ouvrez votre braguette d'une main, et de l'autre vous sortez votre pénis. Vous faites pipi, vous vous étirez en regardant le plafond ou en vous balançant sur vos jambes. Puis vous secouez votre pénis, à peu près chaque fois le même temps, après quoi vous vous lavez les mains. Ou pas.

— Où voulez-vous en venir ?

— Vous effectuez toujours les mêmes gestes dans le même ordre. Pour les criminels en série, c'est pareil. Ils se répètent. S'ils changent quelque chose dans leur *modus operandi*, c'est que ça veut vraiment, vraiment dire quelque chose, ça doit avoir un sens. Ici, je ne trouve pas de sens. Que pourrait signifier un tel geste ?

— Je ne sais pas.

— Moi non plus, inspecteur. C'est pourquoi cela reste si étrange. C'est un élément qui ne correspond pas au tableau.

Il fit signe de la tête qu'il comprenait. Il dit au revoir à Brodka, promettant de la recontacter. La psychologue était très curieuse de connaître la suite de l'enquête.

Tant qu'il était sur l'ordinateur, il ouvrit une page qu'il avait découverte récemment, un jour d'ennui au bureau. Il s'agissait d'un forum appelé Le Club des divorcés, un groupe virtuel de soutien, même si aucun des participants ne se l'avouait. Ce n'était pas mal d'apprendre des choses sur des hommes confrontés à des problèmes semblables aux siens. Lui-même ne s'était pas enregistré. Mais il était en particulier intéressé par la rubrique : « Mon ex a un nouveau mec ». Il lut quelques messages, puis fut pris de peur à l'idée qu'Alicja entre dans la chambre et voie ce qu'il faisait. Il aurait été plus gêné que si elle le surprenait à regarder un site porno.

Il éteignit l'ordinateur, remercia pour le prêt et retourna chez lui. Il but deux bières et se coucha.

Il rêva qu'Alicja venait le retrouver. Elle frappait à la porte, et lorsqu'il lui ouvrait elle ne portait qu'une chemise de nuit vaporeuse et avait les lèvres rouge sang. « Finissons ce que nous avons commencé », soufflait-elle.

Il lui posait une main sur une cuisse, et de l'autre lui enserrait la taille, l'attirant à lui. Elle avait dans son rêve une peau de vingt ans, délicate et douce. Des seins qui se dessinaient sous la dentelle. Il les prit entre ses lèvres et les caressa longuement du bout de la langue.

Il fut réveillé par le téléphone. Il se retourna pour le récupérer. Il regarda l'écran. C'était Lupa qui appelait.

— Bratkowski est mort. Il a été tué.

Chapitre 8

Lassé de regarder la télévision, Grzegorz Bratkowski se prépara un thé et alluma son ordinateur. Ses doigts travaillaient de manière autonome, sans participation du cerveau, en parcourant des chemins bien connus sur le clavier. Il accéda à la Toile et s'identifia sur le site Tora qui permettait d'accéder dans l'anonymat aux bienfaits de l'Internet. Il inscrivit l'adresse d'une de ses pages préférées dans la case de la page d'accueil. Son doigt hésita sur la touche *Enter*. Il resta un instant immobile, le regard fixé sur la lueur bleu pâle du moniteur tandis que ses narines frémissaient imperceptiblement. Il ne savait ce qu'il ressentait, ni ce qu'il aurait dû ressentir. Ce n'était ni rage ni désespoir brûlant, les sentiments qui l'avaient dominé quand il était sorti du commissariat.

Il songeait aux tentations qui le tourmentaient depuis qu'adolescent il s'était rendu compte que les poitrines grossissant de semaine en semaine de ses petites camarades ne l'attiraient en rien. Il les préférait lorsqu'elles n'évoquaient que de petits boutons; il était plus ému lorsque leurs hanches étaient encore plaisamment garçonnes, avant de s'arrondir. Il avait pressenti que, pour une raison ou pour une autre, ces pensées étaient inconvenantes et qu'il devait les garder pour lui. Il imita donc les autres, fanfaronnant, se donnant une dégaine tripoteuse dans les couloirs de l'école pendant les récréations, se frottant en discothèque contre des rondeurs répugnantes, considérant que plus la fille était vieille, plus elle lui rappelait un vieux pantalon usé.

À l'âge mûr, il comprit que d'autres hommes partageaient ses prédilections, mais que tous se devaient de cacher cette flamme. Il prit contact avec certains d'entre eux grâce à Internet. Il apprit d'eux comment dissimuler ses sentiments tout en s'adonnant en toute sécurité à sa passion. Ils lui conseillèrent des forums. Les plus légaux, où les modèles avaient plus de dix-huit ans mais présentaient un aspect plus jeune. Des sites qui reprenaient des photos de profils Facebook ou Copains d'avant, où des petites paradaient en maillot de bain en lançant des regards aguicheurs sous leur bronzage de vacances. Et d'autres moins légaux, offrant des photos et des films pour lesquels on pouvait aller en prison ; des dessins animés japonais, avec des blondinettes aux grands yeux et à petite culotte blanche dont Bratkowski tombait amoureux dans l'instant, et qui lui revenaient en rêve la nuit pour s'emparer de toute son imagination. Des fantasmes violents à qui la main habile d'un dessinateur donnait vie, et que Bratkowski aurait voulu éprouver dans la réalité.

Soudain, il se retourna sur sa chaise pivotante et fronça les sourcils. Il lui avait semblé entendre un bruit. Un grincement. Il se leva et fit quelques pas vers le fond du salon. Il retint son souffle, tendit l'oreille, mais seul le tic-tac de la pendule au mur continuait de lui parvenir.

Depuis l'histoire du disque dur confisqué par la police,

dont il s'était tiré sans dommage uniquement grâce à l'aide de papa, il vivait dans un chalet de montagne qui appartenait à sa famille. Son père l'avait envoyé ici, dans la région de Kretowice, le temps, avait-il compris, que l'affaire se tasse. Le jour de son départ, il avait fait venir son fils et lui avait posé une main sur l'épaule, lui disant avec un sourire plein de chaleur : « Greg, moi aussi j'aime les petites jeunesses, mais là, c'était un peu trop. Réfléchis bien, compris ? »

Son père n'avait rien laissé paraître, mais il s'agissait bien d'une accusation. Tacite, certes, mais les gestes, l'expression du visage ne trompaient pas. Et pourtant, son père se trompait. Grzegorz n'était pas un pédophile. Un pédophile est quelqu'un qui fait du mal à des enfants. Du mal, il n'en avait jamais fait, il n'avait même jamais eu l'intention d'en faire. Ces mignonnes et délicates fillettes, en mini-mini-jupes et chemisiers qui leur dévoilaient le nombril, étaient les premières à vouloir. Il le voyait à leurs regards, il voyait cette demande, cette imploration… Ce rêve et ce désir dont elles n'étaient elles-mêmes peut-être pas conscientes, mais si profondément présents en elles qu'ils se fondaient en un tout dans leurs petits cœurs.

La société ne le comprenait pas. La seule chose qui comptait pour Bratkowski était le bonheur de ces petits êtres, les plus beaux qui existaient sous le soleil.

À ce moment, il reconnut le sentiment qui l'animait depuis sa sortie de cellule. C'était le calme. Il avait fait tout ce qu'il devait faire. Il avait tenté de se livrer aux mains de la police, de se soumettre au jugement de la société. On pouvait l'enfermer en prison, il leur donnerait raison. Et pourtant, ils n'avaient pas osé. Ils l'avaient relâché. Puisqu'il en était ainsi, ce n'était plus lui le responsable de ses actes, mais eux. Il pouvait enfin donner libre cours aux tentations qui le rongeaient depuis des années, connaître enfin le goût de l'accomplissement. Tous les deux. Lui et la petite qui se trouverait le lendemain sur sa route.

Il la rendrait heureuse. Il la rendrait si heureuse qu'elle crierait de bonheur, pleurerait sous le poids de son corps nu.

Il revint à son ordinateur. Avec un large sourire, il appuya sur la touche *Enter*. Le moment était venu de chercher de l'inspiration pour ses fantasmes, des fantasmes qui allaient enfin devenir réalité.

Il entendit de nouveau un bruit. Juste derrière lui. Un craquement délicat du plancher en bois et un léger souffle. Son cœur battit follement dans sa poitrine. Il éteignit instinctivement l'écran et pivota.

— Qu'est-ce que tu regardais là, saligaud?

Le premier coup tomba avant qu'il ait le temps de répondre.

Mortka s'accroupit devant le corps. Bratkowski était étendu sur le plancher devant l'ordinateur toujours allumé. La bouche grande ouverte dans un dernier effort désespéré pour reprendre son souffle. Ses mains rouges de sang lui étaient retombées sur la poitrine. Juste au-dessus, une grande entaille droite lui traversait la gorge, une entaille profonde au point que la tête se détachait presque du cou. Une large tache de sang partant de la table de l'ordinateur marquait le dernier chemin parcouru par Bratkowski.

— Qui a trouvé le corps? demanda Mortka.

— Une patrouille de chez nous, répondit Lupa.
— D'où ils sortaient ?
— Ils ont reçu un appel anonyme concernant un possible cambriolage. Le type au téléphone a vu quelqu'un rôder autour de la maison avant de sauter par-dessus la clôture. Il a trouvé ça louche et a appelé. Nous avons envoyé des gars. Ils ont longtemps frappé à la porte, mais comme personne ne répondait, ils ont décidé d'entrer. La porte n'était pas fermée.
— Il ne s'est vraiment pas présenté ?
— Qui ça ?
— Celui qui a téléphoné.
— Non, grogna Lupa. C'est pour ça que j'ai dit anonyme.
— Curieux. (Mortka se gratta le nez et se redressa.) Bratkowski était assis devant son ordinateur quand l'agresseur lui est tombé dessus. Il s'en est suivi une courte lutte (Il montra du doigt la chaise renversée et une tasse dans une flaque de thé juste à côté.), mais Bratkowski n'avait aucune chance. L'autre lui avait déjà tranché la gorge. Il a bien essayé de prendre…

Il s'interrompit pour jeter un regard circulaire sur la pièce. Il repéra enfin ce qu'il cherchait. Un téléphone portable, sur une petite table à côté du téléviseur.
— Son portable. Mais il est mort. Qu'a fait alors l'agresseur ? (Mortka examina les traces de chaussures bien visibles sur le parquet luisant.) Une fois la gorge tranchée, il a reculé et s'est placé ici. Il a regardé Bratkowski mourir. Quand ç'a été terminé, il s'est rapproché du corps. Pourquoi ?
— Il voulait prendre quelque chose à Bratkowski ? risqua Lupa.

L'inspecteur se pencha sur le cadavre. Il remarqua une trace au poignet gauche. Une montre? Il lui aurait piqué sa montre? Non. Cela n'aurait pas eu de sens. On ne vole pas une babiole de ce genre quand on laisse un ordinateur et un téléphone portable. *La montre doit être par ici*, se dit-il.

Il devait s'agir d'autre chose. Il cligna des yeux, puis sourit.

— Donnez-moi une lampe UV et un buvard.

Lupa claqua des doigts en direction du technicien qui tendit l'objet demandé à Mortka. L'inspecteur alluma la lampe et l'approcha du visage de Bratkowski. Il vit se dessiner sur la joue une tache irrégulière. Il y appliqua le morceau de buvard qu'il rangea dans un sachet fourni par le technicien.

— Imaginez-moi ça! s'écria Mortka. Il s'est approché pour cracher au visage de l'agonisant. La dernière chose qu'aura vue Bratkowski aura été ce crachat qui lui arrivait dessus.

— Et qui nous fait un bel élément de preuve, grommela Lupa.

— Juste. Ce n'était pas très malin.

— Ou alors il s'agit vraiment d'un enfoiré.

L'inspecteur hocha la tête.

— Mais qui donc Bratkowski pouvait-il mettre dans un tel état?

— Ma réponse ne va pas te plaire, poursuivit Lupa.

— Dis toujours.

— Lucas.

Mortka ne comprit pas du premier coup de qui il s'agissait.

— Le père d'Adela? Le Tsigane dont tu m'as parlé?

— Oui.

— Mais ça n'a pas de sens ! Bratkowski n'a rien fait à Adela. Il est innocent, et tu le sais très bien.

— Oui, mais il a dit le contraire ! Qu'il l'avait tuée, et pire, qu'il l'avait d'abord violée. Pour un excité comme Lucas, ça suffit. Il aura sûrement considéré que c'était une atteinte à son honneur, ou un truc comme ça.

— Et même si c'était vrai. Comment l'aurait-il su ?

— On est dans une petite ville, le Kub. Et dans les petites villes, ça cause beaucoup. Y compris des raisons qui t'ont envoyé dans ce coin paumé.

Mortka soupira lourdement et regarda par la fenêtre. À l'extérieur, la nuit laissait peu à peu place à la grisaille glauque d'un petit matin de printemps, tandis que les oiseaux gazouillaient en quittant leur nid. L'hypothèse de Lupa pouvait être la vérité, elle remplissait toutes les conditions de vraisemblance ; Mortka ne serait pas étonné si le labo de la Criminelle leur annonçait que l'ADN de la salive prélevée sur le lieu du crime correspondait à celui de Lucas Siwak. Il sentait malgré tout que quelque chose clochait. Mais il ne pouvait dire quoi.

— Qu'est-ce que tu proposes ? demanda-t-il, résigné.

— On le contrôle.

— Lucas ?

— Oui.

Mortka regarda sa montre.

— Il n'est que cinq heures.

— Tu vois un meilleur moment pour ce genre de visite ?

Lupa fixa Mortka comme s'il avait voulu le clouer au mur.

— Non, je ne vois pas.
— Alors, on fonce.

Lupa se gara près d'un des ponts construits au-dessus de la rivière de montagne qui serpentait à travers Kretowice. Appuyé au volant, il se démonta le cou pour scruter un immeuble proche. Autrefois, le bâtiment de trois étages en imposait, mais il était maintenant dans un état proche de la ruine. Le toit ancien de tuiles rouges était couvert de touffes d'herbe d'un vert juteux qui poussaient entre les fentes. La façade sale s'écaillait par grandes plaques en révélant un crépi gris.

— C'est sa voiture.

Lupa désigna une BMW blanche antique à proximité. La voiture était décorée d'accessoires kitsch, de fixations orange sur le toit et de deux lignes rouges peintes maladroitement du capot jusqu'au pare-chocs arrière.

— Comment on s'y prend ? demanda Wajtola, assis à l'arrière.

Le sergent était accompagné d'un autre jeune policier, un de ceux qui avaient trouvé le corps de Bratkowski. Il s'appelait Rudziak. Il énervait Mortka parce qu'il ne cessait de se tapoter les genoux du bout des doigts.

— Lucas est cinglé, mais jusqu'ici il n'a rien fait, et en garde à vue il s'est tenu à carreau. Néanmoins, nous devons être prudents, dit Lupa. L'immeuble a deux entrées. Wajtola, tu surveilles l'avant, Mortka, tu vas à l'arrière. Rudziak, tu montes avec moi. Tout est clair ?

Ils acquiescèrent. Wajtola fit signe qu'il était prêt.

— Alors, on y va.

Ils descendirent de voiture. Lupa et Rudziak disparurent rapidement dans l'entrée de l'immeuble. Wajtola se plaça de manière à garder un œil sur la porte et le chemin qui menait à la cour. Mortka contourna le bâtiment et gagna la cour arrière où des chaussettes oubliées par leur propriétaire séchaient sur un fil tendu entre deux garages en tôle. À proximité d'une palissade se trouvaient une remorque pour transport de chevaux et les débris d'une machine à laver rouillée. Deux chats, un blanc et noir, et un tigré, déambulaient fièrement dans la cour sans même gratifier Mortka d'un regard.

L'inspecteur jeta un coup d'œil à sa montre. Six heures moins le quart. On sentait déjà dans l'air le parfum d'une belle journée ensoleillée, même si le froid de la nuit n'avait pas disparu. Le policier fit quelques pas rapides en agitant les bras pour se réchauffer un peu.

Il se demanda s'il aurait le temps de passer chez lui pour dormir une heure ou deux, une fois cette aventure terminée. Il en éprouvait un besoin impérieux. Comme celui d'un bon petit déjeuner et d'un café chaud. Il était curieux : Alicja passerait-elle encore aujourd'hui ? Ce serait agréable, pensa-t-il en souriant involontairement.

Il entendit un choc sourd : quelque chose de lourd venait de tomber sur le toit de tôle du garage. Il sursauta de peur, se tourna du côté d'où venait le bruit et vit atterrir sur le sol un homme au teint basané et à la chevelure noire fournie. Il portait des Adidas sales sur des pieds nus, un pantalon de jogging gris et un maillot de corps sombre.

Lucas.

Leurs regards se croisèrent.

— Il est ici ! cria Mortka, portant la main à son arme dans l'étui sous son aisselle.

Lucas fonçait droit sur lui en brandissant quelque

chose qui brillait d'une lueur menaçante. Mortka reconnut un poignard de combat à large lame de dix-sept centimètres de long. Le Tsigane l'agitait devant lui, et l'inspecteur comprit que le personnage était fichtrement rapide et qu'aucun des petits trucs appris à l'école de police ne lui serait d'aucun secours. Des gouttes de sueur lui dégoulinèrent dans le dos.

Il renonça à sortir son pistolet. Il évita le coup au dernier moment, mais le Rom revenait déjà sur lui. Il saisit le policier par sa veste. Il était costaud. Il fit pivoter Mortka comme s'il n'avait rien pesé et l'envoya contre le mur. Le policier le heurta avec le coude et siffla de douleur.

Lucas disparut derrière le coin de l'immeuble, et Mortka se lança à sa poursuite. Il vit Wajtola tenter d'arrêter le Rom qui traversait la cour en cavalant. D'un côté se dressait le mur latéral de l'immeuble, de l'autre une palissade couverte de plantations. Le fuyard n'avait pas beaucoup de champ libre et il le savait. Il n'essaya même pas d'éviter le policier. Il se rua droit sur lui, esquissa un violent mouvement de son bras armé du couteau, puis repartit en courant. Wajtola chancela, fit deux pas en titubant, puis tomba à terre en se tenant le ventre. Un sang épais lui coulait entre les doigts.

L'inspecteur se précipita vers le blessé. Wajtola était blême et serrait les dents pour ne pas crier de douleur et d'effroi. Mortka voulut s'agenouiller près de lui, mais il entendit des pas derrière lui. C'étaient Lupa et Rudziak. Lupa embrassa la scène d'un regard, comprit aussitôt et sortit son portable de sa poche. De l'autre main il fit signe à Mortka.

— Qu'est-ce que tu attends ? Rattrape-le.

L'inspecteur opina de la tête. Il sortit son pistolet et

fut immédiatement rassuré par le poids du P99 dans sa main. Il sortit en courant dans la rue et aperçut au loin la silhouette de Lucas qui détalait. Il fonça à sa poursuite. Le Rom se retourna, vit le policier et accéléra. Mortka l'imita. Quelques dizaines de mètres plus loin, l'inspecteur trébucha. Ses jambes se dérobèrent, il ouvrit largement les bras et réussit à retrouver son équilibre. Mais il avait perdu quelques précieuses fractions de secondes. Lucas avait déjà disparu dans une des ruelles adjacentes à ce territoire inconnu du commissaire. Il ne renonça pas pour autant. Il s'engagea sur un chemin qui s'étirait entre des cours et des immeubles en ruine. Il y avait là de nombreuses cachettes et d'innombrables moyens de brouiller les pistes en passant par tel ou tel sentier, ou en sautant par-dessus les barrières penchées. Mortka finit par se résigner. Il soufflait lourdement. Il regarda autour de lui, prêtant l'oreille, espérant repérer le Tsigane. Mais il n'entendait que les battements fous de son propre cœur, et il sentait la sueur lui couler du front dans les yeux. Furieux, il donna un coup de pied dans une pierre, puis s'en revint vers la route principale où il fut rejoint par Lupa.

— Je l'ai perdu, lâcha Mortka, répondant à la question qui n'avait pas encore été posée.

L'autre policier se crispa de colère.

— Et Wajtola ? demanda l'inspecteur.

— Ils sont déjà en route pour lui.

Mortka hocha la tête et rangea son pistolet dans l'étui. Il ne parvenait pas à réaliser qu'on était déjà mardi matin.

Zajda écouta le compte-rendu oral, puis il secoua la tête pour marquer sa désapprobation. Après quoi il soupira et posa les mains sur sa nuque. En dépit de l'heure matinale, il portait son uniforme, ce qui réjouit Mortka. Une bonne chose, qu'il y ait au moins une personne pour ressembler à un vrai policier, tous les autres ayant l'air de traîner encore en pyjama.

— C'est du bâclé, commenta Zajda en mettant fin à un silence qui se prolongeait.

— Comment ça ? répondit Lupa, irrité.

— Il aurait fallu s'y prendre autrement. Tu trouves ça normal, Bog ? Partir à quatre arrêter le suspect d'un meurtre ? Un type dont on sait qu'il est dangereux.

— Et alors ? Quatre, c'est trop peu ? Il fallait réveiller la moitié du commissariat ?

— Ne t'énerve pas, Bog. Il ne s'agit pas de ce que vous avez fait, mais de la manière dont ça s'est terminé. Par un plantage. Et ça fera encore plus plantage quand ceux d'en haut vont nous remonter les bretelles pour violation de procédure.

Lupa allait répondre, mais il se retint. L'ambulance avait emporté Wajtola quarante minutes plus tôt. Ils avaient reçu des nouvelles sur son état un quart d'heure auparavant. Le poignard avait touché le foie et provoqué une sérieuse hémorragie interne. Les chances de survie étaient évaluées à cinquante pour cent.

— Dans ce cas, il se sera passé quoi ?

— Disons que vous êtes venus pour boucler le terrain en prévision d'une fuite du suspect. Vous avez appelé, ou vous allez appeler pour demander des renforts, quand l'autre fumier a sauté par la fenêtre. Wajtola a tenté de l'arrêter, mais l'autre l'a attaqué. Vous étiez trop loin pour l'aider. Tu m'écris quelque chose comme ça, d'accord ?

— D'accord.
— Le Kub ?

L'inspecteur leva les yeux sur le chef.

— Oui ?
— Ça te pose un problème ? Je parle des correctifs.
— Non.

Zajda eut l'air satisfait. Il essayait de se montrer sûr de lui, mais il ne parvenait pas à dissimuler son soulagement.

— Quelle est la situation ? demanda le commissaire, changeant de sujet.

— Tout le monde est à la recherche de ce fils de pute. On a prévenu Jelenia, Kamienna, Karpacz et Szklarska. Ils savent ce qu'a fait Lucas, ils ne vont pas le lâcher, enchaîna Lupa.

— C'est ce qu'ils ont dit ?
— Oui.
— C'est bien, c'est ce que je voulais entendre.

Mortka se dit que Lucas s'était fourré dans un sale guêpier. Délit de fuite, suspect d'assassinat, c'est une chose… Mais l'agression d'un flic avec, à Dieu ne plaise, une issue potentiellement fatale… C'était le pire qui l'attendait. Personne ne lui passerait rien, personne ne prendrait l'affaire à la légère. Et quand on l'attraperait, ça ne ferait que commencer. Tout bon policier sait comment donner des coups sans laisser de traces.

— Vous avez interrogé sa femme ? demanda Zajda.

Lupa eut un soupir. Ils avaient bien essayé, mais Esmeralda s'était entourée d'une guirlande de marmots avant de hurler en langue rom, alors que tout le monde savait qu'elle parlait bien le polonais. Au moins, elle ne les avait pas empêchés de fouiller l'appartement. Ils n'y avaient rien trouvé qui eût pu confirmer la présence de Lucas, seulement quelques bricoles qui pouvaient provenir de vols.

Esmeralda était vaillamment secondée par ses voisines. Debout aux portes ouvertes de leurs appartements, elles maudissaient les policiers, mais aucune ne franchit son seuil. Au rez-de-chaussée habitait une Polonaise, une petite vieille à cheveux blancs qui se réjouissait pour sa part comme une gamine de la présence des fonctionnaires de police. « Ce n'est pas trop tard, ce n'est pas trop tard pour s'occuper d'eux. C'est invivable ! »

Ils l'interrogèrent, mais elle n'avait rien d'intéressant à dire. Elle ne fit que se plaindre de « ces bâtards de Tsiganes » qui n'arrêtaient pas de courir ici et là, et de jurer, et de boire de l'alcool. Ils eurent du mal à s'en débarrasser tandis qu'elle leur déversait sa litanie de plaintes.

— Excusez-moi.

Ils se tournèrent vers le technicien qui se tenait à trois pas de Zajda. Incertain, il regardait tour à tour le commissaire et Lupa.

— Il me semble que quelqu'un devrait venir regarder ça, dit-il.

Il les conduisit à la voiture de Lucas. Le coffre de la BMW était ouvert, le capot oscillait légèrement dans le vent.

— Après avoir fouillé l'appartement, je me suis dit que j'allais m'intéresser à sa voiture. J'ai trouvé les clefs dans l'entrée, dans une veste qui appartenait à Lucas. J'espérais qu'il y aurait un GPS avec ses trajets enregistrés, ou quelque chose comme ça. Je voulais aussi comparer les rainures de pneus avec les traces que nous avons relevées près de la maison de Bratkowski. Rien de spécial dans l'habitacle. Des tonnes de déchets, des disques de musique tsigane et des trucs dans le genre. Et puis, j'ai trouvé ça. Je l'ai tout de suite remis à sa place, que vous voyiez bien comment c'était caché, expliqua-t-il avec fièvre.

Il ouvrit plus grand le coffre. Ils ne virent d'abord qu'un tricot de corps sale, une bouteille de nettoyant et un tas de quelques clefs anglaises qui devaient faire un sacré boucan en roulant. Ils se regardèrent, se demandant si le technicien ne les menait pas en bateau. Celui-ci attendit quelques secondes, puis releva l'abattant qui séparait le coffre du logement de la roue de secours. À côté de la roue, coincé contre le pneu, il y avait un sac en cuir.

— C'est ça que j'ai trouvé, dit le technicien. Je me suis demandé ce que ça pouvait bien être, alors j'ai tiré dessus.

Il répéta son geste en s'assurant que les policiers l'observaient. Il montra le sac à chacun, le tournant de tous les côtés. Ensuite, il l'ouvrit. L'intérieur était divisé en pochettes où se trouvait soigneusement rangé un ensemble de scalpels et de scies chirurgicales. Le tout brillait d'un froid médical.

— Qu'est-ce que c'est que ce bazar? s'interrogea Lupa.

Sans mot dire, le technicien ouvrit la deuxième aile du sac, et ils découvrirent une collection de mèches de cheveux de femmes soigneusement enveloppées dans des pochettes en plastique. Zajda émit un léger sifflement.

— Qui parie combien que ça n'appartient pas aux filles de la mine? demanda le commissaire.

Mortka n'eut aucune envie de parier. Il pressentait, d'une prescience voisine de la certitude, qu'il perdrait.

Chapitre 9

— On a un suspect ! déclara Zajda en balayant la pièce d'un regard circulaire.

Personne n'avait envie de crier victoire. Tous savaient ce qui était arrivé à Wajtola et ne pensaient qu'à attraper Lucas le plus vite possible. Zajda baissa les bras qu'il avait d'abord levés en signe de triomphe. Il toussa.

— Nous avons trouvé dans le coffre de la voiture de Lucas Siwak des éléments prouvant qu'il est sans doute responsable des meurtres des femmes de la mine. Sa culpabilité n'est pas encore certaine, nous attendons confirmation des analyses du laboratoire, mais maintenant, il est notre principal suspect.

Mortka avait les mots « principal et seul » sur le bout de la langue, mais il se retint.

— Tous les policiers de la région sont à sa recherche. Avec une mention particulière pour ceux de Kamienna où, comme vous le savez, il y a une forte communauté de Tsiganes. Au moment présent, l'arrestation de Lucas est notre priorité absolue.

Il toussa de nouveau et s'approcha du mur où on venait d'accrocher une carte des Sudètes.

— Notre premier objectif est de ratisser Kretowice

et les villages alentour. Où que ce rat se soit caché, il finira par sortir la tête de son trou, et là, crac ! (Il frappa du poing dans sa main ouverte.) On va l'avoir. Il y a des questions ? Non. Dans ce cas, Lupa, tu continues.

Lupa prit la place de Zajda. Il rajusta sa chemise à carreaux qui était sortie du pantalon et se passa la main dans les cheveux.

— De ce que nous savons, Lucas n'a pas d'argent sur lui, pas de portefeuille ni de cartes de paiement ou de crédit, ni même de téléphone portable. Nous avons trouvé tout ça chez lui. Sauf des cartes, mais il ne doit probablement pas en posséder. On sait qu'il a filé en pantalon de jogging, maillot de corps et Adidas. Il est terriblement dangereux et armé d'un poignard de combat. Au moment de l'arrestation, vous devez faire preuve de la plus grande vigilance. Dans toute la mesure du possible, il vous faudra solliciter de l'aide.

Il s'interrompit pour étudier les visages des policiers assis en face de lui.

— Vous savez ce qui est arrivé à Wajtola, annonça-t-il d'une voix lugubre. Vous savez dans quel état il se trouve. Nous prions tous pour qu'il recouvre la santé. Et même si je comprends votre colère parce que j'éprouve la même, je vous interdis de prendre des risques. D'une manière ou d'une autre, on finira par attraper ce Lucas. Et là, croyez-moi, il passera vraiment, mais vraiment, un sale quart d'heure.

Un murmure d'approbation générale lui répondit.

— Chacun va recevoir une enveloppe avec des instructions. Vous y trouverez des mandats de perquisition et autres mesures. Vous en accuserez réception. Au travail.

Les policiers se levèrent pour sortir de la pièce. Zajda les retint.

— Un moment! cria-t-il. À dix-huit heures, il y aura une messe pour le retour du sergent Wajtola. Je sais que la plupart d'entre vous auront autre chose en tête, mais il serait bon que ceux qui le peuvent fassent acte de présence. De préférence en uniforme. Et maintenant au travail.

Ne restèrent dans la pièce que Mortka, Lupa, Rosecki et Borkowski. Celui-ci se leva en manquant de renverser sa chaise et s'approcha de la fenêtre. Prêt à l'action.

— Et nous, on fait quoi? demanda-t-il. Qu'est-ce qu'on fait?

— Notre mission ne change pas. Nous suivons l'affaire des femmes assassinées dans la mine. C'est pourquoi on va d'abord réfléchir à quelques questions, répondit Lupa.

— Des questions sur quoi?

— Savoir d'abord si Siwak est vraiment notre homme.

— Faut pas charrier! Il avait dans son coffre des instruments de chirurgie et une collection de cheveux.

— Nous n'avons pas encore la confirmation que ces cheveux appartiennent aux victimes. Et la possession de scalpels et la pratique de hobbies bizarres ne sont pas encore punissables dans ce pays, commenta Mortka.

Borkowski se redressa violemment et pointa un doigt sur l'inspecteur.

— Ce qui veut dire?

— Borko, du calme, intervint Lupa.

— Je suis calme.

Borkowski ouvrit grands les bras. Des gouttes de salive perlaient à ses lèvres.

— Je demande de quoi on parle. Wajtola est entre la vie et la mort, éventré par ce foutu Tsigane, et ça fait marrer l'homme de Varsovie.

— Ça ne me fait pas rire du tout. Nous ne savons pas encore à cent pour cent si Lucas est l'assassin de la mine. Il vaudrait mieux que tu ne l'oublies pas.

— Ah, parce que tous ces scalpels, c'est juste un malheureux concours de circonstances ?

— Borko ! gronda Lupa.

L'agent regarda son supérieur et haussa les épaules en signe de colère. Il croisa les mains sur son ventre, affichant une mine d'enfant vexé.

— Le Kub a raison. Nous n'avons pas encore de certitude. Mais personne n'a de meilleure idée, pas vrai ?

— Vrai, confirma Rosecki.

— Nous n'avons pas encore identifié les victimes, intervint Mortka.

— Quel est le rapport ?

— Comment ça ? Nous devons quand même découvrir qui étaient ces femmes et d'où elles sortaient.

— Des touristes, sûrement. Qui faisaient de la randonnée, ou…

— Ou quoi ? Qui fréquentaient le spa ? Et personne n'aurait déclaré leur disparition ? Aucun proche, aucun fiancé, aucune famille ? Comment tu peux imaginer ça ? Quatre femmes passent mystérieusement par les Sudètes, personne ne les voit, et c'est Siwak qui tombe dessus par hasard ?

Mortka indiqua d'un geste à Rosecki qu'il attendait une réponse de sa part. L'aspirant remua les lèvres comme pour se moquer de l'inspecteur.

— S'il était leur maquereau, elles n'auraient jamais dit à personne qu'elles allaient le voir, non ? dit Borko.

Mortka fronça les sourcils et regarda l'agent.

— Explique-toi, demanda-t-il.

— Elles pouvaient être ses maîtresses. Il les faisait venir. Comme elles étaient mariées, elles ne disaient à personne où elles allaient. Elles mentaient à leurs maris et à leurs familles. Et même à leurs amies. Une fois qu'elles étaient là, il pouvait en faire ce qu'il voulait.

L'inspecteur baissa la tête et se gratta le nez.

— Le Kub ? intervint Lupa.

— Ça a du sens, reconnut Mortka de mauvais gré. (Il lui déplaisait d'avoir à approuver une idée de Borkowski.) L'assassin devait connaître ces femmes, d'une façon ou d'une autre, c'est juste... Est-ce qu'il arrivait à Lucas de quitter la ville ?

— Pour autant que je sache, il lui arrivait d'aller travailler en Allemagne, dit Rosecki.

— C'est-à-dire que les victimes pourraient être allemandes ? demanda Lupa sans s'attendre à ce que quiconque réponde. (Il inspira profondément, puis souffla en un gémissement lent.) Il va falloir les contacter.

— Qui ?

— La police allemande.

— Il n'avait même pas besoin de quitter la ville, avança Borkowski excité. J'ai lu récemment sur le Net l'histoire d'un type qui en avait zigouillé un autre parce que celui-ci l'avait dragué en se faisant passer pour une femme sur un tchat. Quand il a compris, il s'est fâché un max. Ils étaient dans des villes différentes. Je veux dire que Lucas a pu trouver ces nanas sur Internet et commencer à tchater, et dès que c'est devenu chaud, il les a invitées chez lui.

— Il avait un ordi chez lui ? demanda Mortka.

Lupa fit non de la tête.

— Un café Internet ?

— Il y en a deux en ville. On va parler aux propriétaires. (Lupa sourit avec chaleur.) Bravo, Borko, une belle piste que tu nous as trouvée ! Qui sait, c'est peut-être l'élément du puzzle qui nous manque.

— Merci.

Borkowski eut un instant l'air d'avoir grandi de deux centimètres de fierté. Il jeta un regard railleur à Mortka, comme un défi.

— D'accord. Dans ce cas, Rosecki, tu contactes les Allemands. Tu leur envoies une description des corps qu'on a trouvés. Dès que c'est fait, tu recommences pareil avec les Tchèques, à tout hasard. Siwak a pu passer la frontière pour aller à la chasse. Ça ne lui faisait pas loin. Un jet de pierre.

L'aspirant acquiesça.

— Borko, poursuivit Lupa, tu iras voir les deux cafés. Tu vérifies s'il a eu recours à leurs services, et si oui, combien de fois, et est-ce qu'il y a moyen de remonter l'historique de ses communications.

— OK.

— Quand vous aurez terminé, vous irez au bureau d'ordre. Vous y trouverez des instructions. Vous vous joindrez aux recherches de Siwak.

Borkowski fut le premier à reprendre sa veste et filer hors de la pièce. Rosecki salua Mortka et Lupa d'une brève poignée de main avant de regagner son bureau pour se mettre au travail avec son téléphone.

— Qu'est-ce que tu en penses ? demanda Lupa.

— De Siwak ?

— De tout ça. Ça se tient ?

Mortka hésita. Une réponse lui venait bien toute seule à la bouche, mais il restait un homme de l'extérieur. Même pour Lupa. L'affrontement avec Borkowski lui rappelait qu'il s'en fallait de peu qu'une ligne soit franchie et qu'il ne soit plus considéré comme un consultant, mais comme le chieur qui se mêle de tout.

— Et pourquoi ça ne tiendrait pas ? demanda-t-il.

— Parce qu'à mon sens, quelque chose ne colle pas. Il y a trop de coïncidences. Par hasard, on arrête Bratkowski. Par hasard, celui-ci avoue le viol d'Adela, que Lucas apprend par hasard. Tandis que, vrai coup de chance, nous trouvons des preuves dans la voiture du bronzé. J'avais demandé à être transféré ici parce que je pensais qu'à Kretowice, j'aurais la paix. Et voilà que je me retrouve plongé dans un merdier jusqu'au cou... Tu sais ce que m'a demandé ma femme, hier ?

— Non.

— Si elle pouvait laisser les filles aller jouer au parc. Si elles y seraient en sécurité. Il y a quelques jours, j'aurais rigolé et je lui aurais dit qu'elle était devenue cinglée. Aujourd'hui, je ne sais plus ce que je dois lui répondre.

Mortka fronça les sourcils. Lupa semblait lire dans ses pensées. Trop de coups de chance, de hasards bienvenus, d'heureux concours de circonstances. Mais en même temps, parce qu'il y a toujours des « mais », c'étaient des choses qui pouvaient bien se produire.

— Dis à ta femme de garder quelque temps un œil sur les petites. Au moins jusqu'au moment où nous mettrons la main sur Siwak ; ou bien jusqu'à ce qu'on soit certains qu'il est de l'autre côté de la frontière. Pour ce qui est de l'enquête, il arrive parfois dans la vie qu'on ait de la chance.

Lupa plissa les paupières et se prit le front dans une main tandis que de l'autre, il tirait sur le col de sa chemise à carreaux. Il semblait sur le point de s'effondrer.

— Et moi, qu'est-ce que dois-je faire? demanda Mortka.

— Je ne sais pas, répondit l'inspecteur sans lever la voix. Essaye de travailler un peu sur l'identification de ces filles. Qu'est-ce que tu en dis?

— D'accord.

Ils restèrent un instant silencieux, Lupa gardant sa pose. Il respirait doucement, et seule une grimace nerveuse venait toutes les quelques secondes montrer qu'il ne s'était pas endormi. Mortka le laissa tranquille. Il sortit sans dire mot.

Alors qu'il refermait la porte derrière lui, son téléphone retentit. Il décrocha sans même regarder qui appelait.

— Jakub Mortka?

— Oui. Qui est à l'appareil?

— Kaska Kowal. Nous nous sommes rencontrés quand…

— Je me souviens. De quoi s'agit-il?

— Il y a chez moi quelqu'un qui voudrait te parler. Je pense que tu devrais venir.

— Qui ça?

— Tu verras.

Il entendit au ton de sa voix qu'elle ne lui en dirait pas plus.

Il entra dans la cage d'escalier et commença à gravir les marches. Il s'arrêta le temps de se demander si Kaska Kowal habitait au premier ou au second.

— Pssst…

Il se retourna. La porte du n° 1 au rez-de-chaussée était entrebâillée, et une main osseuse apparut, lui faisant signe d'approcher. Il s'avança et aperçut dans l'ombre du vestibule un petit vieux qui se cachait.

— C'est bien vous le policier de Varsovie, n'est-ce pas ? demanda l'homme.

— Oui.

— Parce que je voudrais déposer que la Tsigane au second, elle tue les chats.

— Pardon ?

— Plus bas, chuchota le petit vieux en mettant un doigt sur ses lèvres. Elle va nous entendre.

— De quoi s'agit-il ?

— Comme j'ai dit, je voudrais faire une déposition, que la Tsigane du second, au n° 7, elle tue les chats. Je l'ai vue la nuit porter les cadavres qu'elle jette dans la cave. Ensuite ça pue, et c'est moi qui dois ramasser ces pauvres bêtes.

Mortka se rappela que ce même petit vieux les avait accrochés quand il était venu avec Lupa rendre visite à Katarzyna Kowal. Il leur avait déjà raconté l'histoire des chats morts dans la cave. Il y a des cinglés partout.

— Allez faire votre déposition au commissariat, compris ? Ils s'occuperont de l'affaire.

— J'y ai déjà été. Voir l'inspecteur Lupa.

— Et alors ?

Le petit vieux baissa le regard et bafouilla quelque chose en réponse.

— Excusez-moi, je n'ai pas entendu.

L'homme émit un grognement.

— Il m'a dit d'aller me faire. Avec des mots très vulgaires. Mais il est copain avec la bronzée, alors rien d'étonnant qu'il prenne sa défense. J'ai pensé que vous peut-être...

— Je m'en occuperai, promit Mortka.

Accorder une promesse est le meilleur moyen de clore une discussion avec un emmerdeur. Le petit vieux hocha la tête sans conviction, conscient d'avoir été embobiné, et se retira derrière sa porte.

L'inspecteur sourit, amusé par toute la situation, puis il monta au deuxième étage. Il frappa à la porte du 7. Il entendit quelques pas rapides, un bruit de serrure qu'on ouvre, après quoi Kaska Kowal l'invita d'un geste à entrer.

— N'enlève pas tes chaussures, dit-elle en le poussant doucement vers l'intérieur.

Près de la fenêtre, accoudé au rebord, un vieux Rom aux cheveux drus et courts était installé dans un fauteuil. Moustache soignée, pas entièrement grise. Sa chemise violette aux manches relevées sur des tatouages confus était ouverte de façon à laisser voir une chaînette en or qui supportait une croix.

— C'est Staszek Trybuk. Staszek, c'est le policier dont je t'ai parlé.

Le Rom ne donna aucun signe, même pas un plissement de paupière, qu'il avait remarqué l'entrée de Mortka dans l'appartement. Le policier lança un regard à Kaska, cherchant une indication sur la manière dont il devait se comporter, mais la femme haussa les épaules. Elle s'assit sur le canapé près de la fenêtre, après avoir pris sur une étagère un de ses petits pots. Elle caressait la surface de céramique d'un doigt.

— C'est vous qui voulez me parler ? demanda Mortka.

Le Rom frémit et détourna le regard de la fenêtre.

— Dis-lui que non, répondit-il d'une voix profonde.

— Il dit que non, reprit Kaska Kowal.

Mortka fronça les sourcils sans rien comprendre.

— C'est pour ça que tu m'as fait venir ?

Kaska regarda le Rom qui était retourné à l'observation de ce qu'il se passait de l'autre côté de la fenêtre. Mortka attendit en vain une réponse, puis fit un geste de la main.

— Je me demande ce que je dois faire maintenant, mais je n'ai plus de temps ni de force. Si vous avez envie de parler, bienvenue au commissariat. Je suggère d'ailleurs de vous y présenter avant qu'on ne vous y convoque.

Il se dirigea vers la porte.

— Ce n'est pas Lucas qui a fait le coup, affirma le Rom à voix haute et claire. Dis-lui.

— Lucas n'a pas fait le coup ! cria Kaska.

Mortka revint sur ses pas.

— Il n'a pas fait quoi ? Il n'a pas attaqué un policier ? Il n'a pas tué Bratkowski ?

— Dis-lui qu'il n'a pas tué ces femmes. Pour le reste...

— Staszek dit que Lucas n'a pas... Tu as entendu.

Le vieillard le fusilla d'un regard maléfique et grommela quelque chose dans une langue que Mortka ne comprenait pas. Kaska lui répondit de deux phrases courtes dans cette même langue. Le Rom gronda en frappant le rebord de la main.

— Dis-lui qu'ils se trompent. Lucas est innocent.

— Nous avons des preuves.

— Ce sont des mensonges, des faux ! (Énervé, il leva les bras au ciel.) Dis-lui ça !

Kaska regarda Mortka d'un air entendu et balbutia quelque chose d'incompréhensible.

— Que Lucas se présente au commissariat et nous donne sa version. Nous éclaircirons l'affaire, dit l'inspecteur.

— Lucas n'ira pas se présenter. Et je ne suis pas venu ici pour le défendre. Je suis venu ici parce que vous salissez notre honneur. Vous nous reprochez des crimes qu'aucun Rom ne commettrait jamais. Et celui qui a fait ça, c'est l'un des vôtres. (Le doigt du Rom hésitait entre Kaska et Mortka.) Au lieu de le rechercher, vous perdez votre temps à martyriser des innocents.

Staszek se leva, rajusta sa chemise et, pour la première fois, il planta ses yeux dans ceux de Mortka. Le visage labouré de rides profondes du Rom était déformé par la fureur.

— Dis-le-lui, ordonna-t-il en sortant du studio et en claquant la porte.

— C'était qui ? demanda Mortka quand il fut seul avec Kaska.

— Comment t'expliquer... Tu te rappelles ce qu'est le romanipen ?

— Le code tsigane.

— Plus ou moins. Staszek est celui qui veille à ce qu'il soit respecté à Kretowice.

— Un juge ?

— Tu peux le qualifier de juge, mais il ne s'agit pas d'une fonction officielle. C'est plutôt une question de respect accordé par les autres. Le fait qu'il ait décidé de parler avec toi...

— Un beau dialogue...

— ... montre que les reproches que vous faites à Lucas l'ont beaucoup touché.

— D'où peut-il savoir ce que l'on a contre lui ?

Sans mot dire, Kaska prit la commande et alluma le téléviseur. Le logo de la TVN24 apparut d'abord à l'écran, puis le visage soucieux d'un présentateur.

— Nous vous redonnons l'information du jour. Lucas S., soupçonné du meurtre des femmes dont les corps ont été retrouvés dans la mine de Kretowice en Basse-Silésie, a attaqué et blessé un policier au cours d'une tentative d'interpellation. La police a lancé un avis de recherche. Vous voyez le visage de l'homme recherché à l'écran. Toute personne susceptible de contribuer à son arrestation est priée d'appeler le numéro...

Kaska coupa le téléviseur. Mortka restait immobile, gardant devant les yeux le visage grave du journaliste : la situation venait d'échapper à leur contrôle.

La suite de ce mardi ressembla à une chasse à courre. Les plans qu'ils avaient échafaudés avant l'émission de TVN24 s'effondrèrent comme un jeu de cartes. Les téléphones sonnèrent sans arrêt. Même Mortka dut passer d'une déposition à l'autre sans avoir le temps de relater à Lupa sa rencontre avec Staszek Trybuk. Il apprit par des bribes de phrases que l'information sur la traque de Lucas venait du procureur Zagajewski. Il s'avéra ensuite que le parquet avait dû publier un communiqué en réaction à une déclaration imprudente qu'avait faite Zajda à des journalistes avant la réunion au commissariat. Le commissaire aimait visiblement se montrer dans les médias, il passait le plus clair de son temps à papillonner d'une caméra à l'autre. Des voitures de retransmission de chaînes de télé stationnaient devant le commissariat, et des journalistes interpellaient tous ceux qui entraient ou sortaient. Comme si cela ne suffisait pas, des envoyés spéciaux avaient été expédiés à Harlem, où se rassemblaient des bandes de jeunes agressifs. Ceux-ci couvraient les Roms d'injures, et on s'attendait à ce qu'ils passent des paroles aux actes. Par bonheur, la vue de la police et une brève intervention leur avaient fait quitter l'endroit, mais ce n'était que partie remise ; et quelques dizaines de minutes plus tard, tout le cirque avait recommencé. Mortka eut l'impression, le soir venu, que plus personne ne savait ce qu'il se passait. Seule certitude : la maison de Lucas était sous surveillance discrète, au cas où il déciderait de rentrer chez lui.

Après la messe pour la guérison de Wajtola, plusieurs des policiers qui y avaient assisté se retrouvèrent pour quelques dernières bières à l'USA. Ils avaient besoin de décompresser. Mortka s'assit près de Lupa, qui fixait son verre d'un œil torve et se fourrait mécaniquement dans la bouche les noisettes salées de la soucoupe posée à côté.

— Mon oncle est aussi dans la police, celle de la route, commença Borkowski. C'est lui qui m'a raconté l'histoire. Celle des deux mecs qui avaient décidé de se faire un radar.

— Ah, mon Dieu... Borko, pitié. Ça fait au moins mille fois que tu nous la racontes, gémit Lupa.

— Peut-être, mais le Kub ne la connaît pas.

Mortka fronça les sourcils, essayant de se souvenir si

et quand il était passé au tutoiement avec le jeune policier. Celui-ci continuait sans mollir.

— Ils ont enlevé la plaque d'immatriculation de leur voiture, et ils sont passés et repassés devant le radar à plus de cent au compteur. Le radar les flashait comme un fou. Et comme si ce n'était pas suffisant, ils ont commencé à faire des doigts d'honneur et à montrer leur cul à l'objectif.

— Mais pourquoi tu racontes ça, Borko? demanda Lupa.

— Comment, pourquoi? On est là depuis dix minutes, et ni toi ni Mortka n'avez dit un mot.

— Et depuis quand tu me tutoies?

Borkowski prit un air penaud.

— Bien sûr, au commissariat, c'est monsieur l'inspecteur, mais maintenant qu'on est après le travail, je pensais...

— Tu pensais mal.

— D'accord. Excuses. Je ne dis plus rien. Pas de problème.

Mortka avala deux gorgées de bière. Il regarda Borkowski qui contemplait tristement ses ongles en soupirant.

— Et alors, c'était quoi, ces histoires de cul?

Le jeune policier redressa la tête.

— Les culs? répéta-t-il comme s'il n'avait pas compris de quoi il s'agissait.

— Les culs dans le radar. Raconte.

— Je ne sais pas si Lupa...

— Raconte! cria Lupa.

Il jouait à l'énervé, mais les commissures de ses lèvres se relevaient pour un sourire.

Borkowski tapa dans ses mains et pencha la tête d'un

côté puis de l'autre, comme s'il s'échauffait avant un exercice de gym.

— Donc, les mecs passaient et repassaient devant le radar qui les flashait. Ils rentrent tous joyeux chez eux. Une blague de première. Imaginez leur surprise quand, une semaine plus tard, ils ont reçu une enveloppe avec un paquet de prunes gros comme ça pour excès de vitesse. Avec, bien sûr, les preuves photographiées, leurs culs, leurs bites et leurs doigts d'honneur.

— Ils avaient été identifiés ?
— Bien sûr.
— Mais comment ?

Borkowski sourit de toutes ses dents.

— Les gars avaient bien enlevé leur plaque, mais ils avaient oublié l'autocollant avec le numéro sur le pare-brise.

Mortka éclata de rire et leva son verre à la santé de Borkowski.

— Très bon.

Borkowski s'inclina et leva lui aussi son verre.

— À la police de la route !
— Disons, aux collègues de la route.

Ils burent chacun une bonne gorgée. Mortka reposa son verre sur la table et soupira d'aise lorsque l'alcool arriva dans son estomac. Il s'appuya contre l'accoudoir et ferma les paupières. Sa fatigue diminuait. Elle n'avait pas disparu, mais se dissipait.

C'est là qu'il la vit. Une jeune femme assise quelques tables plus loin, les yeux rivés sur la télé. Le visage de Zajda délivrant une nouvelle déclaration occupait l'écran. Le son était heureusement baissé, et les paroles du commissaire ne leur parvenaient pas.

— C'est qui, cette fille ?
— Laquelle ? demanda Borkowski.
— La blonde aux cheveux courts. Assise là-bas, pas loin du bar.

Lupa tourna la tête pour voir la fille en essayant d'y associer un nom.

— Aucune idée, dit-il. Je ne la connais pas.
— C'est bizarre. Il me semble que je l'ai déjà aperçue plusieurs fois.
— Moi non plus, je ne la connais pas, intervint Borkowski. Mais elle est pas mal. Je l'emmènerais bien faire un tour. Tu serais partant, le Kub ?
— Je n'ai plus la force. J'en bois un dernier avec vous et je rentre me coucher.

Il se leva de table et se traîna jusqu'au bar. Il passa commande et regarda le barman aux avant-bras poilus lui remplir un nouveau verre avant de le lui poser sous le nez.

— C'est combien ?
— Ça fera six.

Mortka sortit son porte-monnaie pour prendre de la monnaie. Et là, il entendit quelqu'un poser des pièces sur le comptoir.

— C'est moi qui offre.

La blonde avait une voix délicate, mais ferme et décidée. Elle se tenait juste à côté de lui avec un sourire, en clignant drôlement de ses yeux verts.

— Merci, répondit-il en prenant son verre après une hésitation.
— Olga.

Elle se présenta avant qu'il ait eu le temps de s'en retourner et lui tendit la main. Il la serra délicatement.

— Jakub Mortka.

— Jakub. Un très joli nom. J'ai connu dans le temps un garçon prénommé Jakub. En fait, mon premier amour.

Elle rougit, tandis que lui se sentit flatté. Un genre de plaisir qu'il n'avait pas éprouvé depuis longtemps. Il ne l'avait même pas éprouvé la nuit où il s'était retrouvé sur le canapé avec Alicja, avant que son fils vienne les déranger. Peut-être parce que cette fille était plus belle et plus jeune qu'Alicja.

— Merci. On s'assoit pour parler?

Au début, il ne sut quelle attitude adopter. Comme s'il avait perdu sa langue. Il lorgna du côté de ses collègues: Lupa avait disparu, et Borkowski croisait les doigts dans sa direction avec un sourire idiot.

— Parfait.

Ils prirent place à sa table à elle, le policier avec sa bière, tandis qu'elle commandait un verre de vin rouge – un vin hongrois doux, le seul en vente dans le bar.

— Ça fait plusieurs jours que j'ai l'impression de vous voir, dit Mortka, espérant ne pas paraître trop plat.

— C'est peut-être parce que cela fait plusieurs jours que nous ne cessons de nous rencontrer, répondit-elle.

— Vraiment? J'avais peur que ça n'ait été qu'une impression.

— Vraiment.

— Je sais pourquoi moi, je vous ai remarquée. C'est parce que vous êtes une jolie femme. Mais pourquoi m'auriez-vous remarqué, moi?

— Parce que vous avez quelque chose. Quelque chose de spécial. (Elle se rapprocha au point qu'il sentit son haleine chaude sur sa joue.) J'ai eu plusieurs fois affaire à des policiers dans ma vie. Plus ils étaient âgés, plus ils avaient l'air d'être… revenus de tout. D'un système ayant perdu tout intérêt. C'est le bon mot. Alors que dans vos yeux, on lit toujours l'envie.

— Comment savez-vous que je suis policier?
— Ça se voit.
— À quoi?
— Il n'y a pas que vous qui sachiez voir.
— Je ne comprends pas.
— Ce n'est pas vrai, ce qu'on dit? Qu'un policier expérimenté jauge une personne du premier coup d'œil et voit si elle a un poids sur la conscience? Un voleur, un drogué, un assassin, une prostituée?
— Non.
— Étrange... Je l'ai tellement entendu dire que je croyais que c'était la vérité.
— Qui êtes-vous?

Elle se cacha derrière son verre. Elle gagna quelques secondes en avalant une gorgée de vin, et Mortka se demanda s'il ne ferait pas mieux de se lever et partir. Mais la fille le regardait d'une manière telle qu'il ne pouvait s'y résoudre.

— Un œil de policier. Comme j'ai dit. Vous l'avez.
— Vous n'avez pas répondu à ma question.
— Journaliste.

Ses cheveux se dressèrent sur sa tête. Il s'empara de son verre pour s'éloigner.

— Adressez vos questions au porte-parole responsable des relations avec la presse.
— Attendez. Je ne suis pas une journaliste comme ça! Et vous n'êtes pas un policier comme ça!
— Comme quoi?
— Vous êtes l'inspecteur arrivé de Varsovie. Pour un stage ou quelque chose dans le genre.

— Le programme «Pont».

— Exactement. Mais peu importe. Je ne travaille pour aucun journal, chaîne de télé ou autre média du même acabit. J'écris des livres. Des reportages. Des guides touristiques. C'est pour ça que je me suis retrouvée à Kretowice. Pour rédiger le chapitre sur Karkonosze, les sites de randonnées, les attractions. Et puis l'affaire des cadavres a éclaté. Les corps que vous avez trouvés.

— Et...

— C'est de cela que je voulais vous parler.

— Je n'ai rien à dire.

— Avez-vous lu *De sang-froid* de Truman Capote ?

— Non. C'est quoi ?

— C'est le récit d'un assassinat dans une petite ville des États-Unis. Capote a écrit un reportage sur le sujet et sur les coupables. Un reportage qui n'a été publié qu'après le procès. Je veux faire quelque chose de similaire. L'atmosphère est incroyable, ici. Il y a quelque chose d'électrique, comme nulle part ailleurs. Ce ne sont pas les scoops qui m'intéressent, pas les grands titres des journaux. Je m'intéresse à quelque chose de plus... de plus profond.

Il eut du mal à ne pas pouffer de rire en l'écoutant.

— J'ai failli vous croire.

Elle afficha une mine offensée, puis lui offrit un sourire charmant.

— Dans ce cas, parlez-moi de vous.

— De moi ? Mais je ne présente rien d'intéressant.

— Oh ! Quelle sincérité ! Alors que chaque homme contient en lui-même un bon livre.

— Pas moi.

— Vous n'aimez pas les journalistes.

— Absolument.
— Et si je vous disais que je ne suis pas journaliste ?
— Qui alors ?

Elle se pencha de nouveau vers lui et posa une main sur la sienne.

— Une touriste qui s'ennuie et cherche de la distraction.

Avant qu'il ait trouvé le temps de répondre, elle se recula et éclata d'un rire porteur de promesses.

— Oublions cette conversation, proposa-t-elle.
— D'accord.
— Parlons d'autre chose.
— De quoi ?
— D'une envie que j'aurais de vous sucer la queue.

Il se pétrifia, les yeux tout ronds.

— Pardon ?
— Vous avez très bien entendu. C'est le moment. (Elle traînait sur les mots en caressant le verre d'un doigt.) Ou bien vous allez vous lever d'un coup et disparaître. Ou bien... vous allez décider de rester.

— Et si je restais ? demanda-t-il en feignant d'être sûr de lui.

— Dans ce cas, vous seriez obligé d'acheter une bouteille de vin. Et de venir avec moi là où on pourrait la boire tranquillement.

Il jeta un œil à sa table. Borkowski avait aussi filé. Il se demanda si quelque chose d'important ne venait pas de se produire, mais se persuada que, même si c'était le cas, ce n'était pas son problème. Les deux bières chantonnaient gaiement dans sa tête, et il avait devant lui une belle jeune femme qui lui soufflait justement :

— Mais allez donc chercher une bouteille de vin.

Il obéit.

Ils arrivèrent devant son hôtel. Olga lui donna le numéro de sa chambre et partit baratiner le portier. Dès que celui-ci détourna son attention, elle fit signe à Mortka qu'il pouvait passer sans risque. Il ne comprenait pas pourquoi ils devaient se cacher, mais il ne s'en formalisa pas. Cela l'amusait. Il ne cessait de sourire aux anges, se retenant même de glousser. Il grimpa quatre à quatre à l'étage et l'attendit, essoufflé, devant la porte. Elle le rejoignit peu après, et ils s'embrassèrent pour la première fois.

Elle le poussa dans la chambre. Il trébucha et tomba sur un petit lit en se cognant la tête contre le mur. Elle lui défit son pantalon, puis elle se débarrassa de son soutien-gorge et de son slip. Elle lui caressa le pénis qu'elle prit dans la bouche pour le sucer avec passion, comme si sa vie en avait dépendu. Mortka gémissait, paupières closes, attendant les vagues de jouissance qui venaient s'abattre sur ses cuisses.

Lorsqu'il ouvrit les yeux, elle était sur lui. Il ne savait même pas comment. Elle était complètement nue, et son corps reflétait la lumière de l'éclairage extérieur. Il saisit la fille par les hanches et la retint.

— Je n'ai pas de préservatif.
— Pas besoin.

Elle le prit par les épaules. Il se laissa aller aux mouvements, délicats au début puis de plus en plus vigoureux, de son bassin. Des gouttes de sueur commencèrent à lui couler sur les bras et autour des seins. Elle ne cessait de remuer, il lui caressait les fesses, les empoignant et les effleurant tour à tour. Elle se pencha sur lui, lui mordit la poitrine pour étouffer le cri qui montait en elle. Il serra Olga et sentit soudain qu'il se vidait en elle coup sur coup. Ils restèrent plusieurs longues secondes dans la tension d'un spasme, après quoi la fille se détacha du policier. Elle respirait profondément, et de manière inattendue elle éclata de rire, joyeuse, comme si un jour nouveau venait de paraître.

Allongés l'un près de l'autre, ils buvaient le vin directement à la bouteille. Mortka souriait à part lui. Du sexe sauvage, spontané et fou. Il se demandait quand il avait connu pareille chose pour la dernière fois. De ce point de vue, les dernières années de son mariage avaient été un cauchemar. Ola et lui considéraient la vie à deux (comme ils le disaient, même en pensée) comme un devoir à accomplir, et qu'ils accomplissaient donc par la force de l'habitude, une ou deux fois par semaine, tout comme par la force de l'habitude des gens se rendent à l'église le dimanche. Mais à l'époque où ils avaient été jeunes, quand ils s'étaient rencontrés sans savoir s'il s'agirait d'un jeu ou de quelque chose de sérieux, ils avaient su s'aimer aussi intensément. Quand ça? Cela faisait si longtemps que Mortka n'était même plus sûr que ç'avait été une réalité. Maintenant, il y avait cette fille nue à côté de lui. Elle était sauvage. Elle lui prenait le pénis dans la main, avec précaution, comme s'il s'était agi d'un oiseau blessé, et elle faisait lentement passer sa main du haut vers le bas, attendant qu'il se raidisse.

— À quoi penses-tu? demanda-t-elle.
— Je n'en sais rien. Et toi?
— À toi...
— À moi? Il n'y a rien à penser.
— Et pourtant... Je me demande, par exemple... est-ce que tu as déjà fait du mal à quelqu'un?

— En tant que flic ? En service ?

Elle se mit à rire.

— Non, en tant qu'homme.

Il fronça les sourcils. Il pensa d'abord à Ola, à tous ces coups inutiles qu'ils se donnaient mutuellement comme s'ils avaient pris part à un jeu sadique. Puis il se souvint de Klaudia Kameron au moment où elle était revenue dans sa résidence, quand le portier lui avait ouvert la porte.

— Je ne sais pas. Peut-être. Oui, sans doute.

— Qui ?

— Une femme.

— Pourquoi ?

— Il me semblait que je savais des choses sur elle.

— Que tu ne savais pas ?

— Je savais. À l'époque. Maintenant, c'est une autre histoire. Et toi ? Tu as fait du mal à quelqu'un ?

— Oui, je crois.

— À qui ?

— À toi.

Il sourit et fit non de la tête.

— À moi, non.

Il sentit que son pénis durcissait. Olga reposa la bouteille de vin presque vide sur le plancher et remonta sur lui.

— À voir, chuchota-t-elle.

Il lui saisit les fesses, l'attira contre lui, ils se retournèrent, il se retrouva sur elle. Elle gémit doucement sous son poids. Elle était chaude. Il la désirait. Il la désirait comme il n'avait rien autant désiré.

Il la possédait.

Elle rêvait qu'elle rentrait chez elle. Elle entendait par la fenêtre sa mère hacher de la viande. On était donc dimanche. Dans le jardin, les bleuets, les délicats œillets et les grands iris étaient en fleur, assaillis par de gros bourdons. Elle songeait que certaines personnes cherchaient toute leur vie leur place sur Terre, alors que sa mère l'avait trouvée dans sa maison, au milieu des fleurs auxquelles elle ne ménageait ni son temps, ni ses soins attentifs, ni ses paroles d'amour venant droit du cœur. Olga espérait que sa mère était morte (elle devait déjà bien être morte) dans ce jardin, choyée par les rayons de l'été et les parfums de ses chères plantations.

Elle posa la main sur la poignée de la porte. Après une aussi longue absence, avait-elle seulement le droit d'entrer dans la maison, d'entrer comme si elle n'était partie que la veille ou une heure plus tôt ? Mieux vaudrait frapper, décida-t-elle. Elle leva un poing fermé, mais ne put achever son geste. Elle se figea comme une statue de glace. Elle savait ce qui allait se produire. Sa mère ouvrirait, et Olga verrait de la désapprobation dans son regard. Puis sa mère aurait un large sourire, elle l'embrasserait sans mot dire et la prendrait par le bras. Elle la conduirait à la cuisine, l'assoirait à la table, lui servirait du thé et lui présenterait une corbeille de pommes.

« N'en mange pas trop, parce que c'est bientôt l'heure du repas », dirait-elle. Elle irait à son fourneau, baisserait le feu et retournerait la viande dans la poêle.

Elle resterait ici. Simplement, alors que rien n'était simple. Olga ne pouvait accepter cela. Elle avait trop vécu, trop vu de choses. Elle avait encore à faire avant de rentrer chez elle.

Mais elle ne pouvait pas non plus partir.

Elle restait donc immobile, gardant la même pose, et des larmes lui coulèrent le long des joues.

Elle se réveilla. Un mercredi commençait de l'autre côté de la fenêtre de l'hôtel, les premiers oiseaux se faisaient entendre, et l'odeur de l'herbe mouillée montait dans l'air. Elle se retourna sur le côté et vit qu'elle était seule. La place à côté était chaude, et l'odeur de sa sueur était encore présente, il avait dû sortir peu avant. Ne restait de Mortka qu'une bouteille vide. Une de plus pour sa collection. Elle s'étira et vérifia de la main l'endroit de sa table de nuit où elle gardait l'argent. Une habitude plus forte qu'elle. Il n'y avait rien. Heureusement. Il ne devait rien y avoir.

Elle sentit quelque chose sous le bout de ses doigts. Un papier. Un billet ? Elle se redressa sur un coude. Une feuille détachée d'un carnet et pliée en deux. Elle l'ouvrit et lut un numéro de téléphone écrit au stylo-bille.

Il avait au moins laissé un signe.

Elle retomba sur le lit.

Un instant plus tard, elle dormait, le numéro de téléphone de Mortka dans sa main serrée.

Chapitre 10

— Tes vêtements propres sont dans le sac près de la porte. Tu peux les mettre pour sortir, dit Alicja.

Mortka la remercia. Il était mal à l'aise. Il aurait préféré l'éviter autant que possible, mais il devait bien utiliser son ordinateur. Il avait réussi à échapper au petit déjeuner, prétextant qu'il avait déjà mangé, mais avait reçu quand même un chocolat chaud.

— J'en avais fait de toute façon pour les enfants, répondit-elle lorsqu'il protesta.

Il eut un bâillement et claqua la porte. Il avait peu dormi la nuit et avait l'impression que le vin qu'il avait bu continuait à lui tenir chaud à la tête. Mais il se sentait à merveille. Moins reposé que tout simplement satisfait.

Il cliqua sur l'icône de Skype et attendit que le programme s'ouvre. Il entendait Alicja derrière la porte préparer les enfants à sortir. Elle les conduirait à l'école, puis se rendrait au travail à l'hôpital.

Il goûta une gorgée de chocolat qui aurait pu être un brin plus sucré, puis il cliqua sur le nom de Brodka. La communication s'établit et le visage de la psychologue apparut. Malgré l'heure précoce, la femme portait un chemisier de sortie et était maquillée.

— Bonjour, inspecteur. Vous devez savoir que pour vous je me suis levée vingt minutes plus tôt. Je ne me rappelle pas quand je me suis autant sacrifiée pour un homme.

— Merci, je suis flatté. Mais pourquoi vous êtes-vous levée si tôt ?

Elle eut un soupir théâtral et se passa une main sur le visage.

— Ça ne se fait pas tout seul. Il faut mettre de la crème, enlever la crème, se laver, appliquer du maquillage. C'est plus facile pour les hommes. Il suffit de vous raser. Et juste le visage.

— Vous avez lu mon mail ?

La veille, avant la messe pour Wajtola, il lui avait envoyé la liste des derniers éléments de l'enquête.

La psychologue acquiesça.

— Oui, mais vous devez savoir qu'à partir d'éléments aussi incomplets…

— Faites-moi grâce de ces remarques, d'accord ? Nous savons tous les deux très bien que je souhaite vous écouter, et que vous avez envie de me raconter ce que vous pensez.

— Et d'où vous vient cette certitude ?

— Dans le cas contraire, vous vous seriez levée vingt minutes plus tôt ?

Elle ricana.

— Finement raisonné, reconnut-elle.

— Et donc ?

L'air sérieux, elle chaussa ses lunettes et écarta une mèche de cheveux.

— Avez-vous trouvé sa planque ? demanda-t-elle.

— C'est-à-dire ?

— Une planque. Vous vous souvenez ? Je vous en ai

parlé lors de notre dernier entretien. L'assassin doit disposer d'un lieu à l'écart, un endroit où il peut séquestrer et torturer ses victimes. Vous avez trouvé ?

— Non. Mais une cave…

— Dans un immeuble où habitent d'autres gens ? Laissez tomber. Il ne les tue pas vite fait, inspecteur. Ça dure des heures, peut-être même des jours. Il se délecte de leur douleur, de leur souffrance. Ces femmes ont dû forcément crier, peut-être essayer de s'enfuir. L'endroit où il les cachait devait lui assurer qu'il aurait la paix, que personne n'entendrait leurs cris par hasard, ne viendrait le déranger. Il a certainement pris ses précautions, installé une porte résistante, placé des barreaux aux fenêtres… Une cave d'immeuble ne remplit pas ces conditions. On peut y cacher un cadavre, mais pas y enfermer une femme adulte.

— Je comprends. Et une mine désaffectée ?

— Comme celle où vous avez trouvé les corps ?

— Oui.

— Si elle peut être aménagée comme il faut, oui. Mais comment y attirer des femmes ? Comment les convaincre de descendre sous terre ?

— Il pouvait les immobiliser, et puis tout simplement…

— Risquer de se faire remarquer ? Qu'une victime en vie se défasse de ses liens, reprenne conscience et cherche à lui résister ? Possible, mais peu probable.

— Et si elles avaient elles-mêmes envie de descendre ? Des spéléologues, des passionnées d'histoire ?

— C'est déjà mieux.

Mortka hocha la tête et nota sa remarque sur un carnet préparé à cet effet.

— Que pensez-vous de Lucas ?
— Si c'est lui le coupable ? Sincèrement ?
— Oui.
— Je n'y crois pas. Il ne correspond pas.
— Pourquoi ?
Elle haussa les épaules.

— C'est plus une intuition qu'un profilage raisonné, mais il me semble que le meurtrier est un homme, blanc, avec un certain niveau d'éducation. Ses actes, les enlèvements, les tortures et la manière de dissimuler les corps supposent une certaine forme d'intelligence, une certaine maîtrise dans la vie, de la débrouillardise et de l'imagination. Ce Lucas, tel que vous le décrivez, c'est plutôt un homme simple. Il n'a même pas fini l'école primaire. Comment aurait-il seulement pu avoir toutes ces idées ?

— Les gens simples ne peuvent pas devenir des tueurs en série ?

— Ils le peuvent, reconnut-elle. Et statistiquement, ils forment même la majorité des délinquants. À ceci près que leurs crimes restent assez simples. Cambrioler, violer et tuer. Attaquer la nuit. Donner un coup de marteau sur la tête. Ces meurtres dont vous vous occupez sont plus raffinés et plus complexes. Ce n'est bien sûr qu'un pressentiment.

— Autre chose ?

— Les crimes ou délits commis jusqu'ici par ce Lucas témoignent d'un fort attachement au concept d'honneur. C'est pour cela qu'il est allé en prison. Il avait attaqué l'autre type pour défendre son honneur et celui de sa famille. Et c'est certainement pour ça qu'il aura tué Bratkowski, si c'est lui. À propos, toute cette histoire, l'interrogatoire que vous avez mené, et ce qu'il s'en est suivi…

— Est-ce qu'on pourrait en parler plus tard? la coupa-t-il brusquement. Par exemple, quand je reviendrai à Varsovie?

— Oui, répondit-elle après une hésitation. C'est possible. Qu'est-ce que je disais?

— Vous parliez de l'honneur.

— C'est ça. Il ne me semble pas que cet assassinat de femmes soit une question d'honneur.

— Il aurait plutôt tué sa belle-sœur.

— Oui. Mais c'est une autre histoire. J'ai lu des choses sur les Roms. Toute leur société a le devoir de veiller à la conduite des femmes. Plus la femme est un membre proche de la famille, et plus la responsabilité est grande. À l'instar de la honte, si la femme se conduit mal. Nous en revenons donc à l'honneur. D'autre part, savez-vous ce qu'est la «souillure»?

— Oui.

— Il y a toute une série de professions que les Roms ne peuvent exercer sous peine de souillure.

— Par exemple, policier. J'en sais quelque chose.

— Oui, mais la liste des métiers interdits est plus longue. Il y a tout ce qui touche au corps, comme médecin, infirmier, croque-mort… C'est pour eux un tabou dont la transgression entraîne l'exclusion de la communauté. Un assassin viole ce tabou.

— C'est peut-être de cela qu'il s'agit? Il aura voulu y goûter?

— C'est une possibilité, mais peu probable à mon sens.

— Alors comment expliquer la présence de scalpels dans le coffre de la voiture de Lucas?

— Je ne sais pas. Mais il ne s'agit pas d'une arme de Rom. Vous ne croyez pas?

Au lieu de répondre, il haussa les épaules. Brodka regarda sa montre.

— L'heure avance, constata-t-elle. Il faut que j'aille au travail à la fac.

— Un cours?

— Je dirige des TP.

— C'est vrai...

— Je vous ai un peu aidé?

— Oui. Sûrement.

— Tenez-moi au courant des développements. D'accord?

— Bien sûr.

Elle lui dit au revoir, son visage disparut de l'écran, et Mortka quitta le programme.

Il avait encore un peu de temps avant de se rendre au travail. Il se connecta sur un site de divorcés. Il se rendit tout de suite sur un forum qui l'intéressait et lut deux pages de commentaires de membres qui s'étaient manifestés depuis sa dernière visite. Tous se concentraient sur un utilisateur – pseudo Larry37 – qui avait divorcé trois ans plus tôt. Le tribunal avait confié la garde des enfants à l'épouse et accordé au mari un droit de visite deux fois par semaine. Au début, tout avait à peu près bien fonctionné; mais quand la femme avait trouvé un nouveau partenaire, les visites avaient commencé à être annulées pour une raison ou une autre. Larry37 n'avait d'abord pas réagi, ne souhaitant pas provoquer de conflit, ce qu'il considérait maintenant comme une erreur, car la Princesse (comme il appelait son ex) en avait visiblement déduit qu'elle pouvait tout se permettre. Entre-temps, M. Ducon (le nouveau partenaire) passait de plus en plus de temps avec les enfants ; il leur achetait des cadeaux dont Larry37 n'avait pas les moyens, et le résultat était qu'à eux deux ils coupaient les enfants de leur père. Certains envoyaient à Larry37 des messages d'encouragement, d'autres de bons conseils sur la manière d'agir. Certains proposaient des solutions de compromis, d'autres poussaient à saisir le tribunal *illico*. Quelqu'un envoya même le nom d'un avocat « bien au fait de ces questions ».

Mortka songea que le sort de Larry37 l'attendait peut-être. Adam était peut-être précisément en train d'offrir à ses fils une PlayStation 3 avec tout un set de jeux ; peut-être les emmènerait-il ce soir voir le film dont leurs copains parlaient. Et qu'arriverait-il si sa liaison avec Ola se transformait en quelque chose de plus sérieux ? Le risque était grand, vu qu'Adam avait l'air d'un type mûr ayant passé l'âge des fredaines, à la recherche non plus de passades, mais d'une relation stable. Comment les enfants réagiraient-ils si Adam venait s'installer à la maison ? Comment Mortka réagirait-il ?

Il n'avait jamais réussi à donner à ses fils autant qu'il aurait dû. Non qu'il n'en eût pas eu envie, mais il ne savait pas s'y prendre. Il avait toujours quelque chose de plus important, une affaire de travail que son sens du devoir faisait passer au premier plan, renvoyant tout le reste au lendemain. Et le lendemain, il y avait encore autre chose. Et ainsi de suite, en boucle. Ses enfants ne pouvaient que l'observer se débattre, pris par des enquêtes successives, et incapable de se libérer de ces liens.

Peut-être n'en avait-il même pas envie ? Envie de

rentrer chez lui, de s'occuper de ses fils, de voir Ola faire carrière, et de finir progressivement en pantouflard ?

Si ses fils le regardaient comme leur père, c'est qu'ils n'en avaient pas d'autre. Mais maintenant qu'émergeait une concurrence…

Il les aimait. Il ne savait pas le leur dire, leur donner ce dont ils avaient besoin, mais il ne voulait pas les perdre.

Il cliqua sur « répondre », et ses mains hésitèrent au-dessus du clavier. Il attendit le temps de trois battements de cœur, puis se mit à écrire : « Salut. Je m'appelle le Kub et je suis nouveau ici. Mon ex fréquente un type depuis quatre mois… »

Il arriva en retard au commissariat. Il s'immobilisa en voyant les collègues sortir de la salle de réunion. Ils le croisèrent sans un mot, dans un silence lugubre, poings serrés et têtes baissées. Une ou deux personnes avaient même des larmes dans les yeux. Inquiet, il entra dans la pièce où se trouvaient Zajda et Lupa, engagés dans une discussion à voix basse mais enfiévrée.

— Qu'est-ce qu'il se passe ? demanda Mortka.

Le commissaire lui lança un regard de reproche, comme s'il les avait dérangés dans quelque chose d'important, puis il s'écarta. Lupa rajusta sa chemise et se frotta le nez. Il cherchait ses mots.

— Wajtola n'a pas tenu le coup, souffla-t-il enfin.

Mortka ferma les yeux, abasourdi, effondré.

— Hier soir, le pronostic était encore positif, son état s'était stabilisé, il se reposait et retrouvait des forces, poursuivit Lupa. Mais il a eu une crise dans la nuit, et les médecins n'ont pas réussi à le sauver. Il est mort à quatre heures trente-six.

— Il avait de la famille ?

— Une femme et un fils. On va faire une collecte pour les aider, au moins au début.

— Bien sûr, je participe. Il faut me dire combien.

— On ne sait pas encore.

— Putain de sa mère ! hurla soudain Zajda en frappant de toutes ses forces contre le cadre de la fenêtre, à en faire vibrer les vitres. (Il avait les yeux injectés de sang, comme s'il avait bu.) Ce n'est pas possible, vous comprenez ! À Kretowice, on n'a pas de meurtriers en série ! À Kretowice, les policiers ne sont pas assassinés ! Ça ne peut pas arriver ! Ailleurs, peut-être, mais pas chez moi ! Et vous ne savez même pas le genre d'appels que je reçois ! Et de qui ! (Le commissaire soufflait lourdement. Un peu penché, bras ballants, il se balançait d'avant en arrière.) Putain de sa mère ! répéta-t-il en conclusion. Une ville si tranquille.

Mortka ne savait comment réagir.

— Par quoi on commence ? demanda-t-il timidement.

— On continue, répondit Zajda. On trouve ce Tsigane, on va l'extirper de son trou.

— On a prélevé des traces ADN chez lui et comparé avec la salive trouvée sur le corps de Bratkowski, intervint Lupa. On n'est pas sûr à cent pour cent, mais d'après les premiers résultats, ça concorde. C'est lui.

— Et les scalpels ?

— Ils étaient nets. Les cheveux appartiennent vraisemblablement aux victimes de la mine. Comme pour la salive, nous attendons confirmation des résultats.

— Les scalpels étaient nets ? Aucune empreinte, aucune microtrace ?

— C'est ça.

— Étrange...

— Pourquoi ? Il a dû les stériliser comme il faut.

— Pour les planquer dans le coffre de sa voiture ? Avec les cheveux des victimes ?

— C'est un connard de Tsigane ! vociféra Zajda. Ne t'attends pas à trouver un géant de l'intelligence.

Mortka hésita à lui faire part des doutes de Brodka, mais la figure du policier l'y fit renoncer. Ils venaient d'apprendre la mort de leur collègue et ne pensaient qu'à mettre la main sur le coupable. Ce n'était pas le moment de soulever ce genre de question.

— Et moi, je fais quoi ?

— Le père de Bratkowski vient d'arriver en ville. Il veut parler. Tu t'en occupes ? demanda Lupa.

Il fit signe qu'il était prêt à le faire.

— Question réglée. Tu as rendez-vous avec lui à onze heures, au café de la promenade.

— Laquelle ?

— Le Kub, ressaisis-toi. On n'en a qu'une ici.

La serveuse disposa sur le plateau des tasses de café et de petites assiettes de gâteaux à la crème, tout en gardant les yeux sur l'écran de la télé allumée dans un coin. Le présentateur de TVN24 annonçait la découverte de nouveaux éléments concernant la catastrophe de Smolensk. Mortka songea que cette tragédie venait lui donner un coup de main. Plus grand monde ne s'intéressait à autre chose dans les médias. Sans cela, ils auraient eu affaire à une invasion de journalistes, obligés de se défendre contre une forêt de micros.

— Vous pouvez m'aider ? lança la serveuse en souriant. Il y a un gâteau qui ne veut pas trouver sa place sur l'assiette.

Mortka s'approcha du comptoir et prit l'assiette.

— Merci.

— Pas de souci.

Ils se dirigèrent ensemble vers la table. Elle servit la commande en posant précautionneusement les petits pots de lait à côté des soucoupes.

— Vous pensez qu'on va nous voir? demanda-t-elle en désignant le téléviseur. Je passais dans le fond quand ils ont tourné le reportage. Je voudrais savoir si j'y serai.

— C'est tout à fait possible.

— Ma collègue m'a dit qu'ils allaient venir tourner une émission chez nous. *Attention!* ou *Intervention.*

La serveuse retourna à son comptoir, et Mortka reprit sa place à la table.

Il s'attendait à ce que le père de Grzegorz Bratkowski soit un homme d'affaires pansu et à grandes moustaches qui se jetterait sur lui avec fureur, dans un déluge de reproches. Au lieu de cela, il découvrait un homme grisonnant, mais d'allure sportive, qui embaumait l'eau de Cologne de marque. Il n'avait pas encore prononcé un mot. Légèrement penché, une expression douloureuse sur le visage, il versait du lait dans son café en remuant la petite cuillère.

— Vous prenez du sucre, inspecteur? demanda-t-il en poussant le sucrier vers Mortka.

Le policier jeta trois morceaux dans sa tasse et remercia.

— J'ai demandé un entretien, commença prudemment Michal Bratkowski, parce qu'il me semblait que, de toute façon, vous voudriez me parler. Pourquoi attendre?

— Votre fils…

— Grzegorz était une personne très spéciale.

— Que voulez-vous dire ?

— Qu'il n'était dans le fond qu'un nœud de pathologies psychiques. On avait diagnostiqué chez lui des tendances psychopathes. Vous savez ce que cela implique ?

— Qu'il ne tenait pas compte des sentiments des autres et ne se concentrait que sur ses propres désirs et satisfactions.

— Plus ou moins. Mais il pouvait en même temps sombrer dans une dépression noire. Il se tourmentait de voir tout le mal en lui, et demandait à être puni. La punition la plus sévère était la meilleure. Après, il parvenait à se conduire tout à fait normalement, comme vous et moi. Et le lendemain, il se noyait à nouveau dans ses complexes imaginaires.

— Vous étiez au courant de ses tendances ?

— Lesquelles ?

— Pour les petites filles. Les très jeunes.

Bratkowski reposa sa tasse et nia énergiquement de la tête.

— Non. Je n'étais pas au courant.

— Pourtant, il y a eu un incident à Wroclaw, et vous seriez intervenu pour l'aider.

— Balivernes ! protesta-t-il. Je n'ai jamais entendu parler d'aucun incident. Et encore moins dans le contexte que vous évoquez, inspecteur.

— Alors, pourquoi l'avez-vous envoyé vivre ici ? C'est bien vous qui l'y avez obligé, pas vrai ?

L'homme acquiesça avec un soupir.

— Vous avez des enfants ?

— Deux.

— Donc, vous devez savoir ce que c'est. On aime ses enfants, quels qu'ils soient. Grzegorz... Il pouvait être changeant. Tantôt normal, parfois charmeur, et puis, de manière tout à fait inattendue, c'était le pire qui sortait de lui. Il faisait alors du mal aux gens. Pas au sens criminel, mais croyez-moi, ma femme et moi nous avons beaucoup souffert à cause de lui. J'ai essayé de l'associer à l'activité de mes entreprises. De lui trouver des occupations. Au début, il s'en est plus ou moins bien tiré. Il avait beaucoup d'enthousiasme, plein d'idées. Ensuite, il a commencé à s'ennuyer, ou je ne sais quoi. En tout cas, il foirait. Au moment le plus important, dès que je lui accordais ma confiance et lui confiais des responsabilités, il mettait tout par terre, comme s'il avait voulu me saboter.

Bratkowski s'interrompit. Il prit une assiette avec un petit gâteau et une fourchette avec laquelle il appuya sur la croûte jusqu'à ce qu'elle cède. Lorsque la crème jaillit, elle se projeta sur la manchette de sa chemise.

— J'ai fini par lui proposer un peu d'argent tous les mois, de quoi vivre ; je lui ai donné une voiture et je l'ai envoyé ici, dans notre maison d'été. Je voulais être un peu tranquille et j'espérais qu'il réfléchirait de lui-même à sa vie. Ici, c'est plus calme. Il y a moins de tentations. On n'a que la montagne. Et croyez-moi, ça a fonctionné.

— C'est-à-dire ?

— Il s'est calmé. Depuis qu'il a déménagé, je n'ai plus eu de problème avec lui... Jusqu'à maintenant.

Mortka prit sa tasse et but une gorgée de café.

— Qu'avez-vous pensé quand vous avez appris sa mort ?

— Que j'aurais dû m'y attendre, répondit Bratkowski.

— Pourquoi ? Vous venez de me dire qu'il s'était calmé.

Bratkowski but un peu de son café, puis leva la tête

vers le téléviseur. Il resta un moment à fixer les images qui défilaient sur l'écran. De profil, il rappelait vraiment Grzegorz. Forme du nez identique, et les yeux d'un même bleu troublé.

— Vous ne pourrez pas comprendre, inspecteur, répondit-il enfin. Et pour ma part, je n'ai sincèrement pas envie de l'expliquer. C'est quelque chose qu'il faut vivre.

— Vous avez des soupçons concernant la mort de votre fils?

— J'ai entendu dire que vous aviez un suspect.

Mortka dissimula qu'il était désagréablement surpris par cette remarque. Il se demandait d'où Bratkowski pouvait savoir ça.

— Un suspect, comme le nom l'indique, n'est jamais qu'un suspect.

— Je sais. Inutile de vous braquer.

— Dans ce cas, avez-vous une idée de qui pourrait être responsable de la mort de votre fils?

— Non.

— Un de vos ennemis, dans le cadre de vos affaires?

— Non. Je n'ai pas d'ennemis.

— Auriez-vous des liens avec un ou des membres du crime organisé?

— Pour qui me prenez-vous?

Si Mortka avait été à Varsovie, il n'aurait pas eu à poser ces questions. Ou alors uniquement pour confronter les réponses à ce qu'il aurait déjà appris dans des rapports de police ou par ses informateurs. Ici, en terrain étranger, il se sentait un peu infirme.

— Je ne faisais que poser la question.

— Non. Je n'ai aucun lien avec la mafia.

— Je comprends.

— Vous allez l'attraper ?

— Qui ?

— Comment ça, qui ? Nom d'un chien ! L'assassin de mon fils !

— Oui. Absolument.

— Je voudrais offrir une récompense au policier qui l'attrapera. Cinquante mille zlotys. Comment dois-je m'y prendre ?

— Ce n'est pas possible.

Bratkowski hocha la tête comme s'il s'était attendu à cette réponse.

— J'ai le sentiment que je devrais faire quelque chose. Montrer que tout cela ne m'est pas égal.

— Vous voudriez faire quoi ?

— D'abord rentrer chez moi. Me reposer.

— Je vous en prie. Nous vous tiendrons informé des développements de l'enquête.

Bratkowski réfléchit puis sortit son portefeuille. Il en tira une carte de visite qu'il tendit à Mortka, et un billet de cinquante zlotys qu'il déposa sur la table. Il se leva et sortit sans un mot, abandonnant son café et la part de gâteau entamée.

Sur la chaîne TVN24, on montrait enfin Kretowice.

Zajda acheva de fumer sa cigarette qu'il jeta sur le sol à côté des précédentes. S'il restait ici plus longtemps, le tas de mégots atteindrait bientôt ses chevilles.

Toute cette affaire s'était transformée en une grande défaite et une suite de malentendus. Tout d'abord, le chef de la police de Jelenia Gora avait fait savoir qu'il ne pouvait le recevoir et l'avait orienté vers son adjoint, le jeune inspecteur Michal Dabrowski. Qui, bien entendu, réussit à trouver un moment dans son agenda surchargé pour recevoir le collègue de Kretowice : juste après son jogging. Il avait d'autres rendez-vous, avant et après, qu'il ne pouvait absolument pas déplacer. Ils devaient se retrouver à l'extérieur, et non au commissariat. Zajda attendait donc sur le parking devant la forêt, chassant d'une main les insectes du printemps, attendant que Dabrowski lui fasse la grâce d'achever son dernier tour. Tout cela était d'autant plus irritant qu'il avait jusqu'ici toujours eu de bons rapports avec ses supérieurs. La situation avait changé ces derniers jours. Tout le monde était au courant des coupes à venir. La seule question était de savoir par où les ciseaux allaient commencer.

L'inspecteur Dabrowski apparut enfin sur le sentier. Il avait des écouteurs sur les oreilles et remuait la tête au rythme de la musique. Il était en survêtement gris banal, sur lequel se voyaient de longues taches de sueur. Il fit signe d'une main qu'il avait vu Zajda et se dirigea vers sa voiture. Sautillant sur place, il fouilla dans ses poches avant de trouver ses clefs. Il ouvrit la voiture et sortit une bouteille d'eau, avala quelques grandes gorgées puis se rinça le gosier avant de cracher un jet d'eau et de salive. Il se lança ensuite dans une série d'étirements.

Zajda observait Dabrowski en se répétant qu'il ne devait pas céder à la provocation. Ils voulaient lui faire perdre son calme, le pousser à la faute, mais lui n'avait pas l'intention de faire ce plaisir aux collègues de Jelenia Gora. Il supporterait patiemment toutes les humiliations. Ces abrutis pouvaient s'amuser, mais on verrait bien qui rirait le dernier. C'était du moins ce qu'il espérait.

Dabrowski s'étira encore puis s'approcha de Zajda

en remuant les hanches. Il lui tendit la main avant de la retirer avec un sourire faux.

— *Sorry*, collègue, j'oubliais que j'avais les mains moites.

Zajda en resta la main en l'air. Il la baissa lentement, tandis que Dabrowski examinait les mégots à ses pieds.

— Tout ça, c'est à toi ?

— Je suis un peu sur les nerfs, en ce moment.

— Ça n'explique pas tout. Un policier doit savoir résister au stress.

Une pique de plus.

— D'ailleurs, regarde-toi, poursuivit Dabrowski en piquant le ventre de Zajda du bout d'un doigt. Dans le temps, tu étais musclé, et maintenant… tu as pris du gras. Tu as les muscles complètement avachis. Il t'arrive de sortir de ton petit bureau ?

— Oui.

— Je veux dire ailleurs que pour rentrer à la maison et à la soupe de bobonne ? À la salle de sport ? Courir un peu ? S'entraîner au sport de combat ? Tu sais qu'un policier doit régulièrement s'entraîner. Veiller à sa forme. Se développer.

— Qu'est-ce que tu cherches ?

— Je me demandais juste si tes subordonnés te ressemblaient. Il faudrait peut-être prévoir une inspection, vérifier votre condition générale.

— Tu veux quoi ? gronda Zajda.

Dabrowski recula légèrement, l'air étonné.

— Moi ? C'est toi qui demandes à me voir. Je t'écoute.

Zajda sentit ses mains commencer à trembler d'énervement. Il réprima l'envie de prendre une nouvelle cigarette.

— J'ai besoin de vos gars.

— Tiens ? Et moi qui croyais que vous vous en tiriez si bien tout seuls ! D'après ce que tu as dit chez le procureur... C'est bien ça ?

— C'est bien ça. L'enquête avance.

— Tu veux dire que vous allez arrêter bientôt le coupable ?

— C'est le sujet de ma conversation avec le procureur.

Dabrowski haussa les sourcils en affichant une expression de mansuétude mêlée de mépris.

— D'accord. Alors, tu veux quoi ?

— Une équipe de patrouille. Ou deux.

— Pour faire quoi ?

— Tu as entendu parler de ce Tsigane ?

— Celui de Wajtola ?

— Oui.

— C'est triste. Vraiment. On fera tout pour mettre la main sur ce fumier.

— Merci.

— Comment le vit sa famille ? Il avait une femme, c'est ça ? Et un gamin ?

— Oui. Pas au mieux. Mais on les suit. On organise une collecte.

— On va contribuer.

— Ils seront sûrement reconnaissants. Nous aussi.

Ils avaient pour quelques secondes enterré la hache de guerre.

— Les gens de Kretowice commencent à raconter des trucs désagréables. À cause de Wajtola et à cause de ces femmes assassinées. Les relations avec les Tsiganes n'ont jamais été bonnes. Je crains que quelqu'un ait une idée stupide. Et je n'ai pas assez d'hommes pour garder en permanence un œil sur Harlem, conclut Zajda.

L'inspecteur cligna des yeux comme s'il avait été aveuglé par le soleil printanier.

— Tu joues à quoi, Zajda ?

— Je ne comprends pas la question.

— Tu sais que vous n'y arriverez jamais tout seuls. Merde, vous n'avez aucune chance !

— Ça, c'est mon problème.

— Problème, mon cul. Qu'est-ce qui me prouve que ce salopard ne vient pas choper des filles à Jelenia ? Vous avez établi l'identité des victimes ?

— Non.

— Exactement. Vous ne maîtrisez rien. Vous n'avez ni les gens, ni les moyens, ni l'expérience.

— Et vous, vous avez tout ça ? s'emporta Zajda. À Jelenia, vous traitez de bagarres de poivrots, de maris qui cognent trop fort sur leurs bonnes femmes, et de meurtres en cuisine.

Dabrowski ne répondit pas. Il tourna la tête. Il toussa puis expectora un crachat verdâtre.

— Fais une demande par écrit, dit-il enfin.

— Je l'ai déjà fait. Et j'ai même un accusé de réception.

Zajda tira de sa poche une feuille qu'il agita sous le nez de Dabrowski.

— C'est la preuve que la demande est bien arrivée chez vous. C'est ta secrétaire qui a signé, tu en as une copie sur ton bureau. Et maintenant, si ça chauffe à Kretowice, susurra le commissaire, si vraiment il devait se passer quelque chose, je n'aurai pas une seconde d'hésitation pour que la merde vous retombe dessus... collègue.

Et, à son tour, il planta un doigt dans le ventre de Dabrowski, après quoi il remonta dans sa voiture.

Mortka revint au commissariat et prépara un compte-rendu de sa conversation avec Bratkowski père. Il s'en fit une copie et déposa l'original sur le bureau de Lupa. Ce travail fini, il rentra chez lui pour dîner.

Dans la cuisine, il brancha une petite radio portative. La seule acquisition d'importance qu'il avait faite à Kretowice. Passé les premiers jours, il en avait eu assez du silence qui régnait dans l'appartement, troublé seulement par les bruits de pas dans la cage d'escalier et les disputes occasionnelles des voisins du dessus. Il s'était réglé sur la Z. Le présentateur parlait des attractions qui attendaient les touristes au Pérou et annonçait un jeu-concours où l'on pouvait gagner des guides touristiques.

Mortka prit dans l'armoire une boîte de haricots à la bretonne. Il en vida le contenu dans une casserole qu'il posa sur le gaz. Attendant que son dîner se réchauffe, il prépara de l'eau pour le thé, puis défit le paquet de vêtements lavés par Alicja. Soigneusement, moelleusement pliés et embaumant le citron.

Mortka était de ces hommes qui ne réussiront jamais à maîtriser l'art du lavage et du repassage. Il savait bien sûr comment fonctionnent une machine à laver et un fer à repasser, il parvenait à s'en servir, mais gardait toujours l'impression qu'il s'y prenait mal. Ses vêtements étaient ensuite rugueux et raides. Donc, dès qu'il en avait les moyens, il avait recours aux services d'une blanchisserie. Au moins, c'était bien fait.

Il faudra que je remercie Alicja. Lui acheter quelque chose pour tous ces lavages et ces petits déjeuners. Peut-être une bouteille de ce parfum qu'il avait vu dans sa salle de bains ? Il interrompit son rangement de vêtements pour noter son idée.

Il souleva la casserole de la gazinière, sauvant de justesse les haricots et les porta jusqu'à la table, un vieux meuble aux pieds tordus sous une laque inégale, qui rappelait les années quatre-vingt. Les parents de Mortka avaient eu la même.

Il s'apprêtait à manger quand le téléphone sonna. Agacé, il reposa sa cuillère et décrocha.

— Oui ?

— Rosecki. *Sorry*, mais j'ai pensé que tu voudrais le savoir.

— Savoir quoi ?

— On a identifié une des victimes. À ses empreintes. Tu sais, le doigt qu'on a coupé et envoyé à Wroclaw.

— Ils s'en sont déjà occupés ?

— Priorité.

— Et alors ?

— Svetlana Uznajovitch. Âge : vingt-trois ans. Citoyenne ukrainienne. Domiciliée à Javorov, district de Lvov.

— Une Ukrainienne ? Mon Dieu, qu'est-ce qu'elle fabriquait là ?

— On n'en sait rien.

— D'où est-ce qu'on avait ses empreintes ?

— Il y a quatre ans, elle est tombée lors d'une descente sur un gang de contrebande de cigarettes à Przemysl. Arrêtée avec quatre types, deux Ukrainiens et deux Polonais. On a fini par comprendre qu'elle n'était que la nana d'un des gars, et qu'elle n'était pour rien dans le trafic. Enfin, c'est ce qu'a conclu le tribunal. On l'a relâchée.

— Quelqu'un a pris contact avec les Ukrainiens sur cette affaire ?

— On y travaille.

Mortka s'assit sur le canapé et prit une cuillerée de haricots dans la bouche. Il mâchait doucement, le téléphone contre l'oreille. Il réfléchissait à ce qu'il avait entendu. Que faisait par ici cette Ukrainienne ? Pourquoi avait-elle quitté son pays et traversé toute la Pologne pour venir se faire tuer, et d'une manière aussi cruelle ? Et ses liens avec les trafiquants de cigarettes ? Avaient-ils de l'importance ? Quelque chose à voir avec l'affaire ? Il se rappela que les Russes, la mafia, aimaient bien passer des vacances à Zakopane. Où allaient les Ukrainiens ? À Karpacz, Szklarska Poreba ? À vérifier. Mille idées lui tournaient dans la tête, et le sang coulait plus vite dans ses veines. Ils avaient enfin quelque chose, enfin du concret ! Un nom, une piste. Il faudrait lire le dossier, toutes les notes. Rassembler des idées, élaborer des scénarios, préparer des actions. Il se savait encore loin d'avoir tous les éléments du puzzle, et ceux qu'il avait déjà découverts ne collaient pas entre eux, mais nom d'un chien ! pour la première fois depuis le début de cette affaire, il eut le sentiment d'être tombé sur un vrai casse-tête et pas seulement sur un tas de fiches désordonnées tirées de divers journaux.

Il avala sa bouchée.

— J'arrive au commissariat, déclara-t-il avant de couper.

Il s'empara de la casserole pour en vider le contenu dans la poubelle. Il n'avait plus faim. Il s'achèterait peut-être plus tard un beignet ou deux qu'il ferait descendre avec un café.

Dans la cage d'escalier, il tomba sur Alicja et Marcin. Elle rentrait avec deux grands sacs pleins de courses. Il faillit la renverser en courant et stoppa au dernier moment.

— Oh, pardon! gémit-il. Et merci pour la lessive.

— De rien, répondit-elle.

Mortka était sur le point de poursuivre son chemin, lorsque soudain son regard tomba sur Marcin.

— Tu as douze ans, pas vrai?

— Oui, répondit le garçon.

— Tu connaissais peut-être Adela Siwak?

— La bronzée.

— Marcin!

— La Tsigane, se corrigea le garçon. Oui. On était dans la même classe. Avant qu'elle arrête de venir à l'école.

— Tu sais ce qu'elle est devenue?

Il fit non de la tête.

— Tu n'es pas étonné qu'elle ait disparu?

— Non.

— Pourquoi?

Marcin leva la tête et regarda sa mère. Celle-ci lui fit signe de répondre.

— Elle n'aimait pas aller à l'école.

— Comme tous les enfants, intervint Alicja.

— Mais elle, elle racontait de ces trucs…

— Quels trucs? s'enquit Mortka.

— Des trucs idiots.

— Raconte.

Le garçon eut un soupir.

— Qu'on allait bientôt venir l'enlever.

— L'enlever?

— Oui, et elle se réjouissait de cet enlèvement.

— Et elle disait qui devait le faire?
— Non. Elle ne le savait pas elle-même. Mais elle en était déjà heureuse. C'est tout.
— Bien.
Mortka le remercia.
— Tu fais une drôle de tête, le Kub, interrogea Alicja. Il y a du nouveau?
Il acquiesça.
— Nous avons identifié un des corps.
— C'était qui?
— Je ne peux rien dire. Excuse-moi, mais je dois filer.
— Oui, bien sûr, lança-t-elle, mais il ne l'entendait déjà plus.
Il fonça à sa voiture. Alicja resta à la porte de la cage d'escalier pour le regarder mettre en marche le moteur et démarrer.
Enfin quelque chose qui bouge, se répétait Mortka, en route vers le commissariat. Il avait envie de donner des coups de poings joyeux sur le volant. Enfin, quelque chose bougeait. Mais il ne pouvait toujours pas pour autant cesser de penser à Adela.

Chapitre 11

Elle dormit jusqu'à midi puis resta au lit à flemmarder. Elle ne faisait rien, s'étirant d'un côté puis de l'autre dans la chaleur des draps. C'était plus agréable pour elle qu'un bain moussant. Elle songea que c'était son plus beau mercredi depuis de longues, longues semaines.

Elle se leva à une heure et prit une douche. Elle n'utilisait ni savon ni gel douche. L'eau de Kretowice était si douce qu'on avait du mal à éliminer les restes de savon sur la peau. Ils laissaient sur le corps de grandes traces blanches. Elle s'assit sur le sol de la cabine de douche pour regarder les vifs ruisselets lui courir sur les jambes jusqu'au trou d'écoulement. Elle n'avait jamais pu faire ça chez elle où elle n'avait jamais assez d'eau chaude. Celle-ci était réservée à la cuisine, et aux hommes à leur retour du travail, à son père et à son frère aîné qui devaient se débarrasser des puanteurs de leurs travaux, et se rasaient le matin avec de vieux Gillette en se regardant dans le miroir qui se couvrait de vapeur. Elle partageait ce qui restait avec sa mère. Et ce n'était pas beaucoup. C'est pourquoi, même en hiver, elle prenait des douches glacées. Elle se jetait vite dessous juste pour se mouiller et en ressortait en claquant des dents.

« C'est bon pour ta santé, ma fille », la réconfortait sa mère. Et elle avait sans doute raison. Olga ne se souvenait pas avoir jamais été malade.

Maintenant, c'était différent. Elle prenait des coups de froid l'un après l'autre, et ça ne ferait qu'empirer.

Elle sortit de dessous la douche, s'enveloppa d'une serviette et s'assit sur le lit. Elle roula la couverture en une boule informe qu'elle fourra sous la fenêtre près des bouteilles de vin. Elle avala rapidement sa ration quotidienne de médicaments en s'efforçant d'ignorer que sa réserve s'épuisait, et qu'elle devrait de nouveau laisser plusieurs centaines de zlotys à la pharmacie.

Elle ouvrit la carte de la région qu'elle commença à étudier. La seule pensée de sa prochaine expédition lui fit mal aux jambes. Depuis qu'elle était à Kretowice, elle avait identifié une dizaine d'endroits qui correspondaient. Et maintenant ? Elle ne pouvait quand même pas aller seule les surveiller jour et nuit !

Elle avait d'abord imaginé que ça se passerait un peu comme dans un roman policier. À un moment, peut-être par hasard, elle tomberait sur une piste qu'elle suivrait jusqu'à un dénouement heureux. La première partie s'était réalisée. Pour ce qui était de la seconde, elle commençait à perdre espoir. Elle avait besoin d'aide. Elle en était consciente, dans une certaine mesure, même si elle avait repoussé l'idée comme une mouche importune. Mais à qui s'adresser ? À qui faire confiance ? À ce Jakub Mortka, peut-être ? Elle s'étonnait de s'être souvenu de son nom. D'ordinaire, elle oubliait rapidement les noms des hommes avec qui elle couchait. Non. C'était encore trop tôt. De plus, c'était quand même un policier. Il pouvait servir, elle parviendrait peut-être à l'utiliser, mais elle ne pourrait pas lui faire confiance.

Sans s'être bien décidée, elle avait déjà son téléphone à la main. Elle composa le numéro de la Fondation. Elle retint son souffle quand elle entendit le déclic, puis les voix des filles dans le bureau toujours bruyant, et enfin, celle d'Aneta.

— Oui, j'écoute.

Aneta ne se présentait jamais. Toujours pressée, elle n'aimait pas perdre de temps en politesses.

— C'est Olga.

— Olga? Mon Dieu! Mais où es-tu? Qu'est-ce qu'il t'arrive?

La fille avala sa salive. C'était étrange, Aneta était la seule personne dont elle avait peur. Une sainte enfoirée... Elle lui raconta tout ce qu'elle avait fait ces derniers jours, ce qu'elle avait découvert, ce qu'elle avait appris, et ce qu'elle supposait. Aneta l'écouta attentivement, mais Olga savait que sa camarade n'était plus qu'un regard plein de lassitude et de résignation. Elle se risqua néanmoins à lui demander:

— Rejoins-moi ici.

— Olga, tu sais, j'ai beaucoup de travail. Ici. Maintenant.

— Mais tu n'as aucune preuve.

— Et les corps?

— Je vais y réfléchir. Je t'appelle un peu plus tard.

— Merci.

Aneta raccrocha. Le visage épuisé d'Olga retomba sur la carte. Elle pourrait dormir le reste de la journée. Mais non. Il restait encore une chose à faire.

Elle se leva du lit, s'approcha de l'armoire et avança

une chaise sur laquelle elle grimpa. Elle tira de l'étagère supérieure une valise, puis elle enfonça plus loin ses mains. Elle saisit une boîte à cosmétiques décorée de lignes ondulantes bleues, l'ouvrit et en répandit le contenu sur la table ; quelques billets et des pièces tombèrent. Elle fit rapidement le compte.

Trop peu.

À quoi s'attendait-elle, stupide qu'elle était ? Elle aurait voulu se couvrir d'injures. Elle savait déjà combien il y avait. À moins d'imaginer qu'un mystérieux donateur ne soit venu ajouter quelques billets de cent ?

Non. Elle n'avait pas le droit de s'énerver pour une raison aussi bête. C'est vrai. Elle savait combien il y avait. Elle savait aussi ce qu'elle devait faire. Qu'il était temps de retourner au travail.

De mettre ça derrière soi.

Mortka rassembla tous les comptes-rendus, notes et rapports concernant les corps trouvés dans la mine. Il en fit une pile qu'il déposa sur son bureau trop petit. Puis il se prépara un café, sortit du plastique le beignet qu'il avait acheté, et se mit au travail.

Il passa d'abord en revue les rapports d'autopsie. Il ne savait pas lui-même ce qu'il cherchait, mais ça faisait partie du job. On recevait parfois des dossiers où on savait d'emblée qui était l'assassin, mais d'autres fois il fallait se creuser la cervelle, faire peur à quelqu'un, travailler jusque tard dans la nuit, feuilleter des dossiers, écrire au procureur pour le convaincre de la nécessité de nouvelles expertises… Et soudain, trouver l'information, l'élément qui avait échappé au premier examen parce qu'il avait paru secondaire, et qui pourtant faisait avancer l'affaire. Parfois, c'était suffisant. Parfois, un moment d'euphorie passé, il fallait se relancer dans des heures de recherches pour dénicher une nouvelle piste.

Mais cette fois, il ne trouvait rien. Cela ne le rebuta pas spécialement. Il savait qu'il reviendrait aux autopsies. Peut-être remarquerait-il alors ce qui avait pu lui échapper. Il prit son portable, ouvrit le répertoire et recopia plusieurs numéros sur une feuille. Puis il appela du fixe.

— Inspecteur Kochan, j'écoute.

— Salut, Darek. Mortka à l'appareil.

— Le Kub! Je vous ai vus à la télé. Putain, c'est un vrai bordel de chez bordel! Tu dois être jaloux de mes pédés...

— Un peu, reconnut-il. D'ailleurs, c'est pour ça que je t'appelle.

— Pour les pédés? s'étonna Kocha.

— Non, le bordel.

— Qu'est-ce que je peux faire, le Kub?

Mortka lui résuma ce qu'il savait de l'Ukrainienne identifiée et de ses liens avec les trafiquants de cigarettes à la frontière avec l'Ukraine.

— D'accord. Mais qu'est-ce que cette fille allait faire en Silésie?

— Je n'en sais encore rien. Mais les clopes ukrainiennes, ça voyage vers l'ouest, vers l'Allemagne et l'Angleterre. Peut-être qu'elle voyageait avec?

— Ça a du sens.

— Tu pourrais demander à nos gars s'ils n'ont pas entendu parler de rivalités entre groupes, quelque chose qui irait dans le paysage?

— Une guerre des gangs?

— Oui.

— Avec les filles en victimes ?

— Ça pourrait être une vengeance. Ce qui expliquerait que personne n'ait signalé de disparition. On ne va pas déclarer à la police ses propres règlements de compte.

— Tiré par les cheveux.

D'habitude, Mortka appréciait Kochan parce qu'il disait ce qu'il pensait sans s'embarrasser de belles phrases, et qu'il n'avait pas peur de se faire une opinion à lui. Mais là, il dut réfréner sa colère. C'était facile de critiquer à l'autre bout du fil, à des centaines de kilomètres, en n'ayant d'autre souci que la Gay Pride.

— Pose quand même la question, insista l'inspecteur. Quelqu'un aura peut-être entendu quelque chose, aura peut-être des trucs intéressants à raconter sur ce qu'il se passe par ici.

— Pas de problème. Mais tu sais à qui tu devrais parler ?

— J'ai déjà appelé la Crim' et les douaniers. Ils m'ont promis de jeter un œil.

— Je pensais plutôt à Borzestowski.

Il se pétrifia. Borzestowski, l'un des plus dangereux gangsters de Varsovie, qui trempait dans toutes les affaires, du chantage à la drogue. Le pyromane que Mortka avait poursuivi avant de le tuer était responsable de la mort des neveux de ce « Grand B. », comme on appelait Borzestowski en ville. Ils s'étaient rencontrés à plusieurs reprises dans le cadre de cette affaire. Et dans des conditions peu agréables.

— Pourquoi j'irais lui parler ?

— Tu sais, le type est au centre de tous les circuits. S'il se passe quelque chose, il est au courant.

— Mais qu'est-ce qui te fait dire que je pourrais le voir ?

— Borzestowski ne parle de toi qu'avec des superlatifs...

— Connard.

— Minute, le Kub. Il y a une émission comme ça à la télé : *La Peine d'en parler*. Moi, à ta place, je décrocherais mon téléphone. Après tout, c'est toi qui as descendu le pyromane responsable de la mort de ses neveux. Il te doit une certaine reconnaissance.

Mortka n'en était pas si sûr. Il avait ses raisons pour se tenir à l'écart de ce gangster. Celles-là mêmes qui lui avaient fait envisager de quitter la police.

— Pour un type comme lui, ça ne veut rien dire.

— Tu n'en sais rien tant que tu n'as pas vérifié. Encore un truc...

— Quoi ?

— Le chef serait heureux que tu aies de bons contacts avec le « Grand B. »...

Kochan suspendit sa voix dans un silence entendu.

— On ferait de Borzestowski un informateur ? Tu plaisantes ?

— Pourquoi ? Il ne serait ni le premier ni le dernier. Tu sais comment ça fonctionne. Dans leurs combines, il y a toujours des règlements de comptes qu'on peut faciliter. Borzestowski se débarrasse de la concurrence, et nous, on touche des primes. Tout le monde est gagnant. La question est de savoir comment aborder le type. Mais toi, tu as une route toute tracée. Réfléchis.

— Tout ça te tient trop à cœur.

— Et merde, on travaille ensemble. Si tu reçois une prime, moi aussi.

Mortka sourit intérieurement.

— Le Kub…

— Oui?

— Ta voix a changé. Comment dire… elle est meilleure?

— C'est que je me sens mieux.

— Avoue, tu as une gonzesse?

— Oui, répondit Mortka avant de se rendre compte qu'il aurait dû la boucler.

Kochan partit d'un grand rire.

— Ah! Je le savais! Ça fait un moment que je te le dis: c'était ce qu'il te fallait. Hein? Le bon docteur Kochan ne se trompe jamais. C'est qui? Une petite montagnarde de derrière les cailloux?

— C'est… Concentre-toi plutôt sur tes pédés.

— OK. OK. Le Kub, ne me refais pas ta crise de nerfs. Je vais demander aux gars, pour cette Ukrainienne. Dès que je sais quelque chose, je t'appelle. T'en fais pas.

— Salut!

Il reposa l'écouteur. Il était conscient de ce qu'il se sentait mieux. Pour la première fois depuis… Il avait oublié depuis quand. Il était plein d'énergie, et calme et concentré. Kochan aurait donc raison? Une nuit de sexe réussi suffirait pour rendre des couleurs à la vie? En partie, oui. Mais aussi le fait qu'ils avaient avancé. Il tenait quelque chose, une forme, encore indistincte, pas claire, mais chaque pas allait dans la bonne direction, vers du concret. C'était le moment de ne rien lâcher. Pousser la machine avant que la forme ne retourne dans le brouillard.

Il soupira. Et soudain une idée inattendue lui vint à l'esprit. Il s'en amusa un moment puis la retourna dans sa tête avant de la juger intéressante. Ça concernait Renata. Mortka doutait que le viol dont elle avait été victime revienne un jour sur le tapis, mais rien n'empêchait de vérifier un point. Il descendit au bureau d'ordre et demanda des détails sur les services des agents. Le responsable fit semblant de chercher, plus pour la forme que pour des raisons valables, avant de lui remettre les documents en question. Mortka recopia les informations dont il avait besoin : de nouveaux éléments du puzzle. Ils coïncidaient avec l'image qu'il avait pu se forger, mais il ne se risqua pas à en tirer des conclusions définitives.

Il remonta dans son bureau, la tête lourde. Il prit des notes sur ses entretiens précédents et consulta de nouveau le dossier.

Il en était à peu près à la moitié quand il entendit des bruits de pas pesants, puis un juron ; quelqu'un venait de trébucher et de heurter une marche du genou. Après quoi Rosecki, essoufflé, fit irruption dans l'encadrement de la porte.

— Tu as ton arme? demanda-t-il à Mortka.

L'inspecteur acquiesça. Il se leva et montra la gaine de son P99 à sa ceinture. Dans le temps, il ne portait que rarement un pistolet sur lui. Il n'aimait pas les armes à feu. Cela n'avait pas changé, même s'il était de ce point de vue une exception dans la police. Il avait ses raisons. Un accident pouvait trop facilement arriver, et la tentation de sortir son arme était forte. Même en dehors de toute nécessité. Pourtant, depuis l'épisode du pyromane, il éprouvait le besoin de se sentir en sécurité. Il était peut-être en contradiction avec lui-même, mais peu lui importait. Il ne pouvait oublier le sifflement de la hache levée pour lui apporter la mort, ni le coup de feu qui lui avait sauvé la vie. Cela suffisait.

— Qu'est-ce qui se passe ?
— Les Tsiganes commencent à bouger.
— C'est-à-dire ?
— La femme de Lucas et les enfants. Ils ont tout chargé dans une voiture, ils quittent la ville. On rameute du monde et on les suit. Tu es prêt ?
— Ils vont retrouver Lucas ?
— C'est ce qu'on pense.
— Avec qui je vais ?
— Avec moi.

Mortka décrocha sa veste du cintre et indiqua qu'il était prêt.

Quand la voiture freina, les pneus éjectèrent une nuée de gravillons qui l'atteignit sous les genoux. Ça la brûla. *Connard*, se dit-elle. Elle attendit que le conducteur recule, qu'elle ne soit pas obligée de marcher jusqu'à lui, mais la voiture restait immobile, le moteur en marche. C'étaient les pires. Sûrs d'eux-mêmes, arrogants, et qui mettaient difficilement la main au portefeuille. Elle tâta dans la poche de sa veste en cuir son spray de gaz de défense. À tout hasard.

Elle tira une dernière bouffée de sa cigarette, puis jeta le mégot et l'écrasa sur le sol. Elle s'approcha de la voiture. Elle remarqua en marchant qu'il y avait au moins quatre personnes à bord. Pas bon. Un jeune baissa sa vitre et montra des dents jaunes. Elle se pencha vers lui en se courbant de manière à avoir les fesses plus hautes que la tête. Elle jaugea la situation. Les autres passagers et le conducteur étaient du même âge que celui qui avait ouvert la vitre. Aucun n'avait plus de vingt ans. Rien qu'elle ne saurait maîtriser.

— Pas question, messieurs, avec moi, c'est en solo, dit-elle.

— Comment ça, merde ! protesta le conducteur.

Elle comprit à sa voix balbutiante et à son regard trouble qu'il avait déjà un peu bu.

— En solo, répéta-t-elle.

— Mais on a un ticket Groupon ! lança un plaisantin à l'arrière, déchaînant des rires dans la voiture.

— Rien à faire, messieurs. Mais je vous invite volontiers chacun son tour.

— Chérie, tu as bien deux mains, une bouche et tous les petits trous qui vont avec, non ?

— Tu pourras vérifier quand tu seras venu seul, chéri. Tu ne regretteras rien.

Elle prononça ces derniers mots d'une voix de gorge. L'un des jeunes émit un sifflement, un autre éclata de rire.

— On y va, les gars. On va être en retard.

Elle s'écarta de la voiture, puis s'éloigna en tortillant des hanches. Elle savait qu'ils la reluquaient. Finalement, l'Opel démarra dans un crissement. Elle soupira de soulagement et lâcha le spray. Elle avait la paume de la main moite. *Je vieillis*, se dit-elle amusée, et elle eut envie de rire.

Elle prit une cigarette, une Vogue menthol slim. Le goût lui donna envie de vomir. Depuis un certain temps, elle avait essayé de limiter sa consommation de tabac pour faire des économies, et il lui semblait qu'acheter de mauvaises cigarettes serait le meilleur moyen.

Elle l'alluma et aspira l'horrible fumée à la menthe. Elle n'avait encore rien fait de la journée. Elle se demanda si c'était parce qu'elle avait choisi un mauvais emplacement, ou parce qu'elle avait perdu le truc. Mais les autres emplacements, les meilleurs, étaient certainement occupés. Occupés par des filles avec des protecteurs, des costauds qui cognaient plus vite qu'ils ne pensaient. Une concurrence pas chère pouvait ne pas leur plaire, et Olga ne voulait pas avoir affaire à eux. Elle ne souhaitait que se faire quelques zlotys rapidement, de quoi vivre les prochains jours. Elle pourrait ensuite emprunter un peu d'argent à Aneta. Si celle-ci venait. Sinon, elle trouverait autre chose.

Une autre voiture s'immobilisa tout près d'elle. Un bon signe. Encore une Opel, mais une Astra. Elle jeta un coup d'œil rapide à l'intérieur. Quelques couvertures sur le siège arrière, mais l'ensemble était relativement propre. Le conducteur était un chauve avec de petits yeux enfoncés mais chaleureux. Il souriait d'un air timide, avec des tics nerveux, comme s'il n'avait jamais encore eu recours aux services d'une prostituée. Il se pencha sans déboucler sa ceinture et ouvrit la portière.

— Bonjour chéri ! (Elle le salua d'un sourire radieux et se courba pour qu'il puisse bien voir son décolleté.) Qu'est-ce qui te ferait envie ?

— Je ne sais pas encore.

— Oooh... J'ai un grand choix à t'offrir, nounours. De pures merveilles. Une question, tu disposes de combien ?

Il ouvrit un portefeuille posé sur la banquette et lui laissa voir deux billets de cent.

— Ce n'est pas une question de prix ?

— Je voudrais qu'on fasse ça bien.

— Ça va être très bien, assura-t-elle en se passant la langue sur ses lèvres maquillées en rouge vif.

— Alors, monte.

Elle monta dans la voiture et referma la portière. Elle arrangea sa coiffure.

— Tu veux par la bouche ? Dans la chatte ? Anal ? Avec ou sans préservatif ? Je préfère sans, mais c'est plus cher.

Procéder à cette énumération lui déplaisait, mais elle continuait à jouer son rôle.

— Trouvons d'abord un endroit plus tranquille.

— Tu en connais un ?

— Oui.

— Alors en route, chéri.

Il mit le clignotant et entra dans le flux de la circulation. Il accéléra brusquement pour dépasser une Golf avec un vélo tout-terrain sur le toit. L'homme tapotait son volant. Elle remarqua qu'il ne portait pas d'alliance.

— Où m'emmènes-tu, chaton ?

— Il y a un petit bois à côté.

— Hum... murmura-t-elle en feignant de trouver l'idée plaisante. J'aime les bois et j'aime la nature. J'aime aussi le faire dans la voiture.

— Oui.

— Qu'est-ce que tu fais dans la vie, mon mignon ?

— Qu'importe.

— C'est bien, chaton. Tu veux garder le mystère. Je respecte. Ça me plaît. C'est sexy.

— Oui. Et toi ? Tu fais quoi dans la vie ?

Elle ricana. Pas d'un air moqueur, mais juste pour qu'il ait l'impression d'avoir sorti une bonne blague. En réalité, elle avait envie de lui envoyer une gifle. Elle se voyait enfoncer ses ongles dans ses joues molles et les labourer d'un coup assuré.

— Je veux dire… fit-il confus. Je voulais te demander ce que tu faisais d'autre, Olga.

— D'autre…

Elle se pétrifia. Elle ne lui avait pas dit son prénom. Sa main glissa vers le spray de gaz.

— D'où tu sais comment je m'appelle ?

Il se tourna vers elle, stupéfié, pâle et apeuré. Ses lèvres remuèrent, mais il ne dit rien. Elle entendit soudain une voix venue de derrière. Juste derrière elle.

— Parce que nous avons déjà eu la chance de nous rencontrer, mon petit.

Les couvertures ! Elle n'avait pas vérifié ce qu'il y avait dessous !

Elle n'eut pas le temps de saisir son spray. Elle n'eut même pas le temps de se retourner.

Mortka aperçut du coin de l'œil le panneau « Kretowice » et il accéléra, dépassant la voiture de police devant lui. Rosecki, assis à côté, tripotait son téléphone portable. Comme il n'y avait pas de radio dans la voiture de l'inspecteur, c'était le seul moyen de communication avec le reste de l'équipe. L'aspirant ne cessait d'envoyer et de recevoir des SMS.

— Et maintenant ? demanda Mortka.

— Ils ont tourné avant Myslakowiec et pris la direction de Szklarska.

— Ils veulent éviter Jelenia ?

— Peut-être.

— Qu'est-ce que je dois faire ?

— Tu continues à suivre nos gars.

Ils arrivèrent dans une zone de fourrés où la route obliquait brusquement vers la gauche. Un panorama de Karkonosze s'ouvrit devant eux après le virage. La forêt sur les pentes montagneuses leur offrait une palette de verts profonds, mais le sommet de Sniezka était encore couvert de son bonnet de neige.

Rosecki eut un sourire crispé.

— Ça commence par un froid qui te fait croire que tu vas y passer, et tu as la morve qui te gèle dans les trous de nez. Puis tombe une neige qui te recouvre les routes et les voitures. Avant que tu aies fini de déneiger ta voiture pour démarrer, il te faut une demi-heure, et quand tu as fait ça, c'est ta batterie qui est morte. Les gens se chauffent au bois avec leurs poêles et leurs cheminées, et tout ce qui leur tombe sous la main, et il y a des jours où ça pue tellement en ville que tu dirais qu'il y a eu une bombe chimique. Ça dure quatre ou cinq mois, ensuite c'est le dégel, et c'est encore pire, se lamenta-t-il d'une voix sarcastique mais pleine de satisfaction, comme si la destruction du mythe de l'hiver radieux dans la montagne lui procurait une certaine jouissance.

— Et d'un coup, on ne trouve plus Varsovie si terrible.

— C'était pour que tu saches. C'est un bon conseil. Ne te laisse pas avoir. La belle neige de Karkonosze, c'est seulement sur les cartes postales.

Mortka désigna la voiture de police devant eux.

— J'espère que vous ne suivez pas la famille de Lucas avec un engin comme ça. Ils s'en rendraient vite compte.

— Non. Nous avons un véhicule banalisé pour faire des filatures.

L'inspecteur fronça les sourcils.
— Un seul ? demanda-t-il.
— Oui, une Skoda argentée.
— Depuis longtemps ?
— Assez.
— Donc tout le monde sait à quoi elle ressemble ?

Rosecki prit un air soucieux quand il comprit où Mortka voulait en venir.

— Tu crois qu'ils vont nous semer ? Qu'ils auraient ce culot ?
— Je ne sais pas. On est sûr que c'est bien la famille de Lucas qui est montée dans la voiture ?
— Je n'y étais pas.
— Appelle.

Rosecki ouvrit son téléphone et posa quelques questions rapides. Il écouta les réponses et referma son appareil.

— Ils n'ont vu que de loin, mais la femme ressemblait à Esmeralda et le nombre d'enfants correspondait. Et ces Tsiganes se sont entourés de plein de précautions avant de partir.
— Tellement de précautions que le flic de service les a repérés tout de suite.

Rosecki jura par-devers lui.

— Qu'est-ce qu'on fait ? Demi-tour ?

Mortka approuva après quelques secondes.

— Oui. S'il se passe quelque chose, ils se débrouilleront sans nous. Dis-leur ce qu'on fait et demande qu'ils nous envoient du renfort. À tout hasard. Mais qu'ils n'aillent pas se planter devant la maison de Lucas : suffit qu'ils soient dans le coin.

Rosecki se remit à parler au téléphone. Mortka se

rangea sur le bas-côté puis fit demi-tour. Il regarda sa montre. Ils avaient quitté le commissariat dix minutes plus tôt. À supposer que le départ de la famille de Roms n'ait eu pour but que de les éloigner de la maison de Lucas, à quoi servait cette diversion ? De combien de temps disposaient-ils avant que se réalise le projet de ces Roms ? Il appuya sur la pédale des gaz.

Il pénétra dans Harlem et se gara de manière à rester partiellement dissimulé par des bennes à ordures placées sur un trottoir.

— Et alors ? demanda-t-il en voyant que Rosecki finissait sa conversation.

— Les autres vont à Szklarska. Zajda dit qu'on fantasme un peu, mais que si on y tient on peut rester ici. D'après lui, ça n'a pas de sens. Les Tsiganes n'ont laissé paraître en rien qu'ils se doutent d'être suivis.

— Justement.

Rosecki déboucla sa ceinture et s'étira sur son siège. Il souffla et croisa les mains derrière la tête.

— Je ne sais pas moi-même, commença-t-il d'une voix traînarde. Quand nous sommes sortis de Kretowice, tout ceci semblait avoir du sens. Mais maintenant... Rien ne se passe ici. Et tu penses vraiment que ces bronzés sont aussi futés ?

Mortka plissa les yeux et se rapprocha de la vitre avant.

— Ils le sont, dit-il, et il pointa du doigt un combi Volkswagen bleu qui sortait de la cour.

Le coffre était surchargé et un nombre indistinct de personnes se serraient sur le siège arrière.

Le conducteur s'arrêta au bord de la rue pour l'examiner des deux côtés, non pour savoir si la voie était libre, mais pour tenter de repérer une éventuelle présence policière. Mortka se cacha derrière le volant et fit signe à Rosecki de se pencher lui aussi. Il espérait ne pas attirer l'attention des autres.

La Volkswagen démarra enfin. L'inspecteur tourna la clef du moteur qui toussa, mais finit par se lancer.

— J'appelle Zajda, souffla Rosecki.

Mortka s'engagea sur la route. Il veillait à garder une distance adaptée à la Volkswagen, sans la perdre de vue. Il craignait que le conducteur ne les remarque. À tort. Qui que ce fût, il avait une conduite agressive et rapide comme s'il avait voulu arriver au plus vite. *À une telle vitesse, on n'a pas trop le temps de regarder dans son rétroviseur*, songea Mortka. L'inspecteur essayait de faire en sorte qu'il y ait toujours un véhicule entre la Volkswagen et lui.

Ils quittèrent Kretowice, mais prirent la direction de Kamienna, pas celle de Jelenia Gora. La route au début droite et facile serpenta bientôt en pentes raides dans la montagne. La Volkswagen accéléra. Le conducteur devait bien connaître la route parce qu'il ne ralentissait que là où c'était nécessaire, et juste à l'allure qui prévenait le risque de heurter une barrière et de dévaler dans un ravin. Mortka s'accrochait. Il avait les mains moites et le cœur qui battait fort dans sa poitrine. Les freins crissaient chaque fois qu'il appuyait sur la pédale à l'entrée d'un virage. L'inspecteur se demanda quand il avait changé les plaquettes. Rosecki ne disait rien, mais gardait les dents serrées, agrippé à son siège comme s'il avait peur d'être éjecté.

— Où est-ce qu'ils peuvent bien aller? s'interrogea Mortka.

— Kamienna ?

Ils sortirent d'un nouveau virage. Ils ne voyaient plus la Volkswagen. Mortka se renfrogna.

Il avait devant lui une longue ligne droite avant une nouvelle série de virages. Impossible d'avoir été distancés d'autant. Où avaient-ils disparu ? L'inspecteur ne le remarqua qu'au dernier moment, alors qu'il le dépassait. Le combi bleu était sur un petit parking dans la forêt, caché derrière un grand fourré qui poussait près de la palissade en bois.

Mortka continua à rouler. Il ne pouvait pas faire demi-tour maintenant. Il s'immobilisa au tournant suivant et s'essuya le visage du dos de la main.

— Appelle Zajda !

— C'est ce que je fais, grogna Rosecki, son téléphone contre l'oreille.

— Qu'il nous envoie du renfort.

— J'avais compris !

Mortka se mordit les lèvres et tapa du poing sur le volant. Et maintenant, quoi ? Y avait-il un autre véhicule sur le parking ? Il essayait de se souvenir. Tout était allé trop vite, il n'avait pas eu le temps de regarder. Qu'est-ce qu'il se passait ? Lucas et sa famille étaient-ils dans le combi ?

Rosecki termina sa conversation.

— Ils nous envoient déjà quelqu'un.

— Qui ?

— Il n'a pas dit. Ils ne savent peut-être pas encore.

— Put…

Mortka arracha les clefs du contact et les lança à Rosecki. Celui-ci tenta de les attraper, mais elles lui échappèrent et il les reçut sur son pantalon.

— Je vais essayer de me faufiler et d'observer ce qu'il se trame. Je mets mon portable sur vibreur. Si tu vois sortir le combi, tu lui fonces derrière. Je me débrouillerai.

— OK. Tu es sûr que c'est une bonne idée ?

— Oui, fit-il sans y croire.

Mortka descendit de la voiture. Rosecki prit sa place derrière le volant. L'inspecteur lui fit un signe de tête en guise d'adieu, puis s'enfonça sous les arbres. Il dut grimper un moment avant d'atteindre un replat. Il avançait d'arbre en arbre, un œil dans la direction du parking, jusqu'à le distinguer enfin dans une trouée. Il ralentit le pas, sortit son pistolet de sa gaine. Il s'arrêta derrière l'arbre le plus proche, un grand hêtre au tronc assez large pour qu'il puisse s'y appuyer sans craindre que ses bras dépassent. Il compta jusqu'à dix. Il transpirait encore plus que dans la voiture. Il se souvenait de Wajtola et du poignard de Lucas.

Il se glissa jusqu'à l'arbre suivant, puis encore le suivant, et il ne fut plus qu'à une vingtaine de mètres du combi. Il n'avait pas l'intention de se rapprocher davantage. Il s'accroupit. Il respirait doucement, craignant que le moindre son trahisse sa présence.

Des échos de musique légère lui parvinrent, bientôt remplacés par un bulletin d'information de la radio RMF. Une portière s'ouvrit, et un Tsigane en jean et chemise blanche, petit et musclé, descendit. Il commença par s'étirer, puis regarda sa montre et hocha la tête. Il se mit à faire les cent pas dans le parking en donnant des coups de pied dans des cailloux puis, lassé de cette distraction, il s'approcha de la palissade en bois. Il s'y adossa, se pencha en avant en regardant vers la droite et vers la gauche, cherchant visiblement quelque chose sur la route. Mortka distingua dans la Volkswagen ouverte une femme et un enfant, mais il y avait d'autres personnes.

Le bulletin d'information se termina et la musique reprit. Entre-temps, l'homme était revenu vers les cailloux. Il était de plus en plus nerveux. Il s'interrompait au bruit de chaque véhicule qui passait et le suivait des yeux jusqu'à ce qu'il disparaisse. Il regardait sans cesse sa montre.

Mortka fut gagné lui aussi par l'inquiétude. Les muscles de ses jambes se raidissaient. Il avait une main dans la poche de son pantalon où se trouvait son portable. Il attendait des nouvelles de Rosecki. Quelqu'un d'autre s'était-il montré? Combien de temps avait déjà passé? Jusqu'où Zajda avait-il pu être entraîné par la pseudo-famille, et aurait-il le temps de revenir? Il préférait ne pas penser à ce qu'il devrait faire s'il restait seul dans ce merdier.

Soudain, le Rom eut un large sourire. Une Honda sport rouge décorée à l'arrière d'une inscription «Racing» entrait sur le parking. Elle se gara non loin de la Volkswagen. Lucas en descendit. Il était en jogging, portant sous le bras une veste de cuir.

Mortka retint son souffle et sortit le téléphone de sa poche. Il chercha le numéro de Rosecki et lui envoya un SMS laconique: «Il est là!»

Les deux hommes sur le parking se prirent dans les bras puis échangèrent leurs clefs de voitures. Celui qui avait conduit la Volkswagen monta dans la Honda et démarra en trombe. Lucas lui adressa un signe d'adieu et se dirigea vers le combi. Il avait l'air sûr de lui et détendu. Il ouvrit une portière et dit quelque chose aux personnes assises à l'intérieur avant d'éclater d'un rire sonore. Il lança sa veste sur un siège.

Mortka savait qu'il n'avait que quelques secondes pour prendre une décision. Il pouvait laisser Lucas partir, en espérant que Rosecki arriverait à le suivre sans le perdre. L'arrestation interviendrait sur la route lorsque des renforts auraient pu être rassemblés. Mais si le Rom réussissait à filer ? À passer la frontière allemande ? La suite prendrait des mois. Il ne pouvait s'autoriser ce risque. Il ôta le cran d'arrêt de son pistolet. Il inspira profondément puis surgit de derrière l'arbre à un moment où Lucas lui tournait le dos.

— Halte ! Police ! Hé ! Connard !

Il hurla de toutes ses forces en jaillissant sur le parking.

Lucas tourna une épaule. La vue du policier fonçant vers lui avec une arme pointée le fit pâlir, bouche bée. Puis il sauta dans la Volkswagen. Les roues s'emballèrent à vide sur le gravillon.

— Halte ! Police !

Mortka tira un coup en l'air. La détonation effraya des oiseaux qui s'élevèrent en un grand vol noir.

Le véhicule démarra. L'inspecteur visa la vitre arrière, mais il n'appuya pas sur la détente. Il voyait les silhouettes d'une femme et d'enfants sur les sièges passagers. Il ne voulait pas tenter le sort et les toucher.

La Volkswagen sortit à pleine vitesse du parking sur la route.

Et là, elle fut emboutie par une Toyota rouge RAV4 qui la souleva, la projetant contre la barrière qui séparait la chaussée de la pente.

Il s'ensuivit un instant de silence sonore, comme après l'explosion d'une bombe.

Mortka courut aux deux voitures. Il vit Lucas s'extirper de la Volkswagen, l'air sonné, un filet de sang dégoulinant sur son front. Il secouait la tête. Une fraction de seconde, il regarda la Toyota qui l'avait heurté, puis il détala en courant. Il sauta la barrière et disparut dans la forêt.

Lupa et Borkowski bondirent de leur 4 × 4. Ils se ruèrent à la poursuite du Rom, tandis que Mortka rejoignait la Volkswagen et regardait à l'intérieur. Une femme effrayée serrait contre elle une fillette. Un garçon plus âgé hurlait comme un dément en lançant un torrent de mots dans une langue que l'inspecteur ne comprenait pas et en tapant des poings sur l'habitacle. Le trio semblait sain et sauf.

La Toyota Corolla de Mortka s'approcha des deux voitures embouties.

— Qu'est-ce qu'il se passe ici ? s'enquit Rosecki en passant la tête par la vitre.

— Appelle une ambulance. Et surveille ceux-là dans la voiture.

Mortka sauta la barrière à son tour. Les dos des policiers s'agitaient plus bas à quelques dizaines de mètres. L'inspecteur se précipita, manquant à deux reprises de perdre l'équilibre. Il se rattrapa à des arbres, heurtant au dernier moment les troncs et les branches. La pente s'adoucissant, sa course se fit plus facile. Il avait perdu l'espoir de rattraper Lupa et Borkowski. Tous deux avaient disparu derrière un monticule. Quand il l'eut escaladé, il les vit contourner de grands rochers qui se dressaient sur la pente, telles des dents tordues de géants. Il continua à courir.

Un coup de feu.

Silence. Il n'entendait que sa respiration et le bruit de ses pieds sur le sol mousseux.

— Halte! Police!

Nouveau coup de feu. Il aperçut le dos de Lupa. Le policier était immobile. Borkowski, près de lui, son pistolet à la main, baissait la tête. Lucas était allongé sur le dos, à deux mètres. Les bras grand ouverts comme s'il avait voulu s'envoler, les yeux vitreux, la bouche entrouverte. Il tenait un poignard serré dans sa main droite. Une tache de sang écarlate se répandait sur sa poitrine.

Mortka s'approcha du corps. Lucas avait cessé de vivre. L'inspecteur n'avait même pas besoin de vérifier son pouls. Un tir parfait. En plein cœur.

— Je crois que je l'ai touché, bredouilla Borkowski d'une voix tremblante.

Mortka se redressa et regarda Lupa qui porta deux doigts à son front, hochant imperceptiblement la tête, comme incrédule devant ce qu'il voyait.

— Oui. Sans doute. Je crois que tu l'as touché, Borko.

Chapitre 12

Mortka finit son troisième café de la soirée. Il reposa sa tasse et relut ce qu'il venait d'écrire : un compte-rendu de la tentative d'arrestation de Lucas Siwak, qui s'était achevée avec la mort du suspect. Puis il apposa sa signature sur la feuille qu'il donna au policier qui l'attendait.

Il se leva du bureau et regarda sa montre. Il était près de vingt-deux heures. Ce serait le bon moment pour aller se coucher. Après peut-être une ou deux bières. Histoire de se relaxer. Il se demandait si l'USA était encore ouvert. On était un mercredi soir, et en semaine, ça fermait parfois scandaleusement tôt.

Borkowski était dans une pièce voisine. La dernière fois que Mortka était passé devant, un groupe de policiers entourait le jeune flic. Il agitait les jambes et racontait nerveusement comment ça s'était déroulé. À un moment, il mima son pistolet avec deux doigts, faisant semblant de tirer. Mortka eut envie d'entrer et de le frapper, de torcher à coups de poing le grand sourire qui éclairait son visage.

Ça n'aurait pas dû se terminer ainsi. Pas de cette manière.

— Je peux partir ? demanda-t-il au type du bureau d'ordre.

Le policier haussa les épaules et jeta un coup d'œil alentour, cherchant du regard quelqu'un de plus qualifié pour répondre à cette question.

— Au cas où, dis simplement que je suis sorti faire un tour. Je reviens dans... dix, quinze minutes. Quelque chose comme ça.

Il sortit du commissariat. Il croisa quelqu'un qui lui tapa sur l'épaule et lui dit « Bon boulot ». Il se retourna pour voir qui c'était, mais le policier avait déjà disparu dans le bâtiment. Mortka marcha droit devant lui. Sans but. Juste pour marcher, se décontracter les jambes avec un peu d'exercice, après le temps passé assis au bureau.

La lune brillait haut dans le ciel d'un éclat vif, entourée de centaines d'étoiles. Il y en avait bien plus que ce que l'on pouvait voir à Varsovie, même lors des plus belles nuits. Quelques nuages, de petites traînées sombres avançaient en direction de Wroclaw.

Lucas était mort, il était responsable de la mort de Wajtola. Mortka avait vu lui-même le Rom planter son poignard dans le corps du policier. Lucas était aussi le principal suspect dans l'assassinat des femmes dont on avait retrouvé les corps dans la mine abandonnée. Ils en avaient trouvé des preuves dans sa voiture. Mais plus l'inspecteur y pensait, et plus il donnait raison à Brodka. « L'impureté », c'est vraiment quelque chose. Celui qui considère qu'exercer la profession de médecin le rendrait impur n'ira pas fouiller dans des entrailles humaines. Un tabou trop puissant. Il y avait aussi d'autres éléments. Des gens comme Lucas tuent sauvagement, avec violence, sous l'effet d'une pulsion. Ils ne s'amusent pas à découper des corps en morceaux, à collectionner des trophées, à ranger des cadavres dans une mine. Ils les abandonnent là où le crime a été commis.

Il s'arrêta et prit une profonde inspiration. Quelque chose clochait. Il le savait. Mais que faire? Il s'interrogea quelques minutes, allant et venant devant le commissariat, sans tirer de conclusion sensée. Peut-être ferait-il mieux de laisser tomber? Il n'était pas chez lui, ici. Ce n'était pas son problème. Encore quelques semaines, et il serait loin.

Il éprouvait pourtant un sentiment de malaise.

Il écrasa un moustique sur son avant-bras et étudia l'insecte dans la paume de sa main.

— C'est ici que tu es?

Lupa accourait vers lui, tirant de sa poche un paquet de cigarettes.

— Je t'avais dit que j'avais failli arrêter de fumer?

— Oui. Et tu as tenu trois mois. Je t'ai déjà félicité pour ce magnifique résultat.

— C'est vrai.

Il alluma une cigarette. Il aspira profondément et rejeta la fumée par le nez. Les odeurs de nicotine et de tabac firent tourner la tête de Mortka.

— Zajda m'a demandé de te parler.

— De quoi?

— Il a lu ton rapport.

— C'est un rapide.

— Hé!

Lupa fit une pause. Il cherchait ses mots en fumant.

— Ça ne lui a pas plu.

— Parce que?

— Parce que ça contredit ce que nous avons écrit.

— Et qu'est-ce que vous avez écrit ?

— Que Borko a crié : « Halte ! Police ! », avant de faire un tir de sommation. Et qu'ensuite il a tiré sur Lucas qui fonçait sur lui avec un couteau. Ce qui s'est passé, quoi.

— Je sais comment ça s'est passé. Je sais ce que j'ai entendu.

— Mon Dieu ! Le Kub ! gémit Lupa. Tout est allé si vite. Une folie totale ! C'est un vrai miracle si Borko et moi on a pu te rejoindre avant que Lucas disparaisse dans la nature. On était tous énervés et stressés. Tu as pu te tromper…

Mortka soupira. Il s'attendait à cette conversation. Il avait seulement espéré avoir le temps de dormir avant.

— Non. Je ne me suis pas trompé. Il y a d'abord eu un tir. Puis un cri et un nouveau tir.

— Pourquoi tu fais ça ?

— Fais quoi ?

— Pourquoi tu veux compliquer les choses ? Pourquoi mettre des taches dans le dossier de Borko ? Ça n'a pas de sens ! Borko va avoir des problèmes, j'aurai des problèmes, toi aussi, et à la fin on verra qu'il n'y aura eu que des malentendus. Une erreur. On règle ça tout de suite et tout le monde rentre chez soi. Et demain, on fête ça. Tout est bien qui finit bien, et la vie est revenue à la normale dans notre trou perdu.

— Je sais ce que j'ai écrit. Je sais ce que j'ai entendu. Je ne changerai rien.

Lupa tira une dernière bouffée, jeta le mégot à terre et l'écrasa comme pour l'enfoncer dans le trottoir.

— D'accord, dit-il la voix chargée de colère. Admettons que tu aies raison. D'abord un tir de sommation, puis un cri, puis un deuxième tir.

— J'ignore si le premier tir était une sommation.
Lupa se figea.

— Comment... D'accord, le Kub. On prend ta version, même si c'est des conneries, j'y étais. J'ai vu, et ça s'est passé comme je l'ai écrit. Mais admettons, admettons un instant que tu sois dans le vrai. Borko tire d'abord sur Lucas, le touche à la poitrine et le tue du premier coup. Et ensuite il crie et envoie un tir de sommation. Et alors, merde, ça change quoi ?

— Comment, quoi ? Mais ça change tout.

— Mon cul. Lucas a tué Wajtola. Tu as oublié ? Et il nous fonce dessus avec un poignard. Borko a pu paniquer. Il avait le droit.

Mortka leva les yeux et contempla la lune. Il essayait de mettre de l'ordre dans ses idées.

— L'autre jour, quand nous sommes allés chez Lucas, commença-t-il, quand il a sauté par la fenêtre avant de tuer Wajtola... Il m'a foncé dessus. Il avait son poignard... dans la main gauche. Et ici, quand j'arrive, il le tient dans la main droite. Il était gaucher. Tu ne savais pas ? C'est ça ?

— Qu'est-ce que tu sous-entends ?

— Rien. Mais j'ai vu ce que j'ai vu, et entendu ce que j'ai entendu. Je n'ai aucune intention de changer quoi que ce soit. Que quelqu'un d'extérieur vienne lever tous les doutes. J'espère qu'on finira avec ta version.

Lupa était hors de lui. Ses lèvres tremblaient comme celles d'un chien qui va attaquer. Mais son téléphone sonna. Il l'ouvrit tout en pointant un doigt vers Mortka comme pour lui dire « Je n'en ai pas fini avec toi ».

— Quoi ? Je ne suis pas loin... Je discute avec Mortka... Quoi ? Répète !

Les lèvres de Lupa se serrèrent en une ligne mince, et son visage prit une teinte rouge dangereusement foncée.

— Putain de sa mère!!!

Il rugit et lança son téléphone de toutes ses forces. L'appareil éclata avec fracas en plusieurs morceaux qui roulèrent sur le trottoir. Le policier souffla lentement, serrant puis relâchant les doigts convulsivement, comme s'il avait voulu étrangler quelqu'un.

— Qu'est-ce qu'il se passe? demanda Mortka.

— On a trouvé un nouveau corps, répondit Lupa.

Il parlait doucement, non pas en chuchotant, mais comme s'il n'avait plus eu de force.

— Avec les mêmes caractéristiques que ceux de la mine, mais tout frais.

On devrait installer plus de lumières ici. Ce fut la première pensée qui vint à l'esprit de Mortka quand il arriva avec Lupa dans le parc municipal. Le corps avait été trouvé dans la partie la plus éloignée des constructions, sur un terrain herbeux entouré de buissons et d'épais fourrés. La lumière des lampadaires du parc, peu nombreux en effet, ne parvenaient pas jusque-là. Le sol était encombré de paquets de cigarettes et de bouteilles de bières vides. Une patrouille était déjà sur place avec le technicien du commissariat. Ils sécurisaient la zone.

— Salut, Rudziak, dit Lupa en s'approchant du jeune policier. Deux corps en deux jours. Tu tiens la forme, hein?

L'agent ne savait pas s'il devait garder son sérieux ou tenter lui aussi de plaisanter.

— Qui a signalé le cadavre ? demanda Mortka pour le tirer de l'embarras.

Le policier indiqua un jeune couple qui se tenait à proximité. Lui pouvait avoir dans les vingt-cinq ans, elle dix-huit. Le garçon portait une bouteille de vin, et elle une couverture sous le bras.

— Il ne fait pas un peu frais pour jouer à ça ? s'étonna Mortka.

— Les jeunes ont la santé. Et quand ça démange, ça ne réfléchit pas, grogna Lupa en réponse. OK. Je n'ai pas envie de leur parler. Rudziak, qu'est-ce qu'il s'est passé ?

— Ils ont dit qu'ils étaient venus se promener. Ils voulaient regarder les étoiles.

— Les étoiles ? Ici ? (Mortka leva les yeux vers le ciel. Derrière les cimes des arbres, on apercevait tout juste la lune.) Ils auraient pu trouver mieux...

— Tous les deux sentent l'alcool, mais ils ne sont pas ivres.

— Très bien, très bien. C'est qui ?

— Tous les deux de Kretowice. On ne sait rien d'eux. Il travaille à Jelenia dans un atelier de réparation, elle est étudiante.

— Ils ont dit quelque chose d'intéressant ?

— Pas grand-chose. Quand ils ont trouvé le corps, ils ont voulu décamper, mais après quelques minutes ils se sont dit qu'il valait mieux appeler la police. C'est tout.

— Ils ont vu quelqu'un ? s'enquit Mortka. Entendu quelque chose ? Remarqué un truc ?

— Non. Ils ont reconnu avoir filé dès qu'ils ont compris ce qu'ils venaient de trouver. Mais ils n'avaient rien remarqué de suspect en venant.

Lupa s'écarta pour prendre son téléphone.

— Demande-leur par où ils sont passés, dit Mortka à Rudziak. Qu'on voie s'ils ont laissé des éléments qu'on pourrait trouver, des mégots, des chewing-gums. Tu me suis ?

— Compris.

Le policier retourna vers le couple. Le garçon et la fille avaient l'air fatigué et frigorifié. Les nuits de printemps ne se prêtaient pas à « la contemplation des étoiles », mais le couple semblait ne s'en rendre compte que maintenant.

— Olszewski arrive d'un moment à l'autre, dit Lupa.

— Le pathologiste ?

— Oui.

— Oh ! Putain...

Mortka n'en croyait pas ses oreilles.

— Quoi ?

— Je n'ai pas le souvenir d'avoir jamais vu à Varsovie un légiste se déranger sur le site.

— Sérieux ?

— Ouais.

— Ici non plus, personne ne vient sur le site. Mais l'affaire est exceptionnelle.

— C'est vrai.

— Mais j'étais quasiment sûr qu'au moins dans la capitale...

— C'est le même foutoir qu'ailleurs, Lupa. La règle, c'est la règle. Mais le budget, c'est le budget. Et le procureur ?

— J'ai informé Zagajewski. On verra bien s'il se montre.

— La norme, quoi. À nous de faire les constatations.

— C'est bien ça.

Mortka bâilla et secoua la tête. Il observait Rudziak en conversation avec les deux «astronomes» comme il les appelait déjà dans sa tête. La fille se serrait contre le garçon qui la réchauffait de son corps, tout en répondant aux questions du policier.

— Pour ce qui est de Lucas... commença Lupa.
— Oui?
— Ni Borko ni moi ne lui avons mis son poignard dans la main.
— Bien sûr.
— Tu ne me crois pas?
— Je te crois. Comme je sais ce que j'ai vu et entendu. N'attends pas que je change quoi que ce soit à ce que j'ai écrit.

Lupa ouvrit la bouche pour répondre lorsqu'il perçut un mouvement derrière lui. Olszewski se frayait un chemin dans des buissons, un gros sac sur l'épaule.

— Il y a un sentier pas loin, dit Lupa en pointant la direction du chemin en question.

Olszewski s'arrêta un pied en l'air en retenant une branche prête à le frapper au visage.

— Je n'avais pas remarqué. Il fait noir par ici.

Le médecin hésita à faire demi-tour pour emprunter le chemin indiqué par Lupa, ou continuer à s'embêter avec les branches. Il opta pour la deuxième solution. Serrant les dents, il fonça. Quand il parvint à la hauteur des policiers, sa veste était couverte de feuilles, on aurait dit un camouflage militaire.

— Putain de nature! dit-il en guise de salut. Où se trouve la défunte?

Ils n'eurent même pas à répondre, Olszewski vit lui-même le carré entouré de ruban autour duquel le technicien prenait des photos. Le médecin ouvrit sa mallette où il prit des gants. Il en donna une paire à chacun des policiers.

— Alors, on y va?

Ils se faufilèrent sous le ruban. Le technicien leur fit signe d'attendre. Un flash jaillit à trois reprises, puis l'homme sortit du carré. Il s'écarta et examina sur écran les clichés qu'il venait de prendre. Mortka constatait avec une certaine fierté que ceux du coin avaient quand même appris quelque chose. C'est vrai qu'ils avaient eu beaucoup d'occasions, ces derniers jours, de s'entraîner à la photographie de cadavres. D'abord la mine, ensuite Bratkowski...

— Vous pouvez y aller, dit le technicien après avoir confirmé que le résultat de son travail lui donnait satisfaction.

Mortka alluma sa lampe et jeta un premier regard sur le corps. La morte était nue, comme les victimes précédentes. Des parties des muscles des cuisses avaient été découpées, et à l'endroit du sexe ne s'ouvrait qu'un trou sanglant. Il fit remonter la lumière de sa lampe. Des entailles avaient été pratiquées à hauteur des côtes. Une différence avec les précédentes victimes. Les seins arrachés. Et ce visage...

Il se pétrifia.

De courts cheveux blonds, un petit nez retroussé et de grands yeux verts. Délicieuse.

Olga.

— Les taches de position et la rigidité indiquent que le décès est intervenu il y a environ sept ou huit heures.

C'est-à-dire (Olszewski regarda sa montre.)... vers seize heures. On a des traces de cyanose près du cou, ce qui peut faire penser à un étouffement. Il est trop tôt pour dire si c'est la cause de la mort.

Il s'interrompit pour prendre un carnet dans sa veste et griffonner quelques notes. Mortka ne parvenait pas à détacher son regard d'Olga. *Un visage de mort devrait refléter le calme*, se disait-il, mais ce n'était pas le cas. On distinguait dans les traits figés de la douleur et de l'effroi, comme si la fille avait été tuée en combattant.

— Les blessures par coupures profondes ont vraisemblablement été infligées après la mort. Il n'y a pas de traces d'altérations, pas de putréfaction, ce qui conduit à penser que le décès est récent, ajouta encore Olszewski avant de revenir à son sac.

Il en tira quelque chose qui ressemblait à un tournevis très fin pourvu d'un écran. Il appuya dessus, ce qui produisit un léger déclic. Il se pencha sur Olga et lui enfonça son instrument dans l'œil. Un deuxième déclic fut émis après quelques secondes. Le médecin nota ce qu'il lut sur l'écran.

— Comme vous le savez, la température de la personne défunte donne le moment approximatif du décès. On la mesure le plus souvent par prise intramusculaire ou anale. Mais les deux méthodes ont de sérieux inconvénients. La température du corps descend à un rythme différent selon le poids de la personne. On n'a pas ce problème avec le globe oculaire, expliqua Olszewski en rangeant son instrument. Et si quelqu'un peut me dire quelle température on a maintenant dehors, merci.

— On va vérifier, et je t'envoie les données.

Le médecin revint à l'examen du cadavre.

— Rien dans la bouche. Pas de morceaux de peau, pas de traces de sang. Je trouverai peut-être quelque chose sous les ongles. Mais une fois chez moi, sur la table. (Il se releva et essuya son pantalon.) J'ai vu ce que je voulais. Vous pouvez l'emporter. J'en apprendrai plus demain matin quand je ferai l'autopsie. Autre chose ?

— Non, répondit Lupa.

Olszewski prit rapidement congé et disparut dans les fourrés.

— Qu'en penses-tu, le Kub ?

— Je la connaissais.

— Qu'est-ce que tu dis ?

— Elle s'appelle Olga. Elle est journaliste.

— Une journaliste ? Tu te fous du monde ? Pour qui elle travaillait ? TVN ?

— Je ne sais pas. Je pense qu'elle était free-lance, c'est ce qu'elle a dit.

— Ça, c'est l'horreur.

— Oui.

La mort d'une journaliste était le pire des merdiers dans lequel ils pouvaient tomber. D'ordinaire, les journalistes se sautaient à la gorge, mais s'il arrivait quelque chose à l'un d'entre eux, ils se transformaient en meute enragée avec un seul but : venger le collègue. En cela, ils étaient semblables aux policiers. Les fonctionnaires de Kretowice pouvaient s'attendre à des titres féroces, et à se heurter à des forêts de micros.

— Et tout le reste ? soupira Lupa en décrivant un grand arc de cercle avec la main.

Mortka ferma les yeux. Il voulait reprendre son calme, s'efforcer de réfléchir, mais il avait du mal. Il revoyait Olga la nuit précédente. Assise sur lui et le chevauchant, tandis qu'il la tenait par les hanches en sentant monter les vibrations de l'orgasme.

— C'est un crime différent, murmura-t-il enfin. Exécuté à la va-vite. On voulait qu'elle soit découverte. C'est facile d'accès, ici, non?

Lupa approuva.

— On peut venir par le chemin de terre de l'autre côté. Il n'y a que des friches. Pas grand monde qui passe.

— Oui, mais les bouteilles et les paquets de cigarettes montrent que les clodos du coin viennent volontiers dans ces buissons. L'enfoiré se doutait bien qu'on trouverait le corps. Il ne s'attendait peut-être pas à ce que ça aille si vite.

— Pourquoi aurait-il fait ça?

— Pour se faire mousser? Mais si c'est le cas, pourquoi a-t-il caché les autres dans la mine?

Il s'ébroua, puis soupira longuement. Il se força à avancer d'un pas vers le corps. Il s'accroupit de façon à avoir devant les yeux les lignes douces du ventre et de la poitrine mutilée.

— C'est insensé, murmura-t-il.

Il entoura ses genoux de ses bras et posa le front sur ses mains croisées. Il se balançait doucement sur les talons. Elle était juste devant lui. Il se souvenait encore de la douceur de sa peau et de l'odeur de la sueur qui descendait le long de son dos arqué.

— Le Kub?

Il redressa la tête. S'était-il assoupi? Une seconde, peut-être?

— Oui?

— Tu fais une sale gueule. Tu pourrais peut-être aller dormir un moment, non? Je veille à tout ici.

Il se releva et s'essuya les paupières. Les trois cafés n'avaient pas aidé. Ils ne lui avaient donné qu'un tremblement des mains et un mauvais arrière-goût douceâtre dans la bouche.

— Tu as peut-être raison. Je rentre chez moi. On se voit demain matin au commissariat?

— Oui.

Il chercha des yeux le chemin à travers les fourrés.

— Tu as besoin d'une lampe? demanda Lupa.

— Non. Je me débrouillerai sans.

— Tombe pas dans un trou.

— Lupa?

— Quoi?

— Si Olszewski a raison et confirme que la mort d'Olga remonte à seize heures... Tu sais ce que ça veut dire?

Lupa baissa la tête. Il savait. Et il n'en était pas heureux.

— Que Lucas n'a pas pu la tuer.

L'inspecteur laissa Lupa à la contemplation du corps devant lui et à ses pensées. Une victime de plus. La morte numéro cinq. L'assassin était remonté de la mine à la surface. Mais ils n'avaient toujours aucune idée de qui ça pouvait être.

Il ôta ses chaussures dans le couloir puis, le plus doucement qu'il put, il ouvrit la porte de l'appartement. Il posa ses chaussures sur la planche et, retenant son souffle, accrocha sa veste au porte-manteau. Il entendit alors remuer dans la chambre de sa maman. Un instant plus tard, elle alluma la lumière. Puis elle sortit de la pièce, une robe de chambre jetée sur les épaules.

— Enfin, te voilà. Je me suis fait du souci.

— Maman...

Elle le serra dans ses bras, avant de se hisser sur la pointe des pieds pour l'embrasser sur la joue. Par réflexe, il eut un mouvement de recul. Il n'aimait pas quand elle faisait ça. Elle continuait à le traiter en petit garçon.

— Qu'est-ce qu'il s'est passé? demanda-t-elle, inquiète.

Borkowski fut d'abord tenté de tout lui raconter, mais il se retint. Non, il ne dirait rien. Qu'elle apprenne toute seule le lendemain quel héros était son fils.

— Rien de spécial, maman.

Elle le fixa droit dans les yeux d'un regard inquisiteur. Comme lorsqu'il rentrait de l'école avec une mauvaise note, ou qu'il mentait en prétendant que les profs n'avaient pas rendu les corrigés. Il se souvint de ce regard qui lui donnait des frissons. Elle devinait toujours tout, comme si la nature l'avait équipée d'un lecteur de pensée. Mais aujourd'hui, il n'allait plus à l'école.

— Je te fais des tartines, mon grand? J'ai aussi de la viande au frigo.

— Non.

— Des saucisses?

— Je n'ai pas faim.

Il lut sur son visage une inquiétude mêlée de curiosité. Elle le serra contre elle encore une fois.

— Alors, dors bien, mon grand, lui chuchota-t-elle à l'oreille. Si tu as un creux, tu te prépares quelque chose, d'accord?

— Oui, maman.

Elle retourna dans sa chambre, et il entendit bientôt les ressorts émérites de son divan s'effondrer sous son poids. Il se rendit dans sa chambre et alluma sa lampe de chevet. Il se défit de sa montre qu'il posa sur la commode, jeta sa chemise sur le plancher où elle fut vite rejointe par son pantalon. Il enleva ses chaussettes et les renifla. Elles puaient ; il en mettrait des propres le lendemain.

Il s'écroula sur son lit et croisa les mains derrière la tête. Sur le chemin du retour, il s'était senti immensément fatigué. Mais il était maintenant trop excité pour dormir. Les images du jour défilaient devant ses yeux, la course folle avec Lupa, la surprise de la voiture remplie de bronzés, puis la poursuite de Lucas dans la forêt. Lupa était un peu en arrière. Mais dès qu'il avait vu le dos de Lucas, lui, Borko, avait su qu'il ne le lâcherait plus. Et au retour dans le commissariat, tout le monde l'avait félicité, plus ou moins discrètement, croisant les doigts, ou le gratifiant d'une tape sur l'épaule. Même Zajda, à un moment où il pensait que personne ne les observait, avait eu pour lui un large sourire, rejoignant le mouvement général. Il n'y avait que ce Mortka qui magouillait un truc. Il ne disait rien, on n'avait pas l'impression qu'il était content. Il s'était tout de suite mis à son rapport, à écrire comme un fou. Après avoir lu le torchon du Varsovien, Zajda avait perdu son air satisfait et avait fumé cigarette sur cigarette devant sa fenêtre ouverte. Qu'est-ce que ce Mortka avait pu écrire ? Il n'était même pas sur place ! Il était loin derrière, loin derrière même Lupa. Il était arrivé une fois l'affaire réglée. Il n'avait rien pu voir. Et le voilà qui s'accrochait.

Borkowski se coucha sur le côté et enfonça son poing dans l'oreiller. Ça le calmait. Il savait qu'il avait fait ce qu'il fallait. Et il était certain que Zajda, Lupa et les autres collègues du commissariat le soutiendraient. Qu'ils feraient leur affaire de Mortka. Qu'ils sauraient le pacifier, si besoin. Et que lui serait le héros. Il avait hâte de pouvoir raconter tout ça à ses potes. Les filles allaient le regarder autrement.

Il se demanda s'il allait recevoir une prime pour son action du jour. Il lui semblait que ce serait normal. Mais quand, et combien ? Mille ? Deux mille ? Probablement pas plus, mais c'était déjà beaucoup. Il s'achèterait une nouvelle radio et des haut-parleurs pour sa voiture. Les anciens n'étaient plus bons que pour la poubelle.

Il ne se rendit même pas compte qu'il s'endormait.

Chapitre 13

Zajda jeta son stylo-bille qui rebondit sur le bureau avant de rouler sur le plancher. Le policier se figea, regardant l'objet au sol qui semblait le narguer. Il sifflait de rage ; il le ramassa et le reposa dans le bocal.

— Et qu'est-ce qu'on fait de ça, maintenant ?

Mortka lança un regard interrogatif à Lupa, assis à côté lui. L'inspecteur était blême, il avait les yeux cernés et la mine froissée d'un type à qui quelques jours de repos feraient du bien. Comme Zajda n'attendait pas de réponse, il poursuivit :

— Le procureur Zagajewski va débarquer d'ici une demi-heure. Je l'ai appelé hier, je lui ai dit que nous avions réglé l'affaire, il m'a adressé ses félicitations. On pouvait ouvrir le champagne. Et maintenant, jeudi matin, qu'est-ce que je peux lui dire ? Que nous n'avons pas abattu le bronzé qu'il fallait ?

— Mon Dieu, Zajda, gémit Lupa. Je ne sais pas ce qu'il faut lui dire. Peut-être la vérité ?

— Et c'est quoi, la vérité ? Merde, tu te rends compte de la situation ? Tu sais toutes les ficelles que j'ai dû tirer, les promesses que j'ai dû faire pour que l'enquête reste chez nous ? Tout ça pour qu'on puisse exister. Et quoi ?

J'ai promis monts et merveilles, et le résultat n'est qu'un loupé de merde!

Zajda regardait tantôt Lupa, tantôt Mortka. Aucun des deux ne réagissait. Le commissaire haussa les épaules et retourna derrière son bureau. Il tira un mouchoir de sa poche et s'essuya la bouche. Il avait l'air d'un parieur qui réalise qu'il n'a pas misé sur le bon cheval.

— Bon, reprit-il, déjà un peu rasséréné. Qu'est-ce qu'on peut présenter comme hypothèses à Zagajewski ? Que Siwak était ou pas notre tueur ? Lupa ?

— À ce niveau, je n'en sais rien.

— Mortka ? Allez, un bon conseil de notre consultant de Varsovie ?

Impossible de ne pas entendre l'amère raillerie dans sa voix.

— Je vois plusieurs possibilités, répondit l'inspecteur après un instant de réflexion. La première, la pire, est que Lucas n'était pas notre homme. Et qu'il n'avait rien à voir avec les assassinats de la mine.

— D'où viendraient alors les scalpels dans son coffre ?

— Quelqu'un les y aura placés pour attirer les soupçons. Quand je dis « quelqu'un », je pense, bien sûr, à l'assassin.

— Ça ne me plaît pas, grogna Zajda. Autres possibilités ?

— Deux complices agissant ensemble. L'un d'eux, c'est Lucas, mais nous ne connaissons pas l'identité de l'autre.

— C'est possible ?

— Vous vous souvenez du sniper de Washington ? intervint Lupa. Il s'est révélé qu'il s'agissait de deux personnes. Un vieux et son jeune protégé.

Zajda fronça les sourcils et réfléchit à ce qu'il venait d'entendre.

— Ça me plaît davantage. Absolument. Qu'est-ce que vous en dites, on aurait affaire à des imitateurs ? Ce sont des choses qui arrivent, non ?

— C'est possible, mais peu probable, avança Mortka. Les corps dans la mine et celui d'hier présentent à peu près les mêmes mutilations. Nous n'avons révélé à la presse aucun détail qui aurait permis à l'imitateur de perpétrer un crime aussi semblable.

Le commissaire tordit le nez, visiblement déçu.

— Dommage. Ç'aurait été le moins pire dans tout ce bordel... Et si, finalement, si c'était quand même Siwak le responsable ?

— Il n'aurait jamais eu le temps, répliqua fermement Lupa.

— Merde. Essayons donc la version des deux tueurs. On pourrait au moins se féliciter d'avoir résolu la moitié du problème.

Il sembla à Mortka que Zajda attendait qu'ils se mettent à rire, ou au moins à sourire par courtoisie. Rien de tel, et le commissaire toussa bruyamment.

— Et la victime d'hier ? Lupa dit que tu la connaissais. D'après toi, le Kub, elle était journaliste.

— C'est ce qu'elle avait dit.

— Comment elle s'appelait ?

— Olga.

— Et son nom ?

— Je ne sais pas.

— Elle travaillait dans quelle rédaction ?

— Je ne sais pas. Elle a juste mentionné qu'elle était free-lance.

Le commissaire se gratta le front.

— Donc, tu ne la connaissais pas si bien que ça ?

— Non. On a juste discuté une fois. Rien de spécial.

— On sait quelque chose sur elle ? Je voudrais au moins savoir jusqu'à quel point elle va me pourrir la vie. Si je dois m'attendre à un appel de Jelenia, ou de Wroclaw, ou pourquoi pas de Varsovie ?

Mortka sentit ses muscles se raidir. Il s'agissait donc de savoir à quel degré la nouvelle victime pourrait faire souffrir Zajda et son commissariat chéri. Qui était la fille, pourquoi était-elle morte, qui l'avait assassinée... tout ça n'était que secondaire comparé à la tranquillité ridicule qu'il s'était organisée. Dans son royaume policier.

— Ou pourquoi pas de Bruxelles ? lança-t-il avec acidité, ce qui fit rougir Zajda de colère.

— Ça n'a rien de drôle.

— Mais je ne ris pas.

— Tu n'as pas oublié qu'à la fin de ton programme j'aurai à rédiger une évaluation qui figurera dans ton dossier ? rappela le commissaire. Réfléchis à ce que tu cherches avant de lancer de nouvelles plaisanteries.

Mortka joua la surprise, comme s'il n'avait pas compris pourquoi Zajda l'agressait. La menace ne l'impressionnait pas tellement. De toute façon, il envisageait de quitter la police. Sans doute...

— On sait au moins où elle habitait ?

— Oui. Aux Érables.

— Cette résidence de vacances du gouvernement ? La cata. J'espère qu'elle n'avait rien à voir avec les politiques. On sait dans quelle chambre ?

— Je me renseignerai à la réception, éluda Mortka.

Il ne souhaitait pas qu'ils sachent qu'il avait passé la nuit avec Olga. Il décida de le cacher aussi longtemps que ce serait possible.

— Tu veux y aller ?

— Oui. Très bien, décida Zajda. Tu fouilles la piaule, de mon côté j'obtiendrai un mandat de Zagajewski.

Lupa ouvrit la bouche pour protester, mais le commissaire l'empêcha de prendre la parole.

— Nous deux, on doit voir Zagajewski, et ça va nous prendre on ne sait pas combien de temps. Dommage que le reste des gars n'aient pas été présents là-bas.

— Si tu le dis.

Mortka se leva de sa chaise. Il allait sortir lorsqu'il remarqua que ni Lupa ni Zajda ne bougeaient.

— Il y a autre chose ? demanda-t-il.

Il connaissait déjà la réponse.

— Il s'agit de la mort de Lucas, commença prudemment Zajda.

— Je ne changerai rien à mon rapport.

— Écoute, le Kub. Il n'y a pas si longtemps, tu es passé en conseil de discipline. Tu sais combien c'est pénible, même quand on est comme toi, innocent. Pourquoi voudrais-tu…

Le commissaire s'interrompit, car son téléphone sonnait. Il sortit son appareil et prit l'appel.

— On arrive, lança-t-il avant de couper. Zagajewski est déjà là, annonça-t-il en se levant et en ramassant les papiers qu'il rangea dans une chemise en carton.

Il vérifia qu'il avait tout ce qu'il fallait, la referma et fit un nœud avant de la glisser sous son bras.

— On reviendra sur le sujet, le Kub, annonça-t-il froidement.

Il sortit, suivi de Lupa qui avait l'air d'un chien s'attendant à être puni.

Mortka se rendit d'abord chez Renata. Elle ne voudrait sans doute pas lui parler, mais il avait une question à lui poser. Plus il y pensait, plus ça lui paraissait important. Et en particulier depuis la veille.

Il se gara au même endroit que la fois précédente. Il sourit en voyant le chien toujours allongé à la même place sur l'asphalte.

C'est la mère qui lui ouvrit. Elle était en robe de chambre enfilée sur une chemise de nuit de flanelle propre. Une tenue très matinale, mais la femme était du genre à traîner en robe de chambre toute la journée.

— Ah, c'est vous, fit-elle, déçue, en montrant son visage dans l'entrebâillement de la porte entrouverte.

Mortka se demanda si elle attendait une autre visite. Difficile à croire, à en juger par son allure négligée.

— Oui, c'est moi. Je voudrais parler avec Renata.
— Elle est partie. À Leeds.

Elle était retournée en Angleterre. Il arrivait trop tard. Il dut avoir l'air vraiment affecté, car il décela une lueur de compassion dans les yeux de la femme.

— Je suis heureuse de savoir qu'elle est à Leeds. Vous voyez, à cause de cet assassin. En fait je me demandais si on ne ferait pas mieux de partir quelque part tant que vous ne l'avez pas arrêté, mais je n'ai nulle part où aller, dit-elle. Vous voulez le numéro de Renata ?

— Non, merci.

La réponse qu'il attendait de Renata ne pouvait être obtenue qu'en se tenant devant elle, en la regardant droit dans les yeux. Une conversation téléphonique se terminerait par un lancer de téléphone au bout de cinq secondes.

— C'est une bonne fille, dit la femme en souriant.
— Je sais.
— Ça se voit, n'est-ce pas?
— Pour sûr.

Il fixa la mère de Renata.

— Vous pourriez me donner le numéro d'une de ses copines?

Il obtint ce qu'il demandait. À peine sorti, il parlait déjà avec une certaine Zofia. Il se présenta et posa deux brèves questions. Pas celles qu'il aurait adressées à Renata, mais les réponses le rapprochèrent du but recherché.

Un quart d'heure plus tard, il était devant la résidence des Érables. Il se dirigea vers la réception et dut taper sur le comptoir de longues secondes avant que le portier sorte de sa loge.

— J'arrive, j'arrive, dit l'homme quand il fit son apparition. En quoi puis-je vous être utile?

Mortka sortit son portefeuille et lui présenta sa carte de police. Le portier pâlit et ouvrit de grands yeux effarouchés.

— Il est arrivé quelque chose?
— Oui. Mais je ne peux encore dévoiler les détails. Je cherche une certaine Olga. Vous la connaissez?
— Oui. De quoi s'agit-il?
— Elle occupait quelle chambre?
— La 129.
— Je viens donc inspecter la chambre 129. Article 220, paragraphe 3 du code de procédure pénale, vous devez me fournir assistance dans l'exécution de la

mission. Vous avez le droit de demander une confirmation écrite du procureur ou du tribunal, et celle-ci vous sera adressée dans un délai de sept jours à partir de la réalisation de l'action, récita Mortka.

— C'est ce que je ferai.

— Très bien. J'enregistre. Passez-moi la clef.

Le portier regardait autour de lui, cherchant désespérément une personne susceptible de l'aider à prendre une décision.

— Vous savez, comment vous dire...

— Inspecteur Jakub Mortka.

— Inspecteur. Moi, je n'ai pas le droit; si ça ne dépendait que de moi, je vous ferais entrer, mais si je décide tout seul, je vais prendre une terrible engueulade. Je vais demander au directeur, d'accord?

— Oui. Dites-lui de me retrouver devant la chambre. Je l'attendrai.

— Olga... chuchota l'homme avant de s'éloigner. C'est elle que vous avez trouvée dans le parc, c'est ça?

— Oui.

Mortka ne voyait pas de raison pour cacher cette information au portier, qui s'effondra comme s'il avait reçu un coup au plexus solaire.

— C'est un grand malheur. Elle était très sympathique. Elle s'arrêtait toujours pour dire un mot gentil. (Il hochait la tête avec méfiance.) J'avais le pressentiment qu'elle aurait des ennuis, murmura-t-il. Attendez, je vais chercher le directeur.

Il sortit de derrière le comptoir et se dirigea vers les bureaux de l'administration. Mortka attaquait déjà l'escalier.

— Ah! (La voix du portier le stoppa.) Une dame

est venue demander Olga aujourd'hui. Elle est même montée. Je ne sais pas si elle est repartie.

— Quelle dame ?
— Je ne sais pas.
— Elle était seule ?
— Seule, toute seule.

Mortka fit signe qu'il avait compris et gagna l'étage. Il retrouva la porte de la chambre 129. La femme de ménage avait dû récemment nettoyer la vieille moquette verte du couloir, car l'odeur caractéristique que laisse un aspirateur chaud flottait encore dans l'air. Il se demanda si elle avait aussi nettoyé les chambres. Elle aurait pu effacer beaucoup de traces. Y compris ses empreintes digitales à lui.

L'inspecteur enfila des gants en caoutchouc et appuya sur la poignée. Il voulait seulement vérifier si la porte était fermée. Ce n'était pas le cas. Elle s'ouvrit donc avec un léger grincement. Il entra. On aurait pu croire qu'un ouragan était passé. Les bouteilles et les vêtements de l'armoire étaient répandus sur le plancher, et la literie et les édredons de polyester étaient éventrés.

Une femme était assise sur le lit. Elle se redressa à la vue de Mortka. Petite, un mètre cinquante tout au plus. Ses courts cheveux cuivrés scintillaient d'une couleur artificielle. Elle portait une veste en cuir, et un grand sac était posé à ses pieds. Elle glissa une main dans sa poche, la gardant serrée sur un objet. Une matraque ? Un taser ? Du gaz ? Mortka ne pouvait l'identifier à la forme.

— Je ne sais pas qui tu es, mais dis-toi que je suis en mesure de me défendre, cracha-t-elle avec une mine guerrière, et de hurler, mais alors très, très fort.

La première surprise passée, l'inspecteur lui présenta

ses mains vides pour confirmer qu'il n'avait pas de mauvaises intentions.

— Je m'appelle Jakub Mortka. Je suis inspecteur de police.

La femme se détendit un peu mais, soupçonneuse, répliqua :

— Et votre carte ?

Il porta doucement une main à sa poche et en tira son insigne. La femme s'approcha pour l'examiner. La tension visible dans ses mouvements indiquait qu'elle était prête à combattre, ou à fuir s'il le fallait.

— Police de Varsovie ? fit-elle, méfiante. Vous avez fait un long chemin, inspecteur.

Il avait cent fois déjà récité par cœur les règles du programme « Pont » », mais aujourd'hui c'était au-dessus de ses forces.

— Ce sont les ordres, se contenta-t-il de dire.

L'explication suffit heureusement à la femme. Elle sortit la main de sa poche et soupira. Puis elle sourit au policier.

— Vous m'avez fait peur, inspecteur, dit-elle.

Son absence de maquillage lui donnait la cinquantaine. La coiffure à la garçonne qui seyait à son visage arrondi et à ses traits énergiques et déterminés la vieillissait aussi. Elle ne portait comme bijou qu'une chaînette d'or à son cou. La médaille était cachée par son chemisier, et Mortka ne pouvait distinguer s'il s'agissait d'une simple croix ou d'une Vierge.

— Vous êtes déjà entré ! s'indigna une voix derrière lui.

C'était le portier, en compagnie d'un autre homme. Le portier désigna la femme.

— C'est cette dame dont je vous ai parlé, inspecteur.
— Ne bougez pas, ordonna Mortka à la femme, et il s'approcha du directeur.

Il l'informa brièvement de la mort d'Olga, sa cliente, lui expliqua qu'une perquisition était en cours, conformément au code, et lui demanda assistance. Le directeur, un grand personnage trapu, chemise bleue à manches courtes, accepta bien sûr sans réserve. Il promit de répondre à toute question. Mortka lui intima pour commencer de préparer une liste des clients, puis il revint à la femme.

— Donc, elle est morte... déclara Aneta.

Il ne dit rien.

— Olga est morte, répéta la femme.

— Mais qui êtes-vous ? Je n'ai pas l'impression que vous vous soyiez présentée.

— Aneta Bielik. Vous voulez voir mes papiers ?

— Évidemment.

Elle lui tendit sa carte d'identité. C'était bien elle. Elle habitait Varsovie et avait quarante-quatre ans.

— Salut ! J'ai une question...

Mortka releva la tête. Tandis qu'il recopiait les indications concernant Aneta Bielik, celle-ci avait sorti son portable et appelé quelqu'un.

— Vous ne devriez pas...

Elle le fit taire d'un geste de la main et se couvrit l'oreille, ignorant ses protestations.

— Tu connais Jakub Mortka ? Oui, l'inspecteur... Non, je n'ai pas de problème avec lui... non, tu n'as pas besoin de lui parler, c'est plutôt... oui... merci... (Elle raccrocha et lança son téléphone dans son sac.) Gruda me dit que vous êtes OK. Un chieur, mais OK.

L'inspecteur Gruda était un collègue de Mortka à la Criminelle à Varsovie. Ils ne s'aimaient pas.

Ils étaient dernièrement entrés en conflit à propos du pyromane d'Ursynow. Mortka fut surpris par l'appréciation positive de son collègue.

— Vous connaissez Gruda?

— Depuis des années, dit-elle comme si ça allait de soi. Je n'ai jamais eu l'occasion de travailler avec vous, je voulais donc savoir de quel genre vous êtes.

— Mais qui êtes-vous, nom d'un chien?

— Aneta Bielik, vice-présidente de la fondation des Flocons de neige.

— Comment êtes-vous entrée?

— Par la porte. Comme vous. Elle était ouverte.

Il la regarda. Il était irrité et n'en croyait pas ses oreilles. Elle était impertinente. D'ordinaire, seuls les criminels ou les personnes ayant souvent affaire aux organes de répression se comportaient ainsi.

— Vous êtes venu ici faire une perquisition, mais je vois que l'envie vous démange de me poser un tas de questions. Comme la perquisition peut attendre et que j'ai une faim de loup, je propose qu'on descende manger un morceau.

Elle le regarda, attendant sa réponse. Il accepta.

La salle à manger de l'hôtel était située dans une annexe aux murs de verre. Le panorama de Karkonosze n'était masqué que par des palmiers branchus plantés dans de grands pots, disposés de façon à ne pas trop prendre la poussière. Ils étaient les seuls clients. La cuisinière sortit spécialement pour eux une nappe propre et des assiettes.

Aneta enleva sa veste qu'elle accrocha au dos d'une chaise.

— C'est un taser ou du gaz ? demanda Mortka.

La femme eut un petit sourire, mais son regard restait sombre et triste.

— Du gaz. Mais je ne sais pas si ça fonctionne encore. Je l'ai depuis des années. Je n'ai jamais eu à m'en servir. Heureusement.

Elle s'assit en face de l'inspecteur. La cuisinière leur apporta du café et deux sandwiches ainsi qu'une omelette pour Aneta. Celle-ci se précipita sur sa fourchette. Elle mangeait vite, goulûment, moins à cause de la faim que de l'habitude qu'ont les gens qui manquent toujours de temps.

— Ça ne vous a pas émue particulièrement, remarqua Mortka, quand elle eut fini de manger.

— Quoi donc ?

— La mort d'Olga. Le fait qu'elle ait été assassinée.

Il observa une indécision sur son visage, comme si elle hésitait à se lever et sortir, ou à crier sa colère. Il fut étonné de la voir choisir une tout autre voie.

— Vous avez raison, reconnut-elle avec une pointe de remords dans la voix. Sans doute parce que je m'attendais depuis longtemps à ce que ça arrive.

— Pourquoi donc ?

— Comment vous dire ? Un jour, quand j'étais petite, j'ai trouvé un chaton. Il est venu se frotter contre mes jambes pendant que je jouais dans la cour. Je l'ai gardé, il est devenu un beau et grand matou. Nous ne l'avons pas châtré, ce qui fut une erreur, car il disparaissait de la maison dès qu'il en avait envie. Nous faisions tous attention à garder les portes bien fermées, mais ce gros malin trouvait toujours un moyen de se faufiler. On ne savait ni quand ni comment. Mais il revenait toujours.

Battu, abîmé, en sang, comme s'il n'avait rien fait d'autre toutes ces journées que se battre. Et lui se comportait, le chenapan, comme si de rien n'était. Il se refaisait une santé chez nous, et une semaine ou deux plus tard, hop, plus personne. Jusqu'au jour où il est parti pour ne plus revenir. Je ne sais pas ce qu'il est devenu. J'aime imaginer qu'il s'est trouvé une jolie chatte sauvage et qu'ils auront fait une belle portée de chatons. Mais il a sûrement été écrasé par une voiture. (Elle s'interrompit pour boire une gorgée de café puis, la tasse toujours à la main, continua son récit.) Olga me faisait penser à ce chat. Elle ne venait à la Fondation que pour reprendre des forces, bavarder, rigoler un peu, puis elle s'évaporait sans rien dire. Ça ne pouvait que mal finir.

— Elle travaillait chez vous ? demanda-t-il, étonné.

— Non. Elle venait aider. Comme bénévole. Je ne sais pas de quoi elle vivait.

— Elle était journaliste.

— Journaliste ? (Là, Aneta Bielik parut surprise.) Non. Sûrement pas.

— Alors, elle vivait de quoi ?

— Comme je vous l'ai dit, je n'en sais rien.

Ils se regardèrent dans les yeux. Elle semblait sincère.

— Quel est l'objet précis de votre fondation ?

— Nous venons en aide aux personnes victimes du trafic d'êtres humains. Surtout des femmes, même s'il y a parfois des hommes. Nous menons des actions éducatives et gérons un centre d'information sur le sujet.

Trafic d'êtres humains. La mystérieuse Ukrainienne. Son cœur battit plus fort. Il commençait à comprendre.

— Qu'est-ce qu'Olga faisait ici ?

— Olga avait une forme… d'obsession. Elle croyait

qu'il existait en Pologne un endroit qu'elle appelait La Ferme. Où on séquestre des femmes pour les battre, les affamer, les violer, leur administrer des drogues… Tout ce qui permet de les briser avant de les envoyer plus loin, dans des bordels en Allemagne, ou ailleurs à l'Ouest. Elle voulait trouver cet endroit.

— Et elle vous a demandé de l'aide ?

— Oui.

— Et vous l'avez aidée ?

— Non. Pas vraiment. Mais nous l'avons écoutée, écoutée chaque fois qu'elle revenait d'une de ses expéditions.

— Pourquoi ?

— Essayez d'imaginer, inspecteur, qu'une personne vienne vous trouver pour vous dire qu'un meurtre vient d'être commis, et que l'assassin a dissimulé le corps. Où ça ? Quelque part en Pologne. Qui a tué ? On ne sait pas. Qui a été tué ? Quelqu'un. Que feriez-vous en pareille situation ?

Il haussa les épaules. La cuisinière reparut devant leur table et enleva l'assiette d'Aneta. Elle vérifia le contenu des tasses où il restait encore du café.

— Je vous ressers ? proposa-t-elle.

Ils remercièrent.

— Qui était Olga ?

— Une Ukrainienne d'origine polonaise. D'un village près de Lvov.

— Comment connaissait-elle l'existence de cette… ferme ?

Le mot lui restait en travers de la gorge.

— Vous la connaissiez ? demanda-t-elle au lieu de répondre.

— Oui, mais ce n'était pas une proche.

Elle fronça les sourcils, soupesant ce qu'elle pouvait ou non lui dire.

— Comment savait-elle ? insista-t-il.

— D'après ce qu'elle m'a dit, sa mère a eu un cancer. Pour payer un traitement, Olga a décidé de partir travailler à l'étranger. Un des gars de son village avait déjà émigré en Allemagne. Il revenait de temps en temps, au volant d'une belle voiture, avec de beaux costumes. Rolex et compagnie, vous voyez. Il faisait savoir qu'il pouvait aider les filles à trouver du boulot : faire des ménages, s'occuper d'enfants, ou aider dans des maisons de retraite. Olga m'a dit que s'il avait été un étranger, rien ne serait arrivé. Mais il s'agissait d'un camarade d'école. Elle le connaissait depuis tout petit. Elle lui faisait confiance. La frontière polonaise franchie, son passeport a été confisqué, et elle a été remise à un groupe d'hommes. Attachée, un sac sur la tête, elle a été chargée dans un van et expédiée. Elle a eu juste le temps de voir son camarade remonter dans sa belle voiture. Et elle a atterri à la ferme.

Mortka était saisi. Une main glacée lui serrait les tripes.

— Elle a été libérée après une intervention de la police allemande. Je ne connais pas toute son histoire, mais elle est venue chez nous il y a environ six mois. Elle m'a raconté ce que je viens de vous dire.

Elle but encore une gorgée de café et reposa sa tasse presque vide. Elle ne quittait pas des yeux Mortka, toujours incapable de prononcer une parole.

— Elle ne vous a pas dit qu'elle était prostituée, n'est-ce pas ?

— Non.
— Ni qu'elle était malade du sida ?
Son visage répondit pour lui.
— À votre place, j'irais faire un examen, inspecteur.

Il sortit en chancelant, titubant comme un ivrogne. Il traversa le parking jusqu'à l'arbre le plus proche contre lequel il s'appuya. Il avait envie de vomir et de hurler de rage. Sa peau, ses seins, son odeur, ses cheveux, l'humidité de son sexe quand il l'avait pénétrée… Les souvenirs de cette nuit-là lui revenaient par vagues. Bien loin du plaisir, ils étaient tels des coups qu'il aurait reçus dans le ventre, les reins, sur la colonne vertébrale, qui lui auraient broyé le cerveau et tous ses organes.

— Je n'ai pas de préservatif, avait-il dit.
— Pas besoin, avait-elle répliqué.

Pourquoi avait-elle fait ça ? Qu'est-ce qu'il lui avait fait ? Elle était au courant. Merde, elle était au courant !

Il essaya de ne pas céder à la panique. À chaque respiration, il voyait devant lui le virus mortel niché dans ses veines et ses artères.

Le téléphone sonna. Il le tira de sa poche sans même regarder qui appelait.

— Le Kub, c'est Kaska. (Il reconnut la voix de l'institutrice roumaine.) Il y a chez moi quelqu'un qui voudrait te parler. Pour l'histoire d'hier.

Son visage se tordit dans un affreux sourire grotesque.
— La même personne que la dernière fois ?
— Oui.
— Dis-lui que nous, les chiens, nous avons aussi notre honneur. Notre romanipen. Selon lequel parler à un Rom nous rend impurs et nous fait puer. Tu comprends ?

— Le Kub ?
— Dis-lui qu'il aille se faire foutre !
Il raccrocha.

Aneta Bielik réapparut près de lui environ un quart d'heure plus tard. Il était assis dans l'herbe où un paresseux soleil printanier le réchauffait. Il releva la tête. Elle s'assit près de lui sur sa veste dépliée.

— J'ai réglé les cafés.
— Merci.
— Vous fumez ?
— Non.
— Moi non plus. Dommage. Une cigarette vous aurait fait du bien.

Il n'en était pas si sûr. Maintenant, chacun de ses mouvements et même l'air qu'il respirait lui donnaient des frissons.

— Comment vous sentez-vous ?
— Vous voyez ça comment ?
— Pas pour le mieux.

Il bougonna.

— C'est le mot. Pas pour le mieux.
— Je ne sais pas... Je ne sais pas ce qu'il s'est passé entre vous, mais vous devez savoir que le risque de transmission du HIV est toujours plus fort chez la femme que chez l'homme.
— De combien ?
— Ça dépend. De beaucoup de choses. Pour un homme ça peut descendre à moins d'un pour cent.
— Oui, mais le risque demeure.
— Oui.

Il faisait une sale tête. Moins de un pour cent. Tout irait bien s'il ne s'agissait pas du HIV. Si c'était autre chose.

— Pourquoi a-t-elle fait ça ? Pourquoi elle ne m'a rien dit ? Une sorte de vengeance ? Je ne lui ai jamais fait de mal. Ce n'est pas moi qui l'ai bouclée dans cette ferme, qui l'ai traînée dans un bordel allemand !

— Je n'en sais rien, répondit-elle. Je ne sais pas pourquoi elle a fait ça.

Mortka se releva et épousseta le fond de son pantalon. Il prit une profonde inspiration. Moins de un pour cent, se disait-il, c'était ça l'important. Moins de un pour cent. Encore que cela ne voulait rien dire. L'important, c'était oui ou non.

— Vous allez vous en remettre ?

— Oui. Sûrement.

Aneta était toujours assise dans l'herbe. Elle le regardait avec compassion, comme si elle craignait qu'il se fasse du mal.

— Il faut que j'appelle le médecin qui doit pratiquer l'autopsie, dit-il. Qu'il prenne ses précautions. Ne quittez pas tout de suite la ville, d'accord ? Moi, ou un de mes collègues, on aura encore besoin de vous parler.

— D'accord, encore que...

— Oui ?

— Non, murmura-t-elle avec un geste de dénégation. On parlera plus tard.

Il lui dit au revoir et se dirigea vers sa voiture. Il s'installa au volant et resta un long moment immobile, le regard perdu sur la route défoncée et l'immeuble carré. Les Érables. Puis il sortit son téléphone : il était temps de passer plusieurs appels.

— Putain… Comment te raconter tout ça… Imagine deux tigres enragés enfermés dans une cage étroite. Deux tigres, deux enfoirés de carriéristes. Au lieu de griffes et de dents, ils sont armés de textes, de paragraphes et de rapports.

— Ça s'annonce mal.

— Qu'est-ce que j'en sais ? Pour moi, c'est de la franche rigolade. Zagajewski est furax contre Zajda, parce qu'il voit qu'on ne va pas s'en tirer. Et même si on obtient un résultat, ça restera dans le vague.

— Il ne croit pas à la théorie des deux assassins ?

— Non. Mais visiblement, il ne peut pas nous retirer l'enquête. Du moins, tant qu'il n'a pas le feu vert d'en haut, des copains de Zajda. Le commissaire est lui aussi furax parce qu'il a raconté des conneries aux collègues, et maintenant il perd la face. Quant à Zagajewski, au lieu de gober les foutaises que Zajda lui a servies, il a le culot de le contredire, de poser des questions et d'avoir son propre avis. En un mot, de faire son boulot.

Il y avait de la sympathie pour Zagajewski dans la voix de Lupa. Le procureur avait d'ailleurs aussi fait bonne impression sur Mortka. Mais la situation dans laquelle il se trouvait n'était pas des plus enviables.

— Zagajewski a encore un os, poursuivit Lupa. D'après ce que j'ai compris, l'affaire est une question de prestige pour le parquet. Il y a plus d'un fauve occupé à s'affûter les griffes pour reprendre le dossier. Ils ne bougeront pas tant que nous resterons dans la merde où nous sommes, mais dès qu'il y aura une lumière au bout du tunnel…

— Ils vont le débarquer ?

— Exact. Et au lieu d'avoir réussi, il aura l'étiquette

Chapitre 14

Lupa s'était assis sur un banc dans le parc, pas loin de l'endroit où, la nuit précédente, on avait trouvé le corps d'Olga. Il mâchait un chewing-gum avec la détermination lente qu'il aurait mise pour l'écraser. Il était pâle, sa tête retombait chaque fois qu'il la redressait avec un grognement de colère. Il n'avait tenu sur ses jambes que par une absurde force de volonté. Mortka ne pouvait qu'éprouver admiration et sympathie pour son collègue. Il menait une enquête difficile, et lui-même savait le poids physique et psychique que cela représentait. À la place de Lupa, il aurait sombré dans l'inconscient et se serait roulé sur le siège arrière de la voiture ou n'importe quel autre endroit où dormir.

Mortka s'approcha de l'inspecteur et lui tendit une canette de boisson énergisante. Lupa leva un œil et plissa les paupières.

— «Level», lut-il lentement. Connais pas.
— Ça vient de chez La Grenouille.
— Ah! Merci.

Il ouvrit la canette et avala une gorgée.

— La rencontre avec Zagajewski, ça a donné quoi? s'enquit Mortka.

du type qui aurait fait foirer une des plus grandes enquêtes de la région s'il n'y avait pas eu M. X ou Mme Y pour la reprendre. Tu connais la suite.

— Oui.

— On continue donc à pousser la charrette tant que les nuages noirs s'accumulent au-dessus de la tête de Zagajewski. Je sens que ça va mal finir.

Lupa finit sa boisson et écrasa la canette. Il chercha une poubelle des yeux, mais la plus proche se trouvait deux bancs plus loin. Il balança la boîte dans l'herbe derrière lui.

Ils traversèrent le parc de bout en bout. La barrière de verdure prit fin et ils se retrouvèrent sur un chemin de gravillons traversé de fondrières. Plus loin s'étendait une friche où paissaient deux vaches marron. Elles étaient attachées à des piquets plantés dans le sol. Mortka entendait le tintement de leurs chaînes lorsqu'elles se déplaçaient pour chercher une meilleure herbe. Il y avait bien deux cents mètres jusqu'aux maisons les plus proches.

— Le chemin est sec, plutôt durci. Nous n'avons pas retrouvé de traces de pneus.

— Où ça mène ? demanda Mortka.

— Nulle part. Ça fait le tour du parc. Les paysans l'empruntaient dans le temps, mais tu vois ce que c'est devenu. Il n'y a plus de troupeau, juste deux pauvres vaches.

— Vous avez interrogé les voisins ? Peut-être que quelqu'un a vu une voiture ?

— C'est Rudziak qui s'en occupe. Mais je ne m'attends pas à de grandes révélations.

Lupa devait avoir raison. Le chemin n'était pas éclairé,

et le lieu peu fréquenté. Si l'assassin avait roulé tous feux éteints, il y avait peu de chances que quiconque l'ait remarqué. Mais on ne pouvait rien négliger : l'affaire était devenue retentissante, et Mortka savait qu'on leur tiendrait rigueur du moindre manquement et de la moindre erreur.

— Comment c'était, aux Érables ?

L'inspecteur se mordit la lèvre. Puis il raconta tout ce qu'il avait appris, omettant seulement le fait d'avoir couché avec Olga. Lupa l'écoutait attentivement, son visage se faisait tendu et gris à la fois. Il ressemblait à un enfant qui sait qu'il va recevoir un chandail de plus pour les fêtes et le trouve en effet sous le sapin. Aucun étonnement, juste une triste résignation, et le pire des scénarios de nouveau réalité.

— C'était donc ça, reprit Lupa.

— Quoi ?

— On m'a convoqué, il y a quelque temps, à la Crim' à Wroclaw. Un copain avec qui j'avais travaillé quand j'étais infiltré. Il était déjà passé à la direction des opérations. Après mon départ, il a grimpé encore plus haut.

— Et…

— On a parlé du boulot. Du mien. Pas mal. De la situation dans la région. De la manière dont je voyais tout ça… Au final, une conversation plutôt générale. Tu vois, une de celles où on ne dit rien directement. Mais avec un message clair. Il se passe des trucs chez nous, et la Crim' s'y intérese.

Mortka approuva. Il écoutait Lupa, tout en essayant de reconstituer le parcours de l'assassin. Ils se dirigèrent vers les buissons où le corps d'Olga avait été dissimulé. La fille pesait dans les cinquante kilos. Il ne vit aucune trace de corps traîné à terre, donc l'assassin était un costaud, ou alors ils étaient deux.

— Le pire, c'est ce sur quoi ils n'ont posé aucune question.

— C'est-à-dire?

— Tu sais bien... Quand on fait ce travail, les mots jamais prononcés ont autant d'importance que ceux que l'on dit. En particulier lorsque tu tournes autour d'un sujet sans jamais l'aborder. Tout est dans la façon de mener la conversation, dans les suggestions, dans la manière de vouloir faire mordre à l'hameçon. Et tout ce qui s'ensuit.

— Tu veux dire quoi?

— Il me semble qu'ils voulaient me proposer de travailler comme infiltré.

Mortka ferma les yeux puis secoua la tête.

— Ça n'a pas de sens, dit-il. Tout le monde ici sait que tu travailles dans la police. On pourrait inventer n'importe quelle fable, personne ne s'y laisserait prendre.

— Justement.

Mortka s'immobilisa. Il venait de comprendre.

— C'est donc que tu n'aurais pas eu à surveiller la pègre, mais la police. Ils soupçonnent que quelqu'un de chez nous est dans le coup. C'est ça?

— Oui, reconnut Lupa après un temps d'hésitation. Pas forcément quelqu'un de Kretowice. Peut-être de Karpacz, de Szklarska, de Jelenia... Ils voulaient sans doute que je traîne mes oreilles dans le milieu et pose des questions par-ci par-là. Que je puisse piger qui aurait pu se laisser empocher par ceux d'en face.

— Qui ça peut être?

— Aucune idée. Mais probablement pas un simple flic. Quelqu'un de plus haut.

— Qu'est-ce que tu leur as répondu ?

— Je leur ai donné à comprendre que je n'étais pas le bon cheval. Et merde, le Kub, je ne suis pas fait pour ça. Ma dernière opération a failli m'avoir, et elle m'a presque coûté mon mariage. Non, plus jamais ça.

Mortka apercevait déjà le chemin qu'avait suivi l'assassin en portant le corps. Il avançait lentement, pas à pas, cherchant des traces, tout en réfléchissant.

— Pourquoi tu n'as rien dit ?

— On m'a demandé de la discrétion. Normal. Et quand on a trouvé les corps, l'idée que les deux affaires pouvaient être liées ne m'a même pas traversé la tête. Je supposais que la Crim' avait dans son viseur des voleurs de voitures ou des types qui faisaient passer de l'herbe depuis la Tchéquie.

Mortka distingua dans une échappée entre les buissons le plat d'herbe où reposait le corps d'Olga quelques heures auparavant. Il ne restait qu'un carré délimité par un ruban de police. L'inspecteur ruminait ce qu'il venait d'entendre. La Crim' envisageait la trahison d'un des flics d'ici. Il devait s'agir d'un homme qui avait accès aux informations concernant les enquêtes sur le terrain. Ou même le pouvoir de protéger une bande en cas de descente.

— Zajda ? souffla-t-il.

— Qu'est-ce que tu dis ?

Lupa se pencha vers Mortka, et la consternation était lisible sur son visage.

— Zajda, répéta l'inspecteur à haute et intelligible voix.

— Mon Dieu… « Le petit prince » ? gémit Lupa en hochant la tête avec incrédulité. Mais aujourd'hui, ça se comprendrait, n'est-ce pas ?

— Quelle autre raison aurait-il de vouloir à tout prix garder l'enquête ici? Il savait bien que nous n'y arriverions pas tout seuls. Trop peu de gens, trop peu d'expérience, même avec toi et moi dans l'équipe. Il aurait fallu solliciter de l'aide dès le début. À Jelenia ou à Wroclaw. Il n'en a rien fait.

Lupa vida ses poumons en sifflant et donna un coup de pied dans un caillou qui s'envola avec élégance jusque dans l'herbe épaisse.

— Et maintenant? demanda-t-il.
— Tu informes tes collègues de la Crim'?
— Oui, mais je doute que ça donne quelque chose.
— Pourquoi?
— Parce qu'ils sont au courant de tous ces assassinats. La presse et la télé n'arrêtent pas de claironner. S'ils ne sont pas intervenus, c'est qu'ils ont leurs raisons. Ils jouent un jeu, ils ont un plan.

— Alors qu'est-ce qu'on devrait faire? Décrocher? Faire semblant de croire qu'il ne se passe rien, et attendre les bras croisés que le bureau de la Criminelle veuille bien lever son auguste derrière?

— Qu'est-ce que j'en sais, moi? Je ne suis pas là-bas, merde!

Mortka grogna. Le sentier entre les buissons le menait à découvert. Il chercha des traces de sang, ou des bouts d'étoffe ou de fil sur les branches dures et piquantes. Mais il ne trouva rien.

— Un type, ou deux? demanda-t-il par-dessus son épaule.

— Deux, répondit Lupa après réflexion. S'il n'y en a qu'un, il s'agit d'une vraie bête.

— Il y a des malabars dans le coin?

— Quelques-uns. On pourrait essayer de les mettre sous surveillance.

— Comment? Il faudrait passez par Zajda, et s'il est dans le coup, il préviendra qui il faut.

— Juste. D'autre part, on manque de gens. Avec tout ce bordel... Je ne trouve pas les mots.

— Alors, qu'est-ce qu'on fait?

— Ce qu'on doit. J'appelle un pote à la Crim'. J'arriverai peut-être à quelque chose. Et après... (Lupa hésita, essayant de rassembler ses idées.) On ne peut en parler à personne.

— Ni même à Jelenia. Zajda a des contacts partout. Qui sait comment il a été embrigadé là-dedans...

— En effet.

Mortka croisa les mains derrière la tête et offrit son visage aux innombrables rayons du soleil qui traversaient les branchages. Ils se trouvaient dans une situation sans issue satisfaisante. Ils ne pouvaient pas faire grand-chose par eux-mêmes. Rester les bras croisés et attendre que la Criminelle se décide à bouger, Mortka en était incapable. Il se faisait l'effet d'un chien enragé prêt à aboyer. Il était tombé sur une piste : il ne pouvait pas l'abandonner, s'effacer en espérant que quelqu'un d'autre vienne à sa place.

— On va chercher cette ferme, dit-il. Et quand on l'aura trouvée, je ferai venir des gars de Jelenia ou de Wroclaw. C'est pareil. Lorsque j'aurai les preuves en mains, Zajda ne pourra pas revenir dessus.

— Comment tu vois ça? Tu prends ta voiture et tu tournes dans le coin, tu fais tous les villages? Et après?

— Je n'en sais rien, mais je n'ai pas de meilleure idée. Et toi?

Lupa ouvrit grands les bras.

— Rien. Mais tu as raison. Il faut chercher. Je vais y penser, d'accord. Je connais le terrain mieux que toi. On se met devant une carte, et on essaye de repérer des bâtiments qui conviendraient.

Mortka opina du chef. La suggestion de Lupa paraissait sensée.

— Mais il faut d'abord que j'aille me coucher. Rattraper quelques heures de sommeil, parce que là, je tombe.

— Je comprends. Fais-le. On se voit à …

Lupa regarda sa montre. Il était presque treize heures.

— Disons dix-sept heures ?

— OK.

L'inspecteur fit un signe d'adieu à Mortka et partit vers sa voiture en traînant des pieds.

— Lupa, encore une chose !

— Oui ?

— Hier, tu as touché le corps ? Tu as été en contact avec son sang ou d'autres liquides ?

— Non. Pourquoi tu demandes ?

— Parce qu'elle avait le sida, répondit-il, non sans avoir quelque peine à prononcer le dernier mot qui, de nouveau, lui tordit l'estomac.

Il espérait que ça ne se voyait pas.

— La journaliste ? Sérieux ? Elle avait vraiment cette saloperie ?

— C'est ce qu'on dit.

— Putain… Elle buvait ses bières dans des verres à l'USA. C'est contagieux ? demanda Lupa.

— Je n'en sais rien.

— Moi non plus. Ça serait le pompon. J'espère qu'ils rincent bien leurs verres. Tu as prévenu le légiste ?

— Oui.

— Tu as bien fait. J'espère qu'il a suffisamment de gants en caoutchouc dans ses placards, dit Lupa avec un grand sourire. Ah, la vache ! Olszewski qui se transforme en démineur. Un mauvais geste, et bing ! Je te le dis franchement, le Kub, moi à sa place, je chierais de trouille dans mon froc.

— Moi aussi, répliqua Mortka, la gorge serrée. Moi aussi.

Il déambula dans le parc. Il croisait des gens qui venaient regarder les fourrés où l'on avait trouvé le corps d'Olga. Les plus audacieux y pénétraient pour y disparaître un instant avant de ressortir avec des sourires idiots en faisant des signes à des amis restés derrière. Un vieux monsieur alluma une bougie. Le lieu du crime était devenu une attraction dans la ville. Mortka espérait seulement que les techniciens avaient bien sécurisé toutes les traces.

Il pensait à Olga et au virus qui commençait peut-être sa pérégrination dans son propre organisme, visitant veines et artères. Que se passerait-il s'il tombait malade ? Il savait que le sida ne tuait plus aussi vite qu'avant, que des médicaments permettaient de survivre. Mais pour une vie bonne à quoi ? À se laisser pourrir. Lentement, douloureusement, sous les regards sinistres et effrayés des autres qui prenaient discrètement leurs distances pour éviter le moindre contact.

Et comment faire avec les enfants, Andrzej et Michal ? Ola ne lui permettrait plus jamais de les embrasser, de les cajoler, pas même de s'approcher assez pour qu'ils sentent son souffle sur la peau. Qu'il reste à distance sûre. De préférence depuis l'étranger par Internet.

Il se voyait déjà, debout tout seul derrière la palissade de l'école, à les regarder jouer au foot dans la cour. Comme ils sont loin, il ne distingue pas bien leurs visages. Juste leurs silhouettes, cheveux au vent.

Il eut soudain une envie irrépressible de leur téléphoner et d'entendre leurs voix. Mais il ne savait pas quel numéro appeler. Celui de l'école, ou de la maison ? Peut-être étaient-ils encore chez les grands-parents ?

Il avait tout foutu en l'air, il en prenait maintenant clairement conscience. Foutu en l'air. Il se remémorait les rencontres avec ses fils quand ils étaient venus jusqu'ici pour le voir, à l'autre bout de la Pologne ; il leur avait consacré le moins de temps possible. Il comprit qu'il était non seulement incapable de leur donner quoi que ce soit, mais aussi que son problème était plus profond, plus grave : il ne savait même pas accepter ce que les autres lui donnaient.

Le spectacle de sa vie. De son mariage. De sa paternité. Il n'était qu'un élément de paysage auquel on pouvait s'attacher sans pouvoir l'aimer.

Il sortit du parc et monta dans sa voiture. Avant de perdre la raison, il lui fallait penser à autre chose, s'occuper l'esprit. Même quand il avait discuté avec Lupa, il n'avait eu qu'un mot en tête : sida.

Une mort solitaire.

Non, il fallait se concentrer sur le travail. Cesser de se morfondre. Faire un test et attendre les résultats. Point.

Un point, c'est tout.

Revenir à l'enquête. Aux quatre femmes bestialement assassinées, et même cinq, si on comptait cette maudite Olga. À la recherche de la ferme, si celle-ci existait vraiment. Aux Tsiganes... Marta avait dit qu'elle avait

vu un Tsigane dans la mine. Était-ce Lucas ? Sinon, qui ?
Et que fabriquait-il là, bordel de...

Il mit le contact et démarra. Il voulait parler encore une fois à la fillette.

Joanna Gawrys ouvrit la porte et le reluqua sombrement des pieds à la tête, hésitant à le laisser entrer. Elle portait un pantalon vert serré et un chemisier gris vaporeux sous lequel elle n'avait pas mis de soutien-gorge. Elle avait jeté sur son épaule un torchon de cuisine brûlé au bout.

— Ah, monsieur l'inspecteur, dit-elle comme si elle avait mis du temps à le reconnaître. De Varsovie.

— Je peux entrer ?

— Si vous êtes obligé.

Elle lui laissa le passage. Il s'était attendu à un accueil un peu plus chaleureux. À des remerciements, ou à des marques de reconnaissance. C'était quand même lui qui avait retrouvé la fille des Gawrys. Mais, de leur part, c'était moins de l'hostilité que de l'indifférence.

— Janek ! cria la femme en direction de la pièce principale. Va dans ta chambre !

Mortka entendit le garçon éteindre le téléviseur et se lever du canapé. Il apparut dans l'entrée, et l'inspecteur réalisa qu'il le voyait pour la première fois. Il était grand pour son âge. Son abondante tignasse couleur paille était ramenée sur le côté, mais même ainsi il ne pouvait cacher le bleu qui lui avait fleuri sous l'œil. Il fila dans le couloir et referma la porte de sa chambre derrière lui.

— Entrez.

Elle le conduisit au salon et le fit asseoir sur le canapé de cuir. Elle sortit d'une armoire un verre à motif de fleurs qu'elle posa devant l'inspecteur. Elle l'abandonna pour disparaître dans la chambre à coucher, puis dans la cuisine. Elle revint avec une bouteille d'eau minérale et son soutien-gorge remis en place.

— Les gens disent que je suis une mauvaise mère, fit-elle. Parce que mon fils a failli tuer sa sœur. Qu'est-ce que vous en dites ?

— Ce n'est pas votre faute.

Ce qui n'était pas son avis.

Elle alla à la fenêtre du balcon, ouvrit le rideau et s'appuya contre la vitre. Elle avait l'air déçue, comme si elle avait espéré entendre de sages et profondes paroles qui auraient changé sa vie et effacé ses remords. Mortka le comprit et se mit à sa place. D'une certaine manière, il compatissait. Mais il avait trop de choses en tête pour jouer aussi au psychologue. Par ailleurs, il n'était pas très bon dans ce genre de conversation. Enquêteur type, il savait comment poser des questions pour obtenir des réponses, creuser là où ça fait mal et trouver un coupable. Consoler, c'était l'affaire des autres.

— Marta est à la maison ?

— Non. À l'école.

— Et Janek, alors ?

— Il n'y est pas allé.

Ils avaient dû lui interdire d'aller en classe pour que les profs ne voient pas son œil au beurre noir, et il se demanda s'il devait réagir. Sûrement. Il ferait quelque chose quand il aurait le temps.

— Marta revient quand ?

— Pourquoi vous demandez ?

— Je voudrais lui parler.

— Non, dit-elle fermement en se détachant de la vitre.

— Non?

— Je ne suis pas d'accord. Ça suffit. La petite doit pouvoir oublier tout ça au plus vite. C'est ce qu'a dit le psychologue de l'école.

— Mais, c'est dans l'intérêt de l'enquête…

— Il n'y a que l'intérêt de ma fille qui compte. Vous l'avez déjà interrogée deux fois. Ça suffit!

Ce n'était plus une femme épuisée que Mortka avait devant lui, mais une lionne menaçante qui défendait ses petits. Une machine de guerre animée par des remords. Il n'en tirerait rien tout seul. Pour en savoir davantage sur le mystérieux Tsigane, il lui faudrait s'adresser à Zajda, et il s'y refusait. Il valait mieux, autant que possible, couper le commissaire de toute information.

Il cligna des yeux puis lança un regard sévère à Joanna Gavrys.

— Comment ça, deux fois?

— Que voulez-vous dire?

— Vous avez dit que nous l'avions interrogée deux fois. Il n'y a eu qu'un interrogatoire. Au commissariat.

— Ça, c'était le second. Le premier a eu lieu à l'hôpital.

— Mais, comment? Qui est venu l'interroger?

Une ride se dessinait sur le front de la femme.

— C'était l'inspecteur…? C'est bien son grade?

— Oui, mais qui?

— Monsieur Lupa, dit-elle, avant de se corriger. L'inspecteur Lupa.

Lupa ne répondait pas au téléphone. Mortka tournait en rond dans la ville, s'efforçant de mettre en ordre dans son esprit ce qu'il venait d'entendre. Lorsqu'il repassa pour la troisième fois devant la supérette avec toujours le même vide dans la tête, il se rendit compte qu'il perdait son temps.

Il ne voulait pas retourner au commissariat. Il ne savait quelle attitude adopter s'il se trouvait nez à nez avec Zajda. Or une rencontre serait inévitable, parce que le commissaire tenait à lui parler de Borkowski. Non, il lui fallait d'abord se faire une opinion sur Zajda, le rôle qu'il jouait dans l'affaire, et mettre au point une tactique pour tirer du commissaire autant d'informations que possible sans en donner trop lui-même.

Il rentra chez lui.

Devant l'immeuble, sur un banc tagué au marqueur par des gamins, un jeune Rom attendait en remuant les doigts dans le vide comme s'il avait joué d'une guitare invisible. À la vue de Mortka, il eut un large sourire, après quoi il mit deux doigts dans sa bouche pour émettre un sifflement si strident que Mortka eut le réflexe de se boucher les oreilles. Quand le son s'interrompit, le jeune s'élança pour filer au plus vite et disparaître sans se retourner.

La porte de la cage d'escalier s'ouvrit toute seule, révélant l'intérieur sombre et froid. Il y avait quelqu'un. Mortka aperçut une silhouette cachée dans l'obscurité. Il porta la main à la gaine de son pistolet.

Qui était-ce ? Un proche de Lucas ? Un autre Rom avec un poignard ? Une vengeance ?

Il jeta un œil alentour, mais ne vit qu'une jeune femme poussant un landau où dormait un bébé. Retourner à la voiture ? Ça vaudrait mieux. Mais il ne voulait pas fuir. Il fit quelques mètres vers l'immeuble et s'immobilisa. Devait-il sortir son pistolet ? C'était le genre de situation où les coups peuvent partir tout seuls... Non, c'était encore trop tôt. Personne ne l'avait attaqué. Personne ne l'avait menacé.

Il fit encore quelques pas vers sa cage d'escalier, d'où sortit prudemment Staszek Trybuk, guettant le danger de tous les côtés. Il portait une chemise de flanelle à carreaux dont les manches étaient retroussées jusqu'aux coudes. S'approchant du policier, il ralentit tandis que le dégoût se dessinait sur son visage.

Mortka se détendit. Staszek Trybuk était certainement venu seul pour que personne ne découvre qu'il parlait avec un flic.

— Je croyais que votre code vous interdisait de parler avec la police.

Le Rom l'observa avec sévérité, tentant d'estimer si l'inspecteur se moquait de lui. Il avait l'air d'un lascar qui passe la moitié de sa vie à se demander si on vient de l'offenser ou pas.

— Interdit, confirma-t-il.

— Dans ce cas, qu'est-ce qu'on fait ici ?

— On vient sauver une vie.

Le Rom attendit que Morka digère ses paroles, puis poursuivit d'une voix sèche et irritée, celle d'un homme obligé de renoncer à ses principes.

— Hier, un garçon de chez nous a été battu. Jason. Dix-sept ans. Grand déjà, mais un calme.

— Qui l'a battu ?

— Qu'est-ce que j'en sais ? Ils lui criaient « assassin de policier », et ils étaient trois à lui taper dessus. Ils lui ont donné des coups de pied, même quand il était déjà à terre. Quand ils ont vu qu'on arrivait à son secours, ils se sont enfuis. Des courageux !

— Vous avez fait une déposition ?

Il obtint pour toute réponse un grognement.

— On règle nos affaires nous-mêmes. Pour le moment, on garde nos jeunes avec nous, le temps qu'ils se calment. Mais vous savez comment sont les jeunes ? Combien de temps ça va tenir ? Ils finiront bien par trouver le moyen de s'échapper pour aller retrouver vos braves. Et là, vous savez ce qu'il va se passer. Les couteaux vont sortir.

— Qui va sortir des couteaux ?

— Quelle importance ? Nous sortons des couteaux, et vous arrivez avec des matraques. Le sang va couler, c'est ça, l'important. Vous devez faire quelque chose, parce que c'est de votre faute.

— De notre faute ?

— Vous avez tué Lucas.

— Il avait tué un policier, merde !

— C'était un accident.

— Joli, l'accident ! Pas une seconde d'hésitation !

— Et alors ? Depuis quand on vient chercher un homme chez lui à l'aube, au milieu des enfants ? Si vous étiez venus normalement, à l'heure qu'il faut, tout se serait terminé différemment. Il vous aurait suivis de lui-même. Question d'honneur !

— Foutaises !

Le Rom serra les dents. Mortka vit ses muscles se tendre comme s'il s'apprêtait à bondir. L'inspecteur modifia légèrement la position de son corps pour mieux se défendre en cas d'attaque, mais au lieu de commencer à se battre, l'homme envoya un gros crachat jaunâtre.

— Allez poser la question : combien de fois vous avez arrêté Lucas ? Il n'a jamais causé le moindre problème.

Il s'est toujours laissé emmener gentiment comme un mouton.

— Il n'avait jamais été arrêté pour meurtre, répliqua Mortka. Et d'ailleurs, pourquoi vous le défendez comme ça ? Ce type n'a rien fait pour retrouver sa fille disparue.

— Tu ne sais pas ce que Lucas a fait, et ce qu'il n'a pas fait.

— Par contre, je sais qu'il battait Adela. On m'a parlé des bleus qu'elle portait.

— Lucas était comme il était, dit sévèrement Staszek Trybuk, mais il n'a jamais fait de mal à Adela. Il n'a même pas levé le petit doigt sur elle. Ni sur aucun enfant.

Mortka faillit éclater de rire. Il avait déjà entendu ce genre de tirade, à quelques mots près, des centaines de fois. Dans la bouche de mères défendant leur fils, d'épouses leur mari, espérant nettoyer avec un flot de paroles le sang sur les mains de leurs chéris.

— Il permettait à sa femme de la battre. Je sais de quoi Esmeralda est capable. J'ai entendu parler de ce gamin qu'elle avait presque tué à coups de briques.

Le vieux Rom montra les dents dans un sourire de fauve.

— Vous, la police, vous ne faites pas de différence entre un Tsigane et un autre. Je me souviens de ce gamin. Ce n'est pas Esmeralda qui lui est tombée dessus, mais sa sœur, Lucilla. Ou comme vous l'appelez, Kaska.

Chapitre 15

Il tendit l'avant-bras, serra les dents et détourna la tête pour ne pas voir Alicja lui planter l'aiguille dans la veine.

Piqûre. Il inspira et compta dans sa tête.

— Terminé, dit Alicja quand il arriva à vingt-trois.

La femme sourit et le regarda avec incrédulité.

— On dirait un gamin de l'école primaire, lança-t-elle pour plaisanter.

— Excuse-moi, dit Mortka en pressant le morceau de gaze à l'endroit de la piqûre. J'ai de piteux souvenirs des services de santé.

— Lesquels?

— Mon père était médecin. Quand j'étais petit, il m'emmenait avec lui à l'hôpital. Pour m'inculquer le goût de la médecine.

— Il voulait que tu marches sur ses traces? comprit-elle.

— Oui. Mais il a obtenu le résultat inverse.

— Tu as vu des tas de trucs, étant enfant?

— Des moches, confirma-t-il.

Il l'observa enregistrer le tube puis le ranger dans le support, avant d'enlever ses gants pour les jeter dans la boîte à déchets.

Après l'entretien avec Trybuk, Mortka s'était directement rendu chez Alicja. C'est son fils qui avait ouvert. Le garçon avait annoncé que maman était déjà au travail. L'inspecteur lui avait alors téléphoné et demandé si elle pouvait lui rendre un petit service. Il voulait faire rapidement une analyse de sang. Elle avait accepté. Il n'avait pas précisé de quoi il s'agissait.

— Dommage que tu ne sois pas rentré plus tôt.
— Pourquoi?
— Tu serais venu avec moi au travail. Pour une fois, j'aurais été comme tout le monde.

Il l'interrogea du regard.

— Depuis quelques jours, toutes mes collègues viennent au travail accompagnées par leur mari ou un grand fils. Tu vois, elles ont peur de cet assassin que vous traquez. Il n'y a que moi pour venir seule.
— Tu n'es pas seule.
— C'est gentil. (Elle sourit.) Il s'agit plus précisément de quel examen?
— Général.

Elle cocha la case correspondante dans le formulaire médical.

— Et de la présence du virus HIV, ajouta-t-il après un instant.

Les mots avaient franchi ses lèvres avec difficulté. La main d'Alicja resta suspendue au-dessus de la feuille.

— Le HIV?
— Oui, confirma-t-il.

Elle cocha une case. Peur et perplexité se lisaient dans ses yeux.

— Est-ce que...
— Une histoire toute récente.

— Ça a un lien avec la dernière victime ? demanda-t-elle. Il parait qu'elle était malade. C'est ce que racontent les filles qui ont parlé avec Olszewski.

Le légiste n'avait pas su tenir sa langue. Un mauvais point dans son métier. Mortka acquiesça.

— Tu as peur parce que tu as manipulé le cadavre.

— J'ai passé une nuit avec elle, coupa-t-il rapidement. Sans prendre de précautions.

Elle s'efforça de conserver une froideur et une distance professionnelles, mais elle était trahie par un léger tremblement. Mortka avait l'impression de lui avoir enfoncé un couteau dans le cœur. Pourtant, ils ne s'étaient jamais rien promis, n'avaient rien fait, rien dit qui les aurait de quelque manière liés l'un à l'autre. Un sentiment de dégoût l'envahit, et il se rendit compte qu'il venait de commettre une erreur épouvantable.

— C'est arrivé quand ?

— Avant-hier soir.

— Alors, ça ne sert à rien, dit-elle. Les anticorps n'apparaissent que trois semaines après la contamination, et il est même recommandé d'attendre de neuf à douze semaines avant de faire un examen.

Neuf à douze semaines, quasiment trois mois. Mortka songea qu'il ne tiendrait pas le coup. Qu'il perdrait les pédales.

— Je comprends. Dans ces conditions, excuse-moi de... Excuse-moi.

— De rien.

Il se leva de sa chaise et se passa une main sur le front. Neuf semaines. Trop long.

— Le Kub... chuchota Alicja.

— Oui ?

— Encore un truc. Toujours à propos de cette fille…

Mortka attendit patiemment la suite. Alicja voulait lui dire quelque chose, sans savoir si elle en avait le droit. Elle se résolut enfin à parler.

— Tu connais le docteur Nowak ?

— Oui.

— Il a apporté aujourd'hui une prise de sang. Il a demandé un test du HIV.

— C'était son sang ?

— Il a dit que non, que c'était pour un patient. Mais je sais que c'est le sien.

— Comment ça ?

— Tous les médecins et les infirmières font des tests réguliers. Je connais le sang de Nowak : il a toujours eu un taux élevé de bilirubine. C'est en général un indicateur de jaunisse, mais pas chez lui. Il souffre du symptôme de Gilbert, un dérangement du métabolisme. La prise qu'il m'a apportée… il se l'est faite lui-même.

Nowak ? Mortka se remémora toutes les soirées qu'ils avaient passées ensemble autour de bières à l'USA. Ce médecin aurait-il pu contaminer tous ces corps ? Avant l'assassinat d'Olga ?

— Tu m'as dit que les anticorps apparaissaient au plus tôt après trois semaines. Et qu'avant, ça n'a pas de sens. Nowak le sait ?

— Il le sait. Mais chez le personnel médical, c'est un peu différent. Pour des raisons professionnelles, nous sommes potentiellement exposés à un contact avec le virus. Les instructions stipulent qu'en cas d'exposition, il faut faire le test le plus rapidement possible pour confirmer que l'on était séronégatif avant l'incident, expliqua-t-elle.

Ça a du sens, se dit Mortka. Alicja affichait un aimable sourire de soulagement, comme si un poids lui avait été enlevé du cœur.

— J'aurai encore une autre question, dit-il. Peux-tu vérifier une chose pour moi ?

Elle accepta.

Nowak ouvrit la porte et, surpris à la vue de Mortka, il fit un pas en arrière. L'inspecteur passa donc devant lui pour pénétrer dans l'appartement. Il ne savait pas en venant s'il devait soupçonner le médecin ou non. Il s'était donc préparé à un long entretien, à une approche prudente du terrain, mais dès qu'il le vit, épuisé, le visage marqué, il sut comment il devait procéder.

— Ta femme est à la maison ?
— Non.
— Les enfants ?
— Tout le monde est parti.

Il entra dans la cuisine où s'empilaient des assiettes sales et des tasses, où la poubelle débordait de boîtes à pizza, à côté de la table pleine de taches de graisse.

— Partis ?
— Il y a un certain temps.

Il jeta un œil dans la chambre d'enfant. Les meubles étaient couverts de poussière, et seuls quelques jouets demeuraient sur les étagères. Il n'ouvrit pas l'armoire, certain qu'elle était vide.

— Ça fait quelques mois, précisa Nowak.
— Mais tu portes toujours ton alliance ?

Le médecin leva sa main et la regarda comme s'il la voyait pour la première fois.

— Nous ne sommes pas divorcés.

— Dans l'intérêt des enfants ? lança Mortka, sans même essayer de cacher son ironie.

— Même pas.

Mortka remarqua que Nowak se crispait. Il décida de le détendre un peu.

— Excuse cette intrusion, mais je voulais te parler d'une affaire. Je peux ?

— Oui. Évidemment. Tu bois quelque chose ? Je crois que je n'ai plus de bière, mais il reste du whisky et du cognac quelque part. J'en ai de trop. Tu veux prendre une bouteille ou deux ?

— Non, merci.

Mortka passa au salon et s'installa dans le fauteuil le plus esquinté. Son état indiquait que c'était celui où Nowak s'asseyait le plus souvent. L'inspecteur le choisit à dessein. Il voulait ainsi déstabiliser le médecin, le mettre dans une position inconfortable.

— Où étais-tu hier soir ?

— J'étais de garde. À l'hôpital.

— C'est faux, j'ai vérifié.

Mortka observait l'expression du visage de Nowak. Le médecin tentait de dissimuler sa peur grandissante derrière un sourire faux.

— Alors, c'est que je me suis trompé. J'étais à la maison.

— Quelqu'un pourrait le confirmer ?

— Non.

— Voilà…

L'inspecteur eut un silence significatif, hésitant sur la marche à suivre. Il décida de risquer le tout pour le tout. Nowak avait peur : il fallait en profiter avant qu'il reprenne pied.

— Cette fille que nous avons trouvée morte, hier, elle s'appelait Olga. Je la connaissais. Nous avons bavardé. On peut même dire que nous avons sympathisé, dit-il lentement et de façon claire afin que chaque mot parvienne bien au médecin. (Il s'autorisa une pause avant d'asséner le dernier coup.) Elle t'a reconnu.

— Comment ça ?

— Elle s'est souvenue de toi. À la ferme.

— De quoi tu parles ?

Il ne savait pas mentir. Il était blême et des gouttes de sueur perlaient sur son front. Ses yeux erraient de droite et de gauche, comme pour chercher de l'aide. Mortka comprit que ce n'était pas lui l'assassin, contrairement à ce qu'il avait craint au début. Ce n'était pas lui qui avait tué Olga. Il n'aurait pas pu. Mais il savait quelque chose, et le policier devait lui faire cracher le morceau.

— C'est toi qui l'as mutilée, dit-il. C'est toi qui les as toutes mutilées. Elles étaient déjà mortes quand tu leur as mis la main dessus. C'est ça ?

— Je ne vois pas...

Mortka ne lui laissa pas le temps de finir. Il empoigna la table qu'il renversa d'un seul geste, espérant paraître authentique.

— Ne mens pas, merde ! Raconte ce qu'il s'est passé !

— Je... je... je...

— Je, je, je ! le bouscula l'inspecteur. Raconte !

— Il faut que j'aille aux toilettes.

— Plus tard.

— Je vais chier dans mon froc, geignit-il d'une voix pleurarde. Je t'en prie...

Il hésita avant d'acquiescer. Il conduisit Nowak aux

toilettes, regarda d'abord à l'intérieur : il n'y avait pas de fenêtre par où il aurait pu fuir. Juste le siège et un lavabo.

— Donne-moi ton portable.

Le médecin désigna le téléphone à côté des clefs sur le meuble dans l'entrée. L'inspecteur fouilla ensuite Nowak, mais ne trouva sur lui qu'un paquet de mouchoirs.

— Va chier.

Nowak fonça puis claqua la porte derrière lui. Mortka s'appuya contre le mur et se passa une main dans les cheveux. Ils étaient humides. Alors seulement, il prit conscience de la trouille qu'il éprouvait. Si Nowak était vraiment impliqué dans l'affaire, il pourrait être tenté de se défendre ; et s'il était innocent... Une erreur de procédure dans cette enquête pourrait coûter à Mortka un avertissement supplémentaire, peut-être son poste...

Devait-il s'occuper de tout ça ? Après tout, il aurait préféré repartir, non ?

Il souffla lourdement, espérant que le médecin ne l'entendait pas. Que faire maintenant ? Arrêter Nowak ? Le conduire au commissariat pour un interrogatoire ? Chez Zajda ? Inenvisageable. Il n'avait aucune preuve, juste des soupçons. Si Nowak devinait que quelqu'un le protègerait, il nierait tout en bloc.

Il retourna dans la cuisine. L'évier encombré faisait sur lui une impression accablante. Les hommes divorcés, Mortka y compris, étaient en général des tristes.

Non. Ce n'était pas le mot. Plutôt pitoyables. Des hommes pitoyables en fringues sales et moches. Des hommes dont les joues mal rasées indiquaient le temps passé depuis la dernière fois qu'ils avaient mis du linge propre.

Il revint devant les toilettes et frappa à la porte.

— Fini de chier ?

Pas de réponse. Il frappa de nouveau.

— C'est bon, c'est le moment de sortir.

Nouveau silence. Une crampe d'effroi lui tordit l'estomac. Nowak était forcément à l'intérieur. Il n'avait pas pu fuir. Impossible qu'il ait disparu !

Il saisit la poignée et la secoua. Fermée de l'intérieur. Il cogna du poing sur la vitre opaque.

— Ouvre !

Aucune réaction. Il sortit son pistolet et le prit par le canon. Il cassa la vitre avec la crosse, puis fit tomber les débris sur l'encadrement pour ne pas se blesser.

Toujours le silence. Nowak ne criait pas, ne protestait pas.

Mortka courut à la cuisine chercher un tabouret. Il monta dessus et passa une main par le trou qu'il venait de faire. Il chercha du bout des doigts le loquet qu'il tourna, et ouvrit la porte.

Le médecin était assis sur la cuvette. Le couvercle du réservoir était posé par terre à côté. Le visage de Nowak était couleur papier. Il respirait faiblement de manière inégale, un long filet de bave coulant de sa lèvre violette. Son avant-bras droit était appuyé sur sa cuisse. Il avait serré un ruban de caoutchouc au-dessus de son coude. Une seringue vide était à terre.

— Putain de sa mère ! hurla Mortka en empoignant le médecin.

Il le tira hors des toilettes et le gifla, sans aucun effet.

— Ah, le fils de pute ! jura l'inspecteur.

Il tenta de se remémorer ce qu'il devait faire en pareil cas. D'abord, empêcher que le médecin ne s'étouffe avec ses vomissures. Il allongea Nowak sur le côté pour qu'il puisse vomir sur le sol. Puis il se précipita dans les toilettes. Il fouilla dans le réservoir d'eau où il récupéra deux petits paquets d'une poudre d'un beige clair. Il les leva pour les examiner à la lumière. La substance ressemblait à de l'héroïne. Qui plus est, d'excellente qualité.

— Dans quoi tu es allé te fourrer? demanda-t-il à Nowak sur un ton de reproche.

Le médecin ne respirait plus.

Mortka jeta les sachets et se précipita sur Nowak. Il le retourna sur le dos. Il défit sa chemise, puis leva un poing serré. Il ferma les yeux et asséna un coup sur le sternum de toutes ses forces.

Rien.

Il se souvint des gestes appris en cours de secourisme, inclina la tête de Nowak en arrière et lui ouvrit la bouche. *Je suis peut-être porteur du sida*, se dit-il, mais la pensée ne fit que l'effleurer. Son corps agissait automatiquement. Il posa ses lèvres sur celles du médecin et lui souffla de l'air directement dans les poumons. Puis, de nouveau, pressions sur le sternum. Trente. Deux expirations. Trente pressions. Et ainsi de suite, jusqu'à se retrouver humide de sueur. La tête lui tournait, et les bras lui faisaient mal. Deux expirations. Trente pressions.

Soudain, Nowak toussa. Il prit une inspiration, puis une deuxième. Il était toujours inconscient et toujours blême. Mais il respirait, et sa cage thoracique se soulevait et s'abaissait au rythme des battements de son cœur endolori.

Mortka s'allongea près de lui, ferma les paupières, tira son téléphone de sa poche et composa le numéro d'urgence.

Le docteur s'appelait Mariusz Kozlowski. Un homme assez grand, bien bâti. Des cheveux noirs coupés court qui laissaient voir deux bandes grises sur les côtés. Sa gestuelle et sa façon de parler dénotaient une assurance excessive.

Mortka aurait pu être tenté de lui envoyer sa main sur la figure, de lui offrir une signature à coups de poing et quelques blessures en souvenir. Histoire de purger la frustration éprouvée ces derniers jours.

— C'était de l'héroïne, confirma Kozlowski. Une très forte dose.

— Forte, comment ?

— Assez forte pour vous tuer, vous ou moi, sur place. Nous n'aurions pas eu le temps de dire ouf que nous aurions éprouvé les tout derniers délices d'un shoot paradisiaque.

— Mais Nowak est encore vivant.

— Oui.

Kozlowski ouvrit la bouche pour ajouter quelque chose, mais il se tut. La solidarité professionnelle était la plus forte. Mais Mortka avait bien compris de quoi il retournait. Si Nowak n'était pas mort, c'est qu'il avait développé une forte accoutumance à la drogue – donc, il en prenait depuis longtemps.

— On lui donne de la naloxone. On le maintient dans un sommeil artificiel.

— Et le pronostic ?

— Le pronostic ? (Le médecin se gratta le nez, puis regarda le plafond.) Vous savez, cela ne dépend pas de moi, mais de l'autre, là-haut.

— Le pronostic, répéta fermement Mortka qui perdait patience.

Si l'entretien continuait sur le même ton, son fantasme de cassage de gueule d'un beau gosse se transformerait en réalité.

— Pas bon, déclara enfin Kozlowski. Selon moi, il y a plus de chances qu'il reste dans le coma que de le voir revenir à lui.

Il regarda d'abord Mortka, puis Lupa, et conclut par la formule consacrée :

— Je regrette.

C'était une des raisons pour lesquelles Mortka avait les hôpitaux en horreur. Un mensonge généralisé et sidérant. Il l'avait si souvent observé chez son père : il pouvait annoncer de mauvaises nouvelles à la famille d'un patient et rigoler un peu plus tard avec des confrères en racontant des blagues sur les Boches et les Russkofs. Mortka savait qu'il ne pouvait en être autrement. Un médecin ne pouvait se permettre de se lier affectivement à un patient, et il était bien obligé de s'en remettre au mensonge, à l'alcool, aux cigarettes ou aux blagues à deux balles, pour pallier toutes les souffrances des malades. Mais ça ne l'aidait pas de savoir qu'en tant que policier il faisait exactement la même chose.

Kozlowski partit vers d'autres patients, et Mortka et Lupa se dirigèrent vers à la chambre où se trouvait Nowak. Ils achetèrent en chemin des cafés dans des gobelets en carton. La boisson leur brûlait les doigts.

— Tu as dormi ? demanda Mortka.

— Comme ci, comme ça. Quand je suis rentré, j'ai joué avec les filles à la maison, parce que ma femme avait un truc urgent à régler. Je tombais de sommeil, mais tu sais comment c'est... J'ai l'impression de ne presque pas les avoir vues ces derniers jours. J'ai dormi en tout quatre heures.

Lupa but une gorgée de café et fit la grimace en se brûlant la langue.

— J'ai peur que toute cette affaire me tue, dit le policier. Je n'arrive pas à tout maîtriser. Tu sais de quoi je rêve?

— De quoi?

— De mon jardin. J'y ai un foutu boulot à faire, mais c'est là que je voudrais être. Enfin m'occuper tranquillement de mes plantes qui se sont multipliées! Tailler la haie, tondre le gazon, arracher les mauvaises herbes… Je me suis même arrangé un potager. J'ai de la salade, de la tomate, des petits pois, des aromates. Je te dis, le Kub, les tomates que tu cultives toi-même, c'est autre chose. Rien à voir avec ce que tu trouves dans le commerce.

Lupa s'interrompit et se perdit dans ses pensées de jardinage.

— Et toi, ton rêve? demanda-t-il soudain, c'est quoi?

— Je n'en sais rien. Aucun, sans doute.

— Tu plaisantes! Tout le monde doit avoir un rêve. Sinon, on devient fou.

Mortka réfléchit, mais rien ne lui venait à l'esprit. Il reprit du café. Il lui trouvait un goût de désinfectant.

— Pas de rêve. Je voudrais seulement…

Il ne termina pas sa phrase. Il ne savait pas quoi dire.

— Comment tu es tombé sur Nowak? demanda Lupa.

Mortka avait appelé l'inspecteur juste après les urgences.

Le policier endormi n'avait répondu qu'à son deuxième appel. Lorsqu'il avait appris ce qu'il s'était passé, il avait promis de venir à l'hôpital dès que possible.

— Comment je suis tombé sur… répéta Mortka.

Il ne voulait pas parler à Lupa, ni à personne, de sa conversation avec Alicja et de son test du sida.

— Je suis venu lui parler des mutilations des victimes, expliqua-t-il. Je tenais à avoir son avis de spécialiste.

— Et alors?

— Au fil de la conversation, il a commencé à se comporter bizarrement. Il adoptait une attitude inquiète. Suspecte. Avant que j'aie eu le temps de le pousser un peu, il s'est excusé pour aller aux toilettes et… tu connais la suite.

Lupa le croyait-il? Apparemment, oui.

— C'est-à-dire qu'il serait mêlé à tout ça?

— Vraisemblablement.

— D'abord, Zajda. Maintenant, lui. Mon Dieu… gémit Lupa en se prenant la tête.

Il se figea dans cette position comme une statue. Mortka songea qu'il faudrait l'exposer dans une galerie avec une légende: «Symbole du travail ingrat de la police». Lui-même appuya la tête contre le mur. Il baissa les paupières. Le café n'agissait plus. Il sentait qu'il allait tomber de fatigue.

Il était vingt-trois heures vingt, jeudi soir.

— Zajda t'a réclamé, reprit Lupa sans changer de position. Il voulait parler de Lucas et de ton rapport. Je lui ai donné ton numéro. Attends-toi à ce qu'il appelle.

— Merci de prévenir.

Était-ce le bon moment pour interroger Lupa sur la façon dont s'était vraiment déroulée l'interpellation du Rom? Il n'espérait pas entendre quelque chose de neuf. Lupa affirmerait de nouveau que Borko avait d'abord effectué un tir de sommation, avant de tirer sur Lucas qui lui fonçait dessus. Mortka dirait le contraire. Il n'avait pas envie de reprendre cette conversation. Mais il voulait vérifier autre chose.

— Je suis retourné voir les Gawrys.

— Pour quoi faire ?

— Peu importe. J'ai appris quelque chose d'intéressant.

— Quoi ?

— Que tu as rendu visite à Marta à l'hôpital, avant son interrogatoire au commissariat.

Lupa se redressa et regarda Mortka d'un d'œil lourd et fatigué.

— Oui, et alors ?

— Comment ça, et alors ? Tu vas parler tout seul au témoin principal. Et tu n'as même pas laissé une note sur cette rencontre. Tu n'as pas écrit une seule putain de ligne !

— Elle a raconté la même chose que plus tard au commissariat.

— Et il n'y a personne pour le confirmer !

Lupa fronça les sourcils comme s'il ne comprenait vraiment pas pourquoi Mortka le titillait, puis il eut un grognement de dédain.

— Tu sais comment fonctionne un cerveau de témoin. Surtout quand il s'agit d'un enfant, dit Mortka en s'efforçant de garder son calme. Il est trop facile de lui suggérer des choses.

— Tu veux insinuer que… ?

— Je veux insinuer que tu as agi contre les règles en n'en disant rien à personne, et maintenant les déclarations de Marta Gawrys sont sans valeur. On ne sait plus ce qu'il y a de vrai dans ce qu'elle a raconté. On ne sait plus avec certitude si elle a vu ce Tsigane dans la mine.

— Elle l'a vu.

— On n'en sait rien, parce qu'on ne sait pas tout ce que tu lui as débité à l'hôpital. Les témoins veulent plaire à leurs interlocuteurs dans l'enquête, et un enfant veut répondre aux attentes des adultes. Si tu lui as suggéré quelque chose, même involontairement, elle aura peut-être compris que c'était ce Tsigane que tu attendais.

— Je ne lui ai rien suggéré.

— Qu'est-ce qu'on en sait ? C'est bien là l'essentiel : on n'en sait rien !

Une infirmière à la tignasse blonde sortit de la salle de garde et lança à Mortka d'un ton sévère :

— Arrêtez de crier ! Vous êtes dans un hôpital. Les malades ont besoin de calme.

Mortka eut envie de l'envoyer balader, mais il se retint. Il se contenta d'un mouvement d'excuse de la tête, espérant que cela suffirait à lui clouer le bec.

— Pourquoi es-tu allé chez les Gawrys ? demanda froidement Lupa.

— C'est-à-dire ?

— Pourquoi es-tu allé chez eux ?

— Je voulais parler avec Marta.

Lupa inclina la tête de côté et examina Mortka, telle une pie observant la charogne dont elle va dépiauter les restes. Sur quoi il partit d'un rire joyeux.

— Toi, alors ! cria-t-il en se tapant les cuisses.

L'infirmière repassa la tête hors de la salle de garde.

— Moins fort, où je vous fais sortir tout de suite !

— Excusez-moi, dit Lupa, rigolard, en se penchant

vers Mortka. Le Kub, tu es allé chez eux pour parler avec Marta ?

— Oui.

— Donc tu as voulu faire la même chose que moi ? Parler à un témoin mineur en l'absence de tiers, et sans faire de compte-rendu ? Mais tu avais peut-être une caméra enregistreuse ou un magnétophone ?

— Non.

— Et quand tu es allé chez Nowak, il y a quelques heures ? Dieu sait ce que tu as pu lui raconter. Tu étais équipé ?

— Non.

Lupa leva les bras en signe de triomphe.

— Dis donc, le Kub, ce n'est pas de transgresser les règles qui te gêne, c'est seulement quand ce n'est pas toi.

Mortka ne trouva rien à répondre. Il détourna le regard en serrant les dents. Toujours souriant, Lupa s'étira sur sa chaise, les mains croisées sur le ventre.

Ils attendaient en silence que Nowak se réveille.

Mortka ouvrit les yeux. Il essaya de bouger, de changer de position, mais sa jambe gauche refusait de lui obéir. Il gémit et ses yeux se mouillèrent de larmes. Sa bouche était poisseuse du goût râpeux du café.

— Ah, mon Dieu... murmura-t-il en décollant ses lèvres desséchées.

Il força son corps à se redresser. Il frotta ses paupières assoupies et massa sa jambe ankylosée. Lorsque le sang circula de nouveau et que l'étrange et inquiétant fourmillement disparut, il tenta de se lever. Il chancela en s'évertuant à faire quelques pas, boitillant, se hasardant à une parodie de mouvements de gymnastique.

Il regarda sa montre : presque six heures et demie. Lupa, assis ou plutôt affalé, difficile à dire en le voyant, venait de se réveiller.

— Tu veux un café ? demanda Mortka.

Lupa cligna des yeux comme s'il ne comprenait pas.

— Non, merci.

— Finalement, moi non plus, constata l'inspecteur.

La seule pensée du jus de chaussettes vendu dans l'hôpital lui donnait la nausée.

— En fait, on ne permet jamais aux visiteurs de dormir à l'hôpital, remarqua Kozlowski qui s'était arrêté à côté d'eux pendant sa tournée. Mais comme vous êtes de la police, nous avons pensé pouvoir autoriser une exception. Et puis, vous étiez si mignons... Deux petits chiots serrés l'un contre l'autre.

Ni Mortka ni Lupa ne lui accordèrent un sourire, mais le docteur était si content de sa plaisanterie qu'il n'y prêta pas attention.

— Comment va Nowak ? demanda Lupa.

— On va bientôt essayer de le réveiller.

— Quand ?

— D'ici dix, quinze minutes.

— On va attendre.

— Vous comprenez que, même si on y parvient, il ne sera pas forcément en état de soutenir une conversation. La dose de morphine qu'il s'est administrée aurait assommé un éléphant.

— On va attendre.

Le docteur haussa les épaules.

— C'est vous qui voyez. Je vous donnerai le résultat.

Il retourna à ses obligations.

Mortka partit faire les cent pas dans le couloir, lisant

par ennui les affiches du règlement du milieu hospitalier, les consignes d'évacuation en cas d'incendie... Tout pour oublier son dos et sa nuque douloureux.

Lupa lui colla une tape dans le dos, annonçant qu'il allait pisser, avant de disparaître aux toilettes. Mortka se frotta la joue, constatant qu'il aurait eu bien besoin de se raser.

— Tu me rappelles pourquoi on a passé la nuit ici ? C'était quoi, comme plan futé ? demanda Lupa au retour des toilettes.

Il agitait ses mains mouillées en dispersant des gouttelettes d'eau autour de lui.

— Il y n'y avait aucun plan. C'est venu comme ça, répondit Mortka.

— C'est ce que je me suis dit, parce que, nom de Dieu, je ne suis pas foutu de me souvenir du moment où je me suis endormi.

— Moi non plus.

Ils s'assirent sur les chaises où ils avaient patienté et somnolé une partie de la nuit. Kozlowski réapparut environ une heure plus tard, l'air indécis et acide.

— Hélas, rien à faire. Nous l'avons sorti du sommeil médical, mais il ne se réveille pas pour autant. Je ne sais pas s'il va s'en tirer.

Le médecin resta un temps devant les policiers, guettant une possible réaction. Ne voyant rien venir, il les salua d'un hochement de tête et les abandonna à eux-mêmes. Lupa grogna et se gratta l'arrière de la tête. Il grimaça de douleur, quelque chose craqua doucement du côté de sa colonne vertébrale.

— Viens, le Kub, dit-il. Je t'offre un p'tit déj.

Chapitre 16

Lupa habitait en lisière de Kretowice, dans une maison individuelle qui semblait sortie d'un livre pour enfants. Avec des murs blancs, des volets verts et un toit d'un rouge pulpeux. Ne manquaient que des volutes de fumée sortant de la cheminée, telle une crème Chantilly.

Mortka se gara contre la barrière, à côté d'une Fiat Punto rouge, tandis que Lupa entrait dans le garage à ouverture électronique.

— Vous avez un chien? demanda l'inspecteur en tapotant d'un doigt le panneau fixé au portail.

On y voyait l'image d'un rottweiler bavant et menaçant qui disait «Je mets cinq secondes pour venir à la porte. Et toi?»

— Non. C'est pour la frime. Ça éloigne les rôdeurs et les Témoins de Jehovah. Même si les filles en voudraient un, mais elles préféreraient un york. Tu sais, une espèce de boule de poils.

— Je sais. J'ai d'ailleurs vu des panneaux avec des yorkshires.

Lupa le regarda sans comprendre.

— C'est idiot. À qui ça peut faire peur?

Il entra sur son terrain. Des buissons de roses égayaient

le jardinet, et des touffes de lierre escaladaient les murs. Lupa tira sa clef de sa poche, mais la porte s'ouvrit avant qu'il ait eu le temps de la mettre dans la serrure, et une femme apparut que Mortka aurait définie d'un mot : sportive.

Agnieszka Lupa avait le même âge que son mari. Elle nouait ses longs cheveux blonds en queue-de-cheval. Elle avait de grands yeux verts entourés d'un réseau de rides très fines qu'elle n'essayait pas de cacher, ce qui lui valut d'emblée la sympathie de Mortka. Mais on décelait de la froideur et de l'irritation dans son regard.

— Je t'ai entendu arriver, dit-elle à son mari. Tu n'es pas rentré cette nuit.

— Non.

— Le travail ?

— Oui.

Elle céda la place à Lupa pour le laisser entrer. Apercevant Mortka, elle lui adressa un sourire faux et lui tendit la main.

— C'est toi, le Kub, je suppose ?

— Oui.

Elle avait la poignée de main vigoureuse.

— Bog m'a souvent parlé de toi. Dommage que nous n'ayons pas eu l'occasion de faire connaissance plus tôt.

— C'est vrai. L'occasion ne s'est pas présentée.

— On a pensé faire un barbecue maintenant que le printemps revient, mais je vois que vous avez autre chose en tête que la cuisine en plein air.

— En effet. Autre chose...

Lupa parlait de son côté avec les filles qui venaient de dévaler du premier étage en trimballant leurs sacs. L'aînée avait dans les dix ans, l'autre deux ou trois ans de moins.

— Je conduis Malgosia et Klaudia à l'école.
— Très bien.

Agnieszka Lupa poussa les filles vers la Punto rouge. Quand la voiture démarra, les filles adressèrent de grands signes à leur père.

— On va boire un vrai café, grommela Lupa.

Ils passèrent dans la cuisine adjacente à la salle de séjour. Un grand espace qui occupait presque tout le rez-de-chaussée, d'une élégance rare. Mortka contempla avec jalousie le parquet dans la partie réception et les grands carreaux de couleur crème dans la cuisine, le sofa et les fauteuils en cuir, la table en verre encombrée de journaux et l'écran plat de quarante pouces fixé au mur. Ce qui lui plut surtout fut la porte vitrée qui menait à une terrasse et au jardin, où il y avait un trampoline pour les enfants et une cabane à outils.

— C'est le potager dont tu m'as parlé ?

Lupa fit non de la tête.

— Non, le potager est ailleurs. Aga ne m'a pas permis de planter quoi que ce soit ici. Elle a décidé que ce serait un terrain de jeu pour les enfants. Il ne faut que de l'herbe pour qu'elles puissent courir en plein air. Mais j'ai un potager à part, pour moi tout seul. C'était notre refuge quand nous habitions dans une barre. Depuis que nous avons déménagé, je suis le seul à y aller. Et c'est très bien. Il me semble que tout homme doit avoir un lieu où il peut faire ce qu'il veut. Bricoler, travailler physiquement, réparer ou casser des trucs… expliqua Lupa en s'affairant devant la machine à expresso.

Il la mit en route, déclenchant ainsi des vibrations sonores qui rendirent impossible toute conversation.

Le policier laissa couler le café dans les tasses qu'il

posa ensuite sur le comptoir séparant la partie cuisine du séjour. Mortka s'assit sur une chaise de bar, et Lupa lui tendit un sucrier plein avec une petite cuillère.

— Je sais que tu mets beaucoup de sucre. Ne te gêne pas. Il en reste encore deux kilos.

— Très drôle.

Lupa sourit de toutes ses dents et se lança dans la confection d'une omelette. Il brouilla les œufs avec une fourchette et versa le contenu dans une poêle où grésillait déjà le beurre. Les coquilles atterrirent dans l'évier.

— Sandwich ?

— Du pain et du beurre, ça ira, répondit Mortka en ajoutant une troisième cuillerée de sucre dans sa tasse.

Lupa découpa deux tranches de pain qu'il beurra avant de les poser sur les assiettes. L'omelette glissa à côté des tartines. Il en offrit une part à Mortka et attaqua la sienne avec entrain.

— Ta femme n'avait pas l'air contente, dit Mortka.

— Ah... Agnieszka est une femme bien, mais elle ne comprend pas toujours mon travail. Ça la branche d'avoir un mari flic qui attrape des assassins. Quand j'ai commencé à la Crim', elle en a piaulé de joie. Mais elle voudrait que je rentre tous les soirs à six heures, que je m'occupe des enfants, que je prépare des petits plats, et tout et tout.

Il se tut pour mordre dans son morceau de pain. Mortka se fit la réflexion qu'il en était allé de même pour Ola et lui. D'abord l'excitation, puis au fil des mois, des critiques : ses absences, le fait qu'il ne s'occupait pas des garçons, qu'il ne l'aidait pas... Puis de longues journées de silence hargneux, et des reproches pour tout et rien.

— Et puis elle n'a pas supporté de me voir changer

quand j'ai commencé comme infiltré, poursuivit Lupa. Toujours à s'énerver et à se demander si je ne m'embarquais pas dans des trucs.

— Si elle s'inquiétait, pourquoi elle n'appelait pas ?

— Je te l'ai dit, avec le travail d'infiltré, elle a compris qu'elle ne pouvait pas m'appeler.

Mortka hocha la tête.

— Il change tellement un bonhomme, ce boulot ?

— Tu n'as pas idée... répondit Lupa.

Ils finirent de manger. Le policier ramassa les assiettes et les posa dans l'évier.

— Je vais prendre une douche, dit-il. Tu veux aussi ?

— Non, je n'ai pas de fringues pour me changer.

— Je te prêterai quelque chose.

— Tu es plus petit que moi.

— Pas tant que ça.

— Non, merci. Je ferai un saut chez moi dans la journée.

— OK, je n'insiste pas. J'en ai pour quelques minutes. Après, on décide ce qu'on fait.

Mortka lui fit signe qu'il pouvait y aller. Il se planta devant la porte vitrée du jardin. Il entendit Lupa monter à l'étage et fermer la porte de la salle de bains ; un instant plus tard, l'eau coulait.

Il regardait avec intensité l'herbe verte où scintillaient les dernières gouttes de rosée dans le soleil de mai, et il réalisa qu'il enviait Lupa. Moins pour la maison que pour sa vie somme toute stabilisée avec sa femme, ses enfants, son potager et ses déjeuners du dimanche. Avec de bons bouillons et des rôtis, au lieu de toutes ces merdes tirées des congélateurs des supermarchés.

Devrait-il faire pareil, peut-être ? Ne pas quitter la

police, mais demander sa mutation dans une petite ville de Mazovie où les plus graves problèmes seraient ceux de jeunes se livrant à de petits trafics de marijuana, quelques vols de voitures et des bagarres d'ivrognes le vendredi soir. Un endroit idéal pour tout recommencer de zéro. Lentement, tranquillement. Devrait-il vraiment s'y résoudre ? S'il avait agi ainsi quelques années auparavant, peut-être aurait-il sauvé son couple ? Aujourd'hui, comme Lupa, il aurait une maison individuelle dans un endroit paisible, un jardin avec un trampoline où Andrzej et Michal feraient les fous, Ola à leur côté. La nuit, quand on n'entend plus rien, pas même des voitures qui passent, ils se seraient aimés et endormis réfugiés dans leurs odeurs.

— Vous êtes encore là ?

Il sursauta, un peu honteux de s'être laissé surprendre dans ses pensées.

Agnieszka Lupa entra dans la cuisine et ôta les dosettes de café de la machine.

— Oui. Encore, bafouilla-t-il en toussant, avec la voix d'un ado surpris à se masturber. Lupa prend sa douche.

— Oui, j'entends, dit-elle en jetant les dosettes dans la poubelle. Où étiez-vous ?

— Cette nuit ?

— Oui.

— À l'hôpital.

Elle redressa la tête et regarda Mortka.

— Il est arrivé quelque chose ?

— Oui. Mais je ne peux rien dire.

— Secret de l'enquête ? demanda-t-elle avec une ironie agressive.

— Oui.

Elle haussa les épaules, laissant entendre qu'elle ne poserait plus de questions sur ce sujet qui lui était devenu tout à fait indifférent.

— Je te fais un café ?

Il lui montra sa tasse. Elle comprit et revint à l'évier pour enlever les coquilles d'œufs et les jeter dans la poubelle.

— Vous allez trouver cet assassin ?

— Oui. Bien sûr qu'on va le trouver.

Elle eut un soupir.

— Ne me parle pas comme ça, à moi.

— Comment ?

— Comme à une bonne femme qui a la trouille. Moi, je posais une vraie question.

— Il y a de bonnes chances, répondit-il après un temps de réflexion.

— Bonnes comment ?

— Moyen.

— Merci.

Elle versa un peu de liquide vaisselle et nettoya l'évier. Ses mèches lui retombaient sur le front, et elle devait les ramener en arrière toutes les trois secondes avec le coude.

— Je posais la question, reprit-elle, parce que, avec un peu de chance, si vous arriviez à résoudre l'affaire rapidement, Bog pourrait peut-être retourner à la Crim'.

Mortka haussa les sourcils.

— À la Criminelle ?

— Oui, bien sûr. On l'a expédié ici par sanction. Comme toi. Sauf que dans ton cas, c'est pour quelques mois, tandis que nous, c'est pour le restant de nos jours. Il s'efforce de me gâter avec cette belle maison, mais…

Elle eut un geste de lassitude, et quelques gouttes de mousse volèrent de l'éponge jusque sur les plaques de la cuisine.

— Je pensais que c'était lui qui avait demandé son transfert ici.

Elle interrompit son ménage et le regarda, étonnée.

— Demandé? Bog? Non! Qui t'a raconté ces foutaises? Lui?

— Non. (Il choisit de mentir.) Un collègue du boulot.

— Ah, je vois.

— Une sanction pour quoi?

— Un truc qui a mal tourné pendant une opération à laquelle il participait. Il ne m'a pas donné de détails, parce que (et elle plia les doigts en l'air comme pour dessiner des guillemets) «secret de l'enquête». Et on s'est retrouvés ici, conclut-elle en soupirant. Et toi, tu retournes quand dans le vrai monde?

— Bientôt.

— Veinard.

— À moins qu'on ne me prolonge ici à cause de ces assassinats.

— Je ne te le souhaite pas. C'est possible?

— Je n'en sais rien. Sans doute que oui.

Lupa redescendait, la tête encore mouillée. Il s'habilla de frais et afficha un air enjoué comme si l'eau avait rincé toute sa fatigue et ses douleurs.

— Tiens! Aga! Tu es rentrée.

— Oui, chéri, fit-elle avec un large sourire aigri.

Un de ces sourires qui annoncent un début de scène conjugale.

Lupa, debout près du comptoir, regarda son épouse continuer à ranger en faisant semblant de ne pas voir son mari appuyé contre la petite table du bar. Il tergiversa un moment, puis décida de passer outre. Il indiqua la porte à Mortka en ajoutant :

— Je dois aller au travail.

— Bien sûr que tu dois.

— Je ne rentrerai peut-être que pour le dîner.

— Bien sûr.

Lupa serra les poings puis se détendit. Il alla vers son épouse, lui posa les mains sur les épaules, et délicatement mais fermement, l'attira vers lui.

— Minou…

Elle commença par le regarder avec irritation puis fronça les sourcils, et enfin les commissures de ses lèvres s'étirèrent doucement vers le haut.

— Je préfère ça, dit Lupa avant de lui donner un gros baiser et de la serrer contre lui.

Mortka ne voulut ni les gêner ni espionner plus longtemps cet instant d'intimité entre adultes. Il s'esquiva presque sans bruit. Il s'accouda à la barrière et offrit son visage au soleil printanier.

Lupa sortit cinq minutes plus tard. Il ne fit pas la moindre allusion à la friction avec son épouse, donc Mortka non plus.

— Et maintenant ? demanda le policier.

— Nowak, répondit Mortka. On va visiter son appartement.

Avant d'ouvrir, il examina longuement les deux serrures. Il voulait s'assurer que personne ne s'était introduit pendant la nuit, de la même façon qu'on avait forcé la porte de la chambre d'Olga. Il ne trouva aucune trace d'usage de crochet. Il ouvrit avec la clef qu'il avait récupérée la veille chez Nowak, et ils entrèrent.

Rien n'avait changé à l'intérieur depuis le moment où il avait quitté les lieux avec les infirmiers et le docteur sur un brancard. La porte des toilettes était restée ouverte, et la lumière était restée allumée. Le couvercle du réservoir était sur le côté, et les sachets d'héroïne sur le sol.

Mortka posa sur la commode de l'entrée une boîte de gants en caoutchouc qu'il venait d'acheter dans une droguerie. Il y prit une paire qu'il donna à Lupa et en enfila une deuxième. Lupa sortit de sa poche un appareil photo numérique qu'il avait rapporté de chez lui.

— Tu sais que ce qu'on fait est illégal ? demanda-t-il.

— Si je ne me trompe pas, Zagajewski nous signera plus tard tout ce qu'on voudra.

— Et sinon ?

— Sinon, on obtiendra au moins un reçu pour la poudre...

Lupa finit d'enfiler les gants en agitant les doigts dans tous les sens pour mieux les faire entrer. Puis il souleva un sachet de drogue qu'il posa dans sa paume ouverte.

— Qu'est-ce que tu en penses ? demanda Mortka.

— Et toi ?

— Je ne suis pas expert, mais j'ai suivi quelques cours.

— Comme tout le monde.

— Exactement. Pour moi, c'est de l'héroïne. Très pure.

— Oui.

— Il y a quelqu'un qui vend ça à Kretowice ?

Lupa secoua la tête.

— Au mieux, de l'herbe qui vient de Tchéquie et des amphets de chez nous. Je ne me rappelle pas que nous ayons attrapé qui que ce soit avec quelque chose de plus costaud. Peut-être à Jelenia...

— C'est ce que je me disais. Aneta m'a raconté que dans cette ferme on donnait des drogues aux filles enfermées. Pour les rendre dépendantes à l'héro. Ça marche mieux que des menottes.

— Et Nowak aurait reçu de la came de ces gars ?

— Reçu ou fourni.

Lupa reposa le sachet et fit deux clichés. Mortka en profita pour jeter un œil dans les autres pièces.

— On commence par quoi ?

— La grande pièce.

— D'accord.

Ils passèrent dans le salon qu'on aurait dit sorti tout droit du catalogue de chez Black Red White. Tous les meubles avaient l'air assez récents, en bon état et presque élégants. Ils commencèrent par fouiller les placards et les tiroirs. La plupart étaient vides. Ils avaient été vidés quelques mois auparavant déjà, car on voyait une épaisse couche de poussière que personne n'avait essuyée.

— Qu'est devenue la femme de Nowak ?

— Elle est partie avec les gamins.

— Pourquoi ?

— Il ne me l'a pas dit.

— Il porte toujours son alliance.

— Parce qu'ils n'ont pas divorcé. Tu comprends, c'est une catholique très croyante.

Ce que confirmaient les crucifix dans chaque pièce, petits, certes, mais fixés discrètement au-dessus de chaque porte. Sauf dans les toilettes.

— Tu as trouvé quelque chose ?

— Non. Juste des fringues.

L'inspecteur ouvrait le placard suivant et allait tirer les chemises qui s'y trouvaient.

— J'ai parlé avec Agnieszka, commença timidement Mortka. Elle m'a dit que vous n'étiez pas venus ici de votre plein gré, mais que tu avais été transféré pour raisons disciplinaires.

Lupa cessa de tirer sur les T-shirts et se tourna vers Mortka. Il n'avait pas l'air surpris.

— Normal. Elle est persuadée que c'est le cas, affirma-t-il tranquillement, une pointe de gaieté dans la voix.

— Pourquoi ?

— C'est la version que je lui ai vendue. (Lupa soupira.) Tu ne la connais pas, le Kub. C'est une nana de la ville. Jamais elle n'aurait déménagé ici de son plein gré. Mais il fallait qu'on vive dans un endroit tranquille, sans quoi la famille n'aurait jamais tenu. Hélas... J'ai donc fait ce qui était nécessaire. J'ai raconté des bobards à ma femme.

Mortka éprouva une certaine gêne devant cette suite d'aveux soudains. Il regretta d'avoir abordé le sujet.

— J'espère que tu ne lui as rien dit ?

— J'ai peut-être lâché un truc, reconnut péniblement l'inspecteur. Mais j'ai tout mis sur des racontars de bureau.

— Oh, putain... grommela Lupa. OK. Je vais devoir m'en occuper. Au cas où ça déraperait.

Lupa ouvrit le bar et écarquilla des yeux admiratifs. D'un signe de tête à son collègue, il indiqua des bouteilles bien rangées de whisky, de cognac et de vin. Des témoignages de reconnaissance que Nowak n'avait pas eu le temps de boire. Le père de Mortka avait une collection du même genre qu'il appelait sa « Grande Armée ». Il riait bruyamment chaque fois qu'il répétait sa blague.

Mortka finit de fouiller le dernier tiroir dans sa partie

de la pièce, puis se rendit à la salle de bains. Un étroit local dont une moitié était occupée par une baignoire d'angle, et le reste par une machine à laver et un lavabo. Difficile d'y mettre un pied devant l'autre. Il trouva une brosse à dents, du dentifrice, quelques déos, un rasoir, du savon liquide et du désinfectant. Rien qui puisse attirer l'attention. Il s'accroupit devant la baignoire et examina soigneusement les plaques de céramique qui en constituaient le tablier, les tapotant successivement jusqu'à ce qu'il en trouve une qui remuât. Il tenta de la soulever, sans y parvenir. Il se releva et alla chercher un couteau de table dans la cuisine. Il put enfin desceller le carreau. Il était fixé par un aimant. C'était une technique courante pour permettre aux plombiers d'avoir accès aux tuyaux sans endommager la décoration.

Il fouilla la cavité en s'éclairant avec son téléphone portable et distingua un reflet de papier alu. Il plongea la main et tira un sac de dessous la baignoire. Il contenait des liasses de billets empaquetées. Des euros. Des coupures de dix et de vingt. Il était incapable d'évaluer combien il y avait d'argent.

Son téléphone sonna. Il prit l'appel sans regarder d'où il venait.

— Mortka.
— Le Kub. Ici le commissaire Zajda. Où es-tu ?

Il hésita une seconde.

— Chez moi.
— Ramène-toi au commissariat. On a à parler.
— De quoi ?
— De ton rapport sur l'interpellation de Lucas.
— Je n'ai rien à ajouter ni à changer.
— Ramène-toi, reprit sèchement Zajda.

— Je ne peux pas. Je suis mal. Ça doit être la grippe.

Il coupa et remit le téléphone dans sa poche. Nouvel appel. Il reprit l'appareil. Le numéro de Zajda s'afficha. Il refusa la communication, entra dans « Menu » et coupa le son.

— C'était qui ? demanda Lupa qui venait de terminer dans le salon.

— Zajda.

— Ah ! Tu as trouvé quelque chose ?

Mortka s'écarta pour que le policier puisse voir l'argent. Lupa émit un long sifflement.

— Il y en a pour combien ?

— Je n'ai pas encore compté.

Lupa se mordit la langue.

— Qu'est-ce qu'on fait de ça ?

— Tu veux dire quoi ?

— Qu'il faut le montrer. L'apporter au commissariat.

— Et informer Zajda de ce qu'il se passe ? demanda Mortka. J'ai peur qu'on n'ait encore trop peu de choses pour pousser l'affaire dans la bonne direction.

— On a l'héroïne et le fric.

— L'héroïne n'est pas une preuve suffisante en soi. Il sera toujours possible de prétendre que Nowak n'était qu'un drogué ordinaire. Ce sont des choses qui se voient même chez les toubibs. Et l'argent ? On n'est plus à l'époque où détenir des devises était un délit.

— Et si on se trompe ? lança Lupa. Si Zajda n'a rien à voir avec tout ça ?

Mortka se releva et essuya son pantalon.

— J'espère que c'est le cas. Mais je voudrais des éléments plus solides, dit-il en sortant de la salle de bains.

Il remarqua le téléphone de Nowak dans une corbeille

près de la porte et s'en empara. Un Samsung. Il lui fallut un moment avant de réussir à débloquer le clavier.

— Un téléphone. Pas bête. On pourrait demander les relevés au fournisseur et reconstituer les mouvements de Nowak, proposa Lupa.

— Ça prendrait des siècles, commenta Mortka.

Il entra dans la liste d'appels. Une seule communication le jour de l'assassinat d'Olga. Il prit son propre appareil et nota le numéro qu'il composa aussitôt. On décrocha à la cinquième sonnerie.

— Centrale Occase. Vêtements seconde main.

Son cerveau réagit en un éclair.

— Oui, bonjour. J'ai un magasin de fringues usagées, et j'ai besoin de me réapprovisionner. Vous avez de la marchandise de l'Ouest ?

— Euh… Oui. D'Allemagne et d'Angleterre.

— Parfait. Quand est-ce qu'on peut faire un saut ?

Deux secondes de silence.

— Comment vous dire… On n'a pas eu de livraison depuis un moment.

— Ça ne fait rien. Je trouverai sûrement quelque chose, insista Mortka en sortant son calepin et un stylo-bille. C'est quoi l'adresse ?

— Mais vraiment…

— Même si c'est que pour plus tard. Dès que vous aurez de la marchandise.

— Rue Fabryczna, 31. Mais ce n'est pas la peine de venir maintenant.

Il coupa la conversation et brandit le papier sous le nez de Lupa.

— Tu connais cette rue ?

— Oui, répondit l'inspecteur après un instant de

réflexion. C'est en bordure de la ville. Je ne sais même pas si c'est encore dans la commune. C'est quoi, comme endroit ?

Mortka ôta ses gants de caoutchouc et les fourra dans une poche de son pantalon.

— C'est l'endroit où on va, dit-il.

Chapitre 17

La rue Fabryczna ne méritait plus son nom. Il y avait belle lurette que toute activité industrielle y avait cessé. Le bâtiment d'une ancienne fabrique de tapis tenait encore à peu près debout, mais tout le reste tombait en ruine. Des baraques délabrées menaçaient de s'effondrer à tout instant, ce que signalaient d'ailleurs des panneaux de mise en garde. Ils représentaient la seule vraie mesure de sécurité. N'importe quel ivrogne ou le premier gamin venu pouvait se glisser dans les décombres, au risque de recevoir une tuile sur la tête. Il y avait bien eu une barrière protectrice, mais celle-ci avait été volée par des pilleurs de métaux. N'en restaient que des poteaux rouillés qui, visiblement, n'avaient pu être arrachés du sol.

Le n° 31 était la seule construction qui ressemblait encore à un vrai bâtiment. Un entrepôt en briques rouges entouré d'un mur en béton.

— Qu'est-ce qu'il pouvait bien y avoir ici ? demanda Mortka en s'essuyant le front.

L'air était lourd, et au loin s'amoncelaient de gros nuages sombres et menaçants.

— Tout ce qui va avec la fabrication de tapis. Garages,

entrepôts, ateliers, répondit Lupa en tapotant le volant. Tu penses que c'est ici?

— Ça pourrait correspondre. Un entrepôt loin de toute habitation, ça n'attire pas l'attention. En théorie, on importe ici des vêtements usagés d'Allemagne, donc des camions et des voitures avec des plaques de là-bas n'éveillent aucune suspicion. Un chargement de plus ou de moins...

— Quand tu as parlé de ferme, j'ai pensé à une vieille exploitation agricole. Mais ce hangar peut convenir. Tu veux qu'on aille jeter un coup d'œil?

— Ça vaudrait mieux.

— On fait venir des renforts?

— On n'a toujours que des soupçons. Rien de plus.

— Alors, on n'y va qu'à deux?

— Oui, mais prudemment. Juste pour se rendre compte. On ne fait pas de folies.

Lupa pesa le pour et le contre. Finalement, il hocha la tête pour signifier son accord.

— Tu as ton arme? demanda-t-il.

— Oui. Et toi?

— Évidemment.

Ils descendirent de voiture et se dirigèrent vers le portail.

— Putain! Si j'avais su que ça prendrait une telle tournure dans ce fichu Kretowice, je serais resté à la Crim', grommela Lupa.

— C'était plus tranquille, le boulot, là-bas?

— Tu parles!

Un homme en jogging et capuche se pencha hors d'une guérite derrière le portail d'entrée. Chauve, mal rasé, de petits yeux rouges comme s'il avait passé la nuit devant un écran de télé ou d'ordinateur.

— Bonjour. Inspecteur Bogdan Lupa, police, dit l'inspecteur en montrant son insigne. Voici mon collègue, l'inspecteur Mortka. Le propriétaire est là ?

Le chauve examina tour à tour Mortka et Lupa avec un air d'intense réflexion.

— Le directeur ?
— Il est là ?
— Il est là, dit le chauve. Il s'agit de quoi ?
— Il s'agit de ce qu'on veut lui parler. C'est tout, bordel ! dit Lupa en toisant le chauve d'un air menaçant.

L'homme détourna la tête. Il avait une toile d'araignée tatouée dans le cou.

— Compris, compris, grogna-t-il. Je vais le chercher. Attendez-moi un moment.

Le chauve partit chercher son chef. Mortka franchit le portail et se posta devant la guérite. Deux voitures et un camion recouvert d'une bâche bleue décorée d'un pélican tenant un poisson dans son bec stationnaient sur les dalles inégales du parking bétonné. Mortka ne put déchiffrer l'inscription, tant elle était ancienne et défraîchie.

Le gardien revint en compagnie d'un petit bonhomme corpulent au visage moite de sueur.

— Ces messieurs sont de la police ? demanda-t-il en hâtant le pas, soufflant comme s'il allait tomber victime d'une attaque.

— Oui. Inspecteur Boguslaw Lupa, et mon collègue Jakub Mortka.

— Mieczyslaw Bielski, se présenta le petit gros en s'épongeant le front avec un mouchoir tiré de sa poche. Une seconde… Lupa, c'est bien ça ?

— Oui.

— Et votre femme, c'est Agnieszka ?

— Oui.

— Je connais. Je connais. Nos enfants vont dans la même classe.

— Vraiment ?

— Et comment ! Le mien, c'est Adas. Vous savez, l'affreux jojo.

— Oui, ma femme a dû m'en parler. Mais elle a dit que si Adas faisait l'affreux jojo, c'était aussi un très chouette garçon.

— Chouette, chouette, peut-être, mais il devrait mieux suivre en classe. Bien, messieurs, en quoi puis-je vous aider ?

Lupa regarda Mortka qui faisait un signe presque imperceptible de la tête.

— Nous voudrions une chose, répondit l'inspecteur. Nous voudrions faire un tour ici.

— Ah bon ? Pourquoi ? demanda Bielski méfiant.

— Un truc idiot, auquel je ne comprends rien. On a reçu des ordres venus d'en haut pour faire une vérification. Toutes les conneries qui peuvent leur passer par la tête à Jelenia... mentit Lupa. Alors, c'est possible ? Cinq minutes, et on disparaît.

— Je ne sais pas quoi vous dire.

Lupa changea de visage, d'attitude et de ton. Il cessa de faire le bon flic du coin pour se transformer en sale emmerdeur de flicard.

— Ne me faites pas revenir avec un mandat du procureur, menaça-t-il d'une voix dure. Ça nous compliquerait beaucoup, beaucoup, mais vraiment beaucoup la vie. Et quand je dis « nous », c'est d'abord à vous que je pense.

Parce que vous voyez, si on revient avec un mandat du procureur, on sera obligés de tout mettre sens dessus dessous.

Bielski se livra à un combat intérieur qui dura quelques secondes, puis il fit un signe des mains.

— C'est bon, allez-y. Mais ne me chamboulez pas tout.

— Il y a quelqu'un d'autre à part vous ?

— Il y a Kamil, dans le bureau. Il est en train de manger.

— Je comprends.

Ils passèrent devant Bielski et se dirigèrent vers l'entrepôt. Après quelques dizaines de pas, Lupa ralentit pour attendre Mortka.

— Ils font quoi ? demanda-t-il.

— Ils discutent à l'entrée.

— Ils nous regardent ?

— Oui.

— Très bien. On entre. Je sécurise la porte et tu vas jeter un œil, après quoi on dégage au plus vite, dit Lupa.

— Il y a encore un autre type.

— Ou plus. Je ne sais pas si ce Bielski a dit la vérité.

Ils s'arrêtèrent à la porte.

— Tu veux vraiment jouer à ça ? demanda Lupa.

Mortka regarda du côté du portail. Bielski continuait à parler au chauve en gesticulant. Ça ne s'annonçait pas bien. S'ils faisaient demi-tour tout de suite en prétendant qu'ils s'étaient trompés d'adresse, ils s'en tireraient sans doute indemnes. S'ils entraient, en revanche, tout pouvait arriver.

Mais ils avaient peut-être trouvé exactement ce qu'ils cherchaient. La Ferme.

Il dépassa Lupa et entra. Il se trouva dans un local séparé du reste du bâtiment par des cloisons en contre-plaqué. Il y avait un ordinateur, une caisse enregistreuse et une étagère avec quelques dossiers en désordre. Un type se figea sur sa chaise, un sandwich à la main.

— Vous êtes qui ?

— Police. Ne vous dérangez pas, dit Mortka en continuant son chemin vers le centre de l'entrepôt.

Lupa lui emboîta le pas. Il tranquillisa au passage le type au sandwich par quelques bonnes paroles que Mortka n'entendit pas.

Il était dans le hall au centre duquel courait une rangée de poutrelles métalliques qui soutenaient la toiture. Entre les murs de briques disparaissant sous des couches sombres de crasse attendaient deux grands tas de vieilles fringues : blouses, jeans, chemises, lingerie. Aucune femme attachée. Personne qui aurait pu avoir besoin de leur aide. Juste une odeur d'antimites.

Lupa ferma la porte de la partie bureau. La main sur la crosse de son pistolet, il dit :

— Va vérifier la suite.

Mortka s'engagea entre les tas de vêtements. Ses pas produisaient un écho léger dans l'espace quasi vide du hangar. Il distingua bientôt entre les deux tas une plaque de métal sale, partiellement couverte de vêtements. Il s'y précipita le cœur battant et déblaya les frusques. La plaque était bloquée par un gros verrou. Il le tira et ouvrit le passage.

Il en monta une odeur de champignons et de cave humide. Mortka regarda à droite et à gauche. Lupa, toujours près du bureau, montait la garde. Rien de suspect.

L'inspecteur descendit à la cave par une échelle

métallique. Il trouva un interrupteur au mur et alluma. Une lueur pénible, d'un bleu glauque, descendit de veilleuses fixées au plafond d'un couloir.

La cave était divisée en plusieurs réduits que Mortka contrôla rapidement. Tous vides. Il ne trouva que quelques vieilles caisses, une rangée de cartons contre un mur et encore un tas de vêtements. L'ensemble avait pris l'humidité et n'était plus bon que pour la décharge.

Il éteignit la lumière et remonta. Il referma la plaque de la cave et rebloqua le verrou. Un sentiment de colère et de frustration l'envahit soudain. Les erreurs constituaient une part inévitable de son travail. Il en était bien conscient, mais le fait de le savoir ne l'aidait en rien.

Il s'approcha de Lupa.

— RAS, dit-il en s'efforçant de conserver son calme.

Ils sortirent ensemble de l'entrepôt. Lupa remercia Bielski pour son aide et échangea encore quelques mots avec lui, tandis que Mortka remontait en voiture avec sa déception. L'inspecteur l'y rejoignit.

— Donc, ce n'est pas ici.

— Pas ici, répéta sombrement Mortka en envoyant un coup de poing dans le toit de la Toyota. Putain de sa mère !

— Eh, du calme.

— Mais pourtant, j'en étais sûr, nom de Dieu ! C'est ici que Nowak a appelé ! Tu ne le vois quand même pas venir acheter de la fripe ? Tu as vu tous ces euros ? Il avait de quoi s'acheter des liquettes neuves !

— Je ne sais pas, le Kub, pourquoi il a appelé ici. On lui demandera quand il se réveillera, répondit Lupa, irrité, en démarrant.

Il roulait lentement. Il repassa devant l'entrepôt, puis

fit demi-tour et prit la direction du centre. Mortka continuait à marmonner des suites de jurons.

— Et maintenant? demanda Lupa un peu plus tard.
— Je ne sais pas.
— On va à l'USA?
— Je n'ai pas envie d'aller dans un bar. Dans aucun.
— Et moi, je boirais bien une bière. M'asseoir tranquille pour réfléchir à la marche à suivre. Et voir si tout ce qu'on fait a un sens.

Mortka lui fit signe qu'il était d'accord. Les autres options auraient été de passer au commissariat ou de rentrer seul dans l'appartement pour regarder bêtement le mur. Il n'avait pas la moindre envie ni de l'une ni de l'autre.

— Mais pas à l'USA, s'il te plaît.
— Chez moi, ce n'est pas possible. Les filles vont bientôt revenir, et Aga devient dingue si on boit devant les enfants. Interdiction absolue. Même une petite bière.
— On peut aller chez moi.
— D'accord pour chez toi, dit Lupa au moment où ils atteignaient les premiers immeubles de Kretowice.

Zajda regarda sa montre. Il n'était pas loin de quinze heures, et ni Mortka ni Lupa ne s'étaient encore pointés au commissariat. Qui plus est, aucun des deux ne répondait au téléphone. Normalement, le commissaire, furax, aurait couvert d'injures toute personne sur son chemin, mais sa situation était si tragiquement déplorable que c'en devenait drôle.

Il se souvenait d'Andrzejewski et de leur première rencontre, au début des années quatre-vingt-dix, à l'école de police à Szczytno. Ils étaient devenus amis comme seuls peuvent le devenir deux hommes aux ambitions si différentes et aux destins voués à se dérouler sur des voies si distinctes qu'ils sont certains d'être en mesure de s'entraider à l'avenir, sans jamais se nuire. Andrzejewski visait haut. Jamais il n'en parla à personne, jamais il ne voulut le reconnaître, mais de l'opinion générale, il se voyait dans le fauteuil de chef suprême de la police. Garçon curieux, il passait le plus clair de son temps dans les livres. Il s'intéressait aux sciences nouvelles, c'est-à-dire à l'informatique et à ses applications dans le travail d'enquête. Il pouvait passer des heures à expliquer à qui voulait l'entendre que de nouvelles formes de criminalité se développaient maintenant en Pologne, mais que la police ne disposait pas encore des moyens de les combattre, et pire, qu'elle demeurait mentalement dans l'ordre ancien.

L'avenir lui avait donné raison.

Zajda, quant à lui, était tout autre. Il n'avait que faire d'une carrière éclair ou de nouveaux galons sur ses manches. Il voulait juste gagner correctement sa vie et se garantir un petit monde à lui, qu'il saurait entièrement comprendre et maîtriser. Il venait de la campagne et n'en avait aucunement honte, il était toujours resté un bon gars simple et débrouillard. À la sortie de l'école de Szczytno, il avait été nommé à Kretowice. Andrzejewski n'y aurait pas tenu six mois. Il y aurait étouffé. Mais cette petite ville cachée au fond d'une vallée de Silésie plut d'emblée à Zajda.

Avec le temps et quelques déboires dans la machine policière, les ambitions d'Andrzejewski se réduisirent, tandis que celles de Zajda s'accrurent.

Cela débuta avec le premier appel auquel Zajda eut

à répondre. Il se rendit seul sur les lieux. Un groupe de types fraîchement licenciés d'une usine, complètement saouls, avaient commencé à troubler l'ordre dans les rues, interpellant les passants, criant, jurant, et menaçant de leurs poings tous ceux qui leur faisaient des remarques. Il se souvint d'être resté longtemps à l'écart dans son véhicule que les poivrots ne remarquaient pas. Il s'était dit qu'Andrzejewski avait raison. Qu'une nouvelle criminalité était en train de naître. À cette différence près qu'Andrzejewski visait des mafias, des bandes organisées pour la criminalité économique... Zajda se trouvait, lui, nez à nez avec une autre menace : un troupeau de jeunes chômeurs privés de tout espoir, brutalement écrasés par un monde qu'ils avaient cru sûr. Il était effrayé, car il lisait dans leurs yeux et leurs gestes que l'uniforme n'avait plus rien de sacré. Que lui-même pourrait être conspué, attaqué. Et qu'eux s'en tireraient. L'époque où le milicien de la Pologne communiste était un dieu était bien révolue. Le régime avait disparu, et il avait depuis l'impression d'avoir été rétrogradé à un statut de chien de garde. Un chien, ça reste au bout de sa chaîne, et on le fait obéir avec un bâton s'il aboie trop fort. Mais Zajda s'était dit que si Kretowice devait vraiment être à lui, s'il voulait vraiment régner sur la ville, il ne pouvait se permettre d'abdiquer au début de la route. Une étincelle de colère, vite transformée en flammes de fureur, jaillit donc dans son cœur. Il descendit de son véhicule et claqua la portière si violemment que les autres ne purent que l'entendre et le remarquer. Il les affronta, droit comme un I, impérieux et menaçant. Et eux, à sa propre stupéfaction, prirent peur. Ces cinq adultes agressifs se transformèrent en collégiens honteux d'avoir été surpris en train de fumer par leurs parents. Il leur distribua des PV et leur ordonna de rentrer chez eux. Ils obéirent.

La nouvelle se répandit qu'un nouveau flic venait de débarquer en ville. Un avec qui on ne plaisantait pas. Efficace et adroit. Il attira l'attention de ses supérieurs et monta vite en grade. D'autant qu'on avait compris que ses ambitions n'allaient pas au-delà de la ville de Kretowice. Les commissaires et autres officiers de Jelenia Gora et de la voïvodie pigèrent qu'il ne représentait aucune menace pour eux. De son côté, Zajda comprit que son petit monde entrerait parfois en interaction avec son voisinage, avec plus grand ou plus petit que lui. Il travailla donc à se faire des relations, à rendre des services, à nouer des amitiés qui pourraient lui être utiles dans le déroulement ultérieur de sa carrière.

Il savait que dans son dos ses subordonnés l'appelaient « le petit prince ». Il leur laissa croire qu'il n'était pas au courant. Ce surnom lui plaisait. Il lui paraissait refléter une réalité. Oui, Kretowice était progressivement devenu sa principauté, une petite partie du monde qu'il dominait. Il reçut enfin la nomination tant désirée de chef de la police locale. Et Zajda prit conscience de ce qu'il venait d'atteindre son sommet. Et que personne ne l'en ferait descendre. Il se fit prince pour de bon.

C'est pourquoi les dernières semaines avaient été si douloureuses. D'abord des rumeurs de réorganisation, puis des menaces de mutation, des négociations ratées. Là-dessus, la découverte des corps dans la mine fut comme une lumière d'espoir de sauver son commissariat et sa position dans l'élite de la ville. Mais l'événement se transforma de jour en jour en catastrophe. La mort de Wajtola, la mort de Lucas, le principal suspect, un nouveau meurtre et aucune indication sur qui pouvait être l'assassin… Les coups de téléphone de ses supérieurs s'étaient faits de plus en plus insistants ; il commençait à manquer de leviers à actionner et de mensonges pour apaiser la hiérarchie. Et le rapport de Mortka qui *de facto* accusait Lupa et Borkowski au minimum d'usage abusif de leurs armes ! Il refusait de penser à ce qu'il pouvait advenir. Cette affaire devait se régler avec élégance et en douceur. Il suffirait de faire pression sur l'inspecteur pour qu'il modifie un mot ou deux. Rien de terrible. Rien qui puisse être qualifié de mensonge. Mortka n'aurait qu'à reconnaître qu'il avait pu confondre certains détails.

Zajda se leva et s'approcha de la fenêtre. Il hésita à appeler Andrzejewski pour lui demander de parler à Mortka. Il décida d'attendre encore un peu. Il gardait un atout dans sa manche, mais ne voulait pas abattre son jeu trop tôt.

Il soupira et chercha son paquet de cigarettes parmi les papiers entassés sur sa table. Et il découvrit soudain à quoi ressemblait son univers après tant d'années. Il s'était replié sur son bureau, avec des quantités de papiers à écrire, compléter, corriger, faire suivre, des tableaux, des formulaires, des statistiques. Lui-même avait vieilli, il avait perdu du muscle et de sa forme physique, il avait pris du ventre. Il avait cessé d'être policier et s'était mué en fonctionnaire, tandis que son royaume avait rapetissé aux quatre murs de cette pièce.

Suffit, se dit-il. Il devait changer, redevenir ce qu'il avait été. Il commencerait par Mortka. Il lui ferait bouffer son rapport et lui ordonnerait d'en rédiger un autre. Que tout rentre dans l'ordre.

Mortka décrocha la gaine avec le pistolet qu'il posa sur l'armoire et s'assit dans un fauteuil. Il appuya le front sur sa main tandis que Lupa rangeait les bières dans le frigo et plaçait la pizza dans le congélateur. Ils la mangeraient plus tard. Puis l'inspecteur apporta une chaise de la cuisine, la planta au milieu de la pièce et s'assit en face de Mortka.

— Tu veux une bière ?
— Plus tard.

Lupa se leva et arpenta le studio.

— Ce n'est pas mal, ici, remarqua-t-il. Je ne savais pas qu'il existait ce genre de logement en ville. Dommage que ce soit en rez-de-chaussée, mais ça ne serait pas de trop d'aérer un peu.

— Pas de trop, répéta Mortka.

Ses pensées étaient toujours dans l'entrepôt. Il se remémorait toute leur visite, les visages des hommes qui travaillaient là-bas. Avaient-ils oublié quelque chose ? Ou encore, n'était-ce pas le bon endroit ?

Lupa cessa de déambuler et revint s'asseoir. Il rajusta sa chemise à carreaux.

— Et maintenant ?
— Je ne sais pas. On devrait sortir une carte, prendre un répertoire d'adresses et noter les lieux à contrôler. Les entreprises abandonnées, les immeubles vides.

— Ça en fera un paquet. Des entreprises abandonnées, et même des immeubles vides.

— Oui.
— À deux, ça nous prendra des semaines. Ou des mois. À supposer que nous n'aurions rien d'autre à faire.

— J'en ai bien conscience.

— Alors ?

— On n'a rien d'autre. Et on ne peut s'adresser à personne. Putain ! Notre seul avantage est que ces gens ne savent pas qu'on a mis la main sur Nowak. Mais ça ne va pas durer.

— À supposer que « ces gens » existent.

Mortka ne répondit pas. Il inclina la tête et frotta son cou toujours douloureux. Il continuerait pendant les jours prochains à sentir dans ses muscles et ses os la nuit passée sur une chaise à l'hôpital.

— Et avec tes potes de la Crim' ?

— Je n'ai pas eu le temps de les appeler.

— Tu le feras ?

— Oui. Bien sûr. Mais comme je te l'ai dit, je ne sais pas si ça nous aidera d'une quelconque manière.

— Essaye toujours.

Au loin, il s'était mis à tonner. Les premières gouttes vinrent frapper la vitre. Mortka essayait de se concentrer. L'entrepôt. Premièrement, il pouvait correspondre à ce qu'ils cherchaient ; deuxièmement, Nowak n'avait aucune raison d'appeler là-bas. Et pourtant, il l'avait fait. Pourquoi ?

— Et cette Aneta de la fondation des Flocons de neige ? Elle est au courant de quoi ? demanda Lupa.

— Pas grand-chose.

— Mais elle irait le raconter ?

— Je ne sais pas, répondit Mortka sincèrement.

Il avait complètement oublié cette femme.

— Tu as ses coordonnées ?

— Oui. Tu veux son numéro ?

— Ça serait bien.

L'inspecteur ouvrit son portefeuille et passa en revue

des cartes de visite. Il trouva la bonne et la tendit à Lupa, qui recopia aussitôt le numéro dans la mémoire de son téléphone.

L'entrepôt, l'entrepôt, ruminait Mortka. *Les gens qui y travaillent. C'est une chose. Trois hommes.* Il lui avait toujours semblé que, dans les dépôts de fringues, c'étaient plutôt des femmes qui travaillaient. Il n'en avait pas vu une seule lors de leur visite. Mais peut-être avait-il tort. C'était un entrepôt, après tout. Il fallait décharger des conteneurs, déplacer des ballots... Il rejeta cette pensée pour se concentrer sur la suivante : les vêtements eux-mêmes. Jetés n'importe comment en quatre grands tas. Ils n'avaient pas été triés, alors que ç'aurait dû être le cas. Les chemises d'un côté, la lingerie d'un autre, les sous-vêtements pour hommes plus loin, et encore séparément les vêtements d'enfants. Qu'un acheteur puisse voir ce qu'il venait acheter. Or là, c'était le chaos. Ce n'était pas un centre de stockage, c'était une mise en scène.

Le mot lui vint spontanément à l'esprit. Son cœur battit la chamade, mais Mortka pinça les lèvres, s'efforçant de garder son calme. Il lui fallait penser lentement, froidement, avec précision. L'entrepôt avait l'allure qu'il avait, ils avaient contrôlé l'intérieur, ils avaient contrôlé la cave. Ils n'avaient pas découvert d'autres locaux. Il n'y avait que deux voitures sur le parking, et...

— Le camion ! s'écria-t-il.

Lupa le regarda d'un air interrogatif.

— Le camion, répéta Mortka. Quand j'ai téléphoné à l'entrepôt, ils m'ont répondu que ce n'était pas la peine de se déplacer parce qu'ils n'avaient pas reçu de livraison depuis longtemps. Mais il y avait ce camion sur le parking. Nous ne l'avons pas contrôlé.

— Et...
— On y retourne.
— Tu plaisantes ?
— Il faut qu'on y retourne.

Mortka se leva, mais Lupa fut une fraction de seconde plus rapide. Il s'était dressé pour repousser l'inspecteur, délicatement mais fermement, assez pour que Mortka retombe sur sa chaise.

— Minute, dit Lupa.
— Minute, quoi ?

Lupa sortit son arme de sa gaine, débloqua le cran d'arrêt et le mit en joue. Quelques secondes plus tard, des secondes qui durèrent une éternité, Mortka entendit sa voix vidée de toute colère :

— T'as vraiment besoin de te cramponner comme ça ?

Chapitre 18

— Et maintenant ? Tu ne vas quand même pas me tuer ?

Lupa, qui tournait nerveusement dans la pièce, s'arrêta et se planta devant Mortka.

— Et pourquoi pas ? demanda-t-il, étonné.

L'inspecteur s'agitait fiévreusement. Deux minutes plus tôt, tout en le gardant en joue, Lupa lui avait lancé sa paire de menottes et ordonné de s'attacher au radiateur. Mortka avait alors hésité une fraction de seconde : devait-il prendre le risque de se jeter sur son adversaire ? La distance était trop grande, et Lupa avait le doigt sur la détente. À contrecœur, il s'était exécuté.

— Je suis flic, putain ! Tu imagines le boucan que ça va faire ?

— Ça pourrait être pire que maintenant ? demanda Lupa. J'en doute, le Kub. Quand on a ouvert la fosse à purin, qu'il y ait un peu plus de merde ou un peu moins, ça va puer pareil dans toute la voïvodie.

— Tu vas te planter.

— Jusqu'ici, ç'a plus ou moins marché. Maintenant, réfléchis... (Il se gratta le front avec le canon de son pistolet.) Un policier solitaire, éloigné en province, aux prises avec des problèmes personnels et des difficultés professionnelles, se suicide. Quoi de plus vraisemblable, n'est-ce pas? Je rajouterai quelques récits sur tes idées noires, et je convaincrai facilement Borko d'en remettre une couche de son côté, lui qui ne t'aime pas spécialement. Ça devrait marcher.

Mortka sentit sa gorge se dessécher. Il ne devait pas paniquer. Il fallait trouver un moyen de se libérer, de fuir ou de désarmer Lupa. Mais comment, maintenant qu'il était attaché au radiateur avec ses propres menottes?

— Borko travaille pour toi?

— Non. Mais pour le moment c'est sans importance. Tu devrais plutôt t'inquiéter de ce que je vais faire de toi.

Mortka avala sa salive.

— Comment te dire… commença-t-il prudemment. Une voiture neuve ferait bien mon affaire, avec quelques petits suppléments…

Lupa plissa le font, réfléchissant à ce qu'il venait d'entendre, avant d'afficher un sourire moche. La grisaille était tombée à l'extérieur, et l'appartement s'était assombri. Sous cet éclairage, le visage de Lupa évoquait un masque grotesque.

— Ça résoudrait pas mal de problèmes, n'est-ce pas? Je pourrais être d'accord, le Kub. J'aurais vraiment pu être d'accord, si je ne te connaissais pas. Mais ce n'est pas le cas. Je sais que dès que je t'aurai libéré, tu fileras chez Zajda, ou à Jelenia, ou même à Wroclaw. Non, non, pas question.

— Tu te trompes. Je ne suis pas comme ça.

— Tu es comme ça.

Lupa ferma les paupières, grimaçant comme s'il était victime d'une soudaine et violente migraine.

— Je regrette, le Kub, dit-il. Si j'avais pu entrevoir la moindre possibilité de sortir de tout ça…

— Il y a une possibilité.

— Moi, je n'en vois pas.

— Mais…

On frappa à la porte. Vigoureusement et avec insistance. Lupa se pétrifia, avant de mettre un doigt sur ses lèvres. Nouveaux coups à la porte. Encore plus forts.

— Mortka! Ouvre! Je t'ai entendu.

Derrière la porte, c'était la voix de Zajda.

L'inspecteur savait que s'il se taisait comme Lupa le lui ordonnait, le commissaire finirait par partir. Et Lupa le tuerait. S'il se mettait à crier, l'inspecteur appuierait tout autant sur la gâchette, avant sans doute de s'enfuir par la fenêtre. Ou pas, ce qui pour Mortka ne ferait aucune différence. Il n'avait pas beaucoup de temps pour réfléchir.

— Lupa! hurla-t-il de toutes ses forces. Lupa! Lupa! Lupa!

Lupa fit des yeux ronds. Il venait de comprendre. S'il tuait Mortka maintenant, Zajda saurait qui était le coupable. Comme la moitié de l'immeuble, d'ailleurs.

— Putain de sa mère!

Le pied de Lupa atterrit sur la main du policier attachée au radiateur. Son avant-bras prit un angle artificiel, et Mortka poussa un beuglement sauvage. Il eut une seconde l'impression qu'on lui cisaillait le bras avec une scie chauffée à blanc. Il serra son bras de sa main valide et se recroquevilla, attendant le coup suivant.

Qui ne vint pas.

— Qu'est-ce qu'il se passe?

Lupa ouvrit la fenêtre qui donnait sur l'arrière-cour et en escalada le rebord. Les regards de Mortka et de l'inspecteur se croisèrent, puis Lupa sauta.

— Ouvre, ou tu vas le regretter!

La porte s'incurvait. Zajda frappait de plus en plus fort. La serrure céda avec un craquement de branche qui casse, et le commissaire fit irruption à l'intérieur en se tenant une épaule. Il s'immobilisa après quelques pas. Il aperçut Mortka qui se redressa et pâlit.

— Qu'est-ce qu'il se passe, nom de Dieu?

— La clef, souffla l'inspecteur. Sur la commode.

Zajda la lui posa dans sa main valide. Mortka ouvrit les menottes et s'affala sur le plancher. Enroulé sur lui-même, il sentait des vagues de douleur dans son bras qui commençait à gonfler.

— Qu'est-ce qu'il se passe ici?

Mortka fit signe qu'il avait besoin d'aide. Zajda s'approcha et l'inspecteur se releva lentement en s'appuyant sur lui.

— Tu as une voiture? demanda-t-il.

— Oui, bien sûr.

— Très bien.

Mortka ramassa les menottes qu'il fourra dans une poche arrière de son pantalon, puis il sortit son revolver. Il regarda par la fenêtre, mais Lupa avait disparu. Ça n'avait sans doute pas de sens d'essayer de le rattraper.

— On y va, dit-il à Zajda. Je t'expliquerai en route.

De grosses gouttes de pluie de printemps venaient s'abattre sur le pare-brise de la Ford Mondeo de Zajda. Le commissaire, immobile, fixait le mur de béton de l'enceinte de l'entrepôt.

— C'est ici ? demanda-t-il. Si près ?

— J'en suis certain.

Mortka avait résumé au commissaire l'histoire d'Olga, sa conversation avec Aneta, l'histoire de la ferme, la visite à l'entrepôt et la trahison de Lupa. Zajda l'écouta sans l'interrompre, se mordant de plus en plus fort les lèvres, tandis que son visage prenait une teinte rouge foncé.

— J'appelle les gars.

— Très bien. Je vais vérifier si le camion est toujours là.

Mortka descendit de voiture. Il courut à la clôture le long de laquelle il se glissa jusqu'au portail. Il n'entendait rien d'autre que la pluie. Sa main fracturée pulsait sous la douleur.

Arrivant au but, il se pencha prudemment avant d'étouffer un juron qui lui montait aux lèvres. Le camion avait disparu. Il ferma les yeux et compta jusqu'à cinq. Puis il jeta un œil dans la guérite. Le chauve était penché sur un ordinateur et jouait à un jeu. Mortka distingua sur l'écran un personnage qui détalait, poursuivi par une horde d'ennemis.

L'inspecteur sortit son pistolet. Presque à genoux, il se faufila jusqu'à la guérite. La porte était ouverte. Il ne vit personne d'autre sur le parking. Il ne restait qu'une voiture. Le policier frappa sur l'encadrement de la porte. Le chauve sursauta et fit pivoter sa chaise en un éclair.

— Ah ! La police ! Qu'est-ce que je peux encore faire pour vous ? demanda-t-il d'une voix exagérément aimable et satisfaite.

— Où est le camion ?

— Quel camion ?

— Celui qui était ici.
— Pas de souvenir.

L'inspecteur leva son pistolet de sorte que le gardien puisse le voir. La réaction du chauve fut immédiate. Il sauta sur Mortka pour le renverser. Le policier fit un écart de côté et lança sa main armée. La crosse heurta l'autre en pleine tête, et le type s'effondra de tout son long. Un filet de sang s'écoulait de la blessure. Mortka recula à une distance de sécurité et visa.

— Ne bouge plus, dit-il à tout hasard, voyant qu'il ne semblait pas vouloir offrir de résistance.

Le policier vit du coin de l'œil Zajda accourir à sa rescousse. Apercevant le chauve, le commissaire marqua sa surprise.

— J'ai des menottes dans la poche arrière, dit Mortka. Tu les sors, et tu l'attaches où tu veux.

Zajda attrapa le chauve par le col en lui tordant le bras, après quoi il le força à se relever. Il l'amena au portail et l'attacha à un montant en métal. Mortka abaissa son arme. Il s'approcha de l'individu et s'accroupit près de lui.

— Il y a quelqu'un d'autre?

Le chauve ne répondit pas. Il se contenta d'essuyer le sang qui lui coulait dans les yeux. Son front était maculé d'une bande rouge que la pluie délayait en un maquillage macabre.

— Où est le camion?

Silence. Mortka passa une main dans ses cheveux mouillés et gémit sous la douleur qui redoublait.

— Il y a une chose que tu dois savoir, dit-il en agitant son pistolet. Lupa est mort.

Le chauve redressa la tête.

— Je l'ai descendu, poursuivit Mortka.

Il parlait doucement, tranquillement, articulant clairement chacun de ses mots.

— Trois coups pas très propres. Un dans le foie, un autre dans les reins, et le troisième dans l'estomac. Il a beaucoup saigné.

Il fit une pause pour s'assurer que l'homme comprenait.

— Maintenant, je te repose la question. Est-ce qu'il y a quelqu'un d'autre ?

— Non.

— Ils sont où ?

— On avait fini avec le chargement, donc ils sont rentrés chez eux. Je reste pour surveiller l'endroit.

— Le camion ? Où il est parti ?

— En Allemagne.

— Par où ?

— Je n'en sais rien.

— Il y a longtemps ?

Le chauve haussa les épaules et indiqua qu'il n'avait pas de montre.

— Pas longtemps.

— Il a une équipe de protection ?

— Non. Je ne crois pas. Ce n'est pas nous qui nous occupons de ça. Nous, on charge ce qu'il y a à charger, on encaisse, et le reste, c'est l'affaire de l'Allemand.

— Le numéro d'immatriculation ?

— Quoi encore ? Je n'ai même pas regardé la plaque.

— Quelle marque ?

— Volvo ou MAN, je n'en sais rien.

Mortka se redressa et revint vers Zajda qui se tenait un peu à l'écart. Le commissaire se pencha vers lui.

— Tu l'as menacé, dit-il d'une voix basse où l'on percevait une note de reproche.

— Non. Je lui ai juste menti. Mais il a pu se faire un cinéma tout seul.

Après réflexion, Zajda approuva de la tête.

— Les nôtres arrivent. D'un moment à l'autre.

— De toute façon, c'est trop tard. Il faut rattraper ce camion.

— Mais on ne sait pas quelle route il a emprunté.

— Non, mais on sait où il veut arriver.

— D'accord. J'appelle plusieurs collègues, qu'ils installent des barrages. C'était quoi comme camion ?

— Je ne sais pas.

— Tu ne connais pas le modèle ou la marque ?

— Non.

— Tu sais quoi ?

— Qu'il est bleu.

— C'est tout ?

— Avec une espèce de grand oiseau peint sur le côté.

— Et c'est tout ?

— Oui.

— Mon Dieu ! Je ne peux pas demander d'arrêter tous les camions bleus. Personne ne va accepter de faire ça.

— C'est pour ça qu'il faut qu'on y aille. Peut-être que nous, on va les rattraper.

Zajda pesa un instant le pour le contre.

— D'accord.

Ils se précipitèrent vers la voiture.

Fini.
Terminé.
Plus rien.

Il lui fallut un moment pour réaliser que non. Que ce n'était qu'une péripétie. Il ressassait ces idées tandis qu'il faisait la queue à une pompe à essence. Il n'éprouvait ni fureur ni colère. Il ne se permettait aucun sentiment violent, car dans le cas contraire il n'aurait eu qu'à tomber à genoux pour frapper le sol à coups de poings.

Le travail à la Crim' lui avait appris beaucoup de choses, dont celle qu'il appréciait le plus : la maîtrise de soi. C'est grâce à elle qu'il avait tenu ces derniers jours sans perdre la raison. Il avait louvoyé, planifié, tout en étant capable, plus tard, sous l'influence des événements, de changer ses plans en un clin d'œil pour s'adapter à la nouvelle situation.

Et il avait presque réussi.

Tout cela était terminé maintenant. Il pouvait ôter son masque, tous ces masques qu'il avait si longtemps portés, et devenir enfin lui-même. Il avait perdu. Mais il n'allait pas désespérer pour autant. Une défaite, ce n'était pas la fin de tout, juste un changement de circonstances auquel il était nécessaire de s'adapter. Il convenait de procéder de façon à profiter des gains là où c'était encore possible tout en minimisant les risques.

Il s'était préparé depuis plusieurs semaines à une telle éventualité. Les jours suivants seraient difficiles et imprévisibles, mais ensuite une retraite méritée au soleil de l'Espagne ou du Portugal l'attendait. Il avait mis de l'argent de côté dans cette perspective. Il allait s'en sortir. Et pouvoir enfin se reposer. Assez de masques. Être enfin soi-même.

Il passa à la caisse pour payer l'essence. Le caissier prit les billets et compta la monnaie à rendre. Lupa leva alors la tête et se vit à l'écran accroché sous le plafond, où défilaient les images de la caméra de surveillance. Il se dit que la police mettrait la main sur ces enregistrements et saurait qu'il avait procédé ici à des achats. Elle interrogerait tout le monde, du pompiste aux gens dans la queue. Puis ça continuerait. Partout il y aurait des caméras qui le suivraient. Et lui, en les voyant, se demanderait ce qu'en ferait la police, qu'elle soit polonaise ou espagnole. Est-ce qu'on l'identifierait ?

Non, rien n'était terminé, se dit Lupa. Ce n'était qu'un répit. Il serait obligé de remettre un masque. De devenir un autre.

Et il fut pris d'une envie de se jeter à terre et de cogner des poings sur l'asphalte jusqu'à s'en faire d'informes moignons sanguinolents.

Mortka appuyait la tête contre la vitre froide et écoutait la pluie tambouriner sur le toit de la voiture. Il leva sa main gauche fracturée qu'il compara à la droite. L'enflure était de la taille d'une balle de tennis sous la peau. La douleur tour à tour s'apaisait et augmentait au point de le rendre fou, de lui donner envie de hurler. Il aurait préféré qu'elle demeure constante, même forte. Pire : il commençait à avoir de la fièvre. Il lui sembla que de la sueur allait lui dégouliner du front. La tête lui tournait. Ils roulaient depuis presque une heure. Les virages de la route de montagne avaient cédé la place aux courbes douces de la nationale 3. Ils avaient doublé plusieurs camions, mais aucun ne ressemblait à celui qu'ils avaient pris en chasse.

Ce n'était pas une bicoque que je cherchais, se disait-il en se remémorant sa conversation avec Brodka. Il aurait fallu se concentrer dès le début sur un endroit où on pouvait séquestrer et torturer des femmes enlevées. Comme le lui avait expliqué la psychologue, «ça ne peut pas être une cave». Trop de risques d'intrusion. En plus, les corps en décomposition, ça pue.

Adela.

Le prénom de la petite Rom disparue lui revint en tête. Il devait y avoir une raison. Il tenta de canaliser ses pensées. Il était sur le point de mettre le doigt dessus…

— Pourquoi ne m'as-tu rien dit? demanda Zajda.

Le fil des pensées de Mortka cassa net, comme sectionné d'un coup de ciseaux. Il secoua la tête.

— Tu dis?

— Pourquoi tu ne m'as rien dit de ta découverte? De cette foutue ferme?

Le commissaire lui lança un regard inquisiteur.

— Tu faisais partie des suspects, reconnut sincèrement l'inspecteur.

Il ne voulait pas inventer des raisons, chercher des enjolivures.

— J'ai cru que tu avais bloqué l'enquête à Kretowice pour la contrôler et empêcher qu'on trouve la ferme. Ou bien que c'était toi qui dirigeais les gens qui géraient ce trafic, ou bien que tu étais dans leur poche.

Zajda se taisait. Il serra les mains sur le volant à en faire blanchir les jointures de ses doigts et appuya sur la pédale d'accélérateur. Le moteur gronda et le compteur monta à cent vingt. Mortka se dit que ce n'était peut-être pas une bonne idée de rouler à cette allure sous la pluie, mais comme la douleur revenait de plus belle, il mit toute sa volonté à s'empêcher de crier.

— Ils veulent peut-être passer par la Tchéquie, dit Zajda.

— Possible.
— Tu vas modifier ton rapport sur l'affaire Lucas ?
— Non.
— Pourquoi ? Pourquoi tu ne veux pas lâcher Borko ?

Zajda détacha son regard de la route pour le poser sur Mortka. Il exigeait une réponse.

— Tu te souviens de cette fille, Renata ? Elle est venue en novembre chez vous. Elle voulait dénoncer un viol.
— Oui, mais elle a fini par renoncer.
— Et comme on ne poursuit pas un viol sans plainte, vous aviez les mains liées. Tu t'es demandé pourquoi elle avait changé d'avis ?
— Non.
— Moi si. Il a dû se passer quelque chose. Chez vous. Dans ton commissariat. Quand on sera rentrés, vérifie trois choses : qui était de service à l'époque, qui elle a fréquenté, et combien de fois son ex a été accusé de viol. Lorsque tu auras fait ça, tu comprendras pourquoi je ne lâche pas Borko.

Zajda se taisait. Il grinçait des dents comme s'il avait voulu les écraser. Mortka décida de ne rien ajouter.

Ils gardèrent le silence une bonne dizaine de minutes. L'inspecteur avait du mal à mesurer le temps. Il se sentait de plus en plus faible. Il craignit un moment de vomir, puis les nausées s'évanouirent.

De sa main valide, il ouvrit la boîte à gants. Il en tira un atlas qu'il jeta sur le siège arrière et continua à fouiller entre des disques, des cartes et des chiffons.

— Qu'est-ce que tu cherches ?
— Je regarde si tu n'as pas d'antidouleurs.
— Peut-être dans la pharmacie.

— Où est-elle ?
— Dans le coffre. Je m'arrête ?

Il répondit non de la tête.

— On arrive à l'autoroute.
— On continue.
— Ça vaut encore la peine ?
— Tu as de l'essence ?
— Oui.
— Alors oui.

Zajda observa Mortka en fronçant les sourcils, mais il s'engagea sur l'A4 en choisissant la voie qui menait vers l'Allemagne. La pluie diminuait, et le soleil faisait son apparition derrière les nuages. Zajda monta à cent quarante. La circulation était espacée, mais il leur arrivait de doubler des voitures, ou de devoir se ranger sur la voie de droite pour laisser passer un bolide plus rapide. Ils roulèrent ainsi dix minutes, dépassant Legnica, puis attaquèrent un tronçon dépourvu de bande d'arrêt d'urgence.

— Tu peux me donner mes lunettes de soleil ? demanda Zajda.
— Elles sont où ?
— Dans la boîte à gants.

Mortka se pencha de nouveau vers la boîte à gants. Il en tira trois CD, et ses doigts rencontrèrent l'étui à lunettes au moment même où il aperçut le camion. Le camion avec une bâche bleue.

— Ça doit être celui-là, dit-il en indiquant de la tête le poids lourd dont il voulait parler.
— Tu es sûr ?
— Pas tout à fait. Dépasse-le.

Zajda déboîta sur la voie de gauche. Quelques

secondes plus tard, Mortka reconnut le pélican peint sur le côté.

— C'est lui! s'écria-t-il tandis qu'ils le doublaient.

Malgré sa douleur, il eut un large sourire et se claqua la cuisse de sa main valide. Ils dépassèrent encore quelques voitures. Zajda se pencha sur son siège, fouillant dans ses poches et se tortillant jusqu'à ce qu'il trouve son téléphone.

— J'appelle Wroclaw, dit-il. Qu'ils établissent un barrage.

— Ils n'auront jamais le temps! protesta Mortka. Il reste combien jusqu'à la frontière? Moins de soixante-dix kilomètres...

— Ils vont y arriver.

— Et si l'autre quitte l'autoroute? Avec ce foutu Schengen, ils peuvent franchir la frontière là où bon leur semble!

— Qu'est-ce que je dois faire?

— Tu l'obliges à s'arrêter.

— Oui, et comment?

— Tu lui barres la route.

— Sur l'autoroute? Tu as perdu la boule!

Mortka se décida en une fraction de seconde et, presque inconsciemment, il donna un coup de coude à Zajda, râlant de douleur tandis qu'il forçait les doigts de sa main fracturée à se saisir du volant pour le tourner brusquement. Il actionna en même temps le frein à main de sa main droite.

Le monde chavira. Mortka n'entendit que son propre hurlement et le cri épouvanté de Zajda. Ils heurtèrent quelque chose, et la ceinture de sécurité lui serra la poitrine comme pour lui écraser tous les os, les poumons et la colonne vertébrale. Il eut l'impression qu'ils s'envolaient pour retomber avec fracas. Les airbags leur explosèrent au visage.

Silence. L'inspecteur soufflait, la gorge sèche, la tête se balançant d'avant en arrière comme si elle avait voulu se détacher de son corps.

Il défit la ceinture, écarta le ballon, ouvrit la portière et se glissa à l'extérieur. Il avançait à quatre pattes sur le goudron encore humide de la pluie. Il respira profondément, attendant que cesse son sentiment de vertige. Avant de se relever, il examina l'intérieur de la voiture. Zajda gémissait en se battant avec sa ceinture. Il était vivant. Une bonne chose.

Mortka se redressa en s'appuyant à la portière. Il avait heurté la barrière de sécurité qui séparait l'autoroute des champs, la voiture avait rebondi et bloquait désormais les deux voies de circulation. L'un des deux côtés de la Ford était sérieusement enfoncé. Le pare-chocs brisé pendait tristement sur des morceaux de verre des phares cassés.

Les voitures qui les suivaient avaient pu ralentir et s'arrêter. Y compris le camion à la bâche bleue. Mortka sortit son arme et clopina dans sa direction.

Un conducteur descendit de la première voiture. Il cria quelque chose que Mortka ne comprit pas à cause des sifflements étranges qui bruissaient dans ses oreilles. L'autre semblait vouloir lui venir en aide, mais lorsqu'il vit le pistolet, il pâlit, remonta dans son véhicule et verrouilla la porte. En passant devant, l'inspecteur remarqua qu'il protégeait de son corps la femme qui l'accompagnait.

Dans la cabine du camion, il y avait un gros barbu

en chemise noire et veste en jean. Mortka le coucha en joue, et le barbu leva les mains.

— Descends ! hurla Mortka. Maintenant !

Il ne savait pas si l'autre le comprendrait : il pouvait être allemand. Mais l'homme sauta de la cabine. Les mains au-dessus de la tête, remuant les lèvres, il essayait de dire quelque chose.

— Ouvre le chargement, ordonna Mortka.

Le gros recula de quelques pas sur ses jambes tremblantes en regardant par-dessus son épaule. Il s'arrêta à l'arrière, débloqua un levier et la targette glissa.

Mortka chancela, il lâcha son arme et tomba sur la chaussée.

— Mortka ! Mortka ! cria Zajda, accourant vers lui en traînant la jambe droite.

— Oui ? grogna-t-il, trop bas pour que le commissaire l'entende.

Zajda s'arrêta derrière le camion et jeta un œil à l'intérieur.

— Mortka...

Il ne criait plus.

— Oui ?

— Le chauffeur se barre.

Mortka regarda dans la direction que lui indiquait Zajda. Il vit le gros sauter la barrière et détaler en courant dans le champ. Rapide, pour sa corpulence...

— Qu'il se barre. On le rattrapera plus tard.

Le camion était capitonné de gros matelas ce qui y faisait régner une chaleur d'enfer. Il s'en dégageait une odeur de sueur, d'excréments et de pourriture. Plusieurs femmes étaient assises sur le plancher, se cachant du soleil, le visage dans leurs mains. Certaines étaient visiblement terrorisées, les autres présentaient le regard hébété de celles à qui on a inculqué l'indifférence à force de les battre. L'une d'elles sanglotait, et ses gémissements se muèrent en un flot de paroles incompréhensibles. Elles étaient exténuées, sales, puantes, couvertes de bleus. Trop faibles pour tenter de s'échapper, trop désespérées pour seulement y songer. Elles faisaient penser à des chiens abandonnés dans un refuge. Combien étaient-elles ? Dix ? Douze ?

— Une douzaine, murmura Mortka. Ils les vendaient à la douzaine.

Chapitre 19

La grande salle de réunion du commissariat central de Legnica fut mise à leur disposition. La plupart des chaises furent transportées ailleurs, et on installa une longue table au centre de la pièce. Mortka et Zajda s'assirent à une extrémité ; à l'autre bout prirent place le commissaire de Legnica, un sympathique policier grisonnant mais peu loquace qui faisait les honneurs de la maison, un représentant de la direction régionale et un autre de la Criminelle de Wroclaw. Le premier, Szymon Gorzelski, était plus ou moins de l'âge de Mortka. Il portait des lunettes et prenait des notes d'une belle écriture féminine. Il arborait un air prétentieux, et Mortka s'attendait au pire. Le second, Michal Wolski, était inspecteur-chef. À la différence de Gorzelski, il était en civil. Des cheveux noirs en voie de raréfaction coupés court, un visage qui semblait n'avoir jamais souri. Il tapotait de temps à autre la fermeture de la mallette en cuir posée devant lui.

Il était près de minuit, et Mortka savait qu'il ne tiendrait plus longtemps le coup. Les femmes avaient été emmenées avec eux à l'hôpital. L'inspecteur avait passé une radio, on lui avait mis un plâtre et donné des antidouleurs. La fièvre était tombée après une petite heure. La douleur s'était vraiment apaisée, et par instants Mortka l'oubliait complètement. Puis on les avait conduits au commissariat central où ils avaient, d'abord séparément, puis tous les deux ensemble, relaté les événements du jour. Ils venaient de terminer dix minutes plus tôt et pouvaient enfin passer à l'objet principal de la réunion : accusations réciproques et tentatives de rejeter les responsabilités sur quelqu'un d'autre.

— Bien, commença Gorzelski. D'abord, une question : pourquoi n'avez-vous pas sollicité notre assistance au lieu de continuer la poursuite de manière autonome ? Il restait soixante-dix kilomètres jusqu'à la frontière. Ça nous donnait une demi-heure pour installer un barrage et sécuriser l'opération. Commissaire ?

Au lieu de répondre, Zajda se contenta de lancer un regard significatif à Mortka. L'inspecteur décida de ne pas tourner autour du pot et de tout prendre sur lui. Il estima que les choses iraient plus vite ainsi, et que ce serait le plus simple.

— C'était une erreur, dit-il. Sans doute due à mon état. J'avais de la fièvre. Presque quarante, selon les résultats de l'hôpital. Je n'avais plus les idées claires. Il m'a semblé que c'était ce qu'il fallait faire.

Gorzelski nota la réponse de Mortka et reposa son stylo. Il ne dit rien.

— Des éclaircissements, des questions ? demanda le commissaire de Legnica. Inspecteur-chef ?

— Pas de remarque à faire.

— Inspecteur Gorzelski ?

— Tout est clair.

— Dans ce cas, nous pouvons considérer la réunion d'aujourd'hui comme terminée.

Mortka sursauta. Il crut avoir mal entendu.

— Déjà?

Gorzelski eut un léger sourire et tendit une main devant lui.

— Premièrement, commença-t-il en dépliant un premier doigt, vous vous êtes lancés dans une poursuite en dehors de votre zone, avec votre voiture personnelle et sans en informer vos supérieurs. Deuxièmement, vous avez mis votre vie en danger ainsi que celles de personnes non impliquées. Troisièmement, vous avez provoqué une sérieuse interruption de la circulation sur l'A4. Quatrièmement, et pour finir, mais c'est le plus important, vous en avez profité pour anéantir une bande particulièrement violente et sauvage de trafiquants d'êtres humains, et libérer douze femmes séquestrées. À la lumière de ce dernier fait d'armes, les trois premiers points perdent de leur gravité. Ce qu'il nous reste à faire maintenant, c'est présenter cette réussite de manière à laisser filtrer dans l'opinion le moins d'informations possibles quant à nos erreurs et irrégularités.

Au mot « irrégularités », Zajda leva le nez.

— Oui, commissaire, répondit Wolski à la question qui n'avait pas été posée. Je veux parler de votre subordonné, l'inspecteur Lupa. On peut supposer que la bande agissait depuis plusieurs mois, et que vous, son supérieur, n'avez rien remarqué. Pour couronner le tout, c'est à lui que vous avez confié l'enquête sur les femmes que ce Lupa a probablement assassinées lui-même avec l'aide de ses complices.

— Minute, protesta Mortka qui se sentit obligé de défendre Zajda. Vous non plus, vous n'êtes pas blancs blancs. Vous avez à tout le moins informé Lupa de votre intérêt pour la situation dans la zone de Kretowice, et du fait que vous soupçonniez la participation d'un policier à une bande du crime organisé. Vous lui avez même demandé de suivre cette affaire pour vous!

Cette fois, Wolski fut surpris. D'un geste, il demanda un temps de réflexion. Il ouvrit sa mallette et consulta les documents qu'elle contenait. Zajda souriait de satisfaction et regardait Mortka avec un air de dire «Bien envoyé».

— Je ne vois pas de quoi vous parlez, fit Wolski, quand il eut terminé.

— La Crim' a convoqué Lupa à Wroclaw. C'est là qu'on lui a transmis l'information que je viens d'évoquer.

— Il n'y a jamais eu rien de tel, déclara Wolski.

— Comment, jamais, puisque... (Mortka s'interrompit. Il venait de comprendre.) Il m'a menti.

— Pardon?

— Lorsque j'ai appris l'existence de la ferme, expliqua Mortka lentement, tandis qu'il reconstituait mentalement les éléments du puzzle, il s'est su menacé. Si j'étais allé en parler à Zajda, on aurait lancé des recherches pour trouver cette ferme. Il devait donc m'en empêcher. C'est pourquoi il a inventé l'histoire de sa convocation à la Crim' et orienté la conversation de sorte que je soupçonne Zajda. Il m'a suggéré des indices, attendant patiemment que j'en tire moi-même des conclusions. (Il ne savait plus lui-même si cela devait susciter en lui de l'admiration ou de la colère.) Mon Dieu... Je serais curieux de savoir s'il y a une miette de vérité dans ce qu'il m'a raconté. (Mortka se tourna vers Wolski.) Qu'est-ce qu'il s'est vraiment passé ? Vous l'avez viré de la Crim', ou c'est lui qui est parti à sa demande ?

— Qu'est-ce que c'est que cette histoire ? demanda Zajda, incrédule, sa bonne humeur éclatant comme une bulle de savon. Vous l'avez viré ? Mais j'ai lu dans son dossier qu'il était parti à sa demande. Vous me l'avez même présenté comme un élément précieux. Qui joue à quoi, ici ?

Wolski plissa les yeux qui devinrent deux fentes grises. Son visage semblait taillé dans la pierre. Il serrait ses doigts osseux sur sa mallette.

— Nous ne l'avons pas viré, dit-il en pesant ses mots. Appelez ça, messieurs, si vous voulez, une rupture par consentement mutuel.

Zajda abattit un coup de poing sur la table et se dressa sur ses jambes. Il pointa un doigt accusateur sur Wolski.

— Vous m'avez, en toute connaissance de cause, balancé un œuf pourri dans mon commissariat !

— Je ne pense pas que ce soit une bonne formulation.

Mortka s'excusa auprès de tout le monde et annonça qu'il devait faire une pause. On lui permit de sortir. Cette conversation ne le concernait pas. Dès qu'il eut refermé la porte derrière lui, la dispute reprit de plus belle. Ils étaient tellement emportés qu'ils se seraient envoyé la vaisselle à la tête s'ils en avaient eu à leur disposition.

Il trouva un distributeur de café à proximité de la salle de réunion. Comme il n'avait pas son porte-monnaie sur lui, il alla taxer l'agent de permanence qui le dépanna d'une pièce, sans manquer de le féliciter pour l'opération sur l'autoroute. Mortka le remercia avec un sourire aigre. Il se demandait ce que cette « opération » allait lui coûter.

Il retourna au distributeur. Une femme en veste de cuir se choisissait une boisson.

— Bonsoir, inspecteur. Quel bon vent vous amène ?

Fait étrange, il reconnaissait sa voix, mais pas son visage. Aneta, de la fondation des Flocons de neige. L'amie d'Olga.

— Bonsoir. Qu'est-ce que vous faites ici ?

— Vous devriez le savoir. Arrestation spectaculaire sur l'autoroute ! Oh là là ! Toute la Pologne ne va plus parler que de ça demain. Préparez-vous pour la gloire. Photos, interviews. Vous allez être une célébrité policière. Si on vous y autorise, naturellement. Vous allez devenir le Colombo de la police polonaise, prédit-elle en plaisantant, sans qu'il puisse deviner si elle se moquait.

— Plus sérieusement ?

— Je suis venue chercher les filles que vous avez libérées. Je dois coordonner les aides, leur trouver des psychologues et des interprètes.

— Elles sont dans quel état ?

— Je dirai ça comme ça : un des médecins qui s'en occupe m'a confié à la fin de son service qu'il avait l'impression d'avoir pris en charge des rescapées d'Auschwitz. Il exagère, mais pas tellement.

— Je sais. Je les ai vues.

Il s'excusa auprès d'Aneta et se tourna vers le distributeur. Deux zlotys suffisaient pour un café sans sucre. Ça faisait des années qu'il n'avait pas bu de café noir, mais ce n'était pas le moment de faire la fine bouche.

— Pourquoi n'êtes-vous pas à l'hôpital ?

— Oh... disons que c'est une question de procédure. Dans ce genre de circonstances, la police tient à auditionner au plus vite les femmes libérées, alors que moi je sais, comme les médecins, que ce dont elles ont le plus besoin, c'est de calme et de repos. Je suis venue négocier : que la police puisse apprendre le maximum, mais que les filles souffrent le moins possible.

Il goûta le café. Sans plaisir. Il s'obligea à en reprendre une gorgée. Le liquide chaud lui tomba sur l'estomac qui se recroquevilla en boule. Il se sentit de nouveau faiblir.

— Je pense qu'elle va pouvoir reposer en paix. Grâce à vous.

— Qui ça ?

— Olga.

— Ah oui...

— Ne la jugez pas sévèrement. Pensez à ce qu'elle a vécu.

— Ce n'était pas dans mes intentions, répondit-il sèchement.

Peut-être un peu trop ? Mais la colère montait en lui. Qu'est-ce que cette Aneta pouvait savoir ? S'il développait le sida, la maladie mortelle qu'Olga lui avait transmise de façon préméditée, il pouvait se permettre d'avoir sa propre opinion. Ce n'était pas la seule raison de sa colère. Il y avait autre chose. Il avait compris à l'hôpital tandis qu'il attendait que son plâtre finisse de prendre.

— C'est à cause de moi qu'elle est morte, dit-il.

Elle le regarda avec étonnement, et il saisit qu'il venait de commettre une erreur. Il aurait dû se taire. Il eut envie de tourner les talons sans ajouter un mot, mais il savait qu'Aneta ne le lui permettrait pas.

— J'ai rencontré Olga dans un bar, poursuivit-il. J'étais avec Lupa, le type qui dirigeait sans doute tout le trafic, ou, en tout cas, y jouait un rôle important. Je lui ai désigné la fille, et demandé s'il savait qui elle était. Il a répondu que non. Mais il mentait, c'est à ce moment-là qu'il l'a reconnue. Et c'est moi qui ai attiré son attention sur elle. Sans moi, elle serait encore vivante…

— Vous ne pouviez pas savoir, dit-elle.

— C'est vrai, répliqua-t-il avec reconnaissance. Je ne pouvais pas.

La porte de la salle de réunion s'ouvrit, et Zajda sortit en compagnie de Wolski.

— Excusez-moi, il faut que j'y aille, dit Aneta. Je commence bientôt mes négociations.

— Je croise les doigts pour vous.

— Vraiment ? Je pensais que vous le feriez pour la police.

— Pour la police aussi.

Elle rejoignit Wolski, et tous deux disparurent dans une autre pièce. Zajda retrouva Mortka au distributeur et étudia la liste des boissons.

— Qu'est-ce que ça a donné ? demanda l'inspecteur.

— Pas trop mal. Nous sommes arrivés à la conclusion que les deux côtés avaient foiré. Ce qui veut dire que je peux rejeter une partie de la faute sur la Crim'.

L'expression de Zajda dénotait qu'il n'était pas excessivement satisfait des conclusions de la discussion, mais Wolski n'avait pas eu l'air heureux non plus. Même partagé en deux, un manquement reste un manquement.

— Je n'arrive pas à croire que Lupa ait réussi à tous nous mener en bateau, grommela Zajda.

— Pendant des années, il a travaillé comme infiltré. Ça, au moins, c'est sûr. Nous lui avons nous-mêmes appris à mentir, à tromper son monde et à garder son sang-froid. Il n'a fait qu'utiliser ses compétences contre nous.

— Mais quand même... Difficile à croire.
— Et ta jambe?
— Mieux que ta main. Elle va cicatriser. Tu devrais plutôt t'inquiéter pour ma mâchoire. Tu as un putain de coup de coude.
— Excuse-moi, dit-il sincèrement. Pour tout ce qu'il s'est passé sur l'autoroute. C'est toi qui avais raison. Il aurait fallu appeler Wroclaw pour qu'ils mettent en place un barrage. Ou au moins qu'ils nous envoient des renforts.
— Tu m'as bousillé ma bagnole.
— Oui.

Zajda s'esclaffa soudain. La tension qui l'avait accompagné tout au long de la conversation avec les représentants de la direction régionale et de la Crim' s'évaporait brutalement. Il avait maintenant l'air d'un type qui vient de boire une demi-bouteille de vodka.

— T'en fais pas, dit-il en envoyant une tape sur l'épaule de Mortka. Tu n'as pas entendu? Nous sommes des héros.

L'inspecteur sourit. Il chercha des yeux la corbeille où il vida son reste de café.

— On va nous mettre à disposition une voiture avec chauffeur, continua Zajda. Nous rentrons à Kretowice. Il s'y passe des tas de choses.
— Quoi, concrètement?
— On a le chauve de l'entrepôt et ce Bielski qui était formellement le patron de tout ce business. Il faut les auditionner, et notre présence est indispensable. En tout cas, la tienne. Et il faut régler les histoires entre nos gars,

Jelenia et la Crim'. Zagajewski n'arrive pas à décider à qui confier quoi. Mais comme l'affaire est pratiquement résolue, tout le monde veut s'en charger.

Zajda parlait calmement, presque gaiement, comme si cela ne le concernait pas. Mortka en vint à se demander s'il allait bien.

— Tu ne vas pas essayer de garder l'instruction à Kretowice ?

— Maintenant ? répondit Zajda, méfiant, en reprenant son air sérieux. Maintenant, je peux juste essayer de faire en sorte que les coups qui vont nous tomber sur la tête – et il va y en avoir, crois-moi – se répartissent également entre nous, la Crim' et le parquet.

— Et *quid* de Lupa ?

— On le cherche toujours.

Mortka se passa une main sur le visage.

— D'accord. Juste une chose encore. Tu as les coordonnées d'Olszewski, le pathologiste de l'hôpital ?

— Oui, bien sûr. Tu as besoin de lui pourquoi ?

— Il a dit un jour qu'il avait une bicoque dans le coin, pas loin de chez Lupa. Je voudrais savoir où.

Elle écarta la jalousie de la fenêtre et regarda par la fente Zajda et Mortka monter dans le véhicule spécialement prêté pour eux. L'un qui boitait, et l'autre avec une main fracturée. Deux fonctionnaires contents d'eux-mêmes malgré tout. L'affaire était pour eux pratiquement terminée. Pour elle, elle commençait.

La voiture démarra et la traînée rouge de ses feux arrière se noya dans l'obscurité. Aneta pensait à Olga, vacillant sur la ligne étroite qui sépare la mort de la folie, et à Mortka, sur le visage de qui fatigue et dégoût se lisaient aussi clairement que des rides de vieillesse. Elle avait l'impression que tous deux avaient foncé droit devant avec une sinistre détermination, comme pour un doigt d'honneur au monde entier.

Elle fut arrachée à sa rêverie par un toussotement dans son dos. Elle secoua la tête et se retourna. Wolski lui offrit un sourire las.

— Vous étiez déjà ailleurs, dit-il.

— Oui.

— Fatiguée ?

— Bien sûr. Et j'ai une oreille qui va tomber. J'ai passé la moitié de la journée pendue au téléphone.

— Je connais ça. Heureusement que j'ai un téléphone de service. Mon salaire ne suffirait pas à régler les factures.

Le policier posa sa mallette de cuir sur la table, en tira une feuille vierge et un stylo-bille rouge.

— Personne n'est arrivé de l'hôpital ? demanda-t-il.

— Non, répondit-elle. Ils sont assez occupés.

Elle était pleine d'admiration pour les médecins et les infirmières des urgences de nuit qui avaient pris en charge les filles sans leur poser de questions inutiles. Quand, de son côté, la direction avait déjà fébrilement contacté un juriste et la Caisse nationale de la Sécu pour savoir qui allait régler la facture de tout ça. Aneta ne s'en étonnait pas et n'en tenait rigueur à personne. C'était déjà bien qu'elles aient été accueillies et qu'on ne les ait pas baladées d'un établissement à l'autre comme des patates chaudes.

— Combien sont-elles ?

— Douze. Six Russes, quatre Ukrainiennes et deux filles de Moldavie, je crois, ou de Roumanie.

— Quand est-ce qu'on pourra leur parler ?

— Il faut d'abord faire venir des interprètes. Mais elles ont surtout besoin de calme et de repos, et de voir un psychologue. Ça va prendre du temps avant qu'elles soient en état de parler à la police.

— Plus précisément ? Combien de temps ?

Elle haussa les épaules. On percevait dans sa voix les premières notes d'irritation.

— Quelques jours. Des semaines, peut-être. Il va falloir vous armer de patience.

— Nous ne pouvons pas attendre sans rien faire. Nous ferons venir nos propres interprètes et nous les auditionnerons demain.

— Vous vous rendez compte que ces filles viennent de traverser l'enfer ? Que raconter à la police ce qu'elles ont vécu, c'est comme revivre ces tortures ?

— Je sais, gronda-t-il, les dents serrées. Mais c'est comme ça que ça va se passer : d'abord l'audition, le repos, plus tard.

— Monsieur Vitaly Alexandrovitch Doubakov est d'un autre avis.

— C'est qui, celui-là ?

— Le consul général de la Fédération de Russie à Poznan. Il arrive. Nous sommes aussi en contact avec les services ukrainiens et moldaves. Ils sont tous très curieux de savoir ce qu'il est advenu de leurs ressortissantes, et de la façon dont nous nous occupons d'elles.

Wolski rougit violemment et serra les poings comme pour cogner la table. Il pointa un doigt vers Aneta et l'agita d'un air menaçant.

— Vous vous fichez qu'on attrape les responsables de tout ça !

— Je ne m'en fiche pas, répondit-elle posément. (Elle avait l'habitude de ce genre d'explosions.) Et même pas du tout. Mais nous avons inscrit dans nos statuts l'aide aux victimes et non aux organes de répression.

Le policier rabaissa sa main et toussa. Il tira un mouchoir de sa poche et s'essuya les lèvres.

— Vous êtes un sacré morceau, dit-il, une fois calmé.
— C'est mon travail qui veut ça.
— Mais je suis votre allié.
— Et moi, le vôtre.

Il eut un sourire désabusé. Il ne la croyait pas plus qu'elle ne lui faisait confiance. Ils continueraient à jouer au plus malin. Elle avait gagné le premier round. Pour le suivant? Elle espérait seulement être en mesure de protéger les filles le plus longtemps possible.

— Essayons donc de ne pas l'oublier, et retournons à notre travail, conclut le policier en ramassant ses affaires. Saluez M. Doubakov de ma part, lança-t-il en guise d'adieu.

Chapitre 20

Un bel endroit, se dit-il. Il eut un moment envie de s'allonger dans l'herbe, de se coincer une brindille entre les dents et de passer la journée à contempler le panorama de Karkonosze et les nuages blancs déferler sur les sommets de montagne.

Il ouvrit la barrière en bois et pénétra sur la propriété. Le terrain de Lupa était carré, avec au centre une maisonnette d'été. On y arrivait par un chemin de graviers. On passait devant une balançoire et un toboggan, suivis de quelques arbres fruitiers, des pommiers, poiriers et pruniers. De l'autre côté se trouvaient un potager et quelques plates-bandes de fleurs abandonnées, ainsi qu'une cabane à outils.

La Toyota RAV4 était garée à proximité de l'entrée. Il y avait une veste sur le siège du conducteur, et sur le siège arrière, un sac fermé. La voiture semblait prête pour faire de la route.

Lupa sortit de la maison. Il avait enfilé un gilet de flanelle sur son torse nu. Immobile, il examinait attentivement les alentours comme s'il n'avait pas remarqué Mortka devant lui. Il avait le regard éteint, les cheveux en désordre. Il était sans arme, nota Mortka avec soulagement. Il avait craint en venant ici d'avoir à dégainer au lieu de parler.

L'inspecteur fit quelques pas vers Lupa et leva un filet à provisions qu'il tenait à la main. Il le secoua.

— Hier, nous n'avons pas fini nos bières, dit-il d'une voix forte, claire et lente.

Lupa fronça les sourcils comme s'il n'avait d'abord pas compris, puis il eut un léger sourire en coin.

— Tu as du courage.

Mortka avança jusqu'à la véranda. Il tendit une bière à Lupa, qui l'accepta après quelques secondes d'hésitation. L'inspecteur en prit une deuxième pour lui. Il s'assit sur les marches et ouvrit sa canette. La mousse jaillit et l'inspecteur lâcha un juron. Il tenait la canette au-dessus de l'herbe, attendant que le liquide se calme.

— Comment va ta main ? demanda Lupa en s'asseyant à côté de lui.

— Fracturée. Mais ç'aurait pu être pire. Le médecin m'a dit que si tu avais cogné plus haut, tu m'aurais démoli le poignet, et je serais resté infirme.

Ils burent chacun une gorgée. La bière était d'une fraîcheur plaisante. Elle monta aussitôt à la tête de Mortka, principalement en raison de la fatigue et de son manque de sommeil.

— Je ne pensais pas te trouver ici, dit-il à Lupa.

— Parce que je n'aurais pas dû y être. J'avais caché ici une réserve de secours en prévision d'une situation telle que celle-ci. Un peu d'argent, quelques fringues, des faux papiers. Tu trouveras tout dans la voiture.

— Pourquoi tu n'as pas filé ?

— Tu me croiras ou pas, mais ces derniers jours m'ont achevé. J'ai l'impression d'être un bout de papier froissé, jeté dans une poubelle. Je sais que même si j'arrivais à sortir de Pologne, mon arrestation serait une priorité. Pas d'avenir souriant avec un mandat d'arrêt européen aux fesses, toujours à regarder derrière soi, à se demander si tel type à côté de moi n'est pas un flic en civil… C'est pourquoi j'ai décidé de partir d'une autre manière. Mais je ne sais pas encore laquelle.

Mortka hocha la tête. Il regardait ce type qu'il était prêt vingt-quatre heures plus tôt à présenter comme son ami.

Quelle était la part de vérité dans ce qu'il entendait ? Lupa mentait-il, ou jouait-il un jeu dont le but et le sens lui échappaient encore ?

— Si tu ne pensais pas me trouver ici, qu'est-ce que tu es venu faire ?

— Il fallait de toute façon perquisitionner l'endroit, répondit Mortka. Et j'avais envie de voir ce terrain dont tu m'avais tant parlé. De m'y reposer un moment. Et si par hasard je t'y trouvais, d'écouter les réponses à quelques questions.

— Je suis là. Mais n'espère pas que je te dise des choses que tu ne connaîtrais pas ou que tu ne pourrais pas trouver toi-même.

— Réglo.

— Pose toujours tes questions.

— Quand as-tu commencé ce trafic de filles ?

— Je n'ai jamais fait de trafic d'êtres humains, répondit fermement Lupa.

Mortka s'apprêter à protester, à lui rappeler l'histoire du camion, lui parler des filles libérées, des aveux des types arrêtés dans l'entrepôt qui avaient décrit tout le processus, des femmes qui étaient mortes à la ferme et dont les corps avaient été dissimulés dans la mine... Lui dire que tous l'avaient désigné comme leur chef. Il se retint au dernier moment. Lupa voulait révéler quelque chose d'important, sa version, et Mortka devait l'écouter. Qu'il le veuille ou non. Il garda le silence, malgré l'impatience qui bouillonnait en lui.

— J'ai rendu quelques services, dit finalement Lupa. Dans ce business, le moment le plus critique, c'est quand tu livres la marchandise au client. Les poupées, à ce moment-là, sont féroces et déterminées, et elles se défendent par tous les moyens. Ça peut provoquer des problèmes et une grande pagaille. Rien de plus nuisible que trop de bruit autour de ces transactions. C'est pourquoi il faut d'abord attendrir la viande jusqu'à anéantir la volonté de se battre. C'est le genre de services que j'ai proposés. J'ai pris sur moi le risque qui, dans d'autres circonstances, revient au client. J'ai fait ce que le client aurait eu à faire par ses propres moyens. Mais plus vite, plus sûrement, et à moindre coût. C'est ce qu'on appelle l'*outsourcing*, le Kub. Mais je n'ai moi-même jamais trafiqué d'êtres humains. Je n'ai jamais eu, même une seule seconde, une de ces poupées à moi.

Des poupées. Tout, sauf les reconnaître en tant qu'êtres humains, semblables à ses filles et à sa femme.

— Vous les avez battues, violées, vous les avez droguées.

— Oui, reconnut-il froidement.

— Et les quatre filles au fond de la mine ?

— Elles n'ont pas résisté à la formation. Des accidents du travail. Ce sont des choses qui arrivent.

— Il y en a d'autres ? Dans d'autres galeries de mine ?

— Je ne réponds pas à cette question.

— Tu demandais à Nowak de les mutiler?
— Oui.
— Pourquoi?
— Pour que ça ait l'air d'être l'œuvre d'un psychopathe, au cas où on les trouverait. Et comme tu as vu, ç'a marché. Une bonne diversion qui a permis de gagner du temps.

Mortka se cacha derrière sa canette de bière. Il commençait à se sentir mal. Cette conversation était pire que l'interrogatoire de Bratkowski. Lupa ne laissait transparaître aucune émotion. Il parlait avec calme, choisissant prudemment chacun de ses mots. Comme si ce «travail» avait été tout ce qu'il y avait de plus normal, habituel, courant, pour tout dire: ennuyeux.

— Tu as tenté de charger Lucas de ces crimes.
— Oui.
— Pourquoi?
— La tête de l'emploi. Rom, condamné pour violences, un casier long comme le bras. N'importe qui peut imaginer qu'il est capable de commettre des assassinats sauvages. Mais je ne vais pas te faire croire que j'avais un plan bien réfléchi. Les derniers jours n'ont été qu'une grande improvisation. Je tirais des quantités de ficelles que je devais actionner au bon moment, en veillant à ne pas les mélanger. Certaines choses ont réussi. D'autres non. Par exemple, avec cette Olga. Il fallait qu'elle disparaisse, parce qu'elle savait, pour la ferme. Mais nous l'avons tuée trop tard. Un jour plus tôt, ou même seulement quelques heures, et on aurait pu faire porter le chapeau à Lucas. Quand j'y repense, il y a des choses que j'aurais faites autrement.

— Par exemple?

— Je t'aurais descendu, reconnut Lupa en regardant Mortka avec un sourire presque amical. Je ne sais pas comment, mais j'aurais dû le faire. Tu as terriblement tout compliqué.

— Je m'en félicite.

— Je le comprends.

— Et Bratkowski ? Tu as informé Lucas qu'il avait reconnu le viol et l'assassinat d'Adela ?

— En fait, c'est Nowak. Il ne l'a pas dit à Lucas, mais à sa sœur, Sarah, lorsqu'elle est venue chercher une ordonnance. Mais ce sont des détails secondaires. L'essentiel est que l'info soit parvenue aux bonnes oreilles. Je savais que Lucas était chatouilleux sur les points d'honneur et qu'en apprenant la nouvelle, il deviendrait fou furieux...

— ... et tuerait Bratkowski.

— Oui. Mais, hip, hip, là il faudrait me décerner une médaille ! Parce que le type n'était qu'un foutu pédophile. Un jour ou l'autre, il aurait commis un viol. Appelons ça de la prévention.

— Et par la même occasion, tu as réussi à diriger notre attention sur Lucas.

— Oui.

— Qu'est-ce qu'il s'est passé lors de la tentative d'interpellation, dans la forêt ?

— Ce que je t'ai raconté. Borko a fait un tir de sommation, Lucas s'est lancé sur nous avec son poignard, Borko a tiré, et il l'a tué.

— Très confortable pour toi.

— Ce n'est pas ce que je voulais. J'espérais que Lucas réussirait à partir se cacher dans un campement de Roms à Berlin, en Angleterre, je ne sais où. Je n'avais jamais imaginé qu'il reviendrait chercher sa famille. Mais je n'ai aucun regret pour ce fils de pute. Toi non plus, tu ne devrais pas.

— Pourquoi ça ?

— Parce que ce n'était pas un ange, juste une espèce de branquignol. Je ne serais vraiment pas étonné si j'apprenais qu'il a assassiné sa propre fille.

Mortka se dit que le moment était venu de changer de sujet.

— Nowak ?

— Comment va-t-il ? s'enquit Lupa. Il s'est réveillé ?

— Pas encore. Quand est-ce que tu l'as mis dans le coup ?

— Finement joué. Si je te donne la réponse, tu sauras depuis quand existe la ferme. Pas question.

— Tu savais qu'il prenait de l'héroïne ?

— Oui. Il a commencé à peu près au moment où sa femme l'a quitté. Mais il ne savait pas que je savais.

— Ce qui signifie ?

— Il piquait de la came destinée aux filles, et il croyait que je ne m'en apercevais pas. Je l'ai laissé faire, pensant que c'était un moyen supplémentaire de m'assurer de sa loyauté.

Lupa avala une grande gorgée de bière puis secoua sa canette. Elle était presque vide.

— Tu en as d'autres ?

— Oui. Deux chacun. Mais je peux te passer aussi la mienne.

— Non, merci.

Il finit sa bière, écrasa la canette qu'il lança devant lui sur le chemin de graviers, puis tira une deuxième bière du filet.

— Tu voulais me demander autre chose ?
— La Crim'. Ils t'ont vraiment viré ?
— Plus ou moins.
— Pourquoi ? Tu travaillais pour l'autre côté ?
Il fit non de la tête.
— Non.
— Qu'est-ce qu'il s'est passé ?
— Le Kub, tu es un type de terrain. Tu sais comment ça se passe. Si tu veux obtenir quelque chose, tu dois donner quelque chose. C'est comme ça que ça marche. Mais tous ces fonctionnaires assis derrière leurs bureaux sont infoutus de le comprendre. C'est pour ça qu'ils se sont débarrassés de moi.
— Et pour te venger...
— Ce n'est pas ça, coupa-t-il irrité, avant que Mortka ait pu finir sa phrase.
— Alors, pourquoi ?
Lupa soupira, rassembla ses pensées.
— Ne te vexe pas de ce que je vais te dire, commença-t-il. Tout le monde n'est pas comme toi.
— Ce qui veut dire ?
— Sans ambition personnelle, sans plan de vie.
— Je ne suis pas comme ça.
— Mais si ! Tu te balades peut-être en aigri et en te plaignant de ton existence, mais ce n'est qu'un masque. Tu vis au jour le jour, et tu te fous comme de l'an quarante de ce qu'il y aura dans un an ou deux. En un sens, je t'envie. Moi, je ne saurais pas vivre ainsi. Le boulot à la Crim' n'était qu'un échelon pour grimper plus haut. Malheureusement, l'échelle a cassé. Des enfoirés me l'avaient sciée. Il a fallu que je trouve autre chose. Compte tenu de mon expérience, le choix était facile.

— Donc, l'argent.

— Si c'est une réponse qui te convient, va pour l'argent.

— Tes… (Il chercha le mot juste.) tes partenaires connaissaient ton passé dans la police?

— Oui.

— Ils n'avaient pas peur?

— Visiblement pas, puisque la mécanique s'est mise à tourner. Ils ont bien pensé à quelques mesures de précaution, mais ils ont vu ma position comme un atout: un centre placé sous la protection de la police. Une valeur ajoutée que tout le monde ne peut pas offrir.

— Il y avait d'autres flics dans la combine?

— Tu n'espères quand même pas… Tu vois ce que je veux dire. D'autres questions?

Mortka fit signe que non.

— Bon, alors, qu'est-ce qu'on fait maintenant?

— Je t'arrête.

Lupa regarda la main dans le plâtre du policier, et l'autre qui tenait une canette.

— Vraiment?

— Oui.

— Et si je me contentais de me lever et d'aller à la voiture?

— Je ne te le conseille pas.

— Tu me rattraperais?

— Non. Je n'ai pas l'intention de bouger d'ici, dit-il en indiquant la véranda.

Lupa fronça les sourcils d'un air soupçonneux et leva sa canette de bière. Il l'examina soigneusement en la faisant tourner.

— Tu as mis quelque chose là-dedans?

— Non.

— Et alors, comment veux-tu me retenir ?

— Les snipers, répondit Mortka. Ils t'ont en joue depuis que tu es sorti de chez toi.

Lupa sourit avec incrédulité.

— Des snipers ? Vraiment ?

— Ça t'étonne ? Un officier de police. Déterminé. Vraisemblablement armé, et... (L'inspecteur frappa son plâtre avec sa canette.) dangereux. Bien sûr qu'il y a des snipers.

— Je pourrais essayer...

— Mais tu ne vas pas essayer, l'interrompit Mortka. Si tu ne t'es pas encore donné la mort, ce n'est pas maintenant que tu vas le faire.

Lupa ferma les yeux pour réfléchir à ce qu'il venait d'entendre. Puis il s'ébroua et vida frénétiquement sa bière. Mortka leva un bras qu'il fit tourner plusieurs fois au-dessus de lui.

— Tu vois sans doute ce qu'il te reste à faire, dit-il en désignant deux agents en uniforme qui entraient dans la propriété.

Ils portaient des gilets pare-balles et avaient sorti leur arme.

Lupa reposa sa canette et avança jusqu'au chemin, les bras grand ouverts. Il s'allongea et posa les mains sur son cou. L'un des policiers le maintint avec un genou et lui passa des menottes. Le deuxième se tenait en protection, prêt à agir à tout moment. Lorsqu'ils eurent terminé, ils aidèrent Lupa à se relever.

Mortka tira sur sa chemise qu'il retint avec son plâtre, et de l'autre main décrocha le micro qu'il avait scotché au corps. Il le posa avec l'émetteur dans la véranda.

— Encore une chose, ajouta l'inspecteur.

Lupa tourna la tête, seul mouvement que lui autorisaient les policiers qui le tenaient.

— Oui ?

— Lucas n'a pas tué sa fille.

— D'où vient cette certitude ?

— Parce que je sais qui est coupable, dit Mortka. Ça m'est venu dans la voiture quand je roulais avec Zajda en direction de l'A4. Il me manquait juste le nom du meurtrier, le dernier élément du puzzle. Maintenant, je l'ai.

Elle ouvrit la porte lorsque les coups devinrent si insistants qu'elle ne put davantage les ignorer. Elle n'attendait aucun visiteur et n'avait envie de parler à personne. Elle voulait seulement rester allongée dans le calme et le silence. Ça ne lui était pas permis.

— Le Kub ? fit-elle, étonnée, lorsqu'elle vit le policier debout dans l'entrée. Qu'est-ce que tu veux ?

Il passa devant elle pour entrer dans l'appartement, jeta un œil dans la salle de bains et vint se placer à la fenêtre. Kaska referma la porte et le suivit du regard.

— De quoi s'agit-il ? se risqua-t-elle à demander.

Il sourit et secoua la tête.

— Excuse-moi. Je suis terriblement fatigué et je ne tiens littéralement plus sur mes jambes.

— J'ai entendu dire que…

— Tu as bien entendu, coupa-t-il. Mais ce n'est pas pour ça que je viens.

— Pourquoi, alors ?

Il s'approcha d'elle au point qu'elle sentit contre son visage son odeur défraîchie.

— Tu peux remonter les manches de ton sweater? demanda-t-il.

Elle hésita puis se résolut à obtempérer. Il lui prit une main et scruta longuement les fines croûtes qu'elle avait sur l'avant-bras.

— Je... je me shoote, avoua-t-elle en baissant pudiquement les yeux.

— Mais non. Ce sont des traces de griffures de chat.

Il lâcha le bras et retourna à la fenêtre.

— Adela n'était pas du tout une bonne élève, c'est ça? reprit-il après quelques secondes de silence. Pas seulement à cause de son retard par rapport aux autres enfants, mais tout simplement parce qu'elle n'aimait pas l'école. Elle avait onze ans et rêvait de se faire enlever. Lorsque j'ai entendu ça la première fois, je n'ai pas compris. C'est seulement plus tard que cette coutume tsigane m'est revenue. Les garçons enlèvent la fille qu'ils veulent épouser. Et c'est ce qu'elle voulait. Elle ne voulait pas attendre d'avoir treize ans pour pouvoir se marier. Peut-être était-elle déjà amoureuse...

— Qu'est-ce que tu me racontes là? demanda-t-elle tandis que son cœur battait à tout rompre.

— Qu'elle allait malgré tout à l'école. Pourquoi? Elle avait des bleus. Tout le monde l'a vu, mais je sais que Lucas ne la battait pas.

— Je ne comprends pas.

Il ne répondit d'abord pas, mais la considéra d'un air énigmatique, plein de tristesse et de fatigue. Elle eut peur et la colère gonfla en elle. Il n'avait pas le droit de venir chez elle, d'entrer sans y avoir été invité, de parler par devinettes. De faire semblant d'en savoir plus qu'il n'en savait véritablement sur la peur, l'humiliation, les traditions et ces principes qui étaient pires que des tortures et paralysaient mieux que des menottes. Et même s'il savait, il ne comprenait rien. Pas plus qu'Adela, qu'elle aimait tant et qu'elle essayait de sauver.

— Quand je suis venu ici la première fois avec Lupa, tu nous as raconté ce qu'il s'était passé. (Mortka ferma les yeux pour se souvenir de ce jour-là.) Tu craignais que Lucas lui ait fait du mal. Rien de spécial, juste par hasard. Il aurait cogné un peu trop fort en lui administrant une correction, parce qu'il était impulsif. Mais ce n'était pas lui, c'était toi. Adela allait à l'école parce qu'elle avait peur de toi. Tu la battais. Et c'est toi qui as donné quelques coups de trop.

Elle l'écouta, impassible et glaciale. Puis elle rugit sauvagement, longuement, pitoyablement, et se rua sur lui les doigts tendus vers son visage. Il se protégea avec son plâtre et la saisit de sa main valide pour la renverser sur le canapé. Elle tenta de le repousser du genou, mais ne parvint qu'à lui cogner les côtes. Il voulut la maintenir, mais elle se déroba en agitant les bras pour le frapper à la tête. Elle criait et piaulait. Puis elle le mordit à la main. Il hurla. Et là, elle fut empoignée par une troisième main. Quelqu'un venait de la maîtriser. Elle ne remarqua même pas qu'on lui passait des menottes pour l'emmener hors de l'appartement.

Mortka souffla lourdement.

— Une forte femme, dit Rosecki.

C'était lui qui venait de l'aider à l'arrêter. Mortka approuva d'un signe. Il observait sur sa main les traces bien visibles des dents de la Rom.

— On a trouvé la fille, ajouta Rosecki. Pendant que tu parlais avec Kaska. Elle était dans la cave, enveloppée dans un grand sac-poubelle, cachée par une bâche et des vieux journaux. Comme tu avais dit. Bravo.

L'inspecteur redressa la tête.

— Il n'y a pas de quoi féliciter qui que ce soit.

— Oui, mais... Il y avait un chat crevé à côté.

— Ah... C'est elle qui l'a jeté là. Comme les autres.

— Pourquoi?

— Les cadavres en décomposition puent. Moins quand ils sont enveloppés, mais quand même... Les chats crevés devaient expliquer les odeurs.

Rosecki le regarda comme s'il ne croyait pas que Mortka parlait sérieusement. Il mit un moment à comprendre et eut un réflexe d'incrédulité.

— Mon Dieu... soupira-t-il.

Mortka se leva du canapé.

— Je soupçonne qu'Adela est morte dans cet appartement. Elle aura cogné de la tête contre le rebord de la fenêtre ou de la table. Il faudrait faire venir les techniciens. Vérifier centimètre par centimètre. Ils trouveront peut-être quelque chose.

— Après des mois?

— Ça arrive.

L'inspecteur se frotta les yeux et se prépara à partir.

— Qui va prévenir la famille? lui demanda Rosecki.

Mortka pensa à Esmeralda Siwak, cette femme qui venait de perdre son mari et était sur le point d'apprendre que sa fille disparue était morte. Celui qui irait la trouver verrait dans ses yeux un désespoir qui lui reviendrait dans ses pires cauchemars.

— Je ne sais pas, répondit-il. Ça ne me concerne pas. C'est votre affaire.

Il sortit avant que Rosecki ait pu le retenir.

Un quart d'heure plus tard, il était déjà chez lui. Avant d'entrer, il regarda la porte d'Alicja. Il eut envie d'aller frapper, et si elle lui ouvrait, de tout lui raconter, du début à la fin. Elle l'écouterait sans mot dire, patiente et attentive, comme personne ne l'avait écouté depuis longtemps.

Il y renonça. Même si le besoin de parler était si fort qu'il avait presque envie de hurler. Mais il n'aurait pas pu regarder Alicja dans les yeux, à cause du test HIV, de la déception qu'il lui avait causée. Ils ne s'étaient rien promis, rien ne s'était passé entre eux, mais quelque chose avait commencé à naître. Une promesse qu'il avait détruite.

Il n'avait personne à qui se confier. Kochan décrocherait bien, mais au lieu d'écouter, il lui lancerait quelques-unes de ses blagues tordues, avant d'en rire tout seul dans l'écouteur. Il ne voulait pas appeler Ola, parce qu'il ne voulait pas écouter ses reproches. Il avait encore une sœur, mais ses relations avec elle étaient encore pires qu'avec ses parents, depuis le jour où elle lui avait dit qu'il n'était qu'un égocentrique émotionnellement instable. Après quoi elle était partie pour Gdansk, d'abord pour étudier, puis pour travailler à l'hôpital et satisfaire les ambitions paternelles que lui-même avait déçues. Ses fils étaient trop jeunes pour qu'il leur raconte des histoires de jeunes filles contraintes à se prostituer à force d'héroïne et de viols, ou de fillettes enfermées dans des sacs en plastique. Et d'ailleurs, ils avaient dû oublier le son de sa voix.

Les reproches qu'il se faisait lui allaient droit au cœur. Il resta la tête appuyée contre le montant de la porte sans avoir conscience du temps qui passait. Il avait mal. Il ne savait pas où exactement, mais c'était la pire des douleurs qu'il avait éprouvées dans sa vie.

La promesse qu'il avait détruite. Il ne l'avait pas faite qu'à Alicja.

Il sortit de sa léthargie lorsqu'une vieille dame le croisa en descendant. Elle lui lança un regard lourd de désapprobation. Elle pensait qu'il était ivre. Mortka poussa la porte de son logement et entra. Il posa sur la table de la cuisine le sac plastique de courses avec les deux bières, le pâté et les haricots à la bretonne en boîte. Son ventre gargouillait et il avait faim, mais il n'avait envie ni de préparer un repas ni de manger. Il jeta ses chaussures, ôta sa chemise et son pantalon qui atterrirent sur le plancher. Il tira le téléphone portable de la poche, le coupa et le posa sur la table. Il tomba de tout son long sur le lit et ferma les yeux.

Il s'endormit plus vite qu'il ne l'avait espéré.

Chapitre 21

— Je ne te dérange pas ?
— Non.
— Où es-tu ?

Il écarta le téléphone de son oreille et leva la tête, regardant le clocher de l'église couleur de sable qui s'élançait haut dans le ciel.

— À un enterrement, répondit Mortka.
— Aïe. Excuse-moi. Je te rappelle plus tard.
— Non, pas la peine. Il y a foule dans l'église, je n'ai même pas pu entrer. Tant mieux car, de toute façon, je comptais rester en retrait. Je n'ai ici ni costume ni uniforme.
— Mais ils sont où ? demanda Ola.
— Dans la cave de Kochan. Il a accepté de garder mes affaires.
— Et ensuite ?

Il eut un instant envie de raccrocher. Ensuite ? Ensuite, il finirait par apprendre s'il avait le virus du sida, ou pas. Tout le reste n'avait aucune importance.

— Excuse-moi, reprit la voix de son ex-épouse. Ce ne sont pas mes affaires.
— Oui. Enfin... Et comment vont les garçons ?
— Ils t'ont vu hier à la télé. Moi aussi.

Une conférence de presse s'était tenue la veille à Jelenia Gora en présence de représentants de la Criminelle, du parquet et de la Direction régionale. Tout le monde faisait semblant de croire qu'il ne s'était rien passé de spécial. Il y avait bien eu, évidemment, une taupe dans les services, mais elle n'avait causé aucun dommage, la situation était sous contrôle, et grâce à l'esprit d'initiative des agents, on avait pu démanteler le réseau et intercepter le transport de femmes séquestrées avant qu'il atteigne la frontière allemande. Pas un mot sur le fait que des dizaines, voire des centaines de ce genre de convois l'avaient précédé, pas un mot sur les quatre femmes assassinées, ni sur la crainte de trouver d'autres corps dans d'autres galeries de mine. Mortka avait écouté les discours avec l'envie de vomir. Par bonheur, des journalistes étaient ensuite intervenus, et l'inspecteur avait observé avec un certain plaisir la police de Silésie, la Crim' et le parquet se rejeter mutuellement la faute. Mais ce fut la version « Nous avons eu quelques problèmes que nous avons réussi à régler par nous-mêmes » qui prévalut au bout du compte pour expliquer l'heureuse résolution de l'affaire. Lui-même avait brièvement évoqué l'enquête et la poursuite, sans omettre de vanter les mérites de la police locale – comme on le lui avait demandé. Il avait encore répondu à deux ou trois questions avant de s'éclipser par une porte de derrière.

— On dirait que tu as été vraiment très occupé, reprit Ola.

Il pouffa de rire, attirant l'attention de trois personnes qui portaient le deuil. Il se réfugia au plus vite derrière un muret.

— Oui, on peut le dire comme ça, reconnut-il, amusé.

— Et ta main ? Tu l'as dans le plâtre. Qu'est-ce qu'il t'est arrivé ?

— C'est une longue histoire.

— Ça promet. Avec des assassins et du danger ?

— Oui.

— Tu pourras la raconter aux garçons. Ils aiment ça.

— Non. Plutôt pas.

Elle comprit ce qu'il voulait dire.

— Alors, à moi ?

— Peut-être.

— Tu sais, ces derniers temps, j'ai pensé à l'époque où nous étions ensemble.

— Vraiment ?

— J'aime y revenir. Malgré tout, ce furent de bons moments.

— C'est vrai.

— Je me suis rappelé que je me fâchais toujours quand tu ramenais du travail à la maison. Mais le problème n'était pas là.

— Non ? s'étonna-t-il.

— Le vrai problème était que tu laissais une partie de toi-même dans chaque affaire. Tu étais de moins en moins toi-même. Tu comprends ?

— Je ne sais pas ce que je dois dire, chuchota-t-il, la gorge serrée.

— Alors, ne dis rien. Ce n'est pas nécessaire. Bonne continuation. Appelle-nous de temps en temps.

— D'accord.

Elle coupa. Il resta quelques secondes le téléphone à la main. C'était leur première conversation – il ne savait plus depuis quand – qui ne se terminait pas par une dispute. Étaient-ils devenus adultes ? Peut-être. Enfin.

Trop tard.

Le service funèbre touchait à sa fin. Les portes de l'église s'ouvrirent toutes grandes.

— Présentez, armes! aboya le chef de la garde d'honneur.

Le cercueil de Wajtola, recouvert du drapeau national, avança, porté par six policiers du commissariat de Kretowice, Zajda en tête. On avait proposé à Mortka d'être l'un d'eux. Quelqu'un avait même offert de lui prêter son uniforme, mais il avait refusé en invoquant sa main fracturée. Il aurait été embarrassé s'il avait dû participer à la cérémonie.

Les policiers déposèrent le cercueil dans le corbillard qui prit peu après la direction du cimetière municipal. Il était précédé d'un détachement d'honneur et suivi du cortège funèbre mené par le prêtre et la famille. Mortka marchait parmi les derniers.

Sur place, des discours d'adieu furent prononcés. Zajda lut le texte de nomination de Wajtola au grade de sergent-chef à titre posthume, qu'il donna ensuite à la famille. Le drapeau fut enlevé, plié et remis à la veuve du policier qui sanglotait sans bruit.

— Section, garde à vous! Deuxième rang, un pas en arrière, marche! Repos! Arme à la hanche! Pour la salve d'honneur, approvisionnez! Salve d'honneur, chargez! Salve d'honneur, feu! Salve d'honneur, chargez! Salve d'honneur, feu! Salve d'honneur, chargez! Salve d'honneur, feu!

Le chef du détachement attendit que l'écho des tirs se dissipe dans l'air.

— Arme en sécurité! Arme à l'épaule! Deuxième rang, un pas en avant! Marche! Tête, droite!

Après le dépôt de gerbes vint le temps des condoléances. Mortka ne se présenta pas à la famille. En fait, ils ne le connaissaient pas. Il se tint en retrait, grave et silencieux. Des enfants s'éparpillèrent à la recherche des douilles.

Zajda se détacha de son groupe et vint saluer le policier d'une poignée de mains.

— C'est bien que tu sois venu, dit le commissaire.

— Tu croyais que je ne me pointerais pas?

— Je n'en sais rien, répondit Zajda. Je ne t'ai pas vu à l'église.

— Je suis arrivé un peu en retard. C'était difficile d'entrer.

— Oui, bien sûr, il y avait foule.

Zajda retira sa casquette d'uniforme et contempla l'aigle d'argent qui en ornait la visière.

— J'ai parlé à Andrzejewski. Si tu veux, tu peux rentrer à Varsovie.

— Pourquoi?

— Il a visiblement cessé d'être en colère. Et je n'ai pas l'intention de te retenir ici de force. Tu feras comme tu voudras. Mais bien sûr, tu peux rester jusqu'à la fin du programme.

Mortka acquiesça. Il se demandait pourquoi Andrzejewski avait changé d'avis. Il l'apprendrait une fois rentré. L'enquête sur Lupa avait été confiée à la Crim', et rien ne le retenait à Kretowice. Il lui faudrait bien sûr répondre à quelques convocations, mais c'était une autre histoire.

— Je n'ai rien décidé, dit il. Ici, au moins j'ai où loger.

— Andrzejewski a mentionné un logement de fonction.

— Sérieux?

— Oui. Mais il faudrait que tu lui en parles. Apparemment, il ne peut pas le laisser libre longtemps, enfin tu vois, il faudrait se décider rapidement.

— Il me met la carotte sous le nez. Je me demande ce qu'il a comme bâton.

— Il ne m'a pas parlé de bâton.

L'assistance se dispersait. Ceux qui avaient déjà présenté leurs condoléances quittaient le cimetière.

— J'ai reçu le rapport d'autopsie de Lucas Siwak, dit Zajda.

— Et alors ?

— Il avait un genou démis. Une contusion très sévère qui aurait justifié une opération. Une contusion récente. Il a dû se faire ça dans sa fuite. Il a dû trébucher et se casser la figure, ou quelque chose comme ça.

— Ça fait mal.

— Olszewski a interrogé un orthopédiste. Impossible que Lucas ait pu continuer à courir avec une telle blessure. La douleur aurait été trop forte, même en tenant compte des poussées d'adrénaline. Il est donc exclu qu'il ait tenté d'agresser Lupa et Borko. Il serait tombé tout seul avant de pouvoir les toucher, déclara tranquillement Zajda, le regard errant sur les couronnes autour de la tombe et la garde d'honneur qui veillait encore.

Mortka hocha la tête.

— Qu'est-ce que ça veut dire, d'après toi ?

— Quand tu es arrivé, il était sur le dos, c'est ça ?

— Oui.

— Il avait les bras écartés ?

— Exact.

Le commissaire caressa l'aigle sur sa casquette avant de la remettre sur sa tête.

— À mon sens, dit-il, ce fils de pute devait essayer de se rendre.

Il rentra chez lui directement après l'enterrement. Il n'avait plus d'obligations pour la journée. Il avait passé plusieurs heures au parquet avant la conférence de presse, répondant patiemment aux questions sur le déroulé des événements. Il y aurait une reprise le lendemain. Mais pour le moment, il pouvait se reposer.

Staszek Trybuk était assis sur un banc devant l'immeuble occupé à décortiquer un tournesol. Un petit tas de coques s'était déjà constitué sous ses pieds. Mortka hésita, puis décida d'aller s'asseoir près de lui.

— C'est possible de se montrer ensemble, ou pas ?

— Quoi ? fit Trybuk, après avoir croqué une graine et craché la coque. Tu as honte d'être assis à côté d'un Tsigane ?

— Non.

— Alors, c'est possible.

Le Rom fit mine d'offrir une graine de tournesol, mais se ravisa avant que Mortka ait pu tendre la main.

— C'est bien qu'Esmeralda ait pu apprendre ce qu'il était arrivé à Adela. Une mère soit savoir.

— Comment elle l'a pris ?

— Comme toute mère.

— Ça me fait de la peine que ça se soit terminé comme ça.

— Moi aussi.

Le Rom referma le sac de graines de tournesol et le posa à côté de lui.

— Dommage que tu sois de la police, fit Trybuk. Sinon, je t'aurais volontiers invité à ma table.

— On est qui on est, répondit Mortka, qui ne trouvait rien de plus sensé à dire.

— Oui, confirma le Rom après réflexion. C'est vrai. Je regrette que Lucilla l'ait oublié.

Staszek se leva du banc et secoua les coques de sa chemise et de son pantalon. Il salua Mortka d'un signe de tête et partit vers le centre de la ville sans se retourner.

Il avait laissé le tournesol. Mortka prit le sachet, le tourna et le retourna dans sa main, puis piocha quelques graines. Il les décortiqua l'une après l'autre, patiemment, sous le soleil de mai.

En rentrant chez lui, il croisa Alicja qui partait au travail. Ils se dirent « Salut », c'est tout.

Après son entretien avec Andrzejewski, Mortka décida de rentrer à Varsovie. Un studio de fonction l'attendait à Ursynow. Le commissaire adjoint l'avait récupéré grâce à des gens qui lui étaient redevables de plusieurs services.

Le projet de quitter la police passa au second plan d'un afflux d'autres questions. Il avait toujours l'idée en tête, bien sûr, mais ce n'était plus une priorité. En fait, il ne savait pas ce qu'il pourrait ou devrait faire après avoir quitté le service. Et voilà qu'il obtenait un logement de fonction. Démissionner dans ces conditions n'aurait pas eu de sens.

Il retourna à Varsovie deux semaines plus tard.

Il appréhendait toujours les résultats des tests qu'il aurait à passer dans les semaines suivantes, mais moins qu'au début. Des idées noires lui venaient bien de temps à autre, allant jusqu'à le paralyser de peur, mais c'était plutôt rare, le plus souvent dans la nuit avant de s'endormir ou au réveil. Pendant la journée, il se sentait agréablement excité. Peut-être trouverait-il son coin à lui ?

Un soir, il sortit sa tenue de jogging, mit ses chaussures de sport et partit courir. Il fit trois kilomètres avant d'être saisi par une crampe qui le contraignit à rentrer chez lui en traînant la jambe. Il prit une douche et s'endormit comme un enfant.

Il repartit courir deux jours après. Et il n'eut pas de crampe.

Après une nouvelle séance épuisante dans le bureau du procureur où on lui demanda de répondre à nouveau aux mêmes questions, il partit se promener à Jelenia Gora au lieu de rentrer à Kretowice. Le moment du départ approchait à grands pas, et il se dit qu'il devait trouver un cadeau d'adieu pour Alicja. Il lui devait quelque chose. Sans elle, il ne serait pas remonté jusqu'à Nowak puis à Lupa.

Il trouva près du marché de Jelenia Gora une parfumerie qui lui sembla de qualité. Il entra, tourna quelques minutes, perdu entre les présentoirs de crèmes, de parfums et de cosmétiques de toutes sortes, se demandant ce qu'il pourrait choisir, quand il se souvint du flacon qu'il avait vu dans la salle de bains d'Alicja. Il aborda une vendeuse, une belle jeune blonde à l'odeur fruitée et au visage dissimulé sous une couche de fond de teint, poudre et maquillage.

— Bonjour, je cherche un cadeau.
— Pour votre femme ?
— Non. Pour une collègue.
— Je comprends. Dans quelle fourchette de prix peut se situer le cadeau ?

— Il ne s'agit pas de ça.
— Vous pensez à quelque chose de précis? avança-t-elle.
— C'est le cas.
— C'est-à-dire?
— Un parfum.
— Vous savez lequel? Je vais vérifier si nous l'avons.
— Le problème, dit-il avec un sourire, c'est que je ne sais plus comment il s'appelle.
— Ne vous inquiétez pas. Ça arrive souvent. Les hommes sont comme ça, assura la blonde avec une note de supériorité dans la voix. Vous vous souvenez de quelque chose, la marque, l'odeur?
— Rien de tout ça. Mais il avait un drôle de nom.
— Ça ne m'aide pas beaucoup.
— Hum... Quoi d'autre?
Il se gratta le font, essayant de se souvenir de détails.
— Le flacon? suggéra la vendeuse.
— Oui. Un drôle de flacon, avec des bandes. Comme un code-barres.
La blonde se tapota le menton, exhibant ses ongles longs peints en rouge.
— Attendez-moi une seconde, proposa-t-elle.
Elle s'éclipsa pour revenir trente secondes plus tard avec un petit flacon qu'elle tendit à Mortka.
— C'est ça? demanda-t-elle.
— On dirait, répondit-il après réflexion.
— Escentric Molecules 01, s'écria-t-elle avec admiration. Votre collègue a vraiment du goût.
— Oui. C'est ce que je pense. Je voudrais...
— Bien sûr. Quatre cent soixante zlotys.
Sa carte de crédit resta en l'air.

— Pardon, combien ?
— Quatre cent soixante, répéta-t-elle.
— Vous êtes sûre ?
— Oui, confirma-t-elle. Vous souhaitez peut-être quelque chose de moins cher ? Nous avons de très intéressantes savonnettes au citron à quarante zlotys.
— Non. Je vais prendre ça, dit-il en tendant sa carte, puis tapant son code sur le terminal. Pouvez-vous me faire un joli paquet ?
— Mais naturellement.
En retournant à sa voiture, il ne put s'empêcher de penser qu'il venait de dépenser presque cinq cents zlotys pour un flacon de parfum de la taille d'une mignonnette de vodka.

Marcin ramassa les assiettes sur la table et, l'air renfrogné, les emporta dans sa chambre. Judyta tenait les tasses à thé, regardant sa mère sans savoir se décider.
— Je ne veux pas manger dans la chambre de Marcin, dit-elle d'une voix pleurnicharde.
— Juste une fois, aujourd'hui, ma chérie, insista Alicja en s'efforçant de cacher sa fatigue. Il va te mettre un dessin animé sur l'ordinateur, d'accord ?
La fillette secoua la tête avec énergie et courut à la chambre de son frère.
— Maman a dit que tu devais me mettre un dessin animé ! lui lança-t-elle.
— Mais, maman ! protesta Marcin. Je ne veux pas de dessin animé. Je viens de télécharger un film.
— Tu lui mets son dessin animé !
— Je veux pas !
Alicja s'excusa d'un regard auprès de Mortka et se

leva de table. Elle entra dans la chambre de son fils, échangea quelques paroles avec lui, et dut avoir le dernier mot étant donné que les protestations de Marcin se calmèrent, bientôt remplacées par une musique mélodieuse sortant des haut-parleurs. Alicja referma la porte et revint vers l'inspecteur.

— Excuse-moi, dit-elle en se rasseyant, mais c'est le seul endroit où nous pouvons parler. Dans ma cuisine, c'est une pagaille infernale. J'ai honte de laisser voir ça.

— Aucun problème pour moi.

Elle le tenait à distance. Elle ne lui permettait pas de s'approcher ni d'elle-même ni des enfants. Elle ne lui avait même pas offert à boire.

— Je t'ai apporté quelque chose, dit-il. Pour te remercier de tout ce que tu as fait.

Il tendit à Alicja un petit paquet rose orné d'une cocarde verte.

— Il ne fallait pas.

— Je t'en prie, insista-t-il.

Elle prit le cadeau, le regarda timidement puis sourit pour la première fois depuis qu'il avait frappé à sa porte. Elle détacha la cocarde, puis défit délicatement du bout des doigts le papier cadeau.

— Escentric Molecules, souffla-t-elle. Ce que je préfère. Comment tu as su?

— Je l'avais vu dans ta salle de bains.

— Extraordinaire, tu sais? On dit que c'est un parfum qui fait se retourner les hommes à trente mètres.

— Vraiment?

Un sourire passa sur son visage, et elle dégagea une mèche de son oreille.

— Merci, dit-elle.

— C'est moi qui te remercie.

Ils gardèrent le silence près d'une minute. Morka, les yeux fixés sur Alicja, elle, sur le flacon de parfum.

— Tu aurais pu me le dire plus tôt, reprit-il.

— Quoi donc ? demanda-t-elle relevant la tête.

— Pour Nowak. Qu'il était impliqué. Tu aurais pu me le dire plus tôt.

— Je ne comprends pas.

Il soupira.

— Nowak était accro à l'héroïne, ce qui devait apparaître lors d'une prise de sang. Un risque qu'il ne pouvait pas se permettre. Et pourtant, il t'a confié une prise. Cela peut signifier deux choses : soit il te faisait assez confiance pour savoir que tu ne le dénoncerais pas, soit tu m'as menti, et tu connaissais son implication par ailleurs. D'une manière ou d'une autre, tu aurais pu m'en parler avant. Tu étais au courant pour la ferme depuis le début.

Elle jeta un œil vers la porte de la chambre des enfants. Elle était fermée. Ils entendaient les échos d'un dessin animé.

— Qu'est-ce que tu veux ? demanda-t-elle.

— Savoir pourquoi...

— Ils avaient besoin d'une infirmière. Pour s'occuper des filles. Leur donner des médicaments, soigner leurs blessures. Soigner la marchandise, comme ils disaient. Nowak n'était pas toujours disponible.

— Comment ils t'ont recrutée ?

— Par Nowak. Après la mort de mon mari, j'ai eu des soucis financiers. Difficile d'entretenir une famille avec un seul salaire... surtout aussi minable que le mien. Ils m'ont secourue en réclamant quelques services en échange. Ensuite, je n'ai pas su comment m'en dépatouiller.

— Tu as essayé au moins?

Elle le regarda, les yeux pleins de colère et de larmes.

— Tu crois que non? Je n'ai pensé qu'à ça tous les jours. Comment m'y prendre? Mais Lupa ne m'aurait pas laissée faire. Il m'aurait traité comme les autres filles. Ou pire.

— Pire?

— J'ai des enfants, le Kub. Des enfants que personne n'aurait défendus.

— Tu pouvais aller voir la police.

— La police? (Elle pouffa de rire.) Cette police où il travaillait?

— Plus haut.

Elle secoua la tête.

— J'avais peur. Qu'il s'en aperçoive, qu'il remarque quelque chose. Il pouvait être prévenu par un collègue. Je ne savais pas à qui faire confiance. Jusqu'à ce que tu débarques… Il ne serait pas remonté jusqu'à Varsovie?

— Non.

— Après ton arrivée, j'ai cherché le moyen de t'aider sans nous mettre en danger, ni moi ni les enfants. L'occasion s'est présentée toute seule. (Elle baissa la tête, soufflant pour essayer de contenir les larmes qui montaient.) Puis j'ai regretté, tu comprends? J'ai eu peur…

— De quoi?

— De ça, dit-elle en redressant la tête. Que tu viennes me chercher. Aujourd'hui, tu es venu. L'un d'entre eux t'a parlé de moi. Lupa, peut-être?

— Non.

Elle était stupéfaite.

— Alors, comment as-tu compris?

Il montra du doigt le flacon de parfum.

— Je sais à peu près ce que gagne une laborantine à l'hôpital. Tu n'as pas les moyens de t'acheter des parfums à cinq cents zlotys.

Elle pâlit, et sa lèvre inférieure trembla.

— Tu n'as pas imaginé que ça pouvait être un cadeau? chuchota-t-elle. Ou une exception, le seul luxe dans mon existence pour lequel j'aurais mis de côté toute une année?

— J'y ai pensé, et j'ai espéré que ce serait ce que tu me dirais.

Elle tourna la tête vers la fenêtre pour ne plus le regarder, ne plus le voir.

— Qu'est-ce qu'il va se passer?

— Il faudrait que tu mettes tes affaires en ordre. Que tu trouves quelqu'un pour s'occuper des enfants, dit-il en se levant. Quelqu'un pourrait venir te chercher.

— Pas toi? demanda-t-elle avec un espoir.

Il ferma les paupières, et son cœur battit plus fort. Quelques mois plus tôt, il s'était retrouvé dans une situation analogue. Il avait signifié une condamnation d'un seul mouvement de la tête. D'un petit mouvement involontaire. Et maintenant? Il savait ce qu'il allait dire, mais ne savait pas ce qu'il éprouvait.

— Pas moi.

Il sortit sans dire adieu.

Il marchait droit devant lui, enveloppé de la lumière des lanternes de rue et de la brise de la nuit printanière. Un chien aboya au loin, des étoiles scintillèrent dans le ciel.

Il réalisa qu'il venait d'arriver au parc où on avait

retrouvé le corps d'Olga. Il hésita, puis prit la direction des taillis. Il se fraya un chemin jusqu'à la petite clairière où, il n'y avait pas si longtemps, était étendu le corps nu et mutilé de la fille. Il s'agenouilla et toucha la terre du bout des doigts. Elle était froide et humide.

Ola avait raison. À chaque affaire, à chaque cadavre, il laissait une partie de lui-même. Il ramenait jour après jour un peu moins de lui chez lui. Il fut submergé par la peur de disparaître, ne laissant derrière lui qu'une coquille vide, une mécanique sans pensée ni sentiment.

Peut-être n'était-il qu'une telle mécanique ?

Il avait pourtant bien résolu cette affaire. Il avait trouvé la ferme, sauvé plusieurs filles, arrêté Lupa. Il avait achevé le travail d'Olga qui, s'il est une vie après la mort, pourrait enfin reposer en paix.

Qu'il ait perdu une part de lui-même… Si c'était le prix à payer, après tout…

FIN

Du même auteur
aux éditions Agullo :

Pyromane, 2017.

64/1697/1

Composition réalisée par SoOffice

Achevé d'imprimer en France par
CPI BUSSIÈRE (18200 Saint-Amand-Montrond)
en mai 2021
N° d'impression : 2058285
Dépôt légal 1ʳᵉ publication : avril 2019
Édition 05 - mai 2021
LIBRAIRIE GÉNÉRALE FRANÇAISE
21, rue du Montparnasse – 75298 Paris Cedex 06

Le Livre de Poche s'engage pour
l'environnement en réduisant
l'empreinte carbone de ses livres.
Celle de cet exemplaire est de :
700 g éq. CO₂
Rendez-vous sur
www.livredepoche-durable.fr

PAPIER À BASE DE
FIBRES CERTIFIÉES